GRöLS Verlage

„BÜCHER SIND WIE FALLSCHIRME. SIE NÜTZEN UNS NICHTS, WENN WIR SIE NICHT ÖFFNEN."

Gröls Verlag

Redaktionelle Hinweise und Impressum

Das vorliegende Werk wurde zugunsten der Authentizität sehr zurückhaltend bearbeitet. So wurden etwa ursprüngliche Rechtschreibfehler *nicht* systematisch behoben, denn kleine Unvollkommenheiten machen das Buch – wie im Übrigen den Menschen – erst authentisch. Mitunter wurden jedoch zum Beispiel Absätze behutsam neu getrennt, um den Lesefluss zu erleichtern.

Um die Texte zu rekonstruieren, werden antiquarische Bücher von Lesegeräten gescannt und dann durch eine Software lesbar gemacht. Der so entstandene Text wird von Menschen gegengelesen und korrigiert – hierbei treten auch Fehler auf. Wenn Sie ebenfalls antiquarische Texte einreichen möchten, finden Sie weitere Informationen auf www.groels.de

Viel Freude bei der Lektüre wünscht Ihnen das Team des Gröls-Verlags.

Adressen

Verleger: Sophia Gröls, Im Borngrund 26, 61440 Oberursel

Externer Dienstleister für Distribution & Herstellung: BoD, In de Tarpen 42, 22848 Norderstedt

Unsere „Edition | Werke der Weltliteratur“ hat den Anspruch, eine der größten und vollständigsten Sammlungen klassischer Literatur in deutscher Sprache zu sein. Nach und nach versammeln wir hier nicht nur die „üblichen Verdächtigen“ von Goethe bis Schiller, sondern auch Kleinode der vergangenen Jahrhunderte, die – zu Unrecht – drohen, in Vergessenheit zu geraten. Wir kultivieren und kuratieren damit einen der wertvollsten Bereiche der abendländischen Kultur. Kleine Auswahl:

Francis Bacon • Neues Organon • **Balzac** • Glanz und Elend der Kurtisanen • **Joachim H. Campe** • Robinson der Jüngere • **Dante Alighieri** • Die Göttliche Komödie • **Daniel Defoe** • Robinson Crusoe • **Charles Dickens** • Oliver Twist • **Denis Diderot** • Jacques der Fatalist • **Fjodor Dostojewski** • Schuld und Sühne • **Arthur Conan Doyle** • Der Hund von Baskerville • **Marie von Ebner-Eschenbach** • Das Gemeindekind • **Elisabeth von Österreich** • Das Poetische Tagebuch • **Friedrich Engels** • Die Lage der arbeitenden Klasse • **Ludwig Feuerbach** • Das Wesen des Christentums • **Johann G. Fichte** • Reden an die deutsche Nation • **Fitzgerald** • Zärtlich ist die Nacht • **Flaubert** • Madame Bovary • **Gorch Fock** • Seefahrt ist not! • **Theodor Fontane** • Effi Briest • **Robert Musil** • Über die Dummheit • **Edgar Wallace** • Der Frosch mit der Maske • **Jakob Wassermann** • Der Fall Maurizius • **Oscar Wilde** • Das Bildnis des Dorian Grey • **Émile Zola** • Germinal • **Stefan Zweig** • Schachnovelle • **Hugo von Hofmannsthal** • Der Tor und der Tod • **Anton Tschechow** • Ein Heiratsantrag • **Arthur Schnitzler** • Reigen • **Friedrich Schiller** • Kabale und Liebe • **Nicolo Machiavelli** • Der Fürst • **Gotthold E. Lessing** • Nathan der Weise • **Augustinus** • Die Bekenntnisse des heiligen Augustinus • **Marcus Aurelius** • Selbstbetrachtungen • **Charles Baudelaire** • Die Blumen des Bösen • **Harriett Stowe** • Onkel Toms Hütte • **Walter Benjamin** • Deutsche Menschen • **Hugo Bettauer** • Die Stadt ohne Juden • **Lewis Caroll** • *und viele mehr….*

Friedrich Wilhelm Nietzsche

Also sprach Zarathustra

Ein Buch für Alle und Keinen

Inhalt

Erster Theil

Zarathustra's Vorrede

1

Als Zarathustra dreissig Jahr alt war, verliess er seine Heimat und den See seiner Heimat und ging in das Gebirge. Hier genoss er seines Geistes und seiner Einsamkeit und wurde dessen zehn Jahr nicht müde. Endlich aber verwandelte sich sein Herz, – und eines Morgens stand er mit der Morgenröthe auf, trat vor die Sonne hin und sprach zu ihr also:

„Du grosses Gestirn! Was wäre dein Glück, wenn du nicht Die hättest, welchen du leuchtest!

Zehn Jahre kamst du hier herauf zu meiner Höhle: du würdest deines Lichtes und dieses Weges satt geworden sein, ohne mich, meinen Adler und meine Schlange.

Aber wir warteten deiner an jedem Morgen, nahmen dir deinen Überfluss ab und segneten dich dafür.

Siehe! Ich bin meiner Weisheit überdrüssig, wie die Biene, die des Honigs zu viel gesammelt hat, ich bedarf der Hände, die sich ausstrecken.

Ich möchte verschenken und austheilen, bis die Weisen unter den Menschen wieder einmal ihrer Thorheit und die Armen einmal ihres Reichthums froh geworden sind.

Dazu muss ich in die Tiefe steigen: wie du des Abends thust, wenn du hinter das Meer gehst und noch der Unterwelt Licht bringst, du überreiches Gestirn!

Ich muss, gleich dir, *untergehen*, wie die Menschen es nennen, zu denen ich hinab will.

So segne mich denn, du ruhiges Auge, das ohne Neid auch ein allzugrosses Glück sehen kann!

Segne den Becher, welche überfliessen will, dass das Wasser golden aus ihm fliesse und überallhin den Abglanz deiner Wonne trage!

Siehe! Dieser Becher will wieder leer werden, und Zarathustra will wieder Mensch werden.“

– Also begann Zarathustra's Untergang.

2

Zarathustra stieg allein das Gebirge abwärts und Niemand begegnete ihm. Als er aber in die Wälder kam, stand auf einmal ein Greis vor ihm, der seine heilige Hütte verlassen hatte, um Wurzeln im Walde zu suchen. Und also sprach der Greis zu Zarathustra:

Nicht fremd ist mir dieser Wanderer: vor manchen Jahre gieng er her vorbei. Zarathustra hiess er; aber er hat sich verwandelt. Damals trugst du deine Asche zu Berge: willst du heute dein Feuer in die Thäler tragen? Fürchtest du nicht des Brandstifters Strafen?

Ja, ich erkenne Zarathustra. Rein ist sein Auge, und an seinem Munde birgt sich kein Ekel. Geht er nicht daher wie ein Tänzer?

Verwandelt ist Zarathustra, zum Kind ward Zarathustra, ein Erwachter ist Zarathustra: was willst du nun bei den Schlafenden?

Wie im Meere lebtest du in der Einsamkeit, und das Meer trug dich. Wehe, du willst an's Land steigen? Wehe, du willst deinen Leib wieder selber schleppen?

Zarathustra antwortete: „Ich liebe die Menschen.“

Warum, sagte der Heilige, gieng ich doch in den Wald und die Einöde? War es nicht, weil ich die Menschen allzu sehr liebte?

Jetzt liebe ich Gott: die Menschen liebe ich nicht. Der Mensch ist mir eine zu unvollkommene Sache. Liebe zum Menschen würde mich umbringen.

Zarathustra antwortete: „Was sprach ich von Liebe! Ich bringe den Menschen ein Geschenk.“

Gieb ihnen Nichts, sagte der Heilige. Nimm ihnen lieber Etwas ab und trage es mit ihnen – das wird ihnen am wohlsten thun: wenn es dir nur wohlthut!

Und willst du ihnen geben, so gieb nicht mehr, als ein Almosen, und lass sie noch darum betteln!

„Nein, antwortete Zarathustra, ich gebe kein Almosen. Dazu bin ich nicht arm genug.“

Der Heilige lachte über Zarathustra und sprach also: So sieh zu, dass sie deine Schätze annehmen! Sie sind misstrauisch gegen die Einsiedler und glauben nicht, dass wir kommen, um zu schenken.

Unse Schritte klingen ihnen zu einsam durch die Gassen. Und wie wenn sie Nachts in ihren Betten einen Mann gehen hören, lange bevor die Sonne aufsteht, so fragen sie sich wohl: wohin will der Dieb?

Gehe nicht zu den Menschen und bleibe im Walde! Gehe lieber noch zu den Thieren! Warum willst du nicht sein, wie ich, – ein Bär unter Bären, ein Vogel unter Vögeln?

„Und was macht der Heilige im Walde?“ fragte Zarathustra.

Der Heilige antwortete: Ich mache Lieder und singe sie, und wenn ich Lieder mache, lache, weine und brumme ich: also lobe ich Gott.

Mit Singen, Weinen, Lachen und Brummen lobe ich den Gott, der mein Gott ist. Doch was bringst du uns zum Geschenke?

Als Zarathustra diese Worte gehört hatte, grüsste er den Heiligen und sprach: „Was hätte ich euch zu geben! Aber lasst mich schnell davon, dass ich euch Nichts nehme!“ – Und so trennten sie sich von einander, der Greis und der Mann, lachend, gleichwie zwei Knaben lachen.

Als Zarathustra aber allein war, sprach er also zu seinem Herzen: „Sollte es denn möglich sein! Dieser alte Heilige hat in seinem Walde noch Nichts davon gehört, dass *Gott todt* ist!“ –

3

Als Zarathustra in die Nächste Stadt kam, die an den Wäldern liegt, fand er daselbst viel Volk versammelt auf dem Markte: denn es war verheissen worden, das man einen Seiltänzer sehen solle. Und Zarathustra sprach also zum Volke:

Ich lehre euch den Übermenschen. Der Mensch ist Etwas, das überwunden werden soll. Was habt ihr gethan, ihn zu überwinden?

Was ist der Affe für en Menschen? Ein Gelächter oder eine schmerzliche Scham. Und ebendas soll der Mensch für den Übermenschen sein: ein Gelächter oder eine schmerzliche Scham.

Ihr habt den Weg vom Wurme zum Menschen gemacht, und Vieles ist in euch noch Wurm. Einst wart ihr Affen, und auch jetzt ist der Mensch mehr Affe, als irgend ein Affe.

Wer aber der Weiseste von euch ist, der ist auch nur ein Zwiespalt und Zwitter von Pflanze und von Gespenst. Aber heisse ich euch zu Gespenstern oder Pflanzen werden?

Seht, ich lehre euch den Übermenschen!

Der Übermensch ist der Sinn der Erde. Euer Wille sage: der Übermensch *sei* der Sinn der Erde!

Ich beschwöre euch, meine Brüder, *bleibt der Erde treu* und glaubt Denen nicht, welche euch von überirdischen Hoffnungen reden! Giftmischer sind es, ob sie es wissen oder nicht.

Verächter des Lebens sind es, Absterbende und selber Vergiftete, deren die Erde müde ist: so mögen sie dahinfahren!

Einst war der Frevel an Gott der grösste Frevel, aber Gott starb, und damit auch diese Frevelhaften. An der Erde zu freveln ist jetzt das Furchtbarste und die Eingeweide des Unerforschlichen höher zu achten, als der Sinn der Erde!

Einst blickte die Seele verächtlich auf den Leib: und damals war diese Verachtung das Höchste: – sie wollte ihn mager, grässlich, verhungert. So dachte sie ihm und der Erde zu entschlüpfen.

Oh diese Seele war selbst noch mager, grässlich und verhungert: und Grausamkeit war die Wollust dieser Seele!

Aber auch ihr noch, meine Brüder, sprecht mir: was kündet euer Leib von eurer Seele? Ist eure Seele nicht Armuth und Schmutz und ein erbärmliches Behagen?

Wahrlich, ein schmutziger Strom ist der Mensch. Man muss schon ein Meer sein, um einen schmutzigen Strom aufnehmen zu können, ohne unrein zu werden.

Seht, ich lehre euch den Übermenschen: der ist diess Meer, in ihm kann eure grosse Verachtung untergehn.

Was ist das Grösste, das ihr erleben könnt? Das ist die Stunde der grossen Verachtung. Die Stunde, in der euch auch euer Glück zum Ekel wird und ebenso eure Vernunft und eure Tugend.

Die Stunde, wo ihr sagt: „Was liegt an meinem Glücke! Es ist Armuth und Schmutz, und ein erbärmliches Behagen. Aber mein Glück sollte das Dasein selber rechtfertigen!"

Die Stunde, wo ihr sagt: „Was liegt an meiner Vernunft! Begehrt sie nach Wissen wie der Löwe nach seiner Nahrung? Sie ist Armuth und Schmutz und ein erbärmliches Behagen!"

Die Stunde, wo ihr sagt: „Was liegt an meiner Tugend! Noch hat sie mich nicht rasen gemacht. Wie müde bin ich meines Guten und meines Bösen! Alles das ist Armuth und Schmutz und ein erbärmliches Behagen!"

Die Stunde, wo ihr sagt: „Was liegt an meiner Gerechtigkeit! Ich sehe nicht, dass ich Gluth und Kohle wäre. Aber der Gerecht ist Gluth und Kohle!"

Die Stunde, wo ihr sagt: „Was liegt an meinem Mitleiden! Ist nicht Mitleid das Kreuz, an das Der genagelt wird, der die Menschen liebt? Aber mein Mitleiden ist keine Kreuzigung."

Spracht ihr schon so? Schriet ihr schon so? Ach, dass ich euch schon so schreien gehört hatte!

Nicht eure Sünde – eure Genügsamkeit schreit gen Himmel, euer Geiz selbst in eurer Sünde schreit gen Himmel!

Wo ist doch der Blitz, der euch mit seiner Zunge lecke? Wo ist der Wahnsinn, mit dem ihr geimpft werden müsstet?

Seht, ich lehre euch den Übermenschen: der ist dieser Blitz, der ist dieser Wahnsinn! –

Als Zarathustra so gesprochen hatte, schrie Einer aus dem Volke: „Wir hörten nun genug von dem Seiltänzer; nun lasst uns ihn auch sehen!" Und alles Volk lachte über Zarathustra. Der Seiltänzer aber, welcher glaubte, dass das Wort ihm gälte, machte sich an sein Werk.

4

Zarathustra aber sahe das Volk an und wunderte sich. Dann sprach er also:

Der Mensch ist ein Seil, geknüpft zwischen Thier und Übermensch, – ein Seil über einem Abgrunde.

Ein gefährliches Hinüber, ein gefährliches Auf-dem-Wege, ein gefährliches Zurückblicken, ein gefährliches Schaudern und Stehenbleiben.

Was gross ist am Menschen, das ist, dass er eine Brücke und kein Zweck ist: was geliebt werden kann am Menschen, das ist, dass er ein *Übergang* und ein *Untergang* ist.

Ich liebe Die, welche nicht zu leben wissen, es sei denn als Untergehende, denn es sind die Hinübergehenden.

Ich liebe die grossen Verachtenden, weil sie die grossen Verehrenden sind und Pfeile der Sehnsucht nach dem andern Ufer.

Ich liebe Die, welche nicht erst hinter den Sternen einen Grund suchen, unterzugehen und Opfer zu sein: sondern die sich der Erde opfern, dass die Erde einst der Übermenschen werde.

Ich liebe Den, welcher lebt, damit er erkenne, und welcher erkennen will, damit einst der Übermensch lebe. Und so will er seinen Untergang.

Ich liebe Den, welcher arbeitet und erfindet, dass er dem Übermenschen das Haus baue und zu ihm Erde, Thier und Pflanze vorbereite: denn so will er seinen Untergang.

Ich liebe Den, welcher seine Tugend liebt: denn Tugend ist Wille zum Untergang und ein Pfeil der Sehnsucht.

Ich liebe Den, welcher nicht einen Tropfen Geist für sich zurückbehält, sondern ganz der Geist seiner Tugend sein will: so schreitet er als Geist über die Brücke.

Ich liebe Den, welcher aus seiner Tugend seinen Hang und sein Verhängniss macht: so will er um seiner Tugend willen noch leben und nicht mehr leben.

Ich liebe Den, welcher nicht zu viele Tugenden haben will. Eine Tugend ist mehr Tugend, als zwei, weil sie mehr Knoten ist, an den sich das Verhängniss hängt.

Ich liebe Den, dessen Seele sich verschwendet, der nicht Dank haben will und nicht zurückgiebt: denn er schenkt immer und will sich nicht bewahren.

Ich liebe Den, welcher sich schämt, wenn der Würfel zu seinem Glücke fällt und der dann fragt: bin ich denn ein falscher Spieler? – denn er will zu Grunde gehen.

Ich liebe Den, welcher goldne Worte seinen Thaten voraus wirft und immer noch mehr hält, als er verspricht: denn er will seinen Untergang.

Ich liebe Den, welcher die Zukünftigen rechtfertigt und die Vergangenen erlöst: denn er will an den Gegenwärtigen zu Grunde gehen.

Ich liebe Den, welcher seinen Gott züchtigt, weil er seinen Gott liebt: denn er muss am Zorne seines Gottes zu Grunde gehen.

Ich liebe Den, dessen Seele tief ist auch in der Verwundung, und der an einem kleinen Erlebnisse zu Grunde gehen kann: so geht er gerne über die Brücke.

Ich liebe Den, dessen Seele übervoll ist, so dass er sich selber vergisst, und alle Dinge in ihm sind: so werden alle Dinge sein Untergang.

Ich liebe Den, der freien Geistes und freien Herzes ist: so ist sein Kopf nur das Eingeweide seines Herzens, sein Herz aber treibt ihn zum Untergang.

Ich liebe alle Die, welche schwere Tropfen sind, einzeln fallend aus der dunklen Wolke, die über den Menschen hängt: sie verkündigen, dass der Blitz kommt, und gehn als Verkündiger zu Grunde.

Seht, ich bin ein Verkündiger des Blitzes und ein schwerer Tropfen aus der Wolke: dieser Blitz aber heisst Übermensch. –

5

Als Zarathustra diese Worte gesprochen hatte, sahe er wieder das Volk an und schwieg. „Da stehen sie", sprach er zu seinem Herzen, „da lachen sie: sie verstehen mich nicht, ich bin nicht der Mund für diese Ohren.

Muss man ihnen erst die Ohren zerschlagen, dass sie lernen, mit den Augen hören. Muss man rasseln gleich Pauken und Busspredigern? Oder glauben sie nur dem Stammelnden?

Sie haben etwas, worauf sie stolz sind. Wie nennen sie es doch, was sie stolz macht? Bildung nennen sie's, es zeichnet sie aus vor den Ziegenhirten.

Drum hören sie ungern von sich das Wort „Verachtung". So will ich denn zu ihrem Stolze reden.

So will ich ihnen vom Verächtlichsten sprechen: das aber ist *der letzte Mensch*."

Und also sprach Zarathustra zum Volke:

Es ist an der Zeit, dass der Mensch sich sein Ziel stecke. Es ist an der Zeit, dass der Mensch den Keim seiner höchsten Hoffnung pflanze.

Noch ist sein Boden dazu reich genug. Aber dieser Boden wird einst arm und zahm sein, und kein hoher Baum wird mehr aus ihm wachsen können.

Wehe! Es kommt die Zeit, wo der Mensch nicht mehr den Pfeil seiner Sehnsucht über den Menschen hinaus wirft, und die Sehne seines Bogens verlernt hat, zu schwirren!

Ich sage euch: man muss noch Chaos in sich haben, um einen tanzenden Stern gebären zu können. Ich sage euch: ihr habt noch Chaos in euch.

Wehe! Es kommt die Zeit, wo der Mensch keinen Stern mehr gebären wird. Wehe! Es kommt die Zeit des verächtlichsten Menschen, der sich selber nicht mehr verachten kann.

Seht! Ich zeige euch *den letzten Menschen*.

„Was ist Liebe? Was ist Schöpfung? Was ist Sehnsucht? Was ist Stern" – so fragt der letzte Mensch und blinzelt.

Die Erde ist dann klein geworden, und auf ihr hüpft der letzte Mensch, der Alles klein macht. Sein Geschlecht ist unaustilgbar, wie der Erdfloh; der letzte Mensch lebt am längsten.

„Wir haben das Glück erfunden" – sagen die letzten Menschen und blinzeln.

Sie haben den Gegenden verlassen, wo es hart war zu leben: denn man braucht Wärme. Man liebt noch den Nachbar und reibt sich an ihm: denn man braucht Wärme.

Krankwerden und Misstrauen-haben gilt ihnen sündhaft: man geht achtsam einher. Ein Thor, der noch über Steine oder Menschen stolpert!

Ein wenig Gift ab und zu: das macht angenehme Träume. Und viel Gift zuletzt, zu einem angenehmen Sterben.

Man arbeitet noch, denn Arbeit ist eine Unterhaltung. Aber man sorgt dass die Unterhaltung nicht angreife.

Man wird nicht mehr arm und reich: Beides ist zu beschwerlich. Wer will noch regieren? Wer noch gehorchen? Beides ist zu beschwerlich.

Kein Hirt und Eine Heerde! Jeder will das Gleiche, Jeder ist gleich: wer anders fühlt, geht freiwillig in's Irrenhaus.

„Ehemals war alle Welt irre" – sagen die Feinsten und blinzeln.

Man ist klug und weiss Alles, was geschehn ist: so hat man kein Ende zu spotten. Man zankt sich noch, aber man versöhnt sich bald – sonst verdirbt es den Magen.

Man hat sein Lüstchen für den Tag und sein Lüstchen für die Nacht: aber man ehrt die Gesundheit.

„Wir haben das Glück erfunden" – sagen die letzten Menschen und blinzeln –

Und hier endete die erste Rede Zarathustra's, welche man auch „die Vorrede" heisst: denn an dieser Stelle unterbrach ihn das Geschrei und die Lust der Menge. „Gieb uns diesen letzten Menschen, oh Zarathustra, – so riefen sie – mache uns zu diesen letzten Menschen! So schenken wir dir den Übermenschen!" Und alles Volk jubelte und schnalzte mit der Zunge. Zarathustra aber wurde traurig und sagte zu seinem Herzen:

Sie verstehen mich nicht: ich bin nicht den Mund für diese Ohren.

Zu lange wohl lebte ich im Gebirge, zu viel horchte ich auf Bäche und Bäume: nun rede ich ihnen gleich den Ziegenhirten.

Unbewegt ist meine Seele und hell wie das Gebirge am Vormittag. Aber sie meinen, ich sei kalt und ein Spötter in furchtbaren Spässen.

Und nun blicken sie mich an und lachen: und indem sie lachen, hassen sie mich noch. Es ist Eis in ihrem Lachen.

6

Da aber geschah Etwas, das jeden Mund stumm und jedes Auge starr machte. Inzwischen nämlich hatte der Seiltänzer sein Werk begonnen: er war aus einer kleiner Thür hinausgetreten und gieng über das Seil, welches zwischen zwei Thürmen gespannt war, also, dass es über dem Markte und dem Volke hieng. Als er eben in der Mitte seines Weges war, öffnete sich die kleine Thür noch einmal, und ein bunter Gesell, einem Possenreisser gleich, sprang heraus und gieng mit schnellen Schritten dem Ersten nach. „Vorwärts, Lahmfuss, rief seine fürchterliche Stimme, vorwärts Faulthier, Schleichhändler, Bleichgesicht! Dass ich dich nicht mit meiner Ferse kitzle! Was treibst du hier zwischen Thürmen? In den Thurm gehörst du, einsperren sollte man dich, einem Bessern, als du bist, sperrst du die freie Bahn!" – Und mit jedem Worte kam er ihm näher und näher: als er aber nur noch einen Schritt hinter ihm war, da geschah das Erschreckliche, das jeden Mund stumm und jedes Auge starr machte: – er stiess ein Geschrei aus wie ein Teufel und sprang über Den hinweg, der ihm im Wege war. Dieser aber, als er so seinen Nebenbuhler siegen sah, verlor dabei den Kopf und das Seil; er warf seine Stange weg und schoss schneller als diese, wie ein Wirbel von Armen und Beinen, in die Tiefe. Der Markt und das Volk glich dem Meere, wenn der Sturm hineinfährt: Alles floh aus einander und übereinander, und am meisten dort, wo der Körper niederschlagen musste.

Zarathustra aber blieb stehen, und gerade neben ihn fiel der Körper hin, übel zugerichtet und zerbrochen, aber noch nicht todt. Nach einer Weile kam dem Zerschmetterten das Bewusstsein zurück, und er sah Zarathustra neben sich knieen. „Was machst du da? sagte er endlich, ich wusste es lange, dass mir der Teufel ein Bein stellen werde. Nun schleppt er mich zur Hölle: willst du's ihm wehren?"

„Bei meiner Ehre, Freund, antwortete Zarathustra, das giebt es Alles nicht, wovon du sprichst: es giebt keinen Teufel und keine Hölle. Deine Seele wird noch schneller todt sein als dein Leib: fürchte nun Nichts mehr!"

Der Mann blickte misstrauisch auf. „Wenn du die Wahrheit sprichst, sagte er dann, so verliere ich Nichts, wenn ich das Leben verliere. Ich bin nicht viel mehr als ein Thier, das man tanzen gelehrt hat, durch Schläge und schmale Bissen."

„Nicht doch, sprach Zarathustra; du hast aus der Gefahr deinen Beruf gemacht, daran ist Nichts zu verachten. Nun gehst du an deinem Beruf zu Grunde: dafür will ich dich mit meinen Händen begraben."

Als Zarathustra diess gesagt hatte, antwortete der Sterbende nicht mehr; aber er bewegte die Hand, wie als ob er die Hand Zarathustra's zum Danke suche. –

7

Inzwischen kam der Abend, und der Markt barg sich in Dunkelheit: da verlief sich das Volk, denn selbst Neugierde und Schrekken werde müde. Zarathustra aber sass neben dem Todten auf der Erde und war in Gedanken versunken: so vergass er die Zeit. Endlich aber wurde es Nacht, und ein kalter Wind blies über den Einsamen. Da erhob sich Zarathustra und sagte zu seinem Herzen:

Wahrlich, einen schönen Fischfang that heute Zarathustra! Keinen Menschen fieng er, wohl aber einen Leichnam.

Unheimlich ist das menschliche Dasein und immer noch ohne Sinn: ein Possenreisser kann ihm zum Verhängniss werden.

Ich will die Menschen den Sinn ihres Seins lehren: welcher ist der Übermensch, der Blitz aus der dunklen Wolke Mensch.

Aber noch bin ich ihnen ferne, und mein Sinn redet nicht zu ihren Sinnen. Eine Mitte bin ich noch den Menschen zwischen einem Narren und einem Leichnam.

Dunkel ist die Nacht, dunkel sind die Wege Zarathustra's. Komm, du kalter und steifer Gefährte! Ich trage dich dorthin, wo ich dich mit meinen Händen begrabe.

8

Als Zarathustra diess zu seinem Herzen gesagt hatte, lud er den Leichnam auf seinem Rücken und machte sich auf den Weg. Und noch nicht war er hundert Schritte gegangen, da schlich ein Mensch an ihn heran und flüsterte ihm in's Ohr – und siehe! Der, welcher redete, war der Possenreisser vom Thurme. „Geh weg von dieser Stadt, oh Zarathustra, sprach er; es hassen dich hier zu Viele. Es hassen dich die Guten und Gerechten und sie nennen dich ihren Feind und Verächter; es hassen dich die Gläubigen des rechten Glaubens, und sie nennen dich die Gefahr der Menge. Dein Glück war es, dass man über dich lachte: und wahrlich, du redetest gleich einem Possenreisser. Dein Glück war es, dass du dich dem todten Hunde geselltest; als du dich so erniedrigtest, hast du dich selber für heute errettet. Geh aber fort aus dieser Stadt – oder morgen springe ich über dich hinweg, ein Lebendiger über einen Todten." Und als er diess gesagt hatte, verschwand der Mensch; Zarathustra aber gieng weiter durch die dunklen Gassen.

Am Thore der Stadt begegneten ihm die Todtengräber: sie leuchteten ihm mit der Fackel in's Gesicht, erkannten Zarathustra und spotteten sehr über ihn. „Zarathustra trägt den todten Hund davon: brav, dass Zarathustra zum Todtengräber wurde! Denn unsere Hände sind zu reinlich für diesen Braten. Will Zarathustra wohl dem Teufel seinen Bissen stehlen? Nun wohlan! Und gut Glück zur Mahlzeit! Wenn nur nicht der Teufel ein besserer Dieb ist, als Zarathustra! – er stiehlt die Beide, er frisst sie Beide!" Und sie lachten mit einander und steckten die Köpfe zusammen.

Zarathustra sagte dazu kein Wort und gieng seines Weges. Als er zwei Stunden gegangen war, an Wäldern und Sümpfen vorbei, da hatte er zu viel das hungrige

Geheul der Wölfe gehört, und ihm selber kam der Hunger. So blieb er an einem einsamen Hause stehn, in dem ein Licht brannte.

Der Hunger überfällt mich, sagte Zarathustra, wie ein Räuber. In Wäldern und Sümpfen überfällt mich mein Hunger und in tiefer Nacht.

Wunderliche Launen hat mein Hunger. Oft kommt er mir erst nach der Mahlzeit, und heute kam er den ganzen Tag nicht: wo weilte er doch?

Und damit schlug Zarathustra an das Thor des Hauses. Ein alter Mann erschien; er trug das Licht und fragte: „Wer kommt zu mir und zu meinem schlimmen Schlafe?"

„Ein Lebendiger und ein Todter, sagte Zarathustra. Gebt mir zu essen und zu trinken, ich vergass es am Tage. Der, welcher den Hungrigen speiset, erquickt seine eigene Seele: so spricht die Weisheit."

Der Alte gieng fort, kam aber gleich zurück und bot Zarathustra Brod und Wein. „Eine böse Gegend ist's für Hungernde, sagte er; darum wohne ich hier. Thier und Mensch kommen zu mir, dem Einsiedler. Aber heisse auch deinen Gefährten essen und trinken, er ist müder als du." Zarathustra antwortete: „Todt ist mein Gefährte, ich werde ihn schwerlich dazu überreden." „Das geht mich Nichts an, sagte der Alte mürrisch; wer an meinem Hause anklopft, muss auch nehmen, was ich ihm biete. Esst und gehabt euch wohl!" –

Darauf gieng Zarathustra wieder zwei Stunden und vertraute dem Wege und dem Lichte der Sterne: denn er war ein gewohnter Nachtgänger und liebte es, allem Schlafenden in's Gesicht zu sehn. Als aber der Morgen graute, fand sich Zarathustra in einem tiefen Walde, und kein Weg zeigte sich ihm mehr. Da legte er den Todten in einen hohlen Baum sich zu Häupten – denn er wollte ihn vor den Wölfen schützen – und sich selber auf den Boden und das Moos. Und alsbald schlief er ein, müden Leibes, aber mit einer unbewegten Seele.

9

Lange schlief Zarathustra, und nicht nur die Morgenröthe gieng über sein Antlitz, sondern auch der Vormittag. Endlich aber that sein Auge sich auf: verwundert sah Zarathustra in den Wald und die Stille, verwundert sah er in sich hinein. Dann erhob er sich schnell, wie ein Seefahrer, der mit Einem Male Land sieht, und jauchzte: denn er sah eine neue Wahrheit. Und also redete er dann zu seinem Herzen:

Ein Licht gieng mir auf: Gefährten brauche ich und lebendige, – nicht todte Gefährten und Leichname, die ich mit mir trage, wohin ich will.

Sondern lebendige Gefährten brauche ich, die mir folgen, weil sie sich selber folgen wollen – und dorthin, wo ich will.

Ein Licht gieng mir auf: nicht zum Volke rede Zarathustra, sondern zu Gefährten! Nicht soll Zarathustra einer Heerde Hirt und Hund werden!

Viele wegzulocken von der Heerde – dazu kam ich. Zürnen soll mir Volk und Heerde: Räuber will Zarathustra den Hirten heissen.

Hirten sage ich, aber sie nennen sich die Guten und Gerechten. Hirten sage ich: aber sie nennen sich die Gläubigen des rechten Glaubens.

Siehe die Guten und Gerechten! Wen hassen sie am meisten? Den, der zerbricht ihre Tafeln der Werthe, den Brecher, den Verbrecher: – das aber ist der Schaffende.

Siehe die Gläubigen aller Glauben! Wen hassen sie am meisten? Den, der zerbricht ihre Tafeln der Werthe, den Brecher, den Verbrecher: – das aber ist der Schaffende.

Gefährten sucht der Schaffende und nicht Leichname, und auch nicht Heerden und Gläubige. Die Mitschaffenden sucht der Schaffende, Die, welche neue Werthe auf neue Tafeln schreiben.

Gefährten sucht der Schaffende, und Miterntende: denn Alles steht bei ihm reif zur Ernte. Aber ihm fehlen die hundert Sicheln: so rauft er Ähren aus und ist ärgerlich.

Gefährten sucht der Schaffende, und solche, die ihre Sicheln zu wetzen wissen. Vernichter wird man sie heissen und Verächter des Guten und Bösen. Aber die Erntenden sind es und die Feiernden.

Mitschaffende sucht Zarathustra, Miterntende und Mitfeiernde sucht Zarathustra: was hat er mit Heerden und Hirten und Leichnamen zu schaffen!

Und du, mein erster Gefährte, gehab dich wohl! Gut begrub ich dich in deinem hohlen Baume, gut barg ich dich vor den Wölfen.

Aber ich scheide von dir, die Zeit ist um. Zwischen Morgenröthe und Morgenröthe kam mir eine neue Wahrheit.

Nicht Hirt soll ich sein, nicht Todtengräber. Nicht reden einmal will ich wieder mit dem Volke; zum letzten Male sprach ich zu einem Todten.

Den Schaffenden, den Erntenden, den Feiernden will ich mich zugesellen: den Regenbogen will ich ihnen zeigen und alle die Treppen des Übermenschen.

Den Einsiedlern werde ich mein Lied singen und den Zweisiedlern; und wer noch Ohren hat für Unerhörtes, dem will ich sein Herz schwer machen mit meinem Glücke.

Zu meinem Ziele will ich, ich gehe meinen Gang; über die Zögernden und Saumseligen werde ich hinwegspringen. Also sei mein Gang ihr Untergang!

10

Diess hatte Zarathustra zu seinem Herzen gesprochen, als die Sonne im Mittag stand: da blickte er fragend in die Höhe – denn er hörte über sich den scharfen Ruf eines Vogels. Und siehe! Ein Adler zog in weiten Kreisen durch die Luft, und an ihm hieng eine Schlange, nicht einer Beute gleich, sondern einer Freundin: denn sie hielt sich um seinen Hals geringelt.

„Es sind meine Thiere!" sagte Zarathustra und freute sich von Herzen.

Das stolzeste Thier unter der Sonne und das klügste Thier unter der Sonne – sie sind ausgezogen auf Kundschaft.

Erkunden wollen sie, ob Zarathustra noch lebe. Wahrlich, lebe ich noch?

Gefährlicher fand ich's unter Menschen als unter Thieren, gefährlicher Wege geht Zarathustra. Mögen mich meine Thiere führen!"

Als Zarathustra diess gesagt hatte, gedachte er der Worte des Heiligen im Walde, seufzte und sprach also zu seinem Herzen:

Möchte ich klüger sein! Möchte ich klug von Grund aus sein, gleich meiner Schlange!

Aber Unmögliches bitte ich da: so bitte ich denn meinen Stolz, dass er immer mit meiner Klugheit gehe!

Und wenn mich einst meine Klugheit verlässt: – ach, sie liebt es, davonzufliegen! – möge mein Stolz dann noch mit meiner Thorheit fliegen!

– Also begann Zarathustra's Untergang.

Die Reden Zarathustra's

Von den drei Verwandlungen

Drei Verwandlungen nenne ich euch des Geistes: wie der Geist zum Kameele wird, und zum Löwen das Kameel, und zum Kinde zuletzt der Löwe.

Vieles Schwere giebt es dem Geiste, dem starken, tragsamen Geiste, dem Ehrfurcht innewohnt: nach dem Schweren und Schwersten verlangt seine Stärke.

Was ist schwer? so fragt der tragsame Geist, so kniet er nieder, dem Kameele gleich, und will gut beladen sein.

Was ist das Schwerste, ihr Helden? so fragt der tragsame Geist, dass ich es auf mich nehme und meiner Stärke froh werde.

Ist es nicht das: sich erniedrigen, um seinem Hochmuth wehe zu thun? Seine Thorheit leuchten lassen, um seiner Weisheit zu spotten?

Oder ist es das: von unserer Sache scheiden, wenn sie ihren Sieg feiert? Auf hohe Berge steigen, um den Versucher zu versuchen?

Oder ist es das: sich von Eicheln und Gras der Erkenntniss nähren und um der Wahrheit willen an der Seele Hunger leiden?

Oder ist es das: krank sein und die Tröster heimschicken und mit Tauben Freundschaft schliessen, die niemals hören, was du willst?

Oder ist es das: in schmutziges Wasser steigen, wenn es das Wasser der Wahrheit ist, und kalte Frösche und heisse Kröten nicht von sich weisen?

Oder ist es das: Die lieben, die uns verachten, und dem Gespenste die Hand reichen, wenn es uns fürchten machen will?

Alles diess Schwerste nimmt der tragsame Geist auf sich: dem Kameele gleich, das beladen in die Wüste eilt, also eilt er in seine Wüste.

Aber in der einsamsten Wüste geschieht die zweite Verwandlung: zum Löwen wird hier der Geist, Freiheit will er sich erbeuten und Herr sein in seiner eignen Wüste.

Seinen letzten Herrn sucht er sich hier: feind will er ihm werden und seinem letzten Gotte, um Sieg will er mit dem grossen Drachen ringen.

Welches ist der grosse Drache, den der Geist nicht mehr Herr und Gott heissen mag? „Du-sollst“ heisst der grosse Drache. Aber der Geist des Löwen sagt „Ich will“.

„Du-sollst“ liegt ihm am Wege, goldfunkelnd, ein Schuppenthier, und auf jeder Schuppe glänzt golden „Du-sollst!“

Tausendjährige Werthe glänzen an diesen Schuppen, und also spricht der mächtigste aller Drachen „aller Werth der Dinge – der glänzt an mir.“

„Aller Werth ward schon geschaffen, und aller geschaffene Werth – das bin ich. Wahrlich, es soll kein „Ich will“ mehr geben!“ Also spricht der Drache.

Meine Brüder, wozu bedarf es des Löwen im Geiste? Was genügt nicht das lastbare Thier, das entsagt und ehrfürchtig ist?

Neue Werthe schaffen – das vermag auch der Löwe noch nicht: aber Freiheit sich schaffen zu neuem Schaffen – das vermag die Macht des Löwen.

Freiheit sich schaffen und ein heiliges Nein auch vor der Pflicht: dazu, meine Brüder bedarf es des Löwen.

Recht sich nehmen zu neuen Werthen – das ist das furchtbarste Nehmen für einen tragsamen und ehrfürchtigen Geist. Wahrlich, ein Rauben ist es ihm und eines raubenden Thieres Sache.

Als sein Heiligstes liebte er einst das „Du-sollst“: nun muss er Wahn und Willkür auch noch im Heiligsten finden, dass er sich Freiheit raube von seiner Liebe: des Löwen bedarf es zu diesem Raube.

Aber sagt, meine Brüder, was vermag noch das Kind, das auch der Löwe nicht vermochte? Was muss der raubende Löwe auch noch zum Kinde werden?

Unschuld ist das Kind und Vergessen, ein Neubeginnen, ein Spiel, ein aus sich rollendes Rad, eine erste Bewegung, ein heiliges Ja-sagen.

Ja, zum Spiele des Schaffens, meine Brüder, bedarf es eines heiligen Ja-sagens: *seinen* Willen will nun der Geist, *seine* Welt gewinnt sich der Weltverlorene.

Drei Verwandlungen nannte ich euch des Geistes: wie der Geist zum Kameele ward, und zum Löwen das Kameel, und der Löwe zuletzt zum Kinde. --

Also sprach Zarathustra. Und damals weilte er in der Stadt, welche genannt wird: die bunte Kuh.

Von den Lehrstühlen der Tugend

Man rühmte Zarathustra einen Weisen, der gut vom Schlafe und von der Tugend zu reden wisse: sehr werde er geehrt und gelohnt dafür, und alle Jünglinge sässen vor seinem Lehrstuhle. Zu ihm gieng Zarathustra, und mit allen Jünglingen sass er vor seinem Lehrstuhle. Und also sprach der Weise:

Ehre und Scham vor dem Schlafe! Das ist das Erste! Und Allen aus dem Wege gehn, die schlecht schlafen und Nachts wachen!

Schamhaft ist noch der Dieb vor dem Schlafe: stets stiehlt er sich leise durch die Nacht. Schamlos aber ist der Wächter der Nacht, schamlos trägt er sein Horn.

Keine geringe Kunst ist schlafen: es thut schon Noth, den ganzen Tag darauf hin zu wachen.

Zehn Mal musst du des Tages dich selber überwinden: das macht eine gute Müdigkeit und ist Mohn der Seele.

Zehn Mal musst du dich wieder dir selber versöhnen; denn Überwindung ist Bitterniss, und schlecht schläft der Unversöhnte.

Zehn Wahrheiten musst du des Tages finden: sonst suchst du noch des Nachts nach Wahrheit, und deine Seele blieb hungrig.

Zehn Mal musst du lachen am Tage und heiter sein: sonst stört dich der Magen in der Nacht, dieser Vater der Trübsal.

Wenige wissen das: aber man muss alle Tugenden haben, um gut zu schlafen. Werde ich falsch Zeugniss reden? Werde ich ehebrechen?

Werde ich mich gelüsten lassen meines Nächsten Magd? Das Alles vertrüge sich schlecht mit gutem Schlafe.

Und selbst wenn man alle Tugenden hat, muss man sich noch auf Eins verstehn: selber die Tugenden zur rechten Zeit schlafen schicken.

Dass sie sich nicht mit einander zanken, die artigen Weiblein! Und über dich, du Unglückseliger!

Friede mit Gott und dem Nachbar: so will es der gute Schlaf. Und Friede auch noch mit des Nachbars Teufel! Sonst geht er bei dir des Nachts um.

Ehre der Obrigkeit und Gehorsam, und auch der krummen Obrigkeit! So will es der gute Schlaf. Was kann ich dafür, dass die Macht gerne auf krummen Beinen Wandelt?

Der soll mir immer der beste Hirt heissen, der sein Schaf auf die grünste Aue führt: so verträgt es sich mit dem gutem Schlafe.

Viel Ehren will ich nicht, noch grosse Schätze: das entzündet die Milz. Aber schlecht schläft es sich ohne einen guten Namen und einen kleinen Schatz.

Eine kleine Gesellschaft ist mir willkommener als eine böse: doch muss sie gehn und kommen zur rechten Zeit. So verträgt es sich mit gutem Schlafe.

Sehr gefallen mir auch die Geistig-Armen: sie fördern den Schlaf. Selig sind die, sonderlich, wenn man ihnen immer Recht giebt.

Also läuft der Tag dem Tugendsamen. Kommt nun die Nacht, so hüte ich mich wohl, den Schlaf zu rufen! Nicht will er gerufen sein, der Schlaf, der der Herr der Tugenden ist!

Sondern ich denke, was ich des Tages gethan und gedacht. Wiederkäuend frage ich mich, geduldsam gleich einer Kuh: welches waren doch deine zehn Überwindungen?

Und welches waren die zehn Versöhnungen und die zehn Wahrheiten und die zehn Gelächter, mit denen sich mein Herz gütlich that?

Solcherlei erwägend und gewiegt von vierzig Gedanken, überfällt mich auf einmal der Schlaf, der Ungerufne, der Herr der Tugenden.

Der Schlaf klopft mir auf meine Auge: da wird es schwer. Der Schlaf berührt mir den Mund: da bleibt er offen.

Wahrlich, auf weichen Sohlen kommt er mir, der liebste der Diebe, und stiehlt mir meine Gedanken: dumm stehe ich da wie dieser Lehrstuhl.

Aber nicht lange mehr stehe ich dann: da liege ich schon. –

Als Zarathustra den Weisen also sprechen hörte, lachte er bei sich im Herzen: denn ihm war dabei ein Licht aufgegangen. Und also sprach er zu seinem Herzen:

Ein Narr ist mir dieser Weise da mit seinen vierzig Gedanken: aber ich glaube, dass er sich wohl auf das Schlafen versteht.

Glücklich schon, wer in der Nähe dieses Weisen wohnt! Solch ein Schlaf steckt an, noch durch eine dicke Wand hindurch steckt er an.

Ein Zauber wohnt selbst in seinem Lehrstuhle. Und nicht vergebens sassen die Jünglinge vor dem Prediger der Tugend.

Seine Weisheit heisst: wachen, um gut zu schlafen. Und wahrlich, hätte das Leben keinen Sinn und müsste ich Unsinn wählen, so wäre auch mir diess der wählenswürdigste Unsinn.

Jetzo verstehe ich klar, was einst man vor Allem suchte, wenn man Lehrer der Tugend suchte. Guten Schlaf suchte man sich und mohnblumige Tugenden dazu!

Allen diesen gelobten Weisen der Lehrstühle war Weisheit der Schlaf ohne Träume: sie kannten keinen bessern Sinn des Lebens.

Auch noch heute wohl giebt es Einige, wie diesen Prediger der Tugend, und nicht immer so Ehrliche: aber ihre Zeit ist um. Und nicht mehr lange stehen sie noch: da liegen sie schon.

Selig sind diese Schläfrigen: denn sie sollen bald einnicken. –

Also sprach Zarathustra.

Von den Hinterweltlern

Einst warf auch Zarathustra seinen Wahn jenseits des Menschen, gleich allen Hinterweltlern. Eines leidenden und zerquälten Gottes Werk schien mir da die Welt.

Traum schien mir da die Welt und Dichtung eines Gottes; farbiger Rauch vor den Augen eines göttlich Unzufriednen.

Gut und böse und Lust und Leid und Ich und Du – farbiger Rauch dünkte mich's vor schöpferischen Augen. Wegsehn wollte der Schöpfer von sich, – da schuf er die Welt.

Trunkne Lust ist's dem Leidenden, wegzusehn von seinem Leiden und sich zu verlieren. Trunkne Lust Und Selbst-sich-Verlieren dünkte mich einst die Welt.

Diese Welt, die ewig unvollkommene, eines ewigen Widerspruches Abbild und unvollkommnes Abbild – eine trunkne Lust ihrem unvollkommnen Schöpfer: – also dünkte mich einst die Welt.

Also warf auch ich einst meinen Wahn jenseits des Menschen, gleich allen Hinterweltlern. Jenseits des Menschen in Wahrheit?

Ach, ihr Brüder, dieser Gott, den ich schuf, war Menschen-Werk und – Wahnsinn, gleich allen Göttern!

Mensch war er, und nur ein armes Stück Mensch und Ich: aus der eigenen Asche und Gluth kam es mir, dieses Gespenst, und wahrlich! Nicht kam es mir von Jenseits!

Was geschah, meine Brüder? Ich überwand mich, den Leidenden, ich trug meine eigne Asche zu Berge, eine hellere Flamme erfand ich mir. Und siehe! Da *wich* das Gespenst von mir!

Leiden wäre es mir jetzt und Qual dem Genesenen, solche Gespenster zu glauben: Leiden wäre es mir jetzt und Erniedrigung. Also rede ich zu den Hinterweltlern.

Leiden war's und Unvermögen – das schuf alle Hinterwelten; und jener kurze Wahnsinn des Glücks, den nur der Leidendste erfährt.

Müdigkeit, die mit Einem Sprunge zum Letzten will, mit einem Todessprunge, eine arme unwissende Müdigkeit, die nicht einmal mehr wollen will: die schuf alle Götter und Hinterwelten.

Glaubt es mir, meine Brüder! Der Leib war's, der am Leibe verzweifelte, – der tastete mit den Fingern des bethörten Geistes an die letzten Wände.

Glaubt es mir, meine Brüder! Der Leib war's, der an der Erde verzweifelte, – der hörte den Bauch des Seins zu sich reden.

Und da wollte er mit dem Kopfe durch die letzten Wände, und nicht nur mit dem Kopfe, – hinüber zu „jener Welt".

Aber „jene Welt" ist gut verborgen vor dem Menschen, jene entmenschte unmenschliche Welt, die ein himmlisches Nichts ist; und der Bauch des Seins redet gar nicht zum Menschen, es sei denn als Mensch.

Wahrlich, schwer zu beweisen ist alles Sein und schwer zum Reden zu bringen. Sagt mir, ihr Brüder, ist nicht das Wunderlichste aller Dinge noch am besten bewiesen?

Ja, diess Ich und des Ich's Widerspruch und Wirrsal redet noch am redlichsten von seinem Sein, dieses schaffende, wollende, werthende Ich, welches das Maass und der Werth der Dinge ist.

Und diess redlichste Sein, das Ich – das redet vom Leibe, und es will noch den Leib, selbst wenn es dichtet und schwärmt und mit zerbrochnen Flügeln flattert.

Immer redlicher lernt es reden, das Ich: und je mehr es lernt, um so mehr findet es Worte und Ehren für Leib und Erde.

Einen neuen Stolz lehrte mich mein Ich, den lehre ich die Menschen: – nicht mehr den Kopf in den Sand der himmlischen Dinge zu stecken, sondern frei ihn zu tragen, einen Erden-Kopf, der der Erde Sinn schafft!

Einen neuen Willen lehre ich die Menschen: diesen Weg wollen, den blindlings der Mensch gegangen, und gut ihn heissen und nicht mehr von ihm bei Seite schleichen, gleich den Kranken und Absterbenden!

Kranke und Absterbende waren es, die verachteten Leib und Erde und erfanden das Himmlische und die erlösenden Blutstropfen: aber auch noch diese süssen und düstern Gifte nahmen sie von Leib und Erde!

Ihrem Elende wollten sie entlaufen, und die Sterne waren ihnen zu weit. Da seufzten sie: „Oh dass es doch himmlische Wege gäbe, sich in ein andres Sein und Glück zu schleichen!" – da erfanden sie sich ihre Schliche und blutigen Tränklein!

Ihrem Leibe und dieser Erde nun entrückt wähnten sie sich, diese Undankbaren. Doch wem dankten sie ihrer Entrückung Krampf und Wonne? Ihrem Leibe und dieser Erde.

Milde ist Zarathustra den Kranken. Wahrlich, er zürnt nicht ihren Arten des Trostes und Undanks. Mögen sie Genesende werden und Überwindende und einen höheren Leib sich schaffen!

Nicht auch zürnt Zarathustra dem Genesenden, wenn er zärtlich nach seinem Wahne blickt und Mitternachts um das Grab seines Gottes schleicht: aber Krankheit und kranker Leib bleiben mir auch seine Thränen noch.

Vieles krankhafte Volk gab es immer unter Denen, welche dichten und gottsüchtig sind; wüthend hassen sie den Erkennenden und jene jüngste der Tugenden, welche heisst: Redlichkeit.

Rückwärts blicken sie immer nach dunklen Zeiten: da freilich war Wahn und Glaube ein ander Ding; Raserei der Vernunft war Gottähnlichkeit, und Zweifel Sünde.

Allzugut kenne ich diese Gottähnlichen: sie wollen, dass an sie geglaubt werde, und Zweifel Sünde sei. Allzugut weiss ich auch, woran sie selber am besten glauben.

Wahrlich nicht an Hinterwelten und erlösende Blutstropfen: sondern an den Leib glauben auch sie am besten, und ihr eigener Leib ist ihnen ihr Ding an sich.

Aber ein krankhaftes Ding ist er ihnen: und gerne möchten sie aus der Haut fahren. Darum horchen sie nach den Predigern des Todes und predigen selber Hinterwelten.

Hört mir lieber, meine Brüder, auf die Stimme des gesunden Leibes: eine redlichere und reinere Simme ist diess.

Redlicher redet und reiner der gesunde Leib, der vollkommne und rechtwinklige: und er redet vom Sinn der Erde.

Also sprach Zarathustra.

Von den Verächtern des Leibes

Den Verächtern des Leibes will ich mein Wort sagen. Nicht umlernen und umlehren sollen sie mir, sondern nur ihrem eignen Leibe Lebewohl sagen – und also stumm werden.

„Leib bin ich und Seele“ – so redet das Kind. Und warum sollte man nicht wie die Kinder reden?

Aber der Erwachte, der Wissende sagt: Leib bin ich ganz und gar, und Nichts ausserdem; und Seele ist nur ein Wort für ein Etwas am Leibe.

Der Leib ist eine grosse Vernunft, eine Vielheit mit Einem Sinne, ein Krieg und ein Frieden, eine Heerde und ein Hirt.

Werkzeug deines Leibes ist auch deine kleine Vernunft, mein Bruder, die du „Geist“ nennst, ein kleines Werk- und Spielzeug deiner grossen Vernunft.

„Ich“ sagst du und bist stolz auf diess Wort. Aber das Grössere ist, woran du nicht glauben willst, – dein Leib und seine grosse Vernunft: die sagt nicht Ich, aber thut Ich.

Was der Sinn fühlt, was der Geist erkennt, das hat niemals in sich sein Ende. Aber Sinn und Geist möchten dich überreden, sie seien aller Dinge Ende: so eitel sind sie.

Werk- und Spielzeuge sind Sinn und Geist: hinter ihnen liegt noch das Selbst. Das Selbst sucht auch mit den Augen der Sinne, es horcht auch mit den Ohren des Geistes.

Immer horcht das Selbst und sucht: es vergleicht, bezwingt, erobert, zerstört. Es herrscht und ist auch des Ich's Beherrscher.

Hinter deinen Gedanken und Gefühlen, mein Bruder, steht ein mächtiger Gebieter, ein unbekannter Weiser – der heisst Selbst. In deinem Leibe wohnt er, dein Leib ist er.

Es ist mehr Vernunft in deinem Leibe, als in deiner besten Weisheit. Und wer weiss denn, wozu dein Leib gerade deine beste Weisheit nöthig hat?

Dein Selbst lacht über dein Ich und seine stolzen Sprünge. „Was sind mir diese Sprünge und Flüge des Gedankens? sagt es sich. Ein Umweg zu meinem Zwecke. Ich bin das Gängelband des Ich's und der Einbläser seiner Begriffe."

Das Selbst sagt zum Ich: „hier fühle Schmerz!" Und da leidet es und denkt nach, wie es nicht mehr leide – und dazu eben *soll* es denken.

Das Selbst sagt zum Ich: „hier fühle Lust!" Da freut es sich und denkt nach, wie es noch oft sich freue – und dazu eben *soll* es denken.

Den Verächtern des Leibes will ich ein Wort sagen. Dass sie verachten, das macht ihr Achten. Was ist es, das Achten und Verachten und Werth und Willen schuf?

Das schaffende Selbst schuf sich Achten und Verachten, es schuf sich Lust und Weh. Der schaffende Leib schuf sich den Geist als eine Hand seines Willens.

Noch in eurer Thorheit und Verachtung, ihr Verächter des Leibes, dient ihr eurem Selbst. Ich sage euch: euer Selbst selber will sterben und kehrt sich vom Leben ab.

Nicht mehr vermag es das, was es am liebsten will: – über sich hinaus zu schaffen. Das will es am liebsten, das ist seine ganze Inbrunst.

Aber zu spät ward es ihm jetzt dafür: – so will euer Selbst untergehn, ihr Verächter des Leibes.

Untergehn will euer Selbst, und darum wurdet ihr zu Verächtern des Leibes! Denn nicht mehr vermögt ihr über euch hinaus zu schaffen.

Und darum zürnt ihr nun dem Leben und der Erde. Ein ungewusster Neid ist im scheelen Blick eurer Verachtung.

Ich gehe nicht euren Weg, ihr Verächter des Leibes! Ihr seid mir keine Brücken zum Übermenschen! –

Also sprach Zarathustra.

Von den Freuden- und Leidenschaften

Mein Bruder, wenn du eine Tugend hast, und es deine Tugend ist, so hast du sie mit Niemandem gemeinsam.

Freilich, du willst sie bei Namen nennen und liebkosen; du willst sie am Ohre zupfen und Kurzweil mit ihr treiben.

Und siehe! Nun hast du ihren Namen mit dem Volke gemeinsam und bist Volk und Heerde geworden mit deiner Tugend!

Besser thätest du, zu sagen: „unaussprechbar ist und namenlos, was meiner Seele Qual und Süsse macht und auch noch der Hunger meiner Eingeweide ist."

Deine Tugend sei zu hoch für die Vertraulichkeit der Namen: und musst du von ihr reden, so schäme dich nicht, von ihr zu stammeln.

So sprich und stammle: „Das ist *mein* Gutes, das liebe ich, so gefällt es mir ganz, so allein will ich das Gute.

Nicht will ich es als eines Gottes Gesetz, nicht will ich es als eine Menschen-Satzung und –Nothdurft: kein Wegweiser sei es mir für Über-Erden und Paradiese.

Eine irdische Tugend ist es, die ich liebe: wenig Klugheit ist darin und am wenigsten die Vernunft Aller.

Aber dieser Vogel baute bei mir sich das Nest: darum liebe und herze ich ihn, – nun sitze er bei mir auf seinen goldnen Eiern."

So sollst du stammeln und deine Tugend loben.

Einst hattest du Leidenschaften und nanntest sie böse. Aber jetzt hast du nur noch deine Tugenden: die wuchsen aus deinen Leidenschaften.

Du legtest dein höchstes Ziel diesen Leidenschaften an's Herz: da wurden sie deine Tugenden und Freudenschaften.

Und ob du aus dem Geschlechte der Jähzornigen wärest oder aus dem der Wollüstigen oder der Glaubens-Wüthigen oder der Rachsüchtigen:

Am Ende wurden alle deine Leidenschaften zu Tugenden und alle deine Teufel zu Engeln.

Einst hattest du wilde Hunde in deinem Keller: aber am Ende verwandelten sie sich zu Vögeln und lieblichen Sängerinnen.

Aus deinen Giften brautest du dir deinen Balsam; deine Kuh Trübsal melktest du, – nun trinkst du die süsse Milch ihres Euters.

Und nichts Böses wächst mehr fürderhin aus dir, es sei denn das Böse, das aus dem Kampfe deiner Tugenden wächst.

Mein Bruder, wenn du Glück hast, so hast du Eine Tugend und nicht mehr: so gehst du leichter über die Brücke.

Auszeichnend ist es, viele Tugenden zu haben, aber ein schweres Loos; und Mancher gieng in die Wüste und tödtete sich, weil er müde war, Schlacht und Schlachtfeld von Tugenden zu sein.

Mein Bruder, ist Krieg und Schlacht böse? Aber nothwendig ist diess Böse, nothwendig ist der Neid und das Misstrauen und die Verleumdung unter deinen Tugenden.

Siehe, wie jede deiner Tugenden begehrlich ist nach dem Höchsten: sie will deinen ganzen Geist, dass er *ihr* Herold sei, sie will deine ganze Kraft in Zorn, Hass und Liebe.

Eifersüchtig ist jede Tugend auf die andre, und ein furchtbares Ding ist Eifersucht. Auch Tugenden können an der Eifersucht zu Grunde gehn.

Wen die Flamme der Eifersucht umringt, der wendet zuletzt, gleich dem Scorpione, gegen sich selber den vergifteten Stachel.

Ach, mein Bruder, sahst du noch nie eine Tugend sich selber verleumden und erstechen?

Der Mensch ist Etwas, das überwunden werden muss: und darum sollst du deine Tugenden lieben, – denn du wirst an ihnen zu Grunde gehn. –

Also sprach Zarathustra.

Vom bleichen Verbrecher

Ihr wollt nicht tödten, ihr Richter und Opferer, bevor das Thier nicht genickt hat? Seht, der bleiche Verbrecher hat genickt: aus seinem Auge redet die grosse Verachtung.

„Mein Ich ist Etwas, das überwunden werden soll: mein Ich ist mir die grosse Verachtung des Menschen": so redet es aus diesem Auge.

Dass er sich selber richtete, war sein höchster Augenblick: lasst den Erhabenen nicht wieder zurück in sein Niederes!

Es giebt keine Erlösung für Den, der so an sich selber leidet, es sei denn der schnelle Tod.

Euer Tödten, ihr Richter, soll ein Mitleid sein und keine Rache. Und indem ihr tödtet, seht zu, dass ihr selber das Leben rechtfertiget!

Es ist nicht genug, dass ihr euch mit Dem versöhnt, den ihr tödtet. Eure Traurigkeit sei Liebe zum Übermenschen: so rechtfertigt ihr euer Noch-Leben!

„Feind" sollt ihr sagen, aber nicht „Bösewicht"; „Kranker" sollt ihr sagen, aber nicht „Schuft"; „Thor" sollt ihr sagen, aber nicht „Sünder".

Und du, rother Richter, wenn du laut sagen wolltest, was du Alles schon in Gedanken gethan hast: so würde Jedermann schreien: „Weg mit diesem Unflath und Giftwurm!"

Aber ein Anderes ist der Gedanke, ein Anderes die That, ein Anderes das Bild der That. Das Rad des Grundes rollt nicht wischen ihnen.

Ein Bild machte diesen bleichen Menschen bleich. Gleichwüchsig war er seiner That, als er sie that: aber ihr Bild ertrug er nicht, als sie gethan war.

Immer sah er sich nun als Einer That Thäter. Wahnsinn heisse ich diess: die Ausnahme verkehrte sich ihm zum Wesen.

Der Strich bannt die Henne; der Streich, den er führte, bannte seine arme Vernunft – den Wahnsinn *nach* der That heisse ich diess.

Hört, ihr Richter! Einen anderen Wahnsinn giebt es noch: und der ist vor der That. Ach, ihr krocht mir nicht tief genug in diese Seele!

So spricht der rothe Richter: „was mordete doch dieser Verbrecher? Er wollte rauben." Aber ich sage euch: seine Seele wollte Blut, nicht Raub: er dürstete nach dem Glück des Messers!

Seine arme Vernunft aber begriff diesen Wahnsinn nicht und überredete ihn. „Was liegt an Blut! sprach sie; willst du nicht zum mindesten einen Raub dabei machen? Eine Rache nehmen?"

Und er horchte auf seine arme Vernunft: wie Blei lag ihre Rede auf ihm, – da raubte er, als er mordete. Er wollte sich nicht seines Wahnsinns schämen.

Und nun wieder liegt das Blei seiner Schuld auf ihm, und wieder ist seine arme Vernunft so steif, so gelähmt, so schwer.

Wenn er nur den Kopf schütteln könnte, so würde seine Last herabrollen: aber wer schüttelt diesen Kopf?

Was ist dieser Mensch? Ein Haufen von Krankheiten, welche durch den Geist in die Welt hinausgreifen: da wollen sie ihre Beute machen.

Was ist dieser Mensch? Ein Knäuel wilder Schlangen, welche selten bei einander Ruhe haben, – da gehn sie für sich fort und suchen Beute in der Welt.

Seht diesen armen Leib! Was er litt und begehrte, das deutete sich diese arme Seele, – sie deutete es als mörderische Lust und Gier nach dem Glück des Messers.

Wer jetzt krank wird, den überfällt das Böse, das jetzt böse ist: wehe will er thun, mit dem, was ihm wehe thut. Aber es gab andre Zeiten und ein andres Böses und Gutes.

Einst war der Zweifel böse und der Wille zum Selbst. Damals wurde der Kranke zum Ketzer und zur Hege: als Ketzer und Hexe litt er und wollte leiden machen.

Aber diess will nicht in eure Ohren: euren Guten schade es, sagt ihr mir. Aber was liegt mir an euren Guten!

Vieles an euren Guten macht mir Ekel, und wahrlich nicht ihr Böses. Wollte ich doch, sie hätten einen Wahnsinn, an dem sie zu Grunde giengen, gleich diesem bleichen Verbrecher!

Wahrlich, ich wollte, ihr Wahnsinn hiesse Wahrheit oder Treue oder Gerechtigkeit: aber sie haben ihre Tugend, um lange zu leben und in einem erbärmlichen Behagen.

Ich bin ein Geländer am Strome: fasse mich, wer mich fassen kann! Eure Krücke aber bin ich nicht. –

Also sprach Zarathustra.

Vom Lesen und Schreiben

Von allem Geschriebenen liebe ich nur Das, was Einer mit seinem Blute schreibt. Schreibe mit Blut: und du wirst erfahren, dass Blut Geist ist.

Es ist nicht leicht möglich, fremdes Blut zu verstehen: ich hasse die lesenden Müssiggänger.

Wer den Leser kennt, der thut Nichts mehr für den Leser. Noch ein Jahrhundert Leser – und der Geist selber wird stinken.

Dass Jedermann lesen lernen darf, verdirbt auf die Dauer nicht allein das Schreiben, sondern auch das Denken.

Einst war der Geist Gott, dann wurde er zum Menschen und jetzt wird er gar noch Pöbel.

Wer in Blut und Sprüchen schreibt, der will nicht gelesen, sondern auswendig gelernt werden.

Im Gebirge ist der nächste Weg von Gipfel zu Gipfel: aber dazu musst du lange Beine haben. Sprüche sollen Gipfel sein: und Die, zu denen gesprochen wird, Grosse und Hochwüchsige.

Die Luft dünn und rein, die Gefahr nahe und der Geist voll einer fröhlichen Bosheit: so passt es gut zu einander.

Ich will Kobolde um mich haben, denn ich bin muthig. Muth, der die Gespenster verscheucht, schafft sich selber Kobolde, – der Muth will lachen.

Ich empfinde nicht mehr mit euch: diese Wolke, die ich unter mir sehe, diese Schwärze und Schwere, über die ich lache, – gerade das ist eure Gewitterwolke.

Ihr seht nach Oben, wenn ihr nach Erhebung verlangt. Und ich sehe hinab, weil ich erhoben bin.

Wer von euch kann zugleich lachen und erhoben sein?

Wer auf den höchsten Bergen steigt, der lacht über alle Trauer-Spiele und Trauer-Ernste.

Muthig, unbekümmert, spöttisch, gewaltthätig – so will uns die Weisheit: sie ist ein Weib und liebt immer nur einen Kriegsmann.

Ihr sagt mir: „das Leben ist schwer zu tragen.“ Aber wozu hättet ihr Vormittags euren Stolz und Abends eure Ergebung?

Das Leben ist schwer zu tragen: aber so thut mir doch nicht so zärtlich! Wir sind allesammt hübsche lastbare Esel und Eselinnen.

Was haben wir gemein mit der Rosenknospe, welche zittert, weil ihr ein Tropfen Thau auf dem Leibe liegt?

Es ist wahr: wir lieben das Leben, nicht, weil wir an's Leben, sondern weil wir an's Lieben gewöhnt sind.

Es ist immer etwas Wahnsinn in der Liebe. Es ist aber immer auch etwas Vernunft im Wahnsinn.

Und auch mir, der ich dem Leben gut bin, scheinen Schmetterlinge und Seifenblasen und was ihrer Art unter Menschen ist, am meisten vom Glücke zu wissen.

Diese leichten thörichten zierlichen beweglichen Seelchen flattern zu sehen – das verführt Zarathustra zu Thränen und Liedern.

Ich würde nur an einen Gott glauben, der zu tanzen verstünde.

Und als ich meinen Teufel sah, da fand ich ihn ernst, gründlich, tief, feierlich: es war der Geist der Schwere, – durch ihn fallen alle Dinge.

Nicht durch Zorn, sondern durch Lachen tödtet man. Auf, lasst uns den Geist der Schwere tödten!

Ich habe gehen gelernt: seitdem lasse ich mich laufen. Ich habe fliegen gelernt: seitdem will ich nicht erst gestossen sein, um von der Stelle zu kommen.

Jetzt bin ich leicht, jetzt fliege ich, jetzt sehe ich mich unter mir, jetzt tanzt ein Gott durch mich.

Also sprach Zarathustra.

Vom Baum am Berge

Zarathustra's Auge hatte gesehn, dass ein Jüngling ihm auswich. Und als er eines Abends allein durch die Berge gieng, welche die Stadt umschliessen, die genannt wird „die bunte Kuh“: siehe, da fand er im Gehen diesen Jüngling, wie er an einen Baum gelehnt sass und müden Blickes in das Thal schaute. Zarathustra fasste den Baum an, bei welchem der Jüngling sass, und sprach also:

Wenn ich diesen Baum da mit meinen Händen schütteln wollte, ich würde es nicht vermögen.

Aber der Wind, den wir nicht sehen, der quält und biegt ihn, wohin er will. Wir werden am schlimmsten von unsichtbaren Händen gebogen und gequält.

Da erhob sich der Jüngling bestürzt und sagte: „ich höre Zarathustra und eben dachte ich an ihn.“ Zarathustra entgegnete:

„Was erschrickst du desshalb? – Aber es ist mit dem Menschen wie mit dem Baume.

Je mehr er hinauf in die Höhe und Helle will, um so stärker streben seine Wurzeln erdwärts, abwärts, in's Dunkle, Tiefe, – in's Böse.“

„Ja in's Böse! rief der Jüngling. Wie ist es möglich, dass du meine Seele entdecktest?“

Zarathustra lächelte und sprach: „Manche Seele wird man nie entdecken, es sei denn, dass man sie zuerst erfindet.“ „Ja in's Böse! rief der Jüngling nochmals.

Du sagtest die Wahrheit, Zarathustra. Ich traue mir selber nicht mehr, seitdem ich in die Höhe will, und Niemand traut mir mehr, – wie geschieht diess doch?

Ich verwandele mich zu schnell: mein Heute widerlegt mein Gestern. Ich überspringe oft die Stufen, wenn ich steige, – das verzeiht mir keine Stufe.

Bin ich oben, so finde ich mich immer allein. Niemand redet mit mir, der Frost der Einsamkeit macht mich zittern. Was will ich doch in der Höhe?

Meine Verachtung und meine Sehnsucht wachsen mit einander; je höher ich steige, um so mehr verachte ich Den, der steigt. Was will er doch in der Höhe?

Wie schäme ich mich meines Steigens und Stolperns! Wie spotte ich meines heftigen Schnaubens! Wie hasse ich den Fliegenden! Wie müde bin ich in der Höhe!“

Hier schwieg der Jüngling. Und Zarathustra betrachtete den Baum, an dem sie standen, und sprach also:

Dieser Baum steht einsam hier am Gebirge; er wuchs hoch hinweg über Mensch und Thier.

Und wenn er reden wollte, er würde Niemanden haben, der ihn verstünde: so hoch wuchs er.

Nun wartet er und wartet, – worauf wartet er doch? Er wohnt dem Sitze der Wolken zu nahe: er wartet wohl auf den ersten Blitz?

Als Zarathustra diess gesagt hatte, rief der Jüngling mit heftigen Gebärden: „Ja, Zarathustra, du sprichst die Wahrheit. Nach meinem Untergange verlangte ich, als ich in die Höhe wollte, und du bist der Blitz, auf den ich wartete! Siehe, was bin ich noch, seitdem du uns erschienen bist? Der *Neid* auf dich ist's, der mich zerstört hat!" – So sprach der Jüngling und weinte bitterlich. Zarathustra aber legte seinen Arm um ihn und führte ihn mit sich fort.

Und als sie eine Weile mit einander gegangen waren, hob Zarathustra also an zu sprechen:

Es zerreisst mir das Herz. Besser als deine Worte es sagen, sagt mir dein Auge alle deine Gefahr.

Noch bist du nicht frei, du *suchst* noch nach Freiheit. Übernächtig machte dich dein Suchen und überwach.

In die freie Höhe willst du, nach Sternen dürstet deine Seele. Aber auch deine schlimmen Triebe dürsten nach Freiheit.

Deine wilden Hunde wollen in die Freiheit; sie bellen vor Lust in ihrem Keller, wenn dein Geist alle Gefängnisse zu lösen trachtet.

Noch bist du mir ein Gefangner, der sich Freiheit ersinnt: ach, klug wird solchen Gefangnen die Seele, aber auch arglistig und schlecht.

Reinigen muss sich noch der Befreite des Geistes. Viel Gefängniss und Moder ist noch in ihm zurück: rein muss noch sein Auge werden.

Ja, ich kenne deine Gefahr. Aber bei meiner Liebe und Hoffnung beschwöre ich dich: wirf deine Liebe und Hoffnung nicht weg!

Edel fühlst du dich noch, und edel fühlen dich auch die Andern noch, die dir gram sind und böse Blicke senden. Wisse, dass Allen ein Edler im Wege steht.

Auch den Guten steht ein Edler im Wege: und selbst wenn sie ihn einen Guten nennen, so wollen sie ihn damit bei Seite bringen.

Neues will der Edle schaffen und eine neue Tugend. Altes will der Gute, und dass Altes erhalten bleibe.

Aber nicht das ist die Gefahr des Edlen, dass er ein Guter werde, sondern ein Frecher, ein Höhnender, ein Vernichter.

Ach, ich kannte Edle, die verloren ihre höchste Hoffnung. Und nun verleumdeten sie alle hohen Hoffnungen.

Nun lebten sie frech in kurzen Lüsten, und über den Tag hin warfen sie kaum noch Ziele.

„Geist ist auch Wollust" – so sagten sie. Da zerbrachen ihrem Geiste die Flügel: nun kriecht er herum und beschmutzt im Nagen.

Einst dachten sie Helden zu werden: Lüstlinge sind es jetzt. Ein Gram und ein Grauen ist ihnen der Held.

Aber bei meiner Liebe und Hoffnung beschwöre ich dich: wirf den Helden in deiner Seele nicht weg! Halte heilig deine höchste Hoffnung! –

Also sprach Zarathustra.

Von den Predigern des Todes

Es giebt Prediger des Todes: und die Erde ist voll von Solchen, denen Abkehr gepredigt werden muss vom Leben.

Voll ist die Erde von Überflüssigen, verdorben ist das Leben durch die Viel-zu-Vielen. Möge man sich mit dem „ewigen Leben" aus diesem Leben weglocken!

„Gelbe": so nennt man die Prediger des Todes, oder „Schwarze". Aber ich will sie euch noch in andern Farben zeigen.

Da sind die Fürchterlichen, welche in sich das Raubthier herumtragen und keine Wahl haben, es sei denn Lüste oder Selbstzerfleischung. Und auch ihre Lüste sind noch Selbstzerfleischung.

Sie sind noch nicht einmal Menschen geworden, diese Fürchterlichen: mögen sie Abkehr predigen vom Leben und selber dahinfahren!

Da sind die Schwindsüchtigen der Seele: kaum sind sie geboren, so fangen sie schon an zu sterben und sehnen sich nach Lehren der Müdigkeit und Entsagung.

Sie wollen gerne todt sein, und wir sollten ihren Willen gut heissen! Hüten wir uns, diese Todten zu erwecken und diese lebendigen Särge zu versehren!

Ihnen begegnet ein Kranker oder ein Greis oder ein Leichnam; und gleich sagen sie „das Leben ist widerlegt!"

Aber nur sie sind widerlegt und ihr Auge, welches nur das Eine Gesicht sieht am Dasein.

Eingehüllt in dicke Schwermuth und begierig auf die kleinen Zufälle, welche den Tod bringen: so warten sie und beissen die Zähne auf einander.

Oder aber: sie greifen nach Zuckerwerk und spotten ihrer Kinderei dabei: sie hängen an ihrem Strohhalm Leben und spotten, dass sie noch an einem Strohhalm hängen.

Ihre Weisheit lautet: „ein Thor, der leben bleibt, aber so sehr sind wir Thoren! Und das eben ist das Thörichtste am Leben!“ –

„Das Leben ist nur Leiden“ – so sagen Andre und lügen nicht: so sorgt doch, dass *ihr* aufhört! So sorgt doch, dass das Leben aufhört, welches nur Leiden ist!

Und also laute die Lehre eurer Tugend „du sollst dich selber tödten! Du sollst dich selber davonstehlen!“ –

„Wollust ist Sünde, – so sagen die Einen, welche den Tod predigen – lasst uns bei Seite gehn und keine Kinder zeugen!“

„Gebären ist mühsam, – sagen dich Andern – wozu noch gebären? Man gebiert nur Unglückliche!“ Und auch sie sind Prediger des Todes.

„Mitleid thut noth – so sagen die Dritten. Nehmt hin, was ich habe! Nehmt hin, was ich bin! Um so weniger bindet mich das Leben!“

Wären sie Mitleidige von Grund aus, so würden sie ihren Nächsten das Leben verleiden. Böse sein – das wäre ihre rechte Güte.

Aber sie wollen loskommen vom Leben: was schiert es sie, dass sie Andre mit ihren Ketten und Geschenken noch fester binden! –

Und auch ihr, denen das Leben wilde Arbeit und Unruhe ist: seid ihr nicht sehr müde des Lebens? Seid ihr nicht sehr reif für die Predigt des Todes?

Ihr Alle, denen die wilde Arbeit lieb ist und das Schnelle, Neue, Fremde, – ihr ertragt euch schlecht, euer Fleiss ist Flucht und Wille, sich selber zu vergessen.

Wenn ihr mehr an das Leben glaubtet, würdet ihr weniger euch dem Augenblicke hinwerfen. Aber ihr habt zum Warten nicht Inhalt genug in euch – und selbst zur Faulheit nicht!

Überall ertönt die Stimme Derer, welche den Tod predigen: und die Erde ist voll von Solchen, welchen der Tod gepredigt werden muss.

Oder „das ewige Leben“: das gilt mir gleich, – wofern sie nur schnell dahinfahren!

Also sprach Zarathustra.

Vom Krieg und Kriegsvolke

Von unsern besten Feinden wollen wir nicht geschont sein, und auch von Denen nicht, welche wir von Grund aus lieben. So lasst mich denn euch die Wahrheit sagen!

Meine Brüder im Kriege! Ich liebe euch von Grund aus, ich bin und war Euresgleichen. Und ich bin auch euer bester Feind. So lasst mich denn euch die Wahrheit sagen!

Ich weiss um den Hass und Neid eures Herzens. Ihr seid nicht gross genug, um Hass und Neid nicht zu kennen. So seid denn gross genug, euch ihrer nicht zu schämen!

Und wenn ihr nicht Heilige der Erkenntniss sein könnt, so seid mir wenigstens deren Kriegsmänner. Das sind die Gefährten und Vorläufer solcher Heiligkeit.

Ich sehe viel Soldaten: möchte ich viel Kriegsmänner sehn! „Ein-form" nennt man's, was sie tragen: möge es nicht Ein-form sein, was sie damit verstecken!

Ihr sollt mir Solche sein, deren Auge immer nach einem Feinde sucht – nach *eurem* Feinde. Und bei Einigen von euch giebt es einen Hass auf den ersten Blick.

Euren Feind sollt ihr suchen, euren Krieg sollt ihr führen und für eure Gedanken! Und wenn euer Gedanke unterliegt, so soll eure Redlichkeit darüber noch Triumph rufen!

Ihr sollt den Frieden lieben als Mittel zu neuen Kriegen. Und den kurzen Frieden mehr, als den langen.

Euch rathe ich nicht zur Arbeit, sondern zum Kampfe. Euch rathe ich nicht zum Frieden, sondern zum Siege. Eure Arbeit sei ein Kampf, euer Friede sei ein Sieg!

Man kann nur schweigen und stillsitzen, wenn man Pfeil und Bogen hat: sonst schwätzt und zankt man. Euer Friede sei ein Sieg!

Ihr sagt, die gute Sache sei es, die sogar den Krieg heilige? Ich sage euch: der gute Krieg ist es, der jede Sache heiligt.

Der Krieg und der Muth haben mehr grosse Dinge gethan, als die Nächstenliebe. Nicht euer Mitleiden, sondern eure Tapferkeit rettete bisher die Verunglückten.

Was ist gut? fragt ihr. Tapfer sein ist gut. Lasst die kleinen Mädchen reden: „gut sein ist, was hübsch zugleich und rührend ist.“

Man nennt euch herzlos: aber euer Herz ist ächt, und ich liebe die Scham eurer Herzlichkeit. Ihr schämt euch eurer Fluth, und Andre schämen sich ihrer Ebbe.

Ihr seid hässlich? Nun wohlan, meine Brüder! So nehmt das Erhabne um euch, den Mantel des Hässlichen!

Und wenn eure Seele gross wird, so wird sie übermüthig, und in eurer Erhabenheit ist Bosheit. Ich kenne euch.

In der Bosheit begegnet sich der Übermüthige mit dem Schwächlinge. Aber sie missverstehen einander. Ich kenne euch.

Ihr dürft nur Feinde haben, die zu hassen sind, aber nicht Feinde zum Verachten. Ihr müsst stolz auf euern Feind sein: dann sind die Erfolge eures Feindes auch eure Erfolge.

Auflehnung – das ist die Vornehmheit am Sclaven. Eure Vornehmheit sei Gehorsam! Euer Befehlen selber sei ein Gehorchen!

Einem guten Kriegsmanne klingt „du sollst“ angenehmer, als „ich will“. Und Alles, was euch lieb ist, sollt ihr euch erst noch befehlen lassen.

Eure Liebe zum Leben sei Liebe zu eurer höchsten Hoffnung: und eure höchste Hoffnung sei der höchste Gedanke des Lebens!

Euren höchsten Gedanken aber sollt ihr euch von mir befehlen lassen – und er lautet: der Mensch ist Etwas, das überwunden werden soll.

So lebt euer Leben des Gehorsams und des Krieges! Was liegt am Lang-Leben! Welcher Krieger will geschont sein!

Ich schone euch nicht, ich liebe euch von Grund aus, meine Brüder im Kriege! –

Also sprach Zarathustra.

Vom neuen Götzen

Irgendwo giebt es noch Völker und Heerden, doch nicht bei uns, meine Brüder: da giebt es Staaten.

Staat? Was ist das? Wohlan! Jetzt thut mir die Ohren auf, denn jetzt sage ich euch mein Wort vom Tode der Völker.

Staat heisst das kälteste aller kalten Ungeheuer. Kalt lügt es auch; und diese Lüge kriecht aus seinem Munde: „Ich, der Staat, bin das Volk."

Lüge ist's! Schaffende waren es, die schufen die Völker und hängten einen Glauben und eine Liebe über sie hin: also dienten sie dem Leben.

Vernichter sind es, die stellen Fallen auf für Viele und heissen sie Staat: sie hängen ein Schwert und hundert Begierden über sie hin.

Wo es noch Volk giebt, da versteht es den Staat nicht und hasst ihn als bösen Blick und Sünde an Sitten und Rechten.

Dieses Zeichen gebe ich euch: jedes Volk spricht seine Zunge des Guten und Bösen: die versteht der Nachbar nicht. Seine Sprache erfand es sich in Sitten und Rechten.

Aber der Staat lügt in allen Zungen des Guten und Bösen; und was er auch redet, er lügt – und was er auch hat, gestohlen hat er's.

Falsch ist Alles an ihm; mit gestohlenen Zähnen beisst er, der Bissige. Falsch sind selbst seine Eingeweide.

Sprachverwirrung des Guten und Bösen: dieses Zeichen gebe ich euch als Zeichen des Staates. Wahrlich, den Willen zum Tode deutet dieses Zeichen! Wahrlich, es winkt den Predigern des Todes!

Viel zu Viele werden geboren: für die Überflüssigen ward der Staat erfunden!

Seht mir doch, wie er sie an sich lockt, die Viel-zu-Vielen! Wie er sie schlingt und kaut und wiederkäut!

„Auf der Erde ist nichts Grösseres als ich: der ordnende Finger bin ich Gottes" – also brüllt das Unthier. Und nicht nur Langgeohrte und Kurzgeäugte sinken auf die Kniee!

Ach, auch in euch, ihr grossen Seelen, raunt er seine düsteren Lügen! Ach, er erräth die reichen Herzen, die gerne sich verschwenden!

Ja, auch euch erräth er, ihr Besieger des alten Gottes! Müde wurdet ihr im Kampfe, und nun dient eure Müdigkeit noch dem neuen Götzen!

Helden und Ehrenhafte möchte er um sich aufstellen, der neue Götze! Gerne sonnt er sich im Sonnenschein guter Gewissen, – das kalte Unthier!

Alles will er *euch* geben, wenn *ihr* ihn anbetet, der neue Götze: also kauft er sich den Glanz eurer Tugend und den Blick eurer stolzen Augen.

Ködern will er mit euch die Viel-zu-Vielen! Ja, ein Höllenkunststück ward da erfunden, ein Pferd des Todes, klirrend im Putz göttlicher Ehren!

Ja, ein Sterben für Viele ward da erfunden, das sich selber als Leben preist: wahrlich, ein Herzensdienst allen Predigern des Todes!

Staat nenne ich's, wo Alle Gifttrinker sind, Gute und Schlimme: Staat, wo Alle sich selber verlieren, Gute und Schlimme: Staat, wo der langsame Selbstmord Aller – „das Leben" heisst.

Seht mir doch diese Überflüssigen! Sie stehlen sich die Werke der Erfinder und die Schätze der Weisen: Bildung nennen sie ihren Diebstahl – und Alles wird ihnen zu Krankheit und Ungemach!

Seht mir doch diese Überflüssigen! Krank sind sie immer, sie erbrechen ihre Galle und nennen es Zeitung. Sie verschlingen einander und können sich nicht einmal verdauen.

Seht mir doch diese Überflüssigen! Reichthümer erwerben sie und werden ärmer damit. Macht wollen sie und zuerst das Brecheisen der Macht, viel Geld, – diese Unvermögenden!

Seht sie klettern, diese geschwinden Affen! Sie klettern über einander hinweg und zerren sich also in den Schlamm und die Tiefe.

Hin zum Throne wollen sie Alle: ihr Wahnsinn ist es, – als ob das Glück auf dem Throne sässe! Oft sitzt der Schlamm auf dem Thron – und oft auch der Thron auf dem Schlamme.

Wahnsinnige sind sie mir Alle und kletternde Affen und Überheisse. Übel riecht mir ihr Götze, das kalte Unthier: übel riechen sie mir alle zusammen, diese Götzendiener.

Meine Brüder, wollt ihr denn ersticken im Dunste ihrer Mäuler und Begierden! Lieber zerbrecht doch die Fenster und springt in's Freie!

Geht doch dem schlechten Geruche aus dem Wege! Geht fort von der Götzendienerei der Überflüssigen!

Geht doch dem schlechten Geruche aus dem Wege! Geht fort von dem Dampfe dieser Menschenopfer!

Frei steht grossen Seelen auch jetzt noch die Erde. Leer sind noch viele Sitze für Einsame und Zweisame, um die der Geruch stiller Meere weht.

Frei steht noch grossen Seelen ein freies Leben. Wahrlich, wer wenig besitzt, wird um so weniger besessen: gelobt sei die kleine Armuth!

Dort, wo der Staat aufhört, da beginnt erst der Mensch, der nicht überflüssig ist: da beginnt das Lied des Nothwendigen, die einmalige und unersetzliche Weise.

Dort, wo der Staat *aufhört*, – so seht mir doch hin, meine Brüder! Seht ihr ihn nicht, den Regenbogen und die Brükken des Übermenschen? –

Also sprach Zarathustra.

Von den Fliegen des Marktes

Fliehe, mein Freund, in deine Einsamkeit! Ich sehe dich betäubt vom Lärme der grossen Männer und zerstochen von den Stacheln der kleinen.

Würdig wissen Wald und Fels mit dir zu schweigen. Gleiche wieder dem Baume, den du liebst, dem breitästigen: still und aufhorchend hängt er über dem Meere.

Wo die Einsamkeit aufhört, da beginnt der Markt; und wo der Markt beginnt, da beginnt auch der Lärm der grossen Schauspieler und das Geschwirr der giftigen Fliegen.

In der Welt taugen die besten Dinge noch Nichts, ohne Einen, der sie erst aufführt: grosse Männer heisst das Volk diese Aufführer.

Wenig begreift das Volk das Grosse, das ist: das Schaffende. Aber Sinne hat es für alle Aufführer und Schauspieler grosser Sachen.

Um die Erfinder von neuen Werthen dreht sich die Welt: – unsichtbar dreht sie sich. Doch um die Schauspieler dreht sich das Volk und der Ruhm: so ist es der Welt Lauf.

Geist hat der Schauspieler, doch wenig Gewissen des Geistes. Er glaubt immer an Das, womit er am stärksten glauben macht, – glauben an *sich* macht!

Morgen hat er einen neuen Glauben und übermorgen einen neueren. Rasche Sinne hat er, gleich dem Volke, und veränderliche Witterungen.

Umwerfen – das heisst ihm: beweisen. Toll machen – das heisst ihm: überzeugen. Und Blut gilt ihm als aller Gründe bester.

Eine Wahrheit, die nur in feine Ohren schlüpft, nennt er Lüge und Nichts. Wahrlich, er glaubt nur an Götter, die grossen Lärm in der Welt machen!

Voll von feierlichen Possenreissern ist der Markt – und das Volk rühmt sich seiner grossen Männer! das sind ihm die Herrn der Stunde.

Aber die Stunde drängt sie: so drängen sie dich. Und auch von dir wollen sie Ja oder Nein. Wehe, du willst zwischen Für und Wider deinen Stuhl setzen?

Dieser Unbedingten und Drängenden halber sei ohne Eifersucht, du Liebhaber der Wahrheit! Niemals noch hängte sich die Wahrheit an den Arm eines Unbedingten.

Dieser Plötzlichen halber gehe zurück in deine Sicherheit: nur auf dem Markt wird man mit Ja? oder Nein? überfallen.

Langsam ist das Erleben allen tiefen Brunnen: lange müssen sie warten, bis sie wissen, *was* in ihre Tiefe fiel.

Abseits vom Markte und Ruhme begiebt sich alles Grosse: abseits vom Markte und Ruhme wohnten von je die Erfinder neuer Werthe.

Fliehe, mein Freund, in deine Einsamkeit: ich sehe dich von giftigen Fliegen zerstochen. Fliehe dorthin, wo rauhe, starke Luft weht!

Fliehe in deine Einsamkeit! Du lebtest den Kleinen und Erbärmlichen zu nahe. Fliehe vor ihrer unsichtbaren Rache! Gegen dich sind sie Nichts als Rache.

Hebe nicht mehr den Arm gegen sie! Unzählbar sind sie, und es ist nicht dein Loos, Fliegenwedel zu sein.

Unzählbar sind diese Kleinen und Erbärmlichen; und manchem stolzen Baue gereichten schon Regentropfen und Unkraut zum Untergange.

Du bist kein Stein, aber schon wurdest du hohl von vielen Tropfen. Zerbrechen und zerbersten wirst du mir noch von vielen Tropfen.

Ermüdet sehe ich dich durch giftige Fliegen, blutig geritzt sehe ich dich an hundert Stellen; und dein Stolz will nicht einmal zürnen.

Blut möchten sie von dir in aller Unschuld, Blut begehren ihre blutlosen Seelen – und sie stechen daher in aller Unschuld.

Aber, du Tiefer, du leidest zu tief auch an kleinen Wunden; und ehe du dich noch geheilt hast, kroch dir der gleiche Giftwurm über die Hand.

Zu stolz bist du mir dafür, diese Naschhaften zu tödten. Hüte dich aber, dass es nicht dein Verhängniss werde, all ihr giftiges Unrecht zu tragen!

Sie summen um dich auch mit ihrem Lobe: Zudringlichkeit ist ihr Loben. Sie wollen die Nähe deiner Haut und deines Blutes.

Sie schmeicheln dir wie einem Gotte oder Teufel; sie winseln vor dir wie vor einem Gotte oder Teufel. Was macht es ! Schmeichler sind es und Winsler und nicht mehr.

Auch geben sie sich dir oft als Liebenswürdige. Aber das war immer die Klugheit der Feigen. Ja, die Feigen sind klug!

Sie denken viel über dich mit ihrer engen Seele, – bedenklich bist du ihnen stets! Alles, was viel bedacht wird, wird bedenklich.

Sie bestrafen dich für alle deine Tugenden. Sie verzeihen dir von Grund aus nur – deine Fehlgriffe.

Weil du milde bist und gerechten Sinnes, sagst du: „unschuldig sind sie an ihrem kleinen Dasein.“ Aber ihre enge Seele denkt: „Schuld ist alles grosse Dasein.“

Auch wenn du ihnen milde bist, fühlen sie sich noch von dir verachtet; und sie geben dir deine Wohlthat zurück mit versteckten Wehthaten.

Dein wortloser Stolz geht immer wider ihren Geschmack; sie frohlocken, wenn du einmal bescheiden genug bist, eitel zu sein.

Das, was wir an einem Menschen erkennen, das entzünden wir an ihm auch. Also hüte dich vor den Kleinen !

Vor dir fühlen sie sich klein, und ihre Niedrigkeit glimmt und glüht gegen dich in unsichtbarer Rache.

Merktest du nicht, wie oft sie stumm wurden, wenn du zu ihnen tratest, und wie ihre Kraft von ihnen gieng wie der Rauch von einem erlöschenden Feuer?

Ja, mein Freund, das böse Gewissen bist du deinen Nächsten: denn sie sind deiner unwerth. Also hassen sie dich und möchten gerne an deinem Blute saugen.

Deine Nächsten werden immer giftige Fliegen sein; Das, was gross an dir ist, – das selber muss sie giftiger machen und immer fliegenhafter.

Fliehe, mein Freund, in deine Einsamkeit und dorthin, wo eine rauhe, starke Luft weht. Nicht ist es dein Loos, Fliegenwedel zu sein. –

Also sprach Zarathustra.

Von der Keuschheit

Ich liebe den Wald. In den Städten ist schlecht zu leben: da giebt es zu Viele der Brünstigen.

Ist es nicht besser, in die Hände eines Mörders zu gerathen, als in die Träume eines brünstigen Weibes?

Und seht mir doch diese Männer an: ihr Auge sagt es – sie wissen nichts Besseres auf Erden, als bei einem Weibe zu liegen.

Schlamm ist auf dem Grunde ihrer Seele; und wehe, wenn ihr Schlamm gar noch Geist hat!

Dass ihr doch wenigstens als Thiere vollkommen wäret! Aber zum Thiere gehört die Unschuld.

Rathe ich euch, eure Sinne zu tödten? Ich rathe euch zur Unschuld der Sinne.

Rathe ich euch zur Keuschheit? Die Keuschheit ist bei Einigen eine Tugend, aber bei Vielen beinahe ein Laster.

Diese enthalten sich wohl: aber die Hündin Sinnlichkeit blickt mit Neid aus Allem, was sie thun.

Noch in die Höhen ihrer Tugend und bis in den kalten Geist hinein folgt ihnen diess Gethier und sein Unfrieden.

Und wie artig weiss die Hündin Sinnlichkeit um ein Stück Geist zu betteln, wenn ihr ein Stuck Fleisch versagt wird!

Ihr liebt Trauerspiele und Alles, was das Herz zerbricht? Aber ich bin misstrauisch gegen eure Hündin.

Ihr habt mir zu grausame Augen und blickt lüstern nach Leidenden. Hat sich nicht nur eure Wollust verkleidet und heisst sich Mitleiden?

Und auch diess Gleichniss gebe ich euch: nicht Wenige, die ihren Teufel austreiben wollten, fuhren dabei selber in die Säue.

Wem die Keuschheit schwer fällt, dem ist sie zu widerrathen: dass sie nicht der Weg zur Hölle werde – das ist zu Schlamm und Brunst der Seele.

Rede ich von schmutzigen Dingen? Das ist mir nicht das Schlimmste.

Nicht, wenn die Wahrheit schmutzig ist, sondern wenn sie seicht ist, steigt der Erkennende ungern in ihr Wasser.

Wahrlich, es giebt Keusche von Grund aus: sie sind milder von Herzen, sie lachen lieber und reichlicher als ihr.

Sie lachen auch über die Keuschheit und fragen: „was ist Keuschheit!

„Ist Keuschheit nicht Thorheit? Aber diese Thorheit kam zu uns und nicht wir zur ihr.

„Wir boten diesem Gaste Herberge und Herz: nun wohnt er bei uns, – mag er bleiben, wie lange er will!"

Also sprach Zarathustra.

Vom Freunde

„Einer ist immer zu viel um mich" – also denkt der Einsiedler. „Immer Einmal Eins – das giebt auf die Dauer Zwei!"

Ich und Mich sind immer zu eifrig im Gespräche: wie wäre es auszuhalten, wenn es nicht einen Freund gäbe?

Immer ist für den Einsiedler der Freund der Dritte: der Dritte ist der Kork, der verhindert, dass das Gespräch der Zweie in die Tiefe sinkt.

Ach, es giebt zu viele Tiefen für alle Einsiedler. Darum sehnen sie sich so nach einem Freunde und nach seiner Höhe.

Unser Glaube an Andre verräth, worin wir gerne an uns selber glauben möchten. Unsre Sehnsucht nach einem Freunde ist unser Verräther.

Und oft will man mit der Liebe nur den Neid überspringen. Und oft greift man an und macht sich einen Feind, um zu verbergen, dass man angreifbar ist.

„Sei wenigstens mein Feind!" – so spricht die wahre Ehrfurcht, die nicht um Freundschaft zu bitten wagt.

Will man einen Freund haben, so muss man auch für ihn Krieg führen wollen: und um Krieg zu führen, muss man Feind sein *können*.

Man soll in seinem Freunde noch den Feind ehren. Kannst du an deinen Freund dicht herantreten, ohne zu ihm überzutreten?

In seinem Freunde soll man seinen besten Feind haben. Du sollst ihm am nächsten mit dem Herzen sein, wenn du ihm widerstrebst.

Du willst vor deinem Freunde kein Kleid tragen? Es soll deines Freundes Ehre sein, dass du dich ihm giebst, wie du bist? Aber wünscht dich darum zum Teufel!

Wer aus sich kein Hehl macht, empört: so sehr habt ihr Grund, die Nacktheit zu fürchten! Ja, wenn ihr Götter wäret, da dürftet ihr euch eurer Kleider schämen!

Du kannst dich für deinen Freund nicht schön genug putzen: denn du sollst ihm ein Pfeil und eine Sehnsucht nach dem Übermenschen sein.

Sahst du deinen Freund schon schlafen, – damit du erfahrest, wie er aussieht? Was ist doch sonst das Gesicht deines Freundes? Es ist dein eignes Gesicht, auf einem rauhen und unvollkommnen Spiegel.

Sahst du deinen Freund schon schlafen? Erschrakst du nicht, dass dein Freund so aussieht? Oh, mein Freund, der Mensch ist Etwas, das überwunden werden muss.

Im Errathen und Stillschweigen soll der Freund Meister sein: nicht Alles musst du sehn wollen. Dein Traum soll dir verrathen, was dein Freund im Wachen thut.

Ein Errathen sei dein Mitleiden: dass du erst wissest, ob dein Freund Mitleiden wolle. Vielleicht liebt er an dir das ungebrochne Auge und den Blick der Ewigkeit.

Das Mitleiden mit dem Freunde berge sich unter einer harten Schale, an ihm sollst du dir einen Zahn ausbeissen. So wird es seine Feinheit und Süsse haben.

Bist du reine Luft und Einsamkeit und Brod und Arznei deinem Freunde? Mancher kann seine eignen Ketten nicht lösen und doch ist er dem Freunde ein Erlöser.

Bist du ein Sclave? So kannst du nicht Freund sein. Bist du ein Tyrann? So kannst du nicht Freunde haben.

Allzulange war im Weibe ein Sclave und ein Tyrann versteckt. Desshalb ist das Weib noch nicht der Freundschaft fähig: es kennt nur die Liebe.

In der Liebe des Weibes ist Ungerechtigkeit und Blindheit gegen Alles, was es nicht liebt. Und auch in der wissenden Liebe des Weibes ist immer noch Überfall und Blitz und Nacht neben dem Lichte.

Nodl ist das Weib nicht der Freundschaft fähig: Katzen sind immer noch die Weiber, und Vögel. Oder, besten Falles, Kühe.

Noch ist das Weib nicht der Freundschaft fähig. Aber sagt mir, ihr Männer, wer von euch ist denn fähig der Freundschaft?

Oh über eure Armuth, ihr Männer, und euren Geiz der Seele! Wie viel ihr dem Freunde gebt, das will ich noch meinem Feinde geben, und will auch nicht ärmer damit geworden sein.

Es giebt Kameradschaft: möge es Freundschaft geben!

Also sprach Zarathustra.

Von tausend und Einem Ziele

Viele Länder sah Zarathustra und viele Völker: so entdeckte er vieler Völker Gutes und Böses. Keine grössere Macht fand Zarathustra auf Erden, als gut und böse.

Leben könnte kein Volk, das nicht erst schätzte; will es sich aber erhalten, so darf es nicht schätzen, wie der Nachbar schätzt.

Vieles, das diesem Volke gut hiess, hiess einem andern Hohn und Schmach: also fand ich's. Vieles fand ich hier böse genannt und dort mit purpurnen Ehren geputzt.

Nie verstand ein Nachbar den andern: stets verwunderte sich seine Seele ob des Nachbarn Wahn und Bosheit.

Eine Tafel der Güter hängt über jedem Volke. Siehe, es ist seiner Überwindungen Tafel; siehe, es ist die Stimme seines Willens zur Macht.

Löblich ist, was ihm schwer gilt; was unerlässlich und schwer, heisst gut, und was aus der höchsten Noth noch befreit, das Seltene, Schwerste, – das preist es heilig.

Was da macht, dass es herrscht und siegt und glänzt, seinem Nachbarn zu Grauen und Neide: das gilt ihm das Hohe, das Erste, das Messende, der Sinn aller Dinge.

Wahrlich, mein Bruder, erkanntest du erst eines Volkes Noth und Land und Himmel und Nachbar: so erräthst du wohl das Gesetz seiner Überwindungen und warum es auf dieser Leiter zu seiner Hoffnung steigt.

„Immer sollst du der Erste sein und den Andern vorragen: Niemanden soll deine eifersüchtige Seele lieben, es sei denn den Freund" – diess machte einem Griechen die Seele zittern: dabei gieng er seinen Pfad der Grösse.

„Wahrheit reden und gut mit Bogen und Pfeil verkehren" – so dünkte es jenem Volke zugleich lieb und schwer, aus dem mein Name kommt – der Name, welcher mir zugleich lieb und schwer ist.

„Vater und Mutter ehren und bis in die Wurzel der Seele hinein ihnen zu Willen sein": diese Tafel der Überwindung hängte ein andres Volk über sich auf und wurde mächtig und ewig damit.

„Treue üben und um der Treue Willen Ehre und Blut auch an böse und fährliche Sachen setzen": also sich lehrend bezwang sich ein anderes Volk, und also sich bezwingend wurde es schwanger und schwer von grossen Hoffnungen.

Wahrlich, die Menschen gaben sich alles ihr Gutes und Böses. Wahrlich, sie nahmen es nicht, sie fanden es nicht, nicht fiel es ihnen als Stimme vom Himmel.

Werthe legte erst der Mensch in die Dinge, sich zu erhalten, – er schuf erst den Dingen Sinn, einen Menschen-Sinn! Darum nennt er sich „Mensch", das ist: der Schätzende.

Schätzen ist Schaffen: hört es, ihr Schaffenden! Schätzen selber ist aller geschätzten Dinge Schatz und Kleinod.

Durch das Schätzen erst giebt es Werth: und ohne das Schätzen wäre die Nuss des Daseins hohl. Hört es, ihr Schaffenden!

Wandel der Werthe, – das ist Wandel der Schaffenden. Immer vernichtet, wer ein Schöpfer sein muss.

Schaffende waren erst Völker und spät erst Einzelne; wahrlich, der Einzelne selber ist noch die jüngste Schöpfung.

Völker hängten sich einst eine Tafel des Guten über sich. Liebe, die herrschen will, und Liebe, die gehorchen will, erschufen sich zusammen solche Tafeln.

Älter ist an der Heerde die Lust, als die Lust am Ich: und so lange das gute Gewissen Heerde heisst, sagt nur das schlechte Gewissen: Ich.

Wahrlich, das schlaue Ich, das lieblose, das seinen Nutzen im Nutzen Vieler will: das ist nicht der Heerde Ursprung, sondern ihr Untergang.

Liebende waren es stets und Schaffende, die schufen Gut und Böse. Feuer der Liebe glüht in aller Tugenden Namen und Feuer des Zorns.

Viele Länder sah Zarathustra und viele Völker: keine grössere Macht fand Zarathustra auf Erden, als die Werke der Liebenden: „gut" und „böse" ist ihr Name.

Wahrlich, ein Ungethüm ist die Macht dieses Lobens und Tadelns. Sagt, wer bezwingt es mir, ihr Brüder? Sagt, wer wirft diesem Thier die Fessel über die tausend Nacken?

Tausend Ziele gab es bisher, denn tausend Völker gab es. Nur die Fessel der tausend Nacken fehlt noch, es fehlt das Eine Ziel. Noch hat die Menschheit kein Ziel.

Aber sagt mir doch, meine Brüder: wenn der Menschheit das Ziel noch fehlt, fehlt da nicht auch – sie selber noch? –

Also sprach Zarathustra.

Von der Nächstenliebe

Ihr drängt euch um den Nächsten und habt schöne Worte dafür. Aber ich sage euch: eure Nächstenliebe ist eure schlechte Liebe zu euch selber.

Ihr flüchtet zum Nächsten vor euch selber und möchtet euch daraus eine Tugend machen: aber ich durchschaue euer „Selbstloses".

Das Du ist älter als das Ich; das Du ist heilig gesprochen, aber noch nicht das Ich: so drängt sich der Mensch hin zum Nächsten.

Rathe ich euch zur Nächstenliebe? Lieber noch rathe ich euch zur Nächsten-Flucht und zur Fernsten-Liebe!

Höher als die Liebe zum Nächsten ist die Liebe zum Fernsten und Künftigen; höher noch als die Liebe zu Menschen ist die Liebe zu Sachen und Gespenstern.

Diess Gespenst, das vor dir herläuft, mein Bruder, ist schöner als du; warum giebst du ihm nicht dein Fleisch und deine Knochen? Aber du fürchtest dich und läufst zu deinem Nächsten.

Ihr haltet es mit euch selber nicht aus und liebt euch nicht genug: nun wollt ihr den Nächsten zur Liebe verführen und euch mit seinem Irrthum vergolden.

Ich wollte, ihr hieltet es nicht aus mit allerlei Nächsten und deren Nachbarn; so müsstet ihr aus euch selber euren Freund und sein überwallendes Herz schaffen.

Ihr ladet euch einen Zeugen ein, wenn ihr von euch gut reden wollt; und wenn ihr ihn verführt habt, gut von euch zu denken, denkt ihr selber gut von euch.

Nicht nur Der lügt, welcher wider sein Wissen redet, sondern erst recht Der, welcher wider sein Nichtwissen redet. Und so redet ihr von euch im Verkehre und belügt mit euch den Nachbar.

Also spricht der Narr: „der Umgang mit Menschen verdirbt den Charakter, sonderlich wenn man keinen hat."

Der Eine geht zum Nächsten, weil er sich sucht, und der Andre, weil er sich verlieren möchte. Eure schlechte Liebe zu euch selber macht euch aus der Einsamkeit ein Gefängniss.

Die Ferneren sind es, welche eure Liebe zum Nächsten bezahlen; und schon wenn ihr zu fünfen mit einander seid, muss immer ein sechster sterben.

Ich liebe auch eure Feste nicht: zu viel Schauspieler fand ich dabei, und auch die Zuschauer gebärdeten sich oft gleich Schauspielern.

Nicht den Nächsten lehre ich euch, sondern den Freund. Der Freund sei euch das Fest der Erde und ein Vorgefühl des Übermenschen.

Ich lehre euch den Freund und sein übervolles Herz. Aber man muss verstehn, ein Schwamm zu sein, wenn man von übervollen Herzen geliebt sein will.

Ich lehre euch den Freund, in dem die Welt fertig dasteht, eine Schale des Guten, – den schaffenden Freund, der immer eine fertige Welt zu verschenken hat.

Und wie ihm die Welt auseinander rollte, so rollt sie ihm wieder in Ringen zusammen, als das Werden des Guten durch das Böse, als das Werden der Zwecke aus dem Zufalle.

Die Zukunft und das Fernste sei dir die Ursache deines Heute: in deinem Freunde sollst du den Übermenschen als deine Ursache lieben.

Meine Brüder, zur Nächstenliebe rathe ich euch nicht: ich rathe euch zur Fernsten-Liebe.

Also sprach Zarathustra.

Vom Wege des Schaffenden

Willst du, mein Bruder, in die Vereinsamung gehen? Willst du den Weg zu dir selber suchen? Zaudere noch ein Wenig und höre mich.

„Wer sucht, der geht leicht selber verloren. Alle Vereinsamung ist Schuld“: also spricht die Heerde. Und du gehörtest lange zur Heerde.

Die Stimme der Heerde wird auch in dir noch tönen. Und wenn du sagen wirst „ich habe nicht mehr Ein Gewissen mit euch“, so wird es eine Klage und ein Schmerz sein.

Siehe, diesen Schmerz selber gebar noch das Eine Gewissen: und dieses Gewissens letzter Schimmer glüht noch auf deiner Trübsal.

Aber du willst den Weg deiner Trübsal gehen, welches ist der Weg zu dir selber? So zeige mir dein Recht und deine Kraft dazu!

Bist du eine neue Kraft und ein neues Recht? Eine erste Bewegung? Ein aus sich rollendes Rad? Kannst du auch Sterne zwingen, dass sie um dich sich drehen?

Ach, es giebt so viel Lüsternheit nach Höhe! Es giebt so viel Krämpfe der Ehrgeizigen! Zeige mir, dass du keiner der Lüsternen und Ehrgeizigen bist!

Ach, es giebt so viel grosse Gedanken, die thun nicht mehr als ein Blasebalg: sie blasen auf und machen leerer.

Frei nennst du dich? Deinen herrschenden Gedanken will ich hören und nicht, dass du einem Joche entronnen bist.

Bist du ein Solcher, der einem Joche entrinnen *durfte* ? Es giebt Manchen, der seinen letzten Werth wegwarf, als er seine Dienstbarkeit wegwarf.

Frei wovon? Was schiert das Zarathustra! Hell aber soll mir dein Auge künden: frei *wozu* ?

Kannst du dir selber dein Böses und dein Gutes geben und deinen Willen über dich aufhängen wie ein Gesetz? Kannst du dir selber Richter sein und Rächer deines Gesetzes?

Furchtbar ist das Alleinsein mit dem Richter und Rächer des eignen Gesetzes. Also wird ein Stern hinausgeworfen in den öden Raum und in den eisigen Athem des Alleinseins.

Heute noch leidest du an den Vielen, du Einer: heute noch hast du deinen Muth ganz und deine Hoffnungen.

Aber einst wird dich die Einsamkeit müde machen, einst wird dein Stolz sich krümmen und dein Muth knirschen. Schreien wirst du einst „ich bin allein!"

Einst wirst du dein Hohes nicht mehr sehn und dein Niedriges allzunahe; dein Erhabnes selbst wird dich fürchten machen wie ein Gespenst. Schreien wirst du einst: „Alles ist falsch!"

Es giebt Gefühle, die den Einsamen tödten wollen; gelingt es ihnen nicht, nun, so müssen sie selber sterben! Aber vermagst du das, Mörder zu sein?

Kennst du, mein Bruder, schon das Wort „Verachtung"? Und die Qual deiner Gerechtigkeit, Solchen gerecht zu sein, die dich verachten?

Du zwingst Viele, über dich umzulernen; das rechnen sie dir hart an. Du kamst ihnen nahe und giengst doch vorüber: das verzeihen sie dir niemals.

Du gehst über sie hinaus: aber je höher du steigst, um so kleiner sieht dich das Auge des Neides. Am meisten aber wird der Fliegende gehasst.

„Wie wolltet ihr gegen mich gerecht sein! – musst du sprechen – ich erwähle mir eure Ungerechtigkeit als den mir zugemessnen Theil."

Ungerechtigkeit und Schmutz werfen sie nach dem Einsamen: aber, mein Bruder, wenn du ein Stern sein willst, so musst du ihnen desshalb nicht weniger leuchten!

Und hüte dich vor den Guten und Gerechten! Sie kreuzigen gerne Die, welche sich ihre eigne Tugend erfinden, – sie hassen den Einsamen.

Hüte dich auch vor der heiligen Einfalt! Alles ist ihr unheilig, was nicht einfältig ist; sie spielt auch gerne mit dem Feuer – der Scheiterhaufen.

Und hüte dich auch vor den Anfällen deiner Liebe! Zu schnell streckt der Einsame Dem die Hand entgegen, der ihm begegnet.

Manchem Menschen darfst du nicht die Hand geben, sondern nur die Tatze: und ich will, dass deine Tatze auch Krallen habe.

Aber der schlimmste Feind, dem du begegnen kannst, wirst du immer dir selber sein; du selber lauerst dir auf in Höhlen und Wäldern.

Einsamer, du gehst den Weg zu dir selber! Und an dir selber fuhrt dein Weg vorbei und an deinen sieben Teufeln!

Ketzer wirst du dir selber sein und Hexe und Wahrsager und Narr und Zweifler und Unheiliger und Bösewicht.

Verbrennen musst du dich wollen in deiner eignen Flamme: wie wolltest du neu werden, wenn du nicht erst Asche geworden bist!

Einsamer, du gehst den Weg des Schaffenden: einen Gott willst du dir schaffen aus deinen sieben Teufeln!

Einsamer, du gehst den Weg des Liebenden: dich selbst liebst du und desshalb verachtest du dich, wie nur Liebende verachten.

Schaffen will der Liebende, weil er verachtet! Was weiss Der von Liebe, der nicht gerade verachten musste, was er liebte!

Mit deiner Liebe gehe in deine Vereinsamung und mit deinem Schaffen, mein Bruder; und spät erst wird die Gerechtigkeit dir nachhinken.

Mit meinen Thränen gehe in deine Vereinsamung, mein Bruder. Ich liebe Den, der über sich selber hinaus schaffen will und so zu Grunde geht. –

Also sprach Zarathustra.

Von alten und jungen Weiblein

„Was schleichst du so scheu durch die Dämmerung, Zarathustra? Und was birgst du behutsam unter deinem Mantel?

„Ist es ein Schatz, der dir geschenkt? Oder ein Kind, das dir geboren wurde? Oder gehst du jetzt selber auf den Wegen der Diebe, du Freund der Bösen?“ –

Wahrlich, mein Bruder! sprach Zarathustra, es ist ein Schatz, der mir geschenkt wurde: eine kleine Wahrheit ist's, die ich trage.

Aber sie ist ungebärdig wie ein junges Kind; und wenn ich ihr nicht den Mund halte, so schreit sie überlaut.

Als ich heute allein meines Weges gieng, zur Stunde, wo die Sonne sinkt, begegnete mir ein altes Weiblein und redete also zu meiner Seele:

„Vieles sprach Zarathustra auch zu uns Weibern, doch nie sprach er uns über das Weib."

Und ich entgegnete ihr: „über das Weib soll man nur zu Männern reden."

„Rede auch zu mir vom Weibe, sprach sie; ich bin alt genug, um es gleich wieder zu vergessen."

Und ich willfahrte dem alten Weiblein und sprach also zu ihm:

Alles am Weibe ist ein Räthsel, und Alles am Weibe hat Eine Lösung: sie heisst Schwangerschaft.

Der Mann ist für das Weib ein Mittel: der Zweck ist immer das Kind. Aber was ist das Weib für den Mann?

Zweierlei will der ächte Mann: Gefahr und Spiel. Desshalb will er das Weib, als das gefährlichste Spielzeug.

Der Mann soll zum Kriege erzogen werden und das Weib zur Erholung des Kriegers: alles Andre ist Thorheit.

Allzusüsse Früchte – die mag der Krieger nicht. Darum mag er das Weib; bitter ist auch noch das süsseste Weib.

Besser als ein Mann versteht das Weib die Kinder, aber der Mann ist kindlicher als das Weib.

Im ächten Manne ist ein Kind versteckt: das will spielen. Auf, ihr Frauen, so entdeckt mir doch das Kind im Manne!

Ein Spielzeug sei das Weib, rein und fein, dem Edelsteine gleich, bestrahlt von den Tugenden einer Welt, welche noch nicht da ist.

Der Strahl eines Sternes glänze in eurer Liebe! Eure Hoffnung heisse: „möge ich den Übermenschen gebären!"

In eurer Liebe sei Tapferkeit! Mit eurer Liebe sollt ihr auf Den losgehn, der euch Furcht einflösst!

In eurer Liebe sei eure Ehre! Wenig versteht sich sonst das Weib auf Ehre. Aber diess sei eure Ehre, immer mehr zu lieben, als ihr geliebt werdet, und nie die Zweiten zu sein.

Der Mann fürchte sich vor dem Weibe, wenn es liebt: da bringt es jedes Opfer, und jedes andre Ding gilt ihm ohne Werth.

Der Mann fürchte sich vor dem Weibe, wenn es hasst: denn der Mann ist im Grunde der Seele nur böse, das Weib aber ist dort schlecht.

Wen hasst das Weib am meisten? – Also sprach das Eisen zum Magneten: „ich hasse dich am meisten, weil du anziehst, aber nicht stark genug bist, an dich zu ziehen."

Das Glück des Mannes heisst: ich will. Das Glück des Weibes heisst: er will.

„Siehe, jetzt eben ward die Welt vollkommen!" – also denkt ein jedes Weib, wenn es aus ganzer Liebe gehorcht.

Und gehorchen muss das Weib und eine Tiefe finden zu seiner Oberfläche. Oberfläche ist des Weibes Gemüth, eine bewegliche stürmische Haut auf einem seichten Gewässer.

Des Mannes Gemüth aber ist tief, sein Strom rauscht in unterirdischen Höhlen: das Weib ahnt seine Kraft, aber begreift sie nicht. –

Da entgegnete mir das alte Weiblein: „Vieles Artige sagte Zarathustra und sonderlich für Die, welche jung genug dazu sind.

„Seltsam ist's, Zarathustra kennt wenig die Weiber, und doch hat er über sie Recht! Geschieht diess desshalb, weil beim Weibe kein Ding unmöglich ist?

„Und nun nimm zum Danke eine kleine Wahrheit! Bin ich doch alt genug für sie!

„Wickle sie ein und halte ihr den Mund: sonst schreit sie überlaut, diese kleine Wahrheit."

„Gieb mir, Weib, deine kleine Wahrheit!" sagte ich. Und also sprach das alte Weiblein:

„Du gehst zu Frauen? Vergiss die Peitsche nicht!" –

Also sprach Zarathustra.

Vom Biss der Natter

Eines Tages war Zarathustra unter einem Feigenbaume eingeschlafen, da es heiss war, und hatte seine Arme über das Gesicht gelegt. Da kam eine Natter und biss ihn in den Hals, so dass Zarathustra vor Schmerz aufschrie. Als er den Arm vom Gesicht genommen hatte, sah er die Schlange an: da erkannte sie die Augen Zarathustra's, wand sich ungeschickt und wollte davon. „Nicht doch, sprach

Zarathustra; noch nahmst du meinen Dank nicht an! Du wecktest mich zur Zeit, mein Weg ist noch lang.“ „Dein Weg ist noch kurz, sagte die Natter traurig; mein Gift tödtet.“ Zarathustra lächelte. „Wann starb wohl je ein Drache am Gift einer Schlange? – sagte er. Aber nimm dein Gift zurück! Du bist nicht reich genug, es mir zu schenken.“ Da fiel ihm die Natter von Neuem um den Hals und leckte ihm seine Wunde.

Als Zarathustra diess einmal seinen Jüngern erzählte, fragten sie: „Und was, oh Zarathustra, ist die Moral deiner Geschichte?“ Zarathustra antwortete darauf also:

Den Vernichter der Moral heissen mich die Guten und Gerechten: meine Geschichte ist unmoralisch. –

So ihr aber einen Feind habt, so vergeltet ihm nicht Böses mit Gutem: denn das würde beschämen. Sondern beweist, dass er euch etwas Gutes angethan hat.

Und lieber zürnt noch, als dass ihr beschämt! Und wenn euch geflucht wird, so gefällt es mir nicht, dass ihr dann segnen wollt. Lieber ein Wenig mitfluchen!

Und geschah euch ein grosses Unrecht, so thut mir geschwind fünf kleine dazu! Grässlich ist Der anzusehn, den allein das Unrecht drückt.

Wusstet ihr diess schon? Getheiltes Unrecht ist halbes Recht. Und Der soll das Unrecht auf sich nehmen, der es tragen kann!

Eine kleine Rache ist menschlicher, als gar keine Rache. Und wenn die Strafe nicht auch ein Recht und eine Ehre ist für den Übertretenden, so mag ich auch euer Strafen nicht.

Vornehmer ist's, sich Unrecht zu geben als Recht zu behalten, sonderlich wenn man Recht hat. Nur muss man reich genug dazu sein.

Ich mag eure kalte Gerechtigkeit nicht; und aus dem Auge eurer Richter blickt mir immer der Henker und sein kaltes Eisen.

Sagt, wo findet sich die Gerechtigkeit, welche Liebe mit sehenden Augen ist?

So erfindet mir doch die Liebe, welche nicht nur alle Strafe, sondern auch alle Schuld trägt!

So erfindet mir doch die Gerechtigkeit, die Jeden freispricht, ausgenommen den Richtenden!

Wollt ihr auch diess noch hören? An Dem, der von Grund aus gerecht sein will, wird auch noch die Lüge zur Menschen-Freundlichkeit.

Aber wie wollte ich gerecht sein von Grund aus! Wie kann ich Jedem das Seine geben! Diess sei mir genug: ich gebe Jedem das Meine.

Endlich, meine Brüder, hütet euch Unrecht zu thun allen Einsiedlern! Wie könnte ein Einsiedler vergessen! Wie könnte er vergelten!

Wie ein tiefer Brunnen ist ein Einsiedler. Leicht ist es, einen Stein hineinzuwerfen; sank er aber bis zum Grunde, sagt, wer will ihn wieder hinausbringen?

Hütet euch, den Einsiedler zu beleidigen! Thatet ihr's aber, nun, so tödtet ihn auch noch!

Also sprach Zarathustra.

Von Kind und Ehe

Ich habe eine Frage für dich allein, mein Bruder: wie ein Senkblei werfe ich diese Frage in deine Seele, dass ich wisse, wie tief sie sei.

Du bist jung und wünschest dir Kind und Ehe. Aber ich frage dich: bist du ein Mensch, der ein Kind sich wünschen *darf*?

Bist du der Siegreiche, der Selbstbezwinger, der Gebieter der Sinne, der Herr deiner Tugenden? Also frage ich dich.

Oder redet aus deinem Wunsche das Thier und die Nothdurft? Oder Vereinsamung? Oder Unfriede mit dir?

Ich will, dass dein Sieg und deine Freiheit sich nach einem Kinde sehne. Lebendige Denkmale sollst du bauen deinem Siege und deiner Befreiung.

Über dich sollst du hinausbauen. Aber erst musst du mir selber gebaut sein, rechtwinklig an Leib und Seele.

Nicht nur fort sollst du dich pflanzen, sondern hinauf! Dazu helfe dir der Garten der Ehe!

Einen höheren Leib sollst du schaffen, eine erste Bewegung, ein aus sich rollendes Rad, – einen Schaffenden sollst du schaffen.

Ehe: so heisse ich den Willen zu Zweien, das Eine zu schaffen, das mehr ist, als die es schufen. Ehrfurcht vor einander nenne ich Ehe als vor den Wollenden eines solchen Willens.

Diess sei der Sinn und die Wahrheit deiner Ehe. Aber Das, was die Viel-zu-Vielen Ehe nennen, diese Überflüssigen, – ach, wie nenne ich das?

Ach, diese Armuth der Seele zu Zweien! Ach, dieser Schmutz der Seele zu Zweien! Ach diess erbärmliche Behagen zu Zweien!

Ehe nennen sie diess Alles; und sie sagen, ihre Ehen seien im Himmel geschlossen.

Nun, ich mag ihn nicht, diesen Himmel der Überflüssigen! Nein, ich mag sie nicht, diese im himmlischen Netz verschlungenen Thiere!

Ferne bleibe mir auch der Gott, der heranhinkt, zu segnen, was er nicht zusammenfügte!

Lacht mir nicht über solche Ehen! Welches Kind hätte nicht Grund, über seine Eltern zu weinen?

Würdig schien mir dieser Mann und reif für den Sinn der Erde: aber als ich sein Weib sah, schien mir die Erde ein Haus für Unsinnige.

Ja, ich wollte, dass die Erde in Krämpfen bebte, wenn sich ein Heiliger und eine Gans mit einander paaren.

Dieser gieng wie ein Held auf Wahrheiten aus und endlich erbeutete er sich eine kleine geputzte Lüge. Seine Ehe nennt er's.

Jener war spröde im Verkehre und wählte wählerisch. Aber mit Einem Male verdarb er für alle Male seine Gesellschaft: seine Ehe nennt er's.

Jener suchte eine Magd mit den Tugenden eines Engels. Aber mit Einem Male wurde er die Magd eines Weibes, und nun thäte es Noth, dass er darüber noch zum Engel werde.

Sorgsam fand ich jetzt alle Käufer, und Alle haben listige Augen. Aber seine Frau kauft auch der Listigste noch im Sack.

Viele kurze Thorheiten – das heisst bei euch Liebe. Und eure Ehe macht vielen kurzer Thorheiten ein Ende, als Eine lange Dummheit.

Eure Liebe zum Weibe und des Weibes Liebe zum Manne: ach, möchte sie doch Mitleiden sein mit leidenden und verhüllten Göttern! Aber zumeist errathen zwei Thiere einander.

Aber auch noch eure beste Liebe ist nur ein verzücktes Gleichniss und eine schmerzhafte Gluth. Eine Fackel ist sie, die euch zu höheren Wegen leuchten soll.

Über euch hinaus sollt ihr einst lieben! So *lernt* erst lieben! Und darum musstet ihr den bittern Kelch eurer Liebe trinken.

Bitterniss ist im Kelch auch der besten Liebe: so macht sie Sehnsucht zum Übermenschen, so macht sie Durst dir, dem Schaffenden!

Durst dem Schaffenden, Pfeil und Sehnsucht zum Übermenschen: sprich, mein Bruder, ist diess dein Wille zur Ehe?

Heilig heisst mir solch ein Wille und solche Ehe. –

Also sprach Zarathustra.

Vom freien Tode

Viele sterben zu spät, und Einige sterben zu früh. Noch klingt fremd die Lehre: „stirb zur rechten Zeit!"

Stirb zur rechten Zeit: also lehrt es Zarathustra.

Freilich, wer nie zur rechten Zeit lebt, wie sollte der je zur rechten Zeit sterben? Möchte er doch nie geboren sein! – Also rathe ich den Überflüssigen.

Aber auch die Überflüssigen thun noch wichtig mit ihrem Sterben, und auch die hohlste Nuss will noch geknackt sein.

Wichtig nehmen Alle das Sterben: aber noch ist der Tod kein Fest. Noch erlernten die Menschen nicht, wie man die schönsten Feste weiht.

Den vollbringenden Tod zeige ich euch, der den Lebenden ein Stachel und ein Gelöbniss wird.

Seinen Tod stirbt der Vollbringende, siegreich, umringt von Hoffenden und Gelobenden.

Also sollte man sterben lernen; und es sollte kein Fest geben, wo ein solcher Sterbender nicht der Lebenden Schwüre weihte!

Also zu sterben ist das Beste; das Zweite aber ist: im Kampfe zu sterben und eine grosse Seele zu verschwenden.

Aber dem Kämpfenden gleich verhasst wie dem Sieger ist euer grinsender Tod, der heranschleicht wie ein Dieb – und doch als Herr kommt.

Meinen Tod lobe ich euch, den freien Tod, der mir kommt, weil *ich* will.

Und wann werde ich wollen? – Wer ein Ziel hat und einen Erben, der will den Tod zur rechten Zeit für Ziel und Erben.

Und aus Ehrfurcht vor Ziel und Erben wird er keine dürren Kränze mehr im Heiligthum des Lebens aufhängen.

Wahrlich, nicht will ich den Seildrehern gleichen: sie ziehen ihren Faden in die Länge und gehen dabei selber immer rückwärts.

Mancher wird auch für seine Wahrheiten und Siege zu alt; ein zahnloser Mund hat nicht mehr das Recht zu jeder Wahrheit.

Und Jeder, der Ruhm haben will, muss sich bei Zeiten von der Ehre verabschieden und die schwere Kunst üben, zur rechten Zeit zu – gehn.

Man muss aufhören, sich essen zu lassen, wenn man am besten schmeckt: das wissen Die, welche lange geliebt werden wollen.

Saure Äpfel giebt es freilich, deren Loos will, dass sie bis auf den letzten Tag des Herbstes warten: und zugleich werden sie reif, gelb und runzelig.

Andern altert das Herz zuerst und Andern der Geist. Und Einige sind greis in der Jugend: aber spät jung erhält lang jung.

Manchem missräth das Leben: ein Giftwurm frisst sich ihm an's Herz. So möge er zusehn, dass ihm das Sterben um so mehr gerathe.

Mancher wird nie süss, er fault im Sommer schon. Feigheit ist es, die ihn an seinem Aste festhält.

Viel zu Viele leben und viel zu lange hängen sie an ihren Ästen. Möchte ein Sturm kommen, der all diess Faule und Wurmfressne vom Baume schüttelt!

Möchten Prediger kommen des *schnellen* Todes ! Das wären mir die rechten Stürme und Schüttler an Lebensbäumen Aber ich höre nur den langsamen Tod predigen und Geduld mit allem „Irdischen“.

Ach, ihr predigt Geduld mit dem Irdischen? Dieses Irdische ist es, das zu viel Geduld mit euch hat, ihr Lästermäuler!

Wahrlich, zu früh starb jener Hebräer, den die Prediger des langsamen Todes ehren: und Vielen ward es seitdem zum Verhängniss, dass er zu früh starb.

Noch kannte er nur Thränen und die Schwermuth des Hebräers, sammt dem Hasse der Guten und Gerechten, – der Hebräer Jesus: da überfiel ihn die Sehnsucht zum Tode.

Wäre er doch in der Wüste geblieben und ferne von den Guten und Gerechten! Vielleicht hätte er leben gelernt und die Erde lieben gelernt – und das Lachen dazu!

Glaubt es mir, meine Brüder! Er starb zu früh; er selber hätte seine Lehre widerrufen, wäre er bis zu meinem Alter gekommen! Edel genug war er zum Widerrufen!

Aber ungereift war er noch. Unreif liebt der Jüngling und unreif hasst er auch Mensch und Erde. Angebunden und schwer ist ihm noch Gemüth und Geistesflügel.

Aber im Manne ist mehr Kind als im Jünglinge, und weniger Schwermuth: besser versteht er sich auf Tod und Leben.

Frei zum Tode und frei im Tode, ein heiliger Nein-sager, wenn es nicht Zeit mehr ist zum Ja: also versteht er sich auf Tod und Leben.

Dass euer Sterben keine Lästerung sei auf Mensch und Erde, meine Freunde: das erbitte ich mir von dem Honig eurer Seele.

In eurem Sterben soll noch euer Geist und eure Tugend glühn, gleich einem Abendroth um die Erde: oder aber das Sterben ist euch schlecht gerathen.

Also will ich selber sterben, dass ihr Freunde um meinetwillen die Erde mehr liebt; und zur Erde will ich wieder werden, dass ich in Der Ruhe habe, die mich gebar.

Wahrlich, ein Ziel hatte Zarathustra, er warf seinen Ball: nun seid ihr Freunde meines Zieles Erbe, euch werfe ich den goldenen Ball zu.

Lieber als Alles sehe ich euch, meine Freunde, den goldenen Ball werfen! Und so verziehe ich noch ein Wenig auf Erden: verzeiht es mir!

Also sprach Zarathustra.

Von der schenkenden Tugend

1

Als Zarathustra von der Stadt Abschied genommen hatte, welcher sein Herz zugethan war und deren Name lautet: „die bunte Kuh“ – folgten ihm Viele, die sich seine Jünger nannten und gaben ihm das Geleit. Also kamen sie an einen Kreuzweg: da sagte ihnen Zarathustra, dass er nunmehr allein gehen wolle; denn er war ein Freund des Alleingehens. Seine Jünger aber reichten ihm zum Abschiede einen Stab, an dessen goldnem Griffe sich eine Schlange um die Sonne ringelte. Zarathustra freute sich des Stabes und stützte sich darauf; dann sprach er also zu seinen Jüngern.

Sagt mir doch: wie kam Gold zum höchsten Werthe? Darum, dass es ungemein ist und unnützlich und leuchtend und mild im Glanze; es schenkt sich immer.

Nur als Abbild der höchsten Tugend kam Gold zum höchsten Werthe. Goldgleich leuchtet der Blick dem Schenkenden. Goldes-Glanz schliesst Friede zwischen Mond und Sonne.

Ungemein ist die höchste Tugend und unnützlich, leuchtend ist sie und mild im Glanze: eine schenkende Tugend ist die höchste Tugend.

Wahrlich, ich errathe euch wohl, meine Jünger: ihr trachtet, gleich mir, nach der schenkenden Tugend. Was hättet ihr mit Katzen und Wölfen gemeinsam?

Das ist euer Durst, selber zu Opfern und Geschenken zu werden: und darum habt ihr den Durst, alle Reichthümer in euren Seele zu häufen.

Unersättlich trachtet eure Seele nach Schätzen und Kleinodien, weil eure Tugend unersättlich ist im Verschenken-Wollen.

Ihr zwingt alle Dinge zu euch und in euch, dass sie aus eurem Borne zurückströmen sollen als die Gaben eurer Liebe.

Wahrlich, zum Räuber an allen Werthen muss solche schenkende Liebe werden; aber heil und heilig heisse ich diese Selbstsucht.

Eine andre Selbstsucht giebt es, eine allzuarme, eine hungernde, die immer stehlen will, jene Selbstsucht der Kranken, die kranke Selbstsucht.

Mit dem Auge des Diebes blickt sie auf alles Glänzende; mit der Gier des Hungers misst sie Den, der reich zu essen hat; und immer schleicht sie um den Tisch der Schenkenden.

Krankheit redet aus solcher Begierde und unsichtbare Entartung; von siechem Leibe redet die diebische Gier dieser Selbstsucht.

Sagt mir, meine Brüder: was gilt uns als Schlechtes und Schlechtestes? Ist es nicht *Entartung*? – Und auf Entartung rathen wir immer, wo die schenkende Seele fehlt.

Aufwärts geht unser Weg, von der Art hinüber zur Über-Art. Aber ein Grauen ist uns der entartende Sinn, welcher spricht: „Alles für mich."

Aufwärts fliegt unser Sinn: so ist er ein Gleichniss unsres Leibes, einer Erhöhung Gleichniss. Solcher Erhöhungen Gleichnisse sind die Namen der Tugenden.

Also geht der Leib durch die Geschichte, ein Werdender und ein Kämpfender. Und der Geist – was ist er ihm? Seiner Kämpfe und Siege Herold, Genoss und Wiederhall.

Gleichnisse sind alle Namen von Gut und Böse: sie sprechen nicht aus, sie winken nur. Ein Thor, welcher von ihnen Wissen will!

Achtet mir, meine Brüder, auf jede Stunde, wo euer Geist in Gleichnissen reden will: da ist der Ursprung eurer Tugend.

Erhöht ist da euer Leib und auferstanden; mit seiner Wonne entzückt er den Geist, dass er Schöpfer wird und Schätzer und Liebender und aller Dinge Wohlthäter.

Wenn euer Herz breit und voll wallt, dem Strome gleich, ein Segen und eine Gefahr den Anwohnenden: da ist der Ursprung eurer Tugend.

Wenn ihr erhaben seid über Lob und Tadel, und euer Wille allen Dingen befehlen will, als eines Liebenden Wille: da ist der Ursprung eurer Tugend.

Wenn ihr das Angenehme verachtet und das weiche Bett, und von den Weichlichen euch nicht weit genug betten könnt: da ist der Ursprung eurer Tugend.

Wenn ihr Eines Willens Wollende seid, und diese Wende aller Noth euch Nothwendigkeit heisst: da ist der Ursprung eurer Tugend.

Wahrlich, ein neues Gutes und Böses ist sie! Wahrlich, ein neues tiefes Rauschen und eines neuen Quelles Stimme!

Macht ist sie, diese neue Tugend; ein herrschender Gedanke ist sie und um ihn eine kluge Seele: eine goldene Sonne und um sie die Schlange der Erkenntniss

2

Hier schwieg Zarathustra eine Weile und sah mit Liebe auf seine Jünger. Dann fuhr er also fort zu reden: – und seine Stimme hatte sich verwandelt.

Bleibt mir der Erde treu, meine Brüder, mit der Macht eurer Tugend! Eure schenkende Liebe und eure Erkenntniss diene dem Sinn der Erde! Also bitte und beschwöre ich euch.

Lasst sie nicht davon fliegen vom Irdischen und mit den Flügeln gegen ewige Wände schlagen! Ach, es gab immer so viel verflogene Tugend!

Führt, gleich mir, die verflogene Tugend zur Erde zurück – ja, zurück zu Leib und Leben: dass sie der Erde ihren Sinn gebe, einen Menschen-Sinn!

Hundertfältig verflog und vergriff sich bisher so Geist wie Tugend. Ach, in unserm Leibe wohnt jetzt noch all dieser Wahn und Fehlgriff: Leib und Wille ist er da geworden.

Hundertfältig versuchte und verirrte sich bisher so Geist wie Tugend. Ja, ein Versuch war der Mensch. Ach, viel Unwissen und Irrthum ist an uns Leib geworden!

Nicht nur die Vernunft von Jahrtausenden – auch ihr Wahnsinn bricht an uns aus. Gefährlich ist es, Erbe zu sein.

Noch kämpfen wir Schritt um Schritt mit dem Riesen Zufall, und über der ganzen Menschheit waltete bisher noch der Unsinn, der Ohne-Sinn.

Euer Geist und eure Tugend diene dem Sinn der Erde, meine Brüder: und aller Dinge Werth werde neu von euch gesetzt! Darum sollt ihr Kämpfende sein! Darum sollt ihr Schaffende sein!

Wissend reinigt sich der Leib; mit Wissen versuchend erhöht er sich; dem Erkennenden heiligen sich alle Triebe; dem Erhöhten wird die Seele fröhlich.

Arzt, hilf dir selber: so hilfst du auch deinem Kranken noch. Das sei seine beste Hülfe, dass er Den mit Augen sehe, der sich selber heil macht.

Tausend Pfade giebt es, die nie noch gegangen sind; tausend Gesundheiten und verborgene Eilande des Lebens. Unerschöpft und unentdeckt ist immer noch Mensch und Menschen-Erde.

Wachet und horcht, ihr Einsamen! Von der Zukunft her kommen Winde mit heimlichem Flügelschlagen; und an feine Ohren ergeht gute Botschaft.

Ihr Einsamen von heute, ihr Ausscheidenden, ihr sollt einst ein Volk sein: aus euch, die ihr euch selber auswähltet, soll ein auserwähltes Volk erwachsen: – und aus ihm der Übermensch.

Wahrlich, eine Stätte der Genesung soll noch die Erde werden! Und schon liegt ein neuer Geruch um sie, ein Heil bringender, – und eine neue Hoffnung!

3

Als Zarathustra diese Worte gesagt hatte, schwieg er, wie Einer, der nicht sein letztes Wort gesagt hat; lange wog er den Stab zweifelnd in seiner Hand. Endlich sprach er also: – und seine Stimme hatte sich verwandelt.

Allein gehe ich nun, meine Jünger! Auch ihr geht nun davon und allein! So will ich es.

Wahrlich, ich rathe euch: geht fort von mir und wehrt euch gegen Zarathustra! Und besser noch: schämt euch seiner! Vielleicht betrog er euch.

Der Mensch der Erkenntniss muss nicht nur seine Feinde lieben, sondern auch seine Freunde hassen können.

Man vergilt einem Lehrer schlecht, wenn man immer nur der Schüler bleibt. Und warum wollt ihr nicht an meinem Kranze rupfen?

Ihr verehrt mich; aber wie, wenn eure Verehrung eines Tages umfällt? Hütet euch, dass euch nicht eine Bildsäule erschlage!

Ihr sagt, ihr glaubt an Zarathustra? Aber was liegt an Zarathustra! Ihr seid meine Gläubigen: aber was liegt an allen Gläubigen!

Ihr hattet euch noch nicht gesucht: da fandet ihr mich. So thun alle Gläubigen; darum ist es so wenig mit allem Glauben.

Nun heisse ich euch, mich verlieren und euch finden; und erst, wenn ihr mich Alle verleugnet habt, will ich euch wiederkehren.

Wahrlich, mit andern Augen, meine Brüder, werde ich mir dann meine Verlorenen suchen; mit einer anderen Liebe werde ich euch dann lieben.

Und einst noch sollt ihr mir Freunde geworden sein und Kinder Einer Hoffnung: dann will ich zum dritten Male bei euch sein, dass ich den grossen Mittag mit euch feiere.

Und das ist der grosse Mittag, da der Mensch auf der Mitte seiner Bahn steht zwischen Thier und Übermensch und seinen Weg zum Abende als seine höchste Hoffnung feiert: denn es ist der Weg zu einem neuen Morgen.

Alsda wird sich der Untergehende selber segnen, dass er ein Hinübergehender sei; und die Sonne seiner Erkenntniss wird ihm im Mittage stehn.

„*Todt sind alle Götter: nun wollen wir, dass der Übermensch lebe.*" – diess sei einst am grossen Mittage unser letzter Wille! –

Also sprach Zarathustra.

Zweiter Theil

„- und erst, wenn ihr mich Alle verleugnet habt, will ich euch wiederkehren.

Wahrlich, mit andern *Augen*, meine Brüder, werde ich mir dann meine Verlorenen suchen; mit einer andern Liebe werde ich euch dann lieben".

Das Kind mit dem Spiegel

Hierauf gieng Zarathustra wieder zurück in das Gebirge und in die Einsamkeit seiner Höhle und entzog sich den Menschen: wartend gleich einem Säemann, der seinen Samen ausgeworfen hat. Seine Seele aber wurde voll von Ungeduld und Begierde nach Denen, welche er liebte: denn er hatte ihnen noch Viel zu geben. Diess nämlich ist das Schwerste, aus Liebe die offne Hand schliessen und als Schenkender die Scham bewahren.

Also vergiengen dem Einsamen Monde und Jahre; seine Weisheit aber wuchs und machte ihm Schmerzen durch ihre Fülle.

Eines Morgens aber wachte er schon vor der Morgenröthe auf, besann sich lange auf seinem Lager und sprach endlich zu seinem Herzen:

„Was erschrak ich doch so in meinem Traume, dass ich aufwachte? Trat nicht ein Kind zu mir, das einen Spiegel trug?

„Oh Zarathustra – sprach das Kind zu mir – schaue Dich an im Spiegel!"

Aber als ich in den Spiegel schaute, da schrie ich auf, und mein Herz war erschüttert: denn nicht mich sahe ich darin, sondern eines Teufels Fratze und Hohnlachen.

Wahrlich, allzugut verstehe ich des Traumes Zeichen und Mahnung: meine *Lehre* ist in Gefahr, Unkraut will Weizen heissen!

Meine Feinde sind mächtig worden und haben meiner Lehre Bildniss entstellt, also, dass meine Liebsten sich der Gaben schämen müssen, die ich ihnen gab.

Verloren giengen mir meine Freunde; die Stunde kam mir, meine Verlornen zu suchen!' –

Mit diesen Worten sprang Zarathustra auf, aber nicht wie ein Geängstigter, der nach Luft sucht, sondern eher wie ein Seher und Sänger, welchen der Geist anfällt. Verwundert sahen sein Adler und seine Schlange auf ihn hin: denn gleich dem Morgenrothe lag ein kommendes Glück auf seinem Antlitze.

Was geschah mir doch, meine Thiere? – sagte Zarathustra. Bin ich nicht verwandelt! Kam mir nicht die Seligkeit wie ein Sturmwind?

„Thöricht ist mein Glück und Thörichtes wird es reden: zu jung noch ist es – so habt Geduld mit ihm!

Verwundet bin ich von meinem Glücke: alle Leidenden sollen mir Ärzte sein!

Zu meinen Freunden darf ich wieder hinab und auch zu meinen Feinden! Zarathustra darf wieder reden und schenken und Lieben das Liebste thun!

Meine ungeduldige Liebe fliesst über in Strömen, abwärts, nach Aufgang und Niedergang. Aus schweigsamem Gebirge und Gewittern des Schmerzes rauscht meine Seele in die Thäler.

Zu lange sehnte ich mich und schaute in die Ferne. Zu lange gehörte ich der Einsamkeit: so verlernte ich das Schweigen.

Mund bin ich worden ganz und gar, und Brausen eines Bachs aus hohen Felsen: hinab will ich meine Rede stürzen in die Thäler.

Und mag mein Strom der Liebe in Unwegsames stürzen! Wie sollte ein Strom nicht endlich den Weg zum Meere finden!

Wohl ist ein See in mir, ein einsiedlerischer, selbstgenugsamer; aber mein Strom der Liebe reisst ihn mit sich hinab – zum Meere!

Neue Wege gehe ich, eine neue Rede kommt mir; müde wurde ich, gleich allen Schaffenden, der alten Zungen. Nicht will mein Geist mehr auf abgelaufnen Sohlen wandeln.

Zu langsam läuft mir alles Reden: – in deinen Wagen springe ich, Sturm! Und auch dich will ich noch peitschen mit meiner Bosheit!

Wie ein Schrei und ein jauchzen will ich über weite Meere hinfahren, bis ich die glückseligen Inseln finde, wo meine Freunde weilen: –

Und meine Feinde unter ihnen! Wie liebe ich nun jeden, zu dem ich nur reden darf! Auch meine Feinde gehören zu meiner Seligkeit.

Und wenn ich auf mein wildestes Pferd steigen will, so hilft mir mein Speer immer am besten hinauf: der ist meines Fusses allzeit bereiter Diener: –

Der Speer, den ich gegen meine Feinde schleudere! Wie danke ich es meinen Feinden, dass ich endlich ihn schleudern darf!

Zu gross war die Spannung meiner Wolke: zwischen Gelächtern der Blitze will ich Hagelschauer in die Tiefe werfen.

Gewaltig wird sich da meine Brust heben, gewaltig wird sie ihren Sturm über die Berge hinblasen: so kommt ihr Erleichterung.

Wahrlich, einem Sturme gleich kommt mein Glück und meine Freiheit! Aber meine Feinde sollen glauben, *der Böse* rase über ihren Häuptern.

Ja, auch ihr werdet erschreckt sein, meine Freunde, ob meiner wilden Weisheit; und vielleicht flieht ihr davon sammt meinen Feinden.

Ach, dass ich's verstünde, euch mit Hirtenflöten zurück zu locken! Ach, dass meine Löwin Weisheit zärtlich brüllen lernte! Und Vieles lernten wir schon mit einander!

Meine wilde Weisheit wurde trächtig auf einsamen Bergen; auf rauhen Steinen gebar sie ihr Junges, Jüngstes.

Nun läuft sie närrisch durch die harte Wüste und sucht und sucht nach sanftem Rasen – meine alte wilde Weisheit!

Auf eurer Herzen sanften Rasen, meine Freunde! – auf eure Liebe möchte sie ihr Liebstes betten!

Also sprach Zarathustra.

Auf den glückseligen Inseln

Die Feigen fallen von den Bäumen, sie sind gut und süss; und indem sie fallen, reisst ihnen die rothe Haut. Ein Nordwind bin ich reifen Feigen.

Also, gleich Feigen, fallen euch diese Lehren zu, meine Freunde: nun trinkt ihren Saft und ihr süsses Fleisch! Herbst ist es umher und reiner Himmel und Nachmittag.

Seht, welche Fülle ist um uns! Und aus dem Überflusse heraus ist es schön hinaus zu blicken auf ferne Meere.

Einst sagte man Gott, wenn man auf ferne Meere blickte; nun aber lehrte ich euch sagen: Übermensch.

Gott ist eine Muthmaassung; aber ich will, dass euer Muthmaassen nicht weiter reiche, als euer schaffender Wille.

Könntet ihr einen Gott *schaffen* ? – So schweigt mir doch von allen Göttern! Wohl aber könntet ihr den Übermenschen schaffen.

Nicht ihr vielleicht selber, meine Brüder! Aber zu Vätern und Vorfahren könntet ihr euch umschaffen des Übermenschen: und Diess sei euer bestes Schaffen! –

Gott ist eine Muthmaassung: aber ich will, dass euer Muthmaassen begrenzt sei in der Denkbarkeit.

Könntet ihr einen Gott *denken* ? – Aber diess bedeute euch Wille zur Wahrheit, dass Alles verwandelt werde in Menschen – Denkbares, Menschen – Sichtbares, Menschen – Fühlbares! Eure eignen Sinne sollt ihr zu Ende denken!

Und was ihr Welt nanntet, das soll erst von euch geschaffen werden: eure Vernunft, euer Bild, euer Wille, eure Liebe soll es selber werden! Und wahrlich, zu eurer Seligkeit, ihr Erkennenden!

Und wie wolltet ihr das Leben ertragen ohne diese Hoffnung, ihr Erkennenden? Weder in's Unbegreifliche dürftet ihr eingeboren sein, noch in's Unvernünftige.

Aber dass ich euch ganz mein Herz offenbare, ihr Freunde: *wenn* es Götter gäbe, wie hielte ich's aus, kein Gott zu sein! *Also* giebt es keine Götter.

Wohl zog ich den Schluss; nun aber zieht er mich. –

Gott ist eine Muthmaassung: aber wer tränke alle Qual dieser Muthmaassung, ohne zu sterben? Soll dem Schaffenden sein Glaube genommen sein und dem Adler sein Schweben in Adler-Fernen?

Gott ist ein Gedanke, der macht alles Gerade krumm und Alles, was steht, drehend. Wie? Die Zeit wäre hinweg, und alles Vergängliche nur Lüge?

Diess zu denken ist Wirbel und Schwindel menschlichen Gebeinen und noch dem Magen ein Erbrechen: wahrlich, die drehende Krankheit heisse ich's, Solches zu muthmaassen.

Böse heisse ich's und menschenfeindlich: all diess Lehren vom Einen und Vollen und Unbewegten und Satten und Unvergänglichen!

Alles Unvergängliche – das ist nur ein Gleichniss! Und die Dichter lügen zuviel. –

Aber von Zeit und Werden sollen die besten Gleichnisse reden: ein Lob sollen sie sein und eine Rechtfertigung aller Vergänglichkeit!

Schaffen – das ist die grosse Erlösung vom Leiden, und des Lebens Leichtwerden. Aber dass der Schaffende sei, dazu selber thut Leid noth und viel Verwandelung.

Ja, viel bitteres Sterben muss in eurem Leben sein, ihr Schaffenden! Also seid ihr Fürsprecher und Rechtfertiger aller Vergänglichkeit.

Dass der Schaffende selber das Kind sei, das neu geboren werde, dazu muss er auch die Gebärerin sein wollen und der Schmerz der Gebärerin.

Wahrlich, durch hundert Seelen gieng ich meinen Weg und durch hundert Wiegen und Geburtswehen. Manchen Abschied nahm ich schon, ich kenne die herzbrechenden letzten Stunden.

Aber so will's mein schaffender Wille, mein Schicksal. Oder, dass ich's euch redlicher sage: solches Schicksal gerade – will mein Wille.

Alles Fühlende leidet an mir und ist in Gefängnissen: aber mein Wollen kommt mir stets als mein Befreier und Freudebringer.

Wollen befreit: das ist die wahre Lehre von Wille und Freiheit – so lehrt sie euch Zarathustra.

Nicht-mehr-wollen und Nicht-mehr-schätzen und Nicht-mehr-schaffen! ach, dass diese grosse Müdigkeit mir stets ferne bleibe!

Auch im Erkennen fühle ich nur meines Willens Zeuge- und Werde-Lust; und wenn Unschuld in meiner Erkenntniss ist, so geschieht diess, weil Wille zur Zeugung in ihr ist.

Hinweg von Gott und Göttem lockte mich dieser Wille; was wäre denn zu schaffen, wenn Götter – da wären!

Aber zum Menschen treibt er mich stets von Neuem, mein inbrünstiger Schaffens-Wille; so treibt's den Hammer hin zum Steine.

Ach, ihr Menschen, im Steine schläft mir ein Bild, das Bild meiner Bilder! Ach, dass es im härtesten, hässlichsten Steine schlafen muss!

Nun wüthet mein Hammer grausam gegen sein Gefängniss. Vom Steine stäuben Stücke: was schiert mich das?

Vollenden will ich's: denn ein Schatten kam zu mir – aller Dinge Stillstes und Leichtestes kam einst zu mir!

Des Übermenschen Schönheit kam zu mir als Schatten. Ach, meine Brüder! Was gehen mich noch – die Götter an! –

Also sprach Zarathustra.

Von den Mitleidigen

Meine Freunde, es kam eine Spottrede zu eurem Freunde: „seht nur Zarathustra! Wandelt er nicht unter uns wie unter Thieren?"

Aber so ist es besser geredet: „der Erkennende wandelt unter Menschen *als* unter Thieren."

Der Mensch selber aber heisst dem Erkennenden: das Thier, das rothe Backen hat.

Wie geschah ihm das? Ist es nicht, weil er sich zu oft hat schämen müssen?

Oh meine Freunde! So spricht der Erkennende: Scham, Scham, Scham – das ist die Geschichte des Menschen!

Und darum gebeut sich der Edle, nicht zu beschämen: Scham gebeut er sich vor allem Leidenden.

Wahrlich, ich mag sie nicht, die Barmherzigen, die selig sind in ihrem Mitleiden: zu sehr gebricht es ihnen an Scham.

Muss ich mitleidig sein, so will ich's doch nicht heissen; und wenn ich's bin, dann gern aus der Ferne.

Gerne verhülle ich auch das Haupt und fliehe davon, bevor ich noch erkannt bin: und also heisse ich euch thun, meine Freunde!

Möge mein Schicksal mir immer Leidlose, gleich euch, über den Weg führen, und Solche, mit denen mir Hoffnung und Mahl und Honig gemein sein *darf*!

Wahrlich, ich that wohl Das und jenes an Leidenden: aber Besseres schien ich mir stets zu thun, wenn ich lernte, mich besser freuen.

Seit es Menschen giebt, hat der Mensch sich zu wenig gefreut: Das allein, meine Brüder, ist unsre Erbsünde!

Und lernen wir besser uns freuen, so verlernen wir am besten, Andern wehe zu thun und Wehes auszudenken.

Darum wasche ich mir die Hand, die dem Leidenden half, darum wische ich mir auch noch die Seele ab.

Denn dass ich den Leidenden leidend sah, dessen schämte ich mich um seiner Scham willen; und als ich ihm half, da vergieng ich mich hart an seinem Stolze.

Grosse Verbindlichkeiten machen nicht dankbar, sondern rachsüchtig; und wenn die kleine Wohlthat nicht vergessen wird, so wird noch ein Nage-Wurm daraus.

„Seid spröde im Annehmen! Zeichnet aus damit, dass ihr annehmt!" – also rathe ich Denen, die Nichts zu verschenken haben.

Ich aber bin ein Schenkender: gerne schenke ich, als Freund den Freunden. Fremde aber und Arme mögen sich die Frucht selber von meinem Baume pflücken: so beschämt es weniger.

Bettler aber sollte man ganz abschaffen! Wahrlich, man ärgert sich ihnen zu geben und, ärgert sich ihnen nicht zu geben.

Und insgleichen die Sünder und bösen Gewissen! Glaubt mir, meine Freunde: Gewissensbisse erziehn zum Beissen.

Das Schlimmste aber sind die kleinen Gedanken. Wahrlich, besser noch bös gethan, als klein gedacht!

Zwar ihr sagt: „die Lust an kleinen Bosheiten erspart uns manche grosse böse That." Aber hier sollte man nicht sparen wollen.

Wie ein Geschwür ist die böse That: sie juckt und kratzt und bricht heraus, – sie redet ehrlich.

„Siehe, ich bin Krankheit“ – so redet die böse That; das ist ihre Ehrlichkeit.

Aber dem Pilze gleich ist der kleine Gedanke: er kriecht und duckt sich und will nirgendswo sein – bis der ganze Leib morsch und welk ist vor kleinen Pilzen.

Dem aber, der vom Teufel besessen ist, sage ich diess Wort in's Ohr: „besser noch, du ziehest deinen Teufel gross! Auch für dich giebt es noch einen Weg der Grösse!“ –

Ach, meine Brüder! Man weiss von Jedermann Etwas zu viel! Und Mancher wird uns durchsichtig, aber desshalb können wir noch lange nicht durch ihn hindurch.

Es ist schwer, mit Menschen zu leben, weil Schweigen so schwer ist.

Und nicht gegen Den, der uns zuwider ist, sind wir am unbilligsten, sondern gegen Den, welcher uns gar Nichts angeht.

Hast du aber einen leidenden Freund, so sei seinem Leiden eine Ruhestätte, doch gleichsam ein hartes Bett, ein Feldbett: so wirst du ihm am besten nützen.

Und thut dir ein Freund Übles, so sprich: „ich vergebe dir, was du mir thatest; dass du es aber *dir* thatest, – wie könnte ich das vergeben!“

Also redet alle grosse Liebe: die überwindet auch noch Vergebung und Mitleiden.

Man soll sein Herz festhalten; denn lässt man es gehn, wie bald geht Einem da der Kopf durch!

Ach, wo in der Welt geschahen grössere Thorheiten, als bei den Mitleidigen? Und was in der Welt stiftete mehr Leid, als die Thorheiten der Mitleidigen?

Wehe allen Liebenden, die nicht noch eine Höhe haben, welche über ihrem Mitleiden ist!

Also sprach der Teufel einst zu mir: „auch Gott hat seine Hölle: das ist seine Liebe zu den Menschen.“

Und jüngst hörte ich ihn diess Wort sagen: „Gott ist todt; an seinem Mitleiden mit den Menschen ist Gott gestorben.“ –

So seid mir gewarnt vordem Mitleiden: *daher* kommt noch den Menschen eine schwere Wolke! Wahrlich, ich verstehe mich auf Wetterzeichen!

Merket aber auch diess Wort: alle grosse Liebe ist noch über all ihrem Mitleiden: denn sie will das Geliebte noch – schaffen!

„Mich selber bringe ich meiner Liebe dar, *und meinen Nächsten gleich mir*" – so geht die Rede allen Schaffenden.

Alle Schaffenden aber sind hart. –

Also sprach Zarathustra.

Von den Priestern

Und einstmals gab Zarathustra seinen Jüngern ein Zeichen und sprach diese Worte zu ihnen:

„Hier sind Priester: und wenn es auch meine Feinde sind, geht mir still an ihnen vorüber und mit schlafendem Schwerte!

Auch unter ihnen sind Helden; Viele von ihnen litten zuviel –: so wollen sie Andre leiden machen.

Böse Feinde sind sie: Nichts ist rachsüchtiger als ihre Demuth. Und leicht besudelt sich Der, welcher sie angreift.

Aber mein Blut ist mit dem ihren verwandt; und ich will mein Blut auch noch in dem ihren geehrt wissen." –

Und als sie vorüber gegangen waren, fiel Zarathustra der Schmerz an; und nicht lange hatte er mit seinem Schmerze gerungen, da hub er also an zu reden:

Es jammert mich dieser Priester. Sie gehen mir auch wider den Geschmack; aber das ist mir das Geringste, seit ich unter Menschen bin.

Aber ich leide und litt mit ihnen: Gefangene sind es mir und Abgezeichnete. Der, welchen sie Erlöser nennen, schlug sie in Banden: –

In Banden falscher Werthe und Wahn-Worte! Ach dass Einer sie noch von ihrem Erlöser erlöste!

Auf einem Eilande glaubten sie einst zu landen, als das Meer sie herumriss; aber siehe, es war ein schlafendes Ungeheuer!

Falsche Werthe und Wahn-Worte: das sind die schlimmsten Ungeheuer für Sterbliche, – lange schläft und wartet in ihnen das Verhängniss.

Aber endlich kommt es und wacht und frisst und schlingt, was auf ihm sich Hütten baute.

Oh seht mir doch diese Hütten an, die sich diese Priester bauten! Kirchen heissen sie ihre süssduftenden Höhlen.

Oh über diess verfälschte Licht, diese versumpfte Luft! Hier, wo die Seele zu ihrer Höhe hinauf – nicht fliegen darf!

Sondern also gebietet ihr Glaube: „auf den Knien die Treppe hinan, ihr Sünder!"

Wahrlich, lieber sehe ich noch den Schamlosen, als die verrenkten Augen ihrer Scham und Andacht!

Wer schuf sich solche Höhlen und Buss-Treppen? Waren es nicht Solche, die sich verbergen wollten und sich vor dem reinen Himmel schämten?

Und erst wenn der reine Himmel wieder durch zerbrochne Decken blickt, und hinab auf Gras und rothen Mohn an zerbrochnen Mauern, – will ich den Stätten dieses Gottes wieder mein Herz zuwenden.

Sie nannten Gott, was ihnen widersprach und wehe that: und wahrlich, es war viel Helden-Art in ihrer Anbetung!

Und nicht anders wussten sie ihren Gott zu lieben, als indem sie den Menschen an's Kreuz schlugen!

Als Leichname gedachten sie zu leben, schwarz schlugen sie ihren Leichnam aus; auch aus ihren Reden rieche ich noch die üble Würze von Todtenkammern.

Und wer ihnen nahe lebt, der lebt schwarzen Teichen nahe, aus denen heraus die Unke ihr Lied mit süssem Tiefsinne singt.

Bessere Lieder müssten sie mir singen, dass ich an ihren Erlöser glauben lerne: erlöster müssten mir seine Jünger aussehen!

Nackt möchte ich sie sehn: denn allein die Schönheit sollte Busse predigen. Aber wen überredet wohl diese vermummte Trübsal!

Wahrlich, ihre Erlöser selber kamen nicht aus der Freiheit und der Freiheit siebentem Himmel! Wahrlich, sie selber wandelten niemals auf den Teppichen der Erkenntniss!

Aus Lücken bestand der Geist dieser Erlöser; aber in jede Lücke hatten sie ihren Wahn gestellt, ihren Lückenbüsser, den sie Gott nannten.

In ihrem Mitleiden war ihr Geist ertrunken, und wenn sie schwollen und überschwollen von Mitleiden, schwamm immer obenauf eine grosse Thorheit.

Eifrig trieben sie und mit Geschrei ihre Heerde über ihren Steg: wie als ob es zur Zukunft nur Einen Steg gäbe! Wahrlich, auch diese Hirten gehörten noch zu den Schafen!

Kleine Geister und umfängliche Seelen hatten diese Hirten: aber, meine Brüder, was für kleine Länder waren bisher auch die umfänglichsten Seelen!

Blutzeichen schrieben sie auf den Weg, den sie giengen, und ihre Thorheit lehrte, dass man mit Blut die Wahrheit beweise.

Aber Blut ist der schlechteste Zeuge der Wahrheit; Blut vergiftet die reinste Lehre noch zu Wahn und Hass der Herzen.

Und wenn Einer durch's Feuer geht für seine Lehre, – was beweist diess! Mehr ist's wahrlich, dass aus eignem Brande die eigne Lehre kommt!

Schwüles Herz und kalter Kopf: wo diess zusammentrifft, da entsteht der Brausewind, der „Erlöser“.

Grössere gab es wahrlich und Höher-Geborene, als Die, welche das Volk Erlöser nennt, diese hinreissenden Brausewinde!

Und noch von Grösseren, als alle Erlöser waren, müsst ihr, meine Brüder, erlöst werden, wollt ihr zur Freiheit den Weg finden!

Niemals noch gab es einen Übermenschen. Nackt sah ich Beide, den grössten und den kleinsten Menschen: –

Allzuähnlich sind sie noch einander. Wahrlich, auch den Grössten fand ich – allzumenschlich!

Also sprach Zarathustra.

Von den Tugendhaften

Mit Donnern und himmlischen Feuerwerken muss man zu schlaffen und schlafenden Sinnen reden.

Aber der Schönheit Stimme redet leise: sie schleicht sich nur in die aufgewecktesten Seelen.

Leise erbebte und lachte mir heut mein Schild; das ist der Schönheit heiliges Lachen und Beben.

Über euch, ihr Tugendhaften, lachte heut meine Schönheit. Und also kam ihre Stimme zu mir: „sie wollen noch – bezahlt sein!“

Ihr wollt noch bezahlt sein, ihr Tugendhaften! Wollt Lohn für Tugend und Himmel für Erden und Ewiges für euer Heute haben?

Und nun zürnt ihr mir, dass ich lehre, es giebt keinen Lohn- und Zahlmeister? Und wahrlich, ich lehre nicht einmal, dass Tugend ihr eigener Lohn ist.

Ach, das ist meine Trauer: in den Grund der Dinge hat man Lohn und Strafe hineingelogen – und nun auch noch in den Grund eurer Seelen, ihr Tugendhaften!

Aber dem Rüssel des Ebers gleich soll mein Wort den Grund eurer Seelen aufreissen; Pflugschar will ich euch heissen.

Alle Heimlichkeiten eures Grundes sollen an's Licht; und wenn ihr aufgewühlt und zerbrochen in der Sonne liegt, wird auch eure Lüge von eurer Wahrheit ausgeschieden sein.

Denn diess ist eure Wahrheit: ihr seid *zu reinlich* für den Schmutz der Worte: Rache, Strafe, Lohn, Vergeltung.

Ihr liebt eure Tugend, wie die Mutter ihr Kind; aber wann hörte man, dass eine Mutter bezahlt sein wollte für ihre Liebe?

Es ist euer liebstes Selbst, eure Tugend. Des Ringes Durst ist in euch: sich selber wieder zu erreichen, dazu ringt und dreht sich jeder Ring.

Und dem Sterne gleich, der erlischt, ist jedes Werk eurer Tugend: immer ist sein Licht noch unterwegs und wandert – und wann wird es nicht mehr unterwegs sein?

Also ist das Licht eurer Tugend noch unterwegs, auch wenn das Werk gethan ist. Mag es nun vergessen und todt sein: sein Strahl von Licht lebt noch und wandert.

Dass eure Tugend euer Selbst sei und nicht ein Fremdes, eine Haut, eine Bemäntelung: das ist die Wahrheit aus dem Grunde eurer Seele, ihr Tugendhaften! –

Aber wohl giebt es Solche, denen Tugend der Krampf unter einer Peitsche heisst: und ihr habt mir zuviel auf deren Geschrei gehört!

Und Andre giebt es, die heissen Tugend das Faulwerden ihrer Laster; und wenn ihr Hass und ihre Eifersucht einmal die Glieder strecken, wird ihre „Gerechtigkeit“ munter und reibt sich die verschlafenen Augen.

Und Andre giebt es, die werden abwärts gezogen: ihre Teufel ziehn sie. Aber je mehr sie sinken, um so glühender leuchtet ihr Auge und die Begierde nach ihrem Gotte.

Ach, auch deren Geschrei drang zu euren Ohren, ihr Tugendhaften: was ich *nicht* bin, das, das ist mir Gott und Tugend!'

Und Andre giebt es, die kommen schwer und knarrend daher, gleich Wägen, die Steine abwärts fahren: die reden viel von Würde und Tugend, – ihren Hemmschuh heissen sie Tugend!

Und Andre giebt es, die sind gleich Alltags-Uhren, die aufgezogen wurden; sie machen ihr Tiktak und wollen, dass man Tiktak – Tugend heisse.

Wahrlich, an Diesen habe ich meine Lust: wo ich solche Uhren finde, werde ich sie mit meinem Spotte aufziehn; und sie sollen mir dabei noch schnurren!

Und Andre sind stolz über ihre Handvoll Gerechtigkeit und begehen um ihrerwillen Frevel an allen Dingen: also dass die Welt in ihrer Ungerechtigkeit ertränkt wird.

Ach, wie übel ihnen das Wort „Tugend“ aus dem Munde läuft! Und wenn sie sagen: „ich bin gerecht,“ so klingt es immer gleich wie: „ich bin gerächt!“

Mit ihrer Tugend wollen sie ihren Feinden die Augen auskratzen; und sie erheben sich nur, um Andre zu erniedrigen.

Und wiederum giebt es Solche, die sitzen in ihrem Sumpfe und reden also heraus aus dem Schilfrohr: „Tugend – das ist still im Sumpfe sitzen.

Wir beissen Niemanden und gehen Dem aus dem Wege, der beissen will; und in Allem haben wir die Meinung, die man uns giebt.“

Und wiederum giebt es Solche, die lieben Gebärden und denken: Tugend ist eine Art Gebärde.

Ihre Kniee beten immer an, und ihre Hände sind Lobpreisungen der Tugend, aber ihr Herz weiss Nichts davon.

Und wiederum giebt es Solche, die halten es für Tugend, zu sagen: „Tugend ist nothwendig“; aber sie glauben im Grunde nur daran, dass Polizei nothwendig ist.

Und Mancher, der das Hohe an den Menschen nicht sehen kann, nennt es Tugend, dass er ihr Niedriges allzunahe sieht: also heisst er seinen bösen Blick Tugend.

Und Einige wollen erbaut und aufgerichtet sein und heissen es Tugend; und Andre wollen umgeworfen sein – und heissen es auch Tugend.

Und derart glauben fast Alle daran, Antheil zu haben an der Tugend; und zum Mindesten will ein jeder Kenner sein über „gut“ und „böse“.

Aber nicht dazu kam Zarathustra, allen diesen Lügnern und Narren zu sagen: „was wisst *ihr* von Tugend! Was *könntet* ihr von Tugend wissen!“ –

Sondern, dass ihr, meine Freunde, der alten Worte müde würdet, welche ihr von den Narren und Lügnern gelernt habt:

Müde würdet der Worte „Lohn,“ „Vergeltung,“ „Strafe,“ „Rache in der Gerechtigkeit“ –

Müde würdet zu sagen: „dass eine Handlung gut ist, das macht, sie ist selbstlos.“

Ach, meine Freunde! Dass *euer* Selbst in der Handlung sei, wie die Mutter im Kinde ist: das sei mir *euer* Wort von Tugend!

Wahrlich, ich nahm euch wohl hundert Worte und eurer Tugend liebste Spielwerke; und nun zürnt ihr mir, wie Kinder zürnen.

Sie spielten am Meere, – da kam die Welle und riss ihnen ihr Spielwerk in die Tiefe: nun weinen sie.

Aber die selbe Welle soll ihnen neue Spielwerke bringen und neue bunte Muscheln vor sie hin ausschütten!

So werden sie getröstet sein; und gleich ihnen sollt auch ihr, meine Freunde, eure Tröstungen haben – und neue bunte Muscheln! –

Also sprach Zarathustra.

Vom Gesindel

Das Leben ist ein Born der Lust; aber wo das Gesindel mit trinkt, da sind alle Brunnen vergiftet.

Allem Reinlichen bin ich hold; aber ich mag die grinsenden Mäuler nicht sehn und den Durst der Unreinen.

Sie warfen ihr Auge hinab in den Brunnen: nun glänzt mir ihr widriges Lächeln herauf aus dem Brunnen.

Das heilige Wasser haben sie vergiftet mit ihrer Lüsternheit; und als sie ihre schmutzigen Träume Lust nannten, vergifteten sie auch noch die Worte.

Unwillig wird die Flamme, wenn sie ihre feuchten Herzen an's Feuer legen; der Geist selber brodelt und raucht, wo das Gesindel an's Feuer tritt.

Süsslich und übermürbe wird in ihrer Hand die Frucht: windfällig und wipfeldürr macht ihr Blick den Fruchtbaum.

Und Mancher, der sich vom Leben abkehrte, kehrte sich nur vom Gesindel ab: er wollte nicht Brunnen und Flamme und Frucht mit dem Gesindel theilen.

Und Mancher, der in die Wüste gieng und mit Raubthieren Durst litt, wollte nur nicht mit schmutzigen Kameeltreibern um die Cisterne sitzen.

Und Mancher, der wie ein Vernichter daher kam und wie ein Hagelschlag allen Fruchtfeldern, wollte nur seinen Fuss dem Gesindel in den Rachen setzen und also seinen Schlund stopfen.

Und nicht das ist der Bissen, an dem ich am meisten würgte, zu wissen, dass das Leben selber Feindschaft nöthig hat und Sterben und Marterkreuze: –

Sondern ich fragte einst und erstickte fast an meiner Frage: wie? hat das Leben auch das Gesindel *nöthig*?

Sind vergiftete Brunnen nöthig und stinkende Feuer und beschmutzte Träume und Maden im Lebensbrode?

Nicht mein Hass, sondern mein Ekel frass mir hungrig am Leben! Ach, des Geistes wurde ich oft müde, als ich auch das Gesindel geistreich fand!

Und den Herrschenden wandt'ich den Rücken, als ich sah, was sie jetzt Herrschen nennen: schachern und markten um Macht – mit dem Gesindel!

Unter Völkern wohnte ich fremder Zunge, mit verschlossenen Ohren: dass mir ihres Schacherns Zunge fremd bliebe und ihr Markten um Macht.

Und die Nase mir haltend, gieng ich unmuthig durch alles Gestern und Heute: wahrlich, übel riecht alles Gestern und Heute nach dem schreibenden Gesindel!

Einem Krüppel gleich, der taub und blind und stumm wurde: also lebte ich lange, dass ich nicht mit Macht- und Schreib- und Lust-Gesindel lebte.

Mühsam stieg mein Geist Treppen, und vorsichtig; Almosen der Lust waren sein Labsal; am Stabe schlich dem Blinden das Leben.

Was geschah mir doch? Wie erlöste ich mich vom Ekel? Wer verjüngte mein Auge? Wie erflog ich die Höhe, wo kein Gesindel mehr am Brunnen sitzt?

Schuf mein Ekel selber mir Flügel und quellenahnende Kräfte? Wahrlich, in's Höchste musste ich fliegen, dass ich den Born der Lust wiederfände!

Oh, ich fand ihn, meine Brüder! Hier im Höchsten quillt mir der Born der Lust! Und es giebt ein Leben, an dem kein Gesindel mit trinkt!

Fast zu heftig strömst du mir, Quell der Lust! Und oft leerst du den Becher wieder, dadurch dass du ihn füllen willst!

Und noch muss ich lernen, bescheidener dir zu nahen: allzuheftig strömt dir noch mein Herz entgegen: –

Mein Herz, auf dem mein Sommer brennt, der kurze, heisse, schwermüthige, überselige: wie verlangt mein Sommer-Herz nach deiner Kühle!

Vorbei die zögernde Trübsal meines Frühlings! Vorüber die Bosheit meiner Schneeflocken im Juni! Sommer wurde ich ganz und Sommer-Mittag!

Ein Sommer im Höchsten mit kalten Quellen und seliger Stille: oh kommt, meine Freunde, dass die Stille noch seliger werde! Denn diess ist *unsre* Höhe und unsre Heimat: zu hoch und steil wohnen wir hier allen Unreinen und ihrem Durste. Werft nur eure reinen Augen in den Born meiner Lust, ihr Freunde! Wie sollte er darob trübe werden! Entgegenlachen soll er euch mit *seiner* Reinheit.

Auf dem Baume Zukunft bauen wir unser Nest; Adler sollen uns Einsamen Speise bringen in ihren Schnäbeln!

Wahrlich, keine Speise, an der Unsaubere mitessen dürften! Feuer würden sie zu fressen wähnen und sich die Mäuler verbrennen!

Wahrlich, keine Heimstätten halten wir hier bereit für Unsaubere! Eishöhle würde ihren Leibern unser Glück heissen und ihren Geistern!

Und wie starke Winde wollen wir über ihnen leben, Nachbarn den Adlern, Nachbarn dem Schnee, Nachbarn der Sonne: also leben starke Winde.

Und einem Winde gleich will ich einst noch zwischen sie blasen und mit meinem Geiste ihrem Geiste den Athem nehmen: so will es meine Zukunft.

Wahrlich, ein starker Wind ist Zarathustra allen Niederungen; und solchen Rath räth er seinen Feinden und Allem, was spuckt und speit: hütet euch *gegen* den Wind zu speien!"

Also sprach Zarathustra.

Von den Taranteln

Siehe, das ist der Tarantel Höhle! Willst du sie selber sehn? Hier hängt ihr Netz: rühre daran, dass es erzittert.

Da kommt sie willig: willkommen, Tarantel! Schwarz sitzt auf deinem Rücken dein Dreieck und Wahrzeichen; und ich weiss auch, was in deiner Seele sitzt.

Rache sitzt in deiner Seele: wohin du beissest, da wächst schwarzer Schorf; mit Rache macht dein Gift die Seele drehend!

Also rede ich zu euch im Gleichniss, die ihr die Seelen drehend macht, ihr Prediger der *Gleichheit*! Taranteln seid ihr mir und versteckte Rachsüchtige!

Aber ich will eure Verstecke schon an's Licht bringen: darum lache ich euch in's Antlitz mein Gelächter der Höhe.

Darum reisse ich an eurem Netze, dass eure Wuth euch aus eurer Lügen-Höhle locke, und eure Rache hervorspringe hinter eurem Wort „Gerechtigkeit."

Denn *dass der Mensch erlöst werde von der Rache*: das ist mir die Brücke zur höchsten Hoffnung und ein Regenbogen nach langen Unwettern.

Aber anders wollen es freilich die Taranteln. „Das gerade heisse uns Gerechtigkeit, dass die Welt voll werde von den Unwettern unsrer Rache" – also reden sie mit einander.

„Rache wollen wir üben und Beschimpfung an Allen, die uns nicht gleich sind" – so geloben sich die Tarantel-Herzen.

Und „Wille zur Gleichheit“ – das selber soll fürderhin der Name für Tugend werden; und gegen Alles, was Macht hat, wollen wir unser Geschrei erheben!“

Ihr Prediger der Gleichheit, der Tyrannen-Wahnsinn der Ohnmacht schreit also aus euch nach „Gleichheit“: eure heimlichsten Tyrannen-Gelüste vermummen sich also in Tugend-Worte!

Vergrämter Dünkel, verhaltener Neid, vielleicht eurer Väter Dünkel und Neid: aus euch bricht's als Flamme heraus und Wahnsinn der Rache.

Was der Vater schwieg, das kommt im Sohne zum Reden; und oft fand ich den Sohn als des Vaters entblösstes Geheimniss.

Den Begeisterten gleichen sie: aber nicht das Herz ist es, was sie begeistert, – sondern die Rache. Und wenn sie fein und kalt werden, ist's nicht der Geist, sondern der Neid, der sie fein und kalt macht.

Ihre Eifersucht führt sie auch auf der Denker Pfade; und diess ist das Merkmal ihrer Eifersucht – immer gehn sie zu weit: dass ihre Müdigkeit sich zuletzt noch auf Schnee schlafen legen muss.

Aus jeder ihrer Klagen tönt Rache, in jedem ihrer Lobsprüche ist ein Wehethun; und Richter-sein scheint ihnen Seligkeit.

Also aber rathe ich euch, meine Freunde: misstraut Allen, in welchen der Trieb, zu strafen, mächtig ist!

Das ist Volk schlechter Art und Abkunft; aus ihren Gesichtern blickt der Henker und der Spürhund.

Misstraut allen Denen, die viel von ihrer Gerechtigkeit reden! Wahrlich, ihren Seelen fehlt es nicht nur an Honig.

Und wenn sie sich selber „die Guten und Gerechten“ nennen, so vergesst nicht, dass ihnen zum Pharisäer Nichts fehlt als – Macht!

Meine Freunde, ich will nicht vermischt und verwechselt werden.

Es giebt Solche, die predigen meine Lehre vom Leben: und zugleich sind sie Prediger der Gleichheit und Taranteln.

Dass sie dem Leben zu Willen reden, ob sie gleich in ihrer Höhle sitzen, diese Gift-Spinnen, und abgekehrt vom Leben: das macht, sie wollen damit wehethun.

Solchen wollen sie damit wehethun, die jetzt die Macht haben: denn bei diesen ist noch die Predigt vom Tode am besten zu Hause.

Wäre es anders, so würden die Taranteln anders lehren: und gerade sie waren ehemals die besten Welt-Verleumder und Ketzer-Brenner.

Mit diesen Predigern der Gleichheit will ich nicht vermischt und verwechselt sein. Denn so redet *mir* die Gerechtigkeit: „die Menschen sind nicht gleich."

Und sie sollen es auch nicht werden! Was wäre denn meine Liebe zum Übermenschen, wenn ich anders spräche?

Auf tausend Brücken und Stegen sollen sie sich drängen zur Zukunft, und immer mehr Krieg und Ungleichheit soll zwischen sie gesetzt sein: so lässt mich meine grosse Liebe reden!

Erfinder von Bildern und Gespenstern sollen sie werden in ihren Feindschaften, und mit ihren Bildern und Gespenstern sollen sie noch gegeneinander den höchsten Kampf kämpfen!

Gut und Böse, und Reich und Arm, und Hoch und Gering, und alle Namen der Werthe: Waffen sollen es sein und klirrende Merkmale davon, dass das Leben sich immer wieder selber überwinden muss!

In die Höhe will es sich bauen mit Pfeilern und Stufen, das Leben selber: in weite Fernen will es blicken und hinaus nach seligen Schönheiten, – *darum* braucht es Höhe!

Und weil es Höhe braucht, braucht es Stufen und Widerspruch der Stufen und Steigenden! Steigen will das Leben und steigend sich überwinden.

Und seht mir doch, meine Freunde! Hier, wo der Tarantel Höhle ist, heben sich eines alten Tempels Trümmer aufwärts, – seht mir doch mit erleuchteten Augen hin!

Wahrlich, wer hier einst seine Gedanken in Stein nach Oben thürmte, um das Geheimniss alles Lebens wusste er gleich dem Weisesten!

Dass Kampf und Ungleiches auch noch in der Schönheit sei und Krieg um Macht und Übermacht: das lehrt er uns hier im deutlichsten Gleichniss.

Wie sich göttlich hier Gewölbe und Bogen brechen, im Ringkampfe: wie mit Licht und Schatten sie wider einander streben, die göttlich-Strebenden –

Also sicher und schön lasst uns auch Feinde sein, meine Freunde! Göttlich wollen wir *wider* einander streben! –

Wehe! Da biss mich selber die Tarantel, meine alte Feindin! Göttlich sicher und schön biss sie mich in den Finger!

„Strafe muss sein und Gerechtigkeit – so denkt sie: nicht umsonst soll er hier der Feindschaft zu Ehren Lieder singen!"

Ja, sie hat sich gerächt! Und wehe! nun wird sie mit Rache auch noch meine Seele drehend machen!

Dass ich mich aber *nicht* drehe, meine Freunde, bindet mich fest hier an diese Säule! Lieber noch Säulen-Heiliger will ich sein, als Wirbel der Rachsucht!

Wahrlich, kein Dreh- und Wirbelwind ist Zarathustra; und wenn er ein Tänzer ist, nimmermehr doch ein Tarantel-Tänzer! –

Also sprach Zarathustra.

Von den berühmten Weisen

Dem Volke habt ihr gedient und des Volkes Aberglauben, ihr berühmten Weisen alle! – und *nicht* der Wahrheit! Und gerade darum zollte man euch Ehrfurcht.

Und darum auch ertrug man euren Unglauben, weil er ein Witz und Umweg war zum Volke. So lässt der Herr seine Sclaven gewähren und ergötzt sich noch an ihrem Übermuthe.

Aber wer dem Volke verhasst ist wie ein Wolf den Hunden: das ist der freie Geist, der Fessel-Feind, der Nicht-Anbeter, der in Wäldern Hausende.

Ihn zu jagen aus seinem Schlupfe – das hiess immer dem Volke „Sinn für das Rechte": gegen ihn hetzt es noch immer seine scharfzahnigsten Hunde.

„Denn die Wahrheit ist da: ist das Volk doch da! Wehe, wehe den Suchenden!" – also scholl es von jeher.

Eurem Volke wolltet ihr Recht schaffen in seiner Verehrung: das hiesset ihr „Wille zur Wahrheit," ihr berühmten Weisen!

Und euer Herz sprach immer zu sich: „vom Volke kam ich: von dort her kam mir auch Gottes Stimme."

Hart-nackig und klug, dem Esel gleich, wart ihr immer als des Volkes Fürsprecher.

Und mancher Mächtige, der gut fahren wollte mit dem Volke, spannte vor seine Rosse noch – ein Eselein, einen berühmten Weisen.

Und nun wollte ich, ihr berühmten Weisen, ihr würfet endlich das Fell des Löwen ganz von euch!

Das Fell des Raubthiers, das buntgefleckte, und die Zotten des Forschenden, Suchenden, Erobernden!

Ach, dass ich an eure „Wahrhaftigkeit" glauben lerne, dazu müsstet ihr mir erst euren verehrenden Willen zerbrechen.

Wahrhaftig – so heisse ich Den, der in götterlose Wüsten geht und sein verehrendes Herz zerbrochen hat.

Im gelben Sande und verbrannt von der Sonne schielt er wohl durstig nach den quellenreichen Eilanden, wo Lebendiges unter dunkeln Bäumen ruht.

Aber sein Durst überredet ihn nicht, diesen Behaglichen gleich zu werden: denn wo Oasen sind, da sind auch Götzenbilder.

Hungernd, gewaltthätig, einsam, gottlos: so will sich selber der Löwen-Wille.

Frei von dem Glück der Knechte, erlöst von Göttern und Anbetungen, furchtlos und fürchterlich, gross und einsam: so ist der Wille des Wahrhaftigen.

In der Wüste wohnten von je die Wahrhaftigen, die freien Geister, als der Wüste Herren; aber in den Städten wohnen die gutgefütterten, berühmten Weisen, – die Zugthiere.

Immer nämlich ziehen sie, als Esel – des *Volkes* Karren!

Nicht dass ich ihnen darob zürne: aber Dienende bleiben sie mir und Angeschirrte, auch wenn sie von goldnem Geschirre glänzen.

Und oft waren sie gute Diener und preiswürdige. Denn so spricht die Tugend: musst du Diener sein, so suche Den, welchem dein Dienst am besten nützt!

„Der Geist und die Tugend deines Herrn sollen wachsen, dadurch dass du sein Diener bist: so wächsest du selber mit seinem Geiste und seiner Tugend!"

Und wahrlich, ihr berühmten Weisen, ihr Diener des Volkes! Ihr selber wuchset mit des Volkes Geist und Tugend – und das Volk durch euch! Zu euren Ehren sage ich das!

Aber Volk bleibt ihr mir auch noch in euren Tugenden, Volk mit blöden Augen, – Volk, das nicht weiss, was *Geist* ist!

Geist ist das Leben, das selber in's Leben schneidet: an der eignen Qual mehrt es sich das eigne Wissen, – wusstet ihr das schon?

Und des Geistes Glück ist diess: gesalbt zu sein und durch Thränen geweiht zum Opferthier, – wusstet ihr das schon?

Und die Blindheit des Blinden und sein Suchen und Tappen soll noch von der Macht der Sonne zeugen, in die er schaute, – wusstet ihr das schon?

Und mit Bergen soll der Erkennende *bauen* lernen! Wenig ist es, dass der Geist Berge versetzt, – wusstet ihr das schon?

Ihr kennt nur des Geistes Funken: aber ihr seht den Ambos nicht, der er ist, und nicht die Grausamkeit seines Hammers!

Wahrlich, ihr kennt des Geistes Stolz nicht! Aber noch weniger würdet ihr des Geistes Bescheidenheit ertragen, wenn sie einmal reden wollte!

Und niemals noch durftet ihr euren Geist in eine Grube von Schnee werfen: ihr seid nicht heiss genug dazu! So kennt ihr auch die Entzückungen seiner Kälte nicht.

In Allem aber thut ihr mir zu vertraulich mit dem Geiste; und aus der Weisheit machtet ihr oft ein Armen- und Krankenhaus für schlechte Dichter.

Ihr seid keine Adler: so erfuhrt ihr auch das Glück im Schrekken des Geistes nicht. Und wer kein Vogel ist, soll sich nicht über Abgründen lagern.

Ihr seid mir Laue: aber kalt strömt jede tiefe Erkenntniss. Eiskalt sind die innersten Brunnen des Geistes: ein Labsal heissen Händen und Handelnden.

Ehrbar steht ihr mir da und steif und mit geradem Rücken, ihr berühmten Weisen! – euch treibt kein starker Wind und Wille.

Saht ihr nie ein Segel über das Meer gehn, geründet und gebläht und zitternd vor dem Ungestüm des Windes?

Dem Segel gleich, zitternd vor dem Ungestüm des Geistes, geht meine Weisheit über das Meer – meine wilde Weisheit!

Aber ihr Diener des Volkes, ihr berühmten Weisen, – wie *könntet* ihr mit mir gehn! –

Also sprach Zarathustra.

Das Nachtlied

Nacht ist es: nun reden lauter alle springenden Brunnen. Und auch meine Seele ist ein springender Brunnen.

Nacht ist es: nun erst erwachen alle Lieder der Liebenden. Und auch meine Seele ist das Lied eines Liebenden.

Ein Ungestilltes, Unstillbares ist in mir; das will laut werden. Eine Begierde nach Liebe ist in mir, die redet selber die Sprache der Liebe.

Licht bin ich: ach, dass ich Nacht wäre! Aber diess ist meine Einsamkeit, dass ich von Licht umgürtet bin.

Ach, dass ich dunkel wäre und nächtig! Wie wollte ich an den Brüsten des Lichts saugen!

Und euch selber wollte ich noch segnen, ihr kleinen Funkelsterne und Leuchtwürmer droben! – und selig sein ob eurer Licht-Geschenke.

Aber ich lebe in meinem eignen Lichte, ich trinke die Flammen in mich zurück, die aus mir brechen.

Ich kenne das Glück des Nehmenden nicht; und oft träumte mir davon, dass Stehlen noch seliger sein müsse, als Nehmen.

Das ist meine Armuth, dass meine Hand niemals ausruht vom Schenken; das ist mein Neid, dass ich wartende Augen sehe und die erhellten Nächte der Sehnsucht.

Oh Unseligkeit aller Schenkenden! Oh Verfinsterung meiner Sonne! Oh Begierde nach Begehren! Oh Heisshunger in der Sättigung!

Sie nehmen von mir: aber rühre ich noch an ihre Seele? Eine Kluft ist zwischen Geben und Nehmen; und die kleinste Kluft ist am letzten zu überbrücken.

Ein Hunger wächst aus meiner Schönheit: wehethun möchte ich Denen, welchen ich leuchte, berauben möchte ich meine Beschenkten: – also hungere ich nach Bosheit.

Die Hand zurückziehend, wenn sich schon ihr die Hand entgegenstreckt; dem Wasserfälle gleich zögernd, der noch im Sturze zögert: – also hungere ich nach Bosheit.

Solche Rache sinnt meine Fülle aus; solche Tücke quillt aus meiner Einsamkeit.

Mein Glück im Schenken erstarb im Schenken, meine Tugend wurde ihrer selber müde an ihrem Überflusse!

Wer immer schenkt, dessen Gefahr ist, dass er die Scham verliere; wer immer austheilt, dessen Hand und Herz hat Schwielen vor lauter Austheilen.

Mein Auge quillt nicht mehr über vor der Scham der Bittenden; meine Hand wurde zu hart für das Zittern gefüllter Hände.

Wohin kam die Thräne meinem Auge und der Flaum meinem Herzen? Oh Einsamkeit aller Schenkenden! Oh Schweigsamkeit aller Leuchtenden!

Viel Sonnen kreisen im öden Räume: zu Allem, was dunkel ist, reden sie mit ihrem Lichte, – mir schweigen sie.

Oh diess ist die Feindschaft des Lichts gegen Leuchtendes, erbarmungslos wandelt es seine Bahnen.

Unbillig gegen Leuchtendes im tiefsten Herzen: kalt gegen Sonnen, – also wandelt jede Sonne.

Einem Sturme gleich fliegen die Sonnen ihre Bahnen, das ist ihr Wandeln. Ihrem unerbittlichen Willen folgen sie, das ist ihre Kälte.

Oh, ihr erst seid es, ihr Dunklen, ihr Nächtigen, die ihr Wärme schafft aus Leuchtendem! Oh, ihr erst trinkt euch Milch und Labsal aus des Lichtes Eutern!

Ach, Eis ist um mich, meine Hand verbrennt sich an Eisigem! Ach, Durst ist in mir, der schmachtet nach eurem Durste!

Nacht ist es: ach dass ich Licht sein muss! Und Durst nach Nächtigem! Und Einsamkeit!

Nacht ist es: nun bricht wie ein Born aus mir mein Verlangen, – nach Rede verlangt mich.

Nacht ist es: nun reden lauter alle springenden Brunnen. Und auch meine Seele ist ein springender Brunnen.

Nacht ist es: nun erst erwachen alle Lieder der Liebenden. Und auch meine Seele ist das Lied eines Liebenden. –

Also sang Zarathustra.

Das Tanzlied

Eines Abends gieng Zarathustra mit seinen Jüngern durch den Wald; und als er nach einem Brunnen suchte, siehe, da kam er auf eine grüne Wiese, die von Bäumen und Gebüsch still umstanden war: auf der tanzten Mädchen mit einander. Sobald die Mädchen Zarathustra erkannten, liessen sie vom Tanze ab; Zarathustra aber trat mit freundlicher Gebärde zu ihnen und sprach diese Worte:

„Lasst vom Tanze nicht ab, ihr lieblichen Mädchen! Kein Spielverderber kam zu euch mit bösem Blick, kein Mädchen-Feind.

Gottes Fürsprecher bin ich vor dem Teufel: der aber ist der Geist der Schwere. Wie sollte ich, ihr Leichten, göttlichen Tänzen feind sein? Oder Mädchen-Füssen mit schönen Knöcheln?

Wohl bin ich ein Wald und eine Nacht dunkler Bäume: doch wer sich vor meinem Dunkel nicht scheut, der findet auch Rosenhänge unter meinen Cypressen.

Und auch den kleinen Gott findet er wohl, der den Mädchen der liebste ist: neben dem Brunnen liegt er, still, mit geschlossenen Augen.

Wahrlich, am hellen Tage schlief er mir ein, der Tagedieb! Haschte er wohl zu viel nach Schmetterlingen?

Zürnt mir nicht, ihr schönen Tanzenden, wenn ich den kleinen Gott ein Wenig züchtige! Schreien wird er wohl und weinen, – aber zum Lachen ist er noch im Weinen!

Und mit Thränen im Auge soll er euch um einen Tanz bitten; und ich selber will ein Lied zu seinem Tanze singen:

Ein Tanz- und Spottlied auf den Geist der Schwere, meinen allerhöchsten grossmächtigsten Teufel, von dem sie sagen, dass er „der Herr der Welt“ sei.“ –

Und diess ist das Lied, welches Zarathustra sang, als Cupido und die Mädchen zusammen tanzten.

In dein Auge schaute ich jüngst, oh Leben! Und in's Unergründliche schien ich mir da zu sinken.

Aber du zogst mich mit goldner Angel heraus; spöttisch lachtest du, als ich dich unergründlich nanntest.

„So geht die Rede aller Fische, sprachst du; was *sie* nicht ergründen, ist unergründlich.

„Aber veränderlich bin ich nur und wild und in Allem ein Weib, und kein tugendhaftes:

„Ob ich schon euch Männern „die Tiefe“ heisse oder „die Treue“, „die Ewige“, „die Geheimnissvolle.“ –

„Doch ihr Männer beschenkt uns stets mit den eignen Tugenden – ach, ihr Tugendhaften!“

Also lachte sie, die Unglaubliche; aber ich glaube ihr niemals und ihrem Lachen, wenn sie bös von sich selber spricht.

Und als ich unter vier Augen mit meiner wilden Weisheit redete, sagte sie mir zornig: „Du willst, du begehrst, du liebst, darum allein *lobst* du das Leben!“

Fast hätte ich da bös geantwortet und der Zornigen die Wahrheit gesagt; und man kann nicht böser antworten, als wenn man seiner Weisheit „die Wahrheit sagt.“

So nämlich steht es zwischen uns Dreien. Von Grund aus liebe ich nur das Leben – und, wahrlich, am meisten dann, wenn ich es hasse!

Dass ich aber der Weisheit gut bin und oft zu gut: das macht, sie erinnert mich gar sehr an das Leben!

Sie hat ihr Auge, ihr Lachen und sogar ihr goldnes Angelrüthchen: was kann ich dafür, dass die Beiden sich so ähnlich sehen?

Und als mich einmal das Leben fragte: Wer ist denn das, die Weisheit? – da sagte ich eifrig: „Ach ja! die Weisheit!

Man dürstet um sie und wird nicht satt, man blickt durch Schleier, man hascht durch Netze.

Ist sie schön? Was weiss ich! Aber die ältesten Karpfen werden noch mit ihr geködert.

Veränderlich ist sie und trotzig; oft sah ich sie sich die Lippe beissen und den Kamm wider ihres Haares Strich führen.

Vielleicht ist sie böse und falsch, und in Allem ein Frauenzimmer; aber wenn sie von sich selber schlecht spricht, da gerade verführt sie am meisten.“

Als ich diess zu dem Leben sagte, da lachte es boshaft und machte die Augen zu. Von wem redest du doch? sagte sie, wohl von mir?

Und wenn du Recht hättest, – sagt man *das* mir so in's Gesicht! Aber nun sprich doch auch von deiner Weisheit!"

Ach, und nun machtest du wieder dein Auge auf, oh geliebtes Leben! Und in's Unergründliche schien ich mir wieder zu sinken. –

Also sang Zarathustra. Als aber der Tanz zu Ende und die Mädchen fortgegangen waren, wurde er traurig.

„Die Sonne ist lange schon hinunter, sagte er endlich; die Wiese ist feucht, von den Wäldern her kommt Kühle.

Ein Unbekanntes ist um mich und blickt nachdenklich. Was! Du lebst noch, Zarathustra?

Warum? Wofür? Wodurch? Wohin? Wo? Wie? Ist es nicht Thorheit, noch zu leben? –

Ach, meine Freunde, der Abend ist es, der so aus mir fragt. Vergebt mir meine Traurigkeit!

Abend ward es: vergebt mir, dass es Abend ward!"

Also sprach Zarathustra.

Das Grablied

„Dort ist die Gräberinsel, die schweigsame; dort sind auch die Gräber meiner Jugend. Dahin will ich einen immergrünen Kranz des Lebens tragen."

Also im Herzen beschliessend fuhr ich über das Meer. –

Oh ihr, meiner Jugend Gesichte und Erscheinungen! Oh, ihr Blicke der Liebe alle, ihr göttlichen Augenblicke! Wie starbt ihr mir so schnell! Ich gedenke eurer heute wie meiner Todten.

Von euch her, meinen liebsten Todten, kommt mir ein süsser Geruch, ein herz- und thränenlösender. Wahrlich, er erschüttert und löst das Herz dem einsam Schiffenden.

Immer noch bin ich der Reichste und Bestzubeneidende – ich der Einsamste! Denn ich *hatte* euch doch, und ihr habt mich noch: sagt, wem fielen, wie mir, solche Rosenäpfel vom Baume?

Immer noch bin ich eurer Liebe Erbe und Erdreich, blühend zu eurem Gedächtnisse von bunten wildwachsenen Tugenden, oh ihr Geliebtesten!

Ach, wir waren gemacht, einander nahe zu bleiben, ihr holden fremden Wunder; und nicht schüchternen Vögeln gleich kamt ihr zu mir und meiner Begierde – nein, als Trauende zu dem Trauenden!

Ja, zur Treue gemacht, gleich mir, und zu zärtlichen Ewigkeiten: muss ich nun euch nach eurer Untreue heissen, ihr göttlichen Blicke und Augenblicke: keinen andern Namen lernte ich noch.

Wahrlich, zu schnell starbt ihr mir, ihr Flüchtlinge. Doch floht ihr mich nicht, noch floh ich euch: unschuldig sind wir einander in unsrer Untreue.

Mich zu tödten, erwürgte man euch, ihr Singvögel meiner Hoffnungen! Ja, nach euch, ihr Liebsten, schoss immer die Bosheit Pfeile – mein Herz zu treffen!

Und sie traf! Wart ihr doch stets mein Herzlichstes, mein Besitz und mein Besessen-sein: *darum* musstet ihr jung sterben und allzu frühe!

Nach dem Verwundbarsten, das ich besass, schoss man den Pfeil: das waret ihr, denen die Haut einem Flaume gleich ist und mehr noch dem Lächeln, das an einem Blick erstirbt!

Aber diess Wort will ich zu meinen Feinden reden: was ist alles Menschen-Morden gegen Das, was ihr mir thatet!

Böseres thatet ihr mir, als aller Menschen-Mord ist; Unwiederbringliches nahmt ihr mir: – also rede ich zu euch, meine Feinde!

Mordetet ihr doch meiner Jugend Gesichte und liebste Wunder! Meine Gespielen nahmt ihr mir, die seligen Geister! Ihrem Gedächtnisse lege ich diesen Kranz und diesen Fluch nieder.

Diesen Fluch gegen euch, meine Feinde! Machtet ihr doch mein Ewiges kurz, wie ein Ton zerbricht in kalter Nacht! Kaum als Aufblinken göttlicher Augen kam es mir nur, – als Augenblick!

Also sprach zur guten Stunde einst meine Reinheit: „göttlich sollen mir alle Wesen sein."

Da überfielt ihr mich mit schmutzigen Gespenstern; ach, wohin floh nun jene gute Stunde!

„Alle Tage sollen mir heilig sein“ – so redete einst die Weisheit meiner Jugend: wahrlich, einer fröhlichen Weisheit Rede!

Aber da stahlt ihr Feinde mir meine Nächte und verkauftet sie zu schlafloser Qual: ach, wohin floh nun jene fröhliche Weisheit?

Einst begehrte ich nach glücklichen Vogelzeichen: da führtet ihr mir ein Eulen-Unthier über den Weg, ein widriges. Ach, wohin floh da meine zärtliche Begierde?

Allem Ekel gelobte ich einst zu entsagen: da verwandeltet ihr meine Nahen und Nächsten in Eiterbeulen. Ach, wohin floh da mein edelstes Gelöbniss“

Als Blinder gieng ich einst selige Wege: da warft ihr Unflath auf den Weg des Blinden: und nun ekelte ihn des alten Blinden-Fusssteigs.

Und als ich mein Schwerstes that und meiner Überwindungen Sieg feierte: da machtet ihr Die, welche mich liebten, schrein, ich thue ihnen am wehesten.

Wahrlich, das war immer euer Thun: ihr vergälltet mir meinen besten Honig und den Fleiss meiner besten Bienen.

Meiner Mildthätigkeit sandtet ihr immer die frechsten Bettler zu; um mein Mitleiden drängtet ihr immer die unheilbar Schamlosen. So verwundetet ihr meine Tugend in ihrem Glauben.

Und legte ich noch mein Heiligstes zum Opfer hin: flugs stellte eure „Frömmigkeit“ ihre fetteren Gaben dazu: also dass im Dampfe eures Fettes noch mein Heiligstes erstickte.

Und einst wollte ich tanzen, wie nie ich noch tanzte: über alle Himmel weg wollte ich tanzen. Da überredetet ihr meinen liebsten Sänger.

Und nun stimmte er eine schaurige dumpfe Weise an; ach, er tutete mir, wie ein düsteres Horn, zu Ohren!

Mörderischer Sänger, Werkzeug der Bosheit, Unschuldigster! Schon stand ich bereit zum besten Tanze: da mordetest du mit deinen Tönen meine Verzückung!

Nur im Tanze weiss ich der höchsten Dinge Gleichniss zu reden: – und nun blieb mir mein höchstes Gleichniss ungeredet in einen Gliedern!

Ungeredet und unerlöst blieb mir die höchste Hoffnung! Und es starben mir alle Gesichte und Tröstungen meiner Jugend!

Wie ertrug ich's nur? Wie verwand und überwand ich solche Wunden? Wie erstand meine Seele wieder aus diesen Gräbern?

Ja, ein Unverwundbares, Unbegrabbares ist an mir, ein Felsensprengendes: das heisst *mein Wille*. Schweigsam schreitet es und unverändert durch die Jahre.

Seinen Gang will er gehn auf meinen Füssen, mein alter Wille; herzenshart ist ihm der Sinn und unverwundbar.

Unverwundbar bin ich allein an meiner Ferse. Immer noch lebst du da und bist dir gleich, Geduldigster! Immer noch brachst du dich durch alle Gräber!

In dir lebt auch noch das Unerlöste meiner Jugend; und als Leben und Jugend sitzest du hoffend hier auf gelben Grab-Trümmern.

Ja, noch bist du mir aller Gräber Zertrümmerer: Heil dir, mein Wille! Und nur wo Gräber sind, giebt es Auferstehungen. –

Also sang Zarathustra. –

Von der Selbst-Ueberwindung

„Wille zur Wahrheit“ heisst ihr's, ihr Weisesten, was euch treibt und brünstig macht?

Wille zur Denkbarkeit alles Seienden: also heisse *ich* euren Willen!

Alles Seiende wollt ihr erst denkbar *machen* : denn ihr zweifelt mit gutem Misstrauen, ob es schon denkbar ist.

Aber es soll sich euch fügen und biegen! So will's euer Wille. Glatt soll es werden und dem Geiste unterthan, als sein Spiegel und Widerbild.

Das ist euer ganzer Wille, ihr Weisesten, als ein Wille zur Macht; und auch wenn ihr vom Guten und Bösen redet und von den Werthschätzungen. Schaffen wollt ihr noch die Welt, vor der ihr knien könnt: so ist es eure letzte Hoffnung und Trunkenheit.

Die Unweisen freilich, das Volk, – die sind gleich dem Flusse, auf dem ein Nachen weiter schwimmt: und im Nachen sitzen feierlich und vermummt die Werthschätzungen.

Euren Willen und eure Werthe setztet ihr auf den Fluss des Werdens; einen alten Willen zur Macht verräth mir, was vom Volke als gut und böse geglaubt wird.

Ihr wart es, ihr Weisesten, die solche Gäste in diesen Nachen setzten und ihnen Prunk und stolze Namen gaben, – ihr und euer herrschender Wille!

Weiter trägt nun der Fluss euren Nachen: er *muss* ihn tragen. Wenig thut's, ob die gebrochene Welle schäumt und zornig dem Kiele widerspricht!

Nicht der Fluss ist eure Gefahr und das Ende eures Guten und Bösen, ihr Weisesten: sondern jener Wille selber, der Wille zur Macht, – der unerschöpfte zeugende Lebens-Wille.

Aber damit ihr mein Wort versteht vom Guten und Bösen: dazu will ich euch noch mein Wort vom Leben sagen und von der Art alles Lebendigen.

Dem Lebendigen gieng ich nach, ich gieng die grössten und die kleinsten Wege, dass ich seine Art erkenne.

Mit hundertfachem Spiegel fieng ich noch seinen Blick auf, wenn ihm der Mund geschlossen war: dass sein Auge mir rede. Und sein Auge redete mir.

Aber, wo ich nur Lebendiges fand, da hörte ich auch die Rede vom Gehorsame. Alles Lebendige ist ein Gehorchendes.

Und diess ist das Zweite: Dem wird befohlen, der sich nicht selber gehorchen kann. So ist es des Lebendigen Art.

Diess aber ist das Dritte, was ich hörte: dass Befehlen schwerer ist, als Gehorchen. Und nicht nur, dass der Befehlende die Last aller Gehorchenden trägt, und dass leicht ihn diese Last zerdrückt: –

Ein Versuch und Wagniss erschien mir in allem Befehlen; und stets, wenn es befiehlt, wagt das Lebendige sich selber dran.

Ja noch, wenn es sich selber befiehlt: auch da noch muss es sein Befehlen büssen. Seinem eignen Gesetze muss es Richter und Rächer und Opfer werden.

Wie geschieht diess doch! so fragte ich mich. Was überredet das Lebendige, dass es gehorcht und befiehlt und befehlend noch Gehorsam übt?

Hört mir nun mein Wort, ihr Weisesten! Prüft es ernstlich, ob ich dem Leben selber in's Herz kroch und bis in die Wurzeln seines Herzens!

Wo ich Lebendiges fand, da fand ich Willen zur Macht; und noch im Willen des Dienenden fand ich den Willen, Herr zu sein.

Dass dem Stärkeren diene das Schwächere, dazu überredet es sein Wille, der über noch Schwächeres Herr sein will: dieser Lust allein mag es nicht entrathen.

Und wie das Kleinere sich dem Grösseren hingiebt, dass es Lust und Macht am Kleinsten habe: also giebt sich auch das Grösste noch hin und setzt um der Macht willen – das Leben dran.

Das ist die Hingebung des Grössten, dass es Wagniss ist und Gefahr und um den Tod ein Würfelspielen.

Und wo Opferung und Dienste und Liebesblicke sind: auch da ist Wille, Herr zu sein. Auf Schleichwegen schleicht sich da der Schwächere in die Burg und bis in's Herz dem Mächtigeren – und stiehlt da Macht.

Und diess Geheimniss redete das Leben selber zu mir. Siehe, sprach es, ich bin das, *was sich immer selber überwinden muss*.

„Freilich, ihr heisst es Wille zur Zeugung oder Trieb zum Zwecke, zum Höheren, Ferneren, Vielfacheren: aber all diess ist Eins und Ein Geheimniss.

„Lieber noch gehe ich unter, als dass ich diesem Einen absagte; und wahrlich, wo es Untergang giebt und Blätterfallen, siehe, da opfert sich Leben – um Macht!

„Dass ich Kampf sein muss und Werden und Zweck und der Zwecke Widerspruch: ach, wer meinen Willen erräth, erräth wohl auch, auf welchen *krummen* Wegen er gehen muss!

„Was ich auch schaffe und wie ich's auch liebe, – bald muss ich Gegner ihm sein und meiner Liebe: so will es mein Wille.

„Und auch du, Erkennender, bist nur ein Pfad und Fusstapfen meines Willens: wahrlich, mein Wille zur Macht wandelt auch auf den Füssen deines Willens zur Wahrheit!

„Der traf freilich die Wahrheit nicht, der das Wort nach ihr schoss vom „Willen zum Dasein“: diesen Willen – giebt es nicht!

„Denn: was nicht ist, das kann nicht wollen; was aber im Dasein ist, wie könnte das noch zum Dasein wollen!

„Nur, wo Leben ist, da ist auch Wille: aber nicht Wille zum Leben, sondern – so lehre ich's dich – Wille zur Macht!

„Vieles ist dem Lebenden höher geschätzt, als Leben selber; doch aus dem Schätzen selber heraus redet – der Wille zur Macht!“ –

Also lehrte mich einst das Leben: und daraus löse ich euch, ihr Weisesten, noch das Räthsel eures Herzens.

Wahrlich, ich sage euch: Gutes und Böses, das unvergänglich wäre – das giebt es nicht! Aus sich selber muss es sich immer wieder überwinden.

Mit euren Werthen und Worten von Gut und Böse übt ihr Gewalt, ihr Werthschätzenden: und diess ist eure verborgene Liebe und eurer Seele Glänzen, Zittern und Überwallen.

Aber eine stärkere Gewalt wächst aus euren Werthen und eine neue Überwindung: an der zerbricht Ei und Eierschale.

Und wer ein Schöpfer sein muss im Guten und Bösen: wahrlich, der muss ein Vernichter erst sein und Werthe zerbrechen.

Also gehört das höchste Böse zur höchsten Güte: diese aber ist die schöpferische. –

Reden wir nur davon, ihr Weisesten, ob es gleich schlimm ist. Schweigen ist schlimmer; alle verschwiegenere Wahrheiten werden giftig.

Und mag doch Alles zerbrechen, was an unseren Wahrheiten zerbrechen – kann! Manches Haus giebt es noch zu bauen!

Also sprach Zarathustra.

Von den Erhabenen

Still ist der Grund meines Meeres: wer erriethe wohl, dass er scherzhafte Ungeheuer birgt!

Unerschütterlich ist meine Tiefe: aber sie glänzt von schwimmenden Räthseln und Gelächtern.

Einen Erhabenen sah ich heute, einen Feierlichen, einen Büsser des Geistes: oh wie lachte meine Seele ob seiner Hässlichkeit!

Mit erhobener Brust und Denen gleich, welche den Athem an sich ziehn: also stand er da, der Erhabene, und schweigsam:

Behängt mit hässlichen Wahrheiten, seiner Jagdbeute, und reich an zerrissenen Kleidern; auch viele Dornen hiengen an ihm – aber noch sah ich keine Rose.

Noch lernte er das Lachen nicht und die Schönheit. Finster kam dieser Jäger zurück aus dem Walde der Erkenntniss.

Vom Kampfe kehrte er heim mit wilden Thieren: aber aus seinem Ernste blickt auch noch ein wildes Thier – ein unüberwundenes!

Wie ein Tiger steht er immer noch da, der springen will; aber ich mag diese gespannten Seelen nicht, unhold ist mein Geschmack allen diesen Zurückgezognen.

Und ihr sagt mir, Freunde, dass nicht zu streiten sei über Geschmack und Schmecken? Aber alles Leben ist Streit um Geschmack und Schmecken!

Geschmack: das ist Gewicht zugleich und Wagschale und Wägender; und wehe allem Lebendigen, das ohne Streit um Gewicht und Wagschale und Wägende leben wollte!

Wenn er seiner Erhabenheit müde würde, dieser Erhabene: dann erst würde seine Schönheit anheben, – und dann erst will ich ihn schmecken und schmackhaft finden.

Und erst, wenn er sich von sich selber abwendet, wird er über seinen eignen Schatten springen – und, wahrlich! hinein in *seine* Sonne.

Allzulange sass er im Schatten, die Wangen bleichten dem Büsser des Geistes; fast verhungerte er an seinen Erwartungen.

Verachtung ist noch in seinem Auge; und Ekel birgt sich an seinem Munde. Zwar ruht er jetzt, aber seine Ruhe hat sich noch nicht in die Sonne gelegt.

Dem Stiere gleich sollte er thun; und sein Glück sollte nach Erde riechen und nicht nach Verachtung der Erde.

Als weissen Stier möchte ich ihn sehn, wie er schnaubend und brüllend der Pflugschar vorangeht: und sein Gebrüll sollte noch alles Irdische preisen!

Dunkel noch ist sein Antlitz; der Hand Schatten spielt auf ihm. Verschattet ist noch der Sinn seines Auges.

Seine That selber ist noch der Schatten auf ihm: die Hand verdunkelt den Handelnden. Noch hat er seine That nicht überwunden.

Wohl liebe ich an ihm den Nacken des Stiers: aber nun will ich auch noch das Auge des Engels sehn.

Auch seinen Helden-Willen muss er noch verlernen: ein Gehobener soll er mir sein und nicht nur ein Erhabener: – der Aether selber sollte ihn heben, den Willenlosen!

Er bezwang Unthiere, er löste Räthsel: aber erlösen sollte er auch noch seine Unthiere und Räthsel, zu himmlischen Kindern sollte er sie noch verwandeln.

Noch hat seine Erkenntniss nicht lächeln gelernt und ohne Eifersucht sein; noch ist seine strömende Leidenschaft nicht stille geworden in der Schönheit.

Wahrlich, nicht in der Sattheit soll sein Verlangen schweigen und untertauchen, sondern in der Schönheit! Die Anmuth gehört zur Grossmuth des Grossgesinnten.

Den Arm über das Haupt gelegt: so sollte der Held ausruhn, so sollte er auch noch sein Ausruhen überwinden.

Aber gerade dem Helden ist das *Schöne* aller Dinge Schwerstes. Unerringbar ist das Schöne allem heftigen Willen.

Ein Wenig mehr, ein Wenig weniger: das gerade ist hier Viel, das ist hier das Meiste.

Mit lässigen Muskeln stehn und mit abgeschirrtem Willen: das ist das Schwerste euch Allen, ihr Erhabenen!

Wenn die Macht gnädig wird und herabkommt in's Sichtbare: Schönheit heisse ich solches Herabkommen.

Und von Niemandem will ich so als von dir gerade Schönheit, du Gewaltiger: deine Güte sei deine letzte Selbst- Überwältigung.

Alles Böse traue ich dir zu: darum will ich von dir das Gute.

Wahrlich, ich lachte oft der Schwächlinge, welche sich gut glauben, weil sie lahme Tatzen haben!

Der Säule Tugend sollst du nachstreben: schöner wird sie immer und zarter, aber inwendig härter und tragsamer, je mehr sie aufsteigt.

Ja, du Erhabener, einst sollst du noch schön sein und deiner eignen Schönheit den Spiegel vorhalten.

Dann wird deine Seele vor göttlichen Begierden schaudern; und Anbetung wird noch in deiner Eitelkeit sein!

Diess nämlich ist das Geheimniss der Seele: erst, wenn sie der Held verlassen hat, naht ihr, im Traume, – der Über-Held.

Also sprach Zarathustra.

Vom Lande der Bildung

Zu weit hinein flog ich in die Zukunft: ein Grauen überfiel mich.

Und als ich um mich sah, siehe! da war die Zeit mein einziger Zeitgenosse.

Da floh ich rückwärts, heimwärts – und immer eilender: so kam ich zu euch, ihr Gegenwärtigen, und in's Land der Bildung.

Zum ersten Male brachte ich ein Auge mit für euch, und gute Begierde: wahrlich, mit Sehnsucht im Herzen kam ich.

Aber wie geschah mir? So angst mir auch war, – ich musste lachen! Nie sah mein Auge etwas so Buntgesprenkeltes!

Ich lachte und lachte, während der Fuss mir noch zitterte und das Herz dazu: „hier ist ja die Heimat aller Farbentöpfe!" – sagte ich.

Mit fünfzig Klexen bemalt an Gesicht und Gliedern: so sasset ihr da zu meinem Staunen, ihr Gegenwärtigen!

Und mit fünfzig Spiegeln um euch, die eurem Farbenspiele schmeichelten und nachredeten!

Wahrlich, ihr könntet gar keine bessere Maske tragen, ihr Gegenwärtigen, als euer eignes Gesicht ist! Wer könnte euch – *erkennen*!

Vollgeschrieben mit den Zeichen der Vergangenheit, und auch diese Zeichen überpinselt mit neuen Zeichen: also habt ihr euch gut versteckt vor allen Zeichendeutern!

Und wenn man auch Nierenprüfer ist: wer glaubt wohl noch, dass ihr Nieren habt! Aus Farben scheint ihr gebacken und aus geleimten Zetteln.

Alle Zeiten und Völker blicken bunt aus euren Schleiern; alle Sitten und Glauben reden bunt aus euren Gebärden.

Wer von euch Schleier und Überwürfe und Farben und Gebärden abzöge: gerade genug würde er übrig behalten, um die Vögel damit zu erschrecken.

Wahrlich, ich selber bin der erschreckte Vogel, der euch einmal nackt sah und ohne Farbe; und ich flog davon, als das Gerippe mir Liebe zuwinkte.

Lieber wollte ich doch noch Tagelöhner sein in der Unterwelt und bei den Schatten des Ehemals! – feister und voller als ihr sind ja noch die Unterweltlichen!

Diess, ja diess ist Bitterniss meinen Gedärmen, dass ich euch weder nackt, noch bekleidet aushalte, ihr Gegenwärtigen!

Alles Unheimliche der Zukunft, und was je verflogenen Vögeln Schauder machte, ist wahrlich heimlicher noch und traulicher als eure „Wirklichkeit".

Denn so sprecht ihr: „Wirkliche sind wir ganz, und ohne Glauben und Aberglauben": also brüstet ihr euch – ach, auch noch ohne Brüste!

Ja, wie solltet ihr glauben *können*, ihr Buntgesprenkelten! – die ihr Gemälde seid von Allem, was je geglaubt wurde!

Wandelnde Widerlegungen seid ihr des Glaubens selber, und aller Gedanken Gliederbrechen. *Unglaubwürdige* : also heisse *ich* euch, ihr Wirklichen!

Alle Zeiten schwätzen wider einander in euren Geistern; und aller Zeiten Träume und Geschwätz waren wirklicher noch als euer Wachsein ist!

Unfruchtbare seid ihr: *darum* fehlt es euch an Glauben. Aber wer schaffen musste, der hatte auch immer seine Wahr-Träume und Stern-Zeichen – und glaubte an Glauben! –

Halboffne Thore seid ihr, an denen Todtengräber warten. Und das ist *eure* Wirklichkeit: „Alles ist werth, dass es zu Grunde geht."

Ach, wie ihr mir dasteht, ihr Unfruchtbaren, wie mager in den Rippen! Und Mancher von euch hatte wohl dessen selber ein Einsehen.

Und er sprach: „es hat wohl da ein Gott, als ich schlief, mir heimlich Etwas entwendet? Wahrlich, genug, sich ein Weibchen daraus zu bilden!

Wundersam ist die Armuth meiner Rippen!" also sprach schon mancher Gegenwärtige.

Ja, zum Lachen seid ihr mir, ihr Gegenwärtigen! Und sonderlich, wenn ihr euch über euch selber wundert!

Und wehe mir, wenn ich nicht lachen könnte über eure Verwunderung, und alles Widrige aus euren Näpfen hinunter trinken müsste!

So aber will ich's mit euch leichter nehmen, da ich *Schweres* zu tragen habe; und was thut's mir, wenn sich Käfer und Flügelwürmer noch auf mein Bündel setzen!

Wahrlich, es soll mir darob nicht schwerer werden! Und nicht aus euch, ihr Gegenwärtigen, soll mir die grosse Müdigkeit kommen. – Ach, wohin soll ich nun noch steigen mit meiner Sehnsucht! Von allen Bergen schaue ich aus nach Vater- und Mutterländern.

Aber Heimat fand ich nirgends: unstät bin ich in allen Städten und ein Aufbruch an allen Thoren.

Fremd sind mir und ein Spott die Gegenwärtigen, zu denen mich jüngst das Herz trieb; und vertrieben bin ich aus Vater- und Mutterländern.

So liebe ich allein noch meiner *Kinder Land*, das unentdeckte, im fernsten Meere: nach ihm heisse ich meine Segel suchen und suchen.

An meinen Kindern will ich es gut machen, dass ich meiner Väter Kind bin: und an aller Zukunft – *diese* Gegenwart!

Also sprach Zarathustra.

Von der unbefleckten Erkenntniss

Als gestern der Mond aufgieng, wähnte ich, dass er eine Sonne gebären wolle: so breit und trächtig lag er am Horizonte.

Aber ein Lügner war er mir mit seiner Schwangerschaft; und eher noch will ich an den Mann im Monde glauben als an das Weib.

Freilich, wenig Mann ist er auch, dieser schüchterne Nachtschwärmer. Wahrlich, mit schlechtem Gewissen wandelt er über die Dächer.

Denn er ist lüstern und eifersüchtig, der Mönch im Monde, lüstern nach der Erde und nach allen Freuden der Liebenden.

Nein, ich mag ihn nicht, diesen Kater auf den Dächern! Widerlich sind mir Alle, die um halbverschlossne Fenster schleichen!

Fromm und schweigsam wandelt er hin auf Sternen-Teppichen: – aber ich mag alle leisetretenden Mannsfüsse nicht, an denen auch nicht ein Sporen klirrt.

Jedes Redlichen Schritt redet; die Katze aber stiehlt sich über den Boden weg. Siehe, katzenhaft kommt der Mond daher und unredlich. –

Dieses Gleichniss gebe ich euch empfindsamen Heuchlern, euch, den "Rein-Erkennenden!“ Euch heisse *ich* – Lüsterne!

Auch ihr liebt die Erde und das Irdische: ich errieth euch wohl! – aber Scham ist in eurer Liebe und schlechtes Gewissen, – dem Monde gleicht ihr!

Zur Verachtung des Irdischen hat man euren Geist überredet, aber nicht eure Eingeweide: *die* aber sind das Stärkste an euch!

Und nun schämt sich euer Geist, dass er euren Eingeweiden zu willen ist und geht vor seiner eignen Scham Schleich- und Lügenwege.

„Das wäre mir das Höchste – also redet euer verlogner Geist zu sich – auf das Leben ohne Begierde zu schaun und nicht gleich dem Hunde mit hängender Zunge:

„Glücklich zu sein im Schauen, mit erstorbenem Willen, ohne Griff und Gier der Selbstsucht – kalt und aschgrau am ganzen Leibe, aber mit trunkenen Mondesaugen!"

„Das wäre mir das Liebste, – also verführt sich selber der Verführte – die Erde zu lieben, wie der Mond sie liebt, und nur mit dem Auge allein ihre Schönheit zu betasten.

„Und das heisse mir aller Dinge *unbefleckte* Erkenntniss, dass ich von den Dingen Nichts will: ausser dass ich vor ihnen da liegen darf wie ein Spiegel mit hundert Augen." –

Oh, ihr empfindsamen Heuchler, ihr Lüsternen! Euch fehlt die Unschuld in der Begierde: und nun verleumdet ihr drum das Begehren!

Wahrlich, nicht als Schaffende, Zeugende, Werdelustige liebt ihr die Erde!

Wo ist Unschuld? Wo der Wille zur Zeugung ist. Und wer über sich hinaus schaffen will, der hat mir den reinsten Willen.

Wo ist Schönheit? Wo ich mit allem Willen *wollen muss*; wo ich lieben und untergehn will, dass ein Bild nicht nur Bild bleibe.

Lieben und Untergehn: das reimt sich seit Ewigkeiten. Wille zur Liebe: das ist, willig auch sein zum Tode. Also rede ich zu euch Feiglingen!

Aber nun will euer entmanntes Schielen „Beschaulichkeit" heissen! Und was mit feigen Augen sich tasten lässt, soll „schön" getauft werden! oh, ihr Beschmutzer edler Namen!

Aber das soll euer Fluch sein, ihr Unbefleckten, ihr Rein-Erkennenden, dass ihr nie gebären werdet: und wenn ihr auch breit und trächtig am Horizonte liegt!

Wahrlich, ihr nehmt den Mund voll mit edlen Worten: und wir sollen glauben, dass euch das Herz übergehe, ihr Lügenbolde?

Aber *meine* Worte sind geringe, verachtete, krumme Worte: gerne nehme ich auf, was bei eurer Mahlzeit unter den Tisch fällt.

Immer noch kann ich mit ihnen – Heuchlern die Wahrheit sagen! ja, meine Gräten, Muscheln und Stachelblätter sollen – Heuchlern die Nasen kitzeln!

Schlechte Luft ist immer um euch und eure Mahlzeiten: eure lüsternen Gedanken, eure Lügen und Heimlichkeiten sind ja in der Luft!

Wagt es doch erst, euch selber zu glauben – euch und euren Eingeweiden! Wer sich selber nicht glaubt, lügt immer.

Eines Gottes Larve hängtet ihr um vor euch selber, ihr „Reinen“: in eines Gottes Larve verkroch sich euer greulicher Ringelwurm.

Wahrlich, ihr täuscht, ihr „Beschaulichen“! Auch Zarathustra war einst der Narr eurer göttlichen Häute; nicht errieth er das Schlangengeringel, mit denen sie gestopft waren.

Eines Gottes Seele wähnte ich einst spielen zu sehn in euren Spielen, ihr Rein-Erkennenden! Keine bessere Kunst wähnte ich einst als eure Künste!

Schlangen-Unflath und schlimmen Geruch verhehlte mir die Ferne: und dass einer Eidechse List lüstern hier herumschlich.

Aber ich kam euch *nah*: da kam mir der Tag – und nun kommt er euch, – zu Ende gieng des Mondes Liebschaft!

Seht doch hin! Ertappt und bleich steht er da – vor der Morgenröthe!

Denn schon kommt sie, die Glühende, – *ihre* Liebe zur Erde kommt! Unschuld und Schöpfer-Begier ist alle Sonnen-Liebe!

Seht doch hin, wie sie ungeduldig über das Meer kommt! Fühlt ihr den Durst und den heissen Athem ihrer Liebe nicht?

Am Meere will sie saugen und seine Tiefe zu sich in die Höhe trinken: da hebt sich die Begierde des Meeres mit tausend Brüsten.

Geküsst und gesaugt *will* es sein vom Durste der Sonne; Luft *will* es werden und Höhe und Fusspfad des Lichts und selber Licht!

Wahrlich, der Sonne gleich liebe ich das Leben und alle tiefen Meere.

Und diess heisst *mir* Erkenntniss: alles Tiefe soll hinauf – zu meiner Höhe!

Also sprach Zarathustra.

Von den Gelehrten

Als ich im Schlafe lag, da frass ein Schaf am Epheukranze meines Hauptes, – frass und sprach dazu: „Zarathustra ist kein Gelehrter mehr."

Sprach's und gieng stotzig davon und stolz. Ein Kind erzählte mir's.

Gerne liege ich hier, wo die Kinder spielen, an der zerbrochnen Mauer, unter Disteln und rothen Mohnblumen.

Ein Gelehrter bin ich den Kindern noch und auch den Disteln und rothen Mohnblumen. Unschuldig sind sie, selbst noch in ihrer Bosheit.

Aber den Schafen bin ich's nicht mehr: so will es mein Loos – gesegnet sei es!

Denn diess ist die Wahrheit: ausgezogen bin ich aus dem Hause der Gelehrten: und die Thür habe ich noch hinter mir zugeworfen.

Zu lange sass meine Seele hungrig an ihrem Tische; nicht, gleich ihnen, bin ich auf das Erkennen abgerichtet wie auf das Nüsseknacken.

Freiheit liebe ich und die Luft über frischer Erde; lieber noch will ich auf Ochsenhäuten schlafen, als auf ihren Würden und Achtbarkeiten.

Ich bin zu heiss und verbrannt von eigenen Gedanken: oft will es mir den Athem nehmen. Da muss ich in's Freie und weg aus allen verstaubten Stuben.

Aber sie sitzen kühl in kühlem Schatten: sie wollen in Allem nur Zuschauer sein und hüten sich dort zu sitzen, wo die Sonne auf die Stufen brennt.

Gleich Solchen, die auf der Strasse stehn und die Leute angaffen, welche vorübergehn: also warten sie auch und gaffen Gedanken an, die Andre gedacht haben.

Greift man sie mit Händen, so stäuben sie um sich gleich Mehlsäcken, und unfreiwillig. aber wer erriethe wohl, dass ihr Staub vom Korne stammt und von der gelben Wonne der Sommerfelder?

Geben sie sich weise, so fröstelt mich ihrer kleinen Sprüche und Wahrheiten: ein Geruch ist oft an ihrer Weisheit, als ob sie aus dem Sumpfe stamme: und wahrlich, ich hörte auch schon den Frosch aus ihr quaken!

Geschickt sind sie, sie haben kluge Finger: was will *meine* Einfalt bei ihrer Vielfalt! Alles Fädeln und Knüpfen und Weben verstehn ihre Finger: also wirken sie die Strümpfe des Geistes!

Gute Uhrwerke sind sie: nur sorge man, sie richtig aufzuziehn! Dann zeigen sie ohne Falsch die Stunde an und machen einen bescheidnen Lärm dabei.

Gleich Mühlwerken arbeiten sie und Stampfen: man werfe ihnen nur seine Fruchtkörner zu! – sie wissen schon, Korn klein zu mahlen und weissen Staub daraus zu machen.

Sie sehen einander gut auf die Finger und trauen sich nicht zum Besten. Erfinderisch in kleinen Schlauheiten warten sie auf Solche, deren Wissen auf lahmen Füssen geht, – gleich Spinnen warten sie.

Ich sah sie immer mit Vorsicht Gift bereiten; und immer zogen sie gläserne Handschuhe dabei an ihre Finger.

Auch mit falschen Würfeln wissen sie zu spielen; und so eifrig fand ich sie spielen, dass sie dabei schwitzten.

Wir sind einander fremd, und ihre Tugenden gehn mir noch mehr wider den Geschmack, als ihre Falschheiten und falschen Würfel.

Und als ich bei ihnen wohnte, da wohnte ich über ihnen. Darüber wurden sie mir gram.

Sie wollen Nichts davon hören, dass Einer über ihren Köpfen wandelt; und so legten sie Holz und Erde und Unrath zwischen mich und ihre Köpfe.

Also dämpften sie den Schall meiner Schritte: und am schlechtesten wurde ich bisher von den Gelehrtesten gehört.

Aller Menschen Fehl und Schwäche legten sie zwischen sich und mich: – „Fehlboden“ heissen sie das in ihren Häusern.

Aber trotzdem wandele ich mit meinen Gedanken *über* ihren Köpfen; und selbst, wenn ich auf meinen eignen Fehlern wandeln wollte, würde ich noch über ihnen sein und ihren Köpfen.

Denn die Menschen sind *nicht* gleich: so spricht die Gerechtigkeit. Und was ich will, dürften *sie* nicht wollen!

Also sprach Zarathustra.

Von den Dichtern

„Seit ich den Leib besser kenne, – sagte Zarathustra zu einem seiner Jünger – ist mir der Geist nur noch gleichsam Geist; und alles das „Unvergängliche" – das ist auch nur ein Gleichniss."

„So hörte ich dich schon einmal sagen, antwortete der Jünger; und damals fügtest du hinzu: „aber die Dichter lügen zuviel." Warum sagtest du doch, dass die Dichter zuviel lügen?"

„Warum? sagte Zarathustra. Du fragst warum? Ich gehöre nicht zu Denen, welche man nach ihrem Warum fragen darf.

Ist denn mein Erleben von Gestern? Das ist lange her, dass ich die Gründe meiner Meinungen erlebte.

Müsste ich nicht ein Fass sein von Gedächtniss, wenn ich auch meine Gründe bei mir haben wollte?

Schon zuviel ist mir's, meine Meinungen selber zu behalten; und mancher Vogel fliegt davon.

Und mitunter finde ich auch ein zugezogenes Thier in meinem Taubenschlage, das mir fremd ist, und das zittert, wenn ich meine Hand darauf lege.

Doch was sagte dir einst Zarathustra? Dass die Dichter zuviel lügen? – Aber auch Zarathustra ist ein Dichter.

Glaubst du nun, dass er hier die Wahrheit redete? Warum glaubst du das?"

Der Jünger antwortete: „ich glaube an Zarathustra." Aber Zarathustra schüttelte den Kopf und lächelte.

Der Glaube macht mich nicht selig, sagte er, zumal nicht der Glaube an mich.

Aber gesetzt, dass jemand allen Ernstes sagte, die Dichter lügen zuviel: so hat er Recht, – *wir* lügen zuviel.

Wir wissen auch zu wenig und sind schlechte Lerner: so müssen wir schon lügen.

Und wer von uns Dichtern hätte nicht seinen Wein verfälscht? Manch giftiger Mischmasch geschah in unsern Kellern, manches Unbeschreibliche ward da gethan.

Und weil wir wenig wissen, so gefallen uns von Herzen die geistig Armen, sonderlich wenn es junge Weibchen sind!

Und selbst nach den Dingen sind wir noch begehrlich, die sich die alten Weibchen Abends erzählen. Das heissen wir selber an uns das Ewig-Weibliche.

Und als ob es einen besondren geheimen Zugang zum Wissen gäbe, der sich Denen *verschütte*, welche Etwas lernen: so glauben wir an das Volk und seine „Weisheit."

Das aber glauben alle Dichter: dass wer im Grase oder an einsamen Gehängen liegend die Ohren spitze, Etwas von den Dingen erfahre, die zwischen Himmel und Erde sind.

Und kommen ihnen zärtliche Regungen, so meinen die Dichter immer, die Natur selber sei in sie verliebt:

Und sie schleiche zu ihrem Ohre, Heimliches hinein zu sagen und verliebte Schmeichelreden: dessen brüsten und blähen sie sich vor allen Sterblichen!

Ach, es giebt so viel Dinge zwischen Himmel und Erden, von denen sich nur die Dichter Etwas haben träumen lassen!

Und zumal *über* dem Himmel: denn alle Götter sind Dichter-Gleichniss, Dichter-Erschleichniss!

Wahrlich, immer zieht es uns hinan – nämlich zum Reich der Wolken: auf diese setzen wir unsre bunten Bälge und heissen sie dann Götter und Übermenschen: –

Sind sie doch gerade leicht genug für diese Stühle! – alle diese Götter und Übermenschen.

Ach, wie bin ich all des Unzulänglichen müde, das durchaus Ereigniss sein soll! Ach, wie bin ich der Dichter müde!

Als Zarathustra so sprach, zürnte ihm sein Jünger, aber er schwieg. Und auch Zarathustra schwieg; und sein Auge hatte sich nach innen gekehrt, gleich als ob es in weite Fernen sähe. Endlich seufzte er und holte Athem.

Ich bin von Heute und Ehedem, sagte er dann; aber Etwas ist in mir, das ist von Morgen und übermorgen und Einstmals.

Ich wurde der Dichter müde, der alten und der neuen: Oberflächliche sind sie mir Alle und seichte Meere.

Sie dachten nicht genug in die Tiefe: darum sank ihr Gefühl nicht bis zu den Gründen.

Etwas Wollust und etwas Langeweile: das ist noch ihr bestes Nachdenken gewesen.

Gespenster-Hauch und –Huschen gilt mir all ihr Harfen-Klingklang; was wussten sie bisher von der Inbrunst der Töne! –

Sie sind mir auch nicht reinlich genug: sie trüben Alle ihr Gewässer, dass es tief scheine.

Und gerne geben sie sich damit als Versöhner: aber Mittler und Mischer bleiben sie mir und Halb-und-Halbe und Unreinliche! –

Ach, ich warf wohl mein Netz in ihre Meere und wollte gute Fische fangen; aber immer zog ich eines alten Gottes Kopf herauf.

So gab dem Hungrigen das Meer einen Stein. Und sie selber mögen wohl aus dem Meere stammen.

Gewiss, man findet Perlen in ihnen: um so ähnlicher sind sie selber harten Schalthieren. Und statt der Seele fand ich oft bei ihnen gesalzenen Schleim.

Sie lernten vom Meere auch noch seine Eitelkeit: ist nicht das Meer der Pfau der Pfauen?

Noch vor dem hässlichsten aller Büffel rollt es seinen Schweif hin, nimmer wird es seines Spitzenfächers von Silber und Seide müde.

Trutzig blickt der Büffel dazu, dem Sande nahe in seiner Seele, näher noch dem Dickicht, am nächsten aber dem Sumpfe.

Was ist ihm Schönheit und Meer und Pfauen-Zierath! Dieses Gleichniss sage ich den Dichtern.

Wahrlich, ihr Geist selber ist der Pfau der Pfauen und ein Meer von Eitelkeit!

Zuschauer will der Geist des Dichters: sollten's auch Büffel sein! –

Aber dieses Geistes wurde ich müde: und ich sehe kommen, dass er seiner selber müde wird.

Verwandelt sah ich schon die Dichter und gegen sich selber den Blick gerichtet.

Büsser des Geistes sah ich kommen: die wuchsen aus ihnen.

Also sprach Zarathustra.

Von grossen Ereignissen

Es giebt eine Insel im Meere – unweit den glückseligen Inseln Zarathustra's – auf welcher beständig ein Feuerberg raucht; von der sagt das Volk, und sonderlich sagen es die alten Weibchen aus dem Volke, dass sie wie ein Felsblock vor das Thor der Unterwelt gestellt sei: durch den Feuerberg selber aber führe der schmale Weg abwärts, der zu diesem Thore der Unterwelt geleite.

Um jene Zeit nun, als Zarathustra auf den glückseligen Inseln weilte, geschah es, dass ein Schiff an der Insel Anker warf, auf welcher der rauchende Berg steht; und seine Mannschaft gieng an's Land, um Kaninchen zu schiessen. Gegen die Stunde des Mittags aber, da der Capitän und seine Leute wieder beisammen waren, sahen sie plötzlich durch die Luft einen Mann auf sich zukommen, und eine Stimme sagte deutlich: „es ist Zeit! Es ist die höchste Zeit!" Wie die Gestalt ihnen aber am nächsten war – sie flog aber schnell gleich einem Schatten vorbei, in der Richtung, wo der Feuerberg lag – da erkannten sie mit grösster Bestürzung, dass es Zarathustra sei; denn sie hatten ihn Alle schon gesehn, ausgenommen der Capitän selber, und sie liebten ihn, wie das Volk liebt: also dass zu gleichen Theilen Liebe und Scheu beisammen sind.

„Seht mir an! sagte der alte Steuermann, da fährt Zarathustra zur Hölle!" –

Um die gleiche Zeit, als diese Schiffer an der Feuerinsel landeten, lief das Gerücht umher, dass Zarathustra verschwunden sei; und als man seine Freunde fragte, erzählten sie, er sei bei Nacht zu Schiff gegangen, ohne zu sagen, wohin er reisen wolle.

Also entstand eine Unruhe; nach drei Tagen aber kam zu dieser Unruhe die Geschichte der Schiffsleute hinzu – und nun sagte alles Volk, dass der Teufel Zarathustra geholt habe. Seine jünger lachten zwar ob dieses Geredes; und einer von ihnen sagte sogar: „eher glaube ich noch, dass Zarathustra sich den Teufel geholt hat.' Aber im Grunde der Seele waren sie Alle voll Besorgniss und Sehnsucht: so war ihre Freude gross, als am fünften Tage Zarathustra unter ihnen erschien.

Und diess ist die Erzählung von Zarathustra's Gespräch mit dem Feuerhunde.

Die Erde, sagte er, hat eine Haut; und diese Haut hat Krankheiten. Eine dieser Krankheiten heisst zum Beispiel: „Mensch."

Und eine andere dieser Krankheiten heisst „Feuerhund“: über *den* haben sich die Menschen Viel vorgelogen und vorlügen lassen.

Diess Geheimniss zu ergründen gieng ich über das Meer: und ich habe die Wahrheit nackt gesehn, wahrlich! barfuss bis zum Halse.

Was es mit dem Feuerhund auf sich hat, weiss ich nun; und insgleichen mit all den Auswurf- und Umsturz-Teufeln, vor denen sich nicht nur alte Weibchen fürchten.

Heraus mit dir, Feuerhund, aus deiner Tiefe! rief ich, und bekenne, wie tief diese Tiefe ist! Woher ist das, was du da heraufschnaubst?

Du trinkst reichlich am Meere: das verräth deine versalzte Beredsamkeit! Fürwahr, für einen Hund der Tiefe nimmst du deine Nahrung zu sehr von der Oberfläche!

Höchstens für den Bauchredner der Erde halt' ich dich: und immer, wenn ich Umsturz- und Auswurf-Teufel reden hörte, fand ich sie gleich dir: gesalzen, lügnerisch und flach.

Ihr versteht zu brüllen und mit Asche zu verdunkeln! Ihr seid die besten Grossmäuler und lerntet sattsam die Kunst, Schlamm heiss zu sieden.

Wo ihr seid, da muss stets Schlamm in der Nähe sein, und viel Schwammichtes, Höhlichtes, Eingezwängtes: das will in die Freiheit.

„Freiheit“ brüllt ihr Alle am liebsten: aber ich verlernte den Glauben an „grosse Ereignisse,“ sobald viel Gebrüll und Rauch um sie herum ist.

Und glaube mir nur, Freund Höllenlärm! Die grössten Ereignisse – das sind nicht unsre lautesten, sondern unsre stillsten Stunden.

Nicht um die Erfinder von neuem Lärme: um die Erfinder von neuen Werthen dreht sich die Welt; *unhörbar* dreht sie sich.

Und gesteh es nur! Wenig war immer nur geschehn, wenn dein Lärm und Rauch sich verzog. Was liegt daran, dass eine Stadt zur Mumie wurde, und eine Bildsäule im Schlamme liegt!

Und diess Wort sage ich noch den Umstürzern von Bildsäulen. Das ist wohl die grösste Thorheit, Salz in's Meer und Bildsäulen in den Schlamm zu werfen.

Im Schlamme eurer Verachtung lag die Bildsäule: aber das ist gerade ihr Gesetz, dass ihr aus der Verachtung wieder Leben und lebende Schönheit wächst!

Mit göttlicheren Zügen steht sie nun auf und leidendverführerisch; und wahrlich! sie wird euch noch Dank sagen, dass ihr sie umstürztet, ihr Umstürzer!

Diesen Rath aber rathe ich Königen und Kirchen und Allem, was alters- und tugendschwach ist – lasst euch nur umstürzen! Dass ihr wieder zum Leben kommt, und zu euch – die Tugend! –

Also redete ich vor dem Feuerhunde: da unterbrach er mich mürrisch und fragte: „Kirche? Was ist denn das?"

Kirche? antwortete ich, das ist eine Art von Staat, und zwar die verlogenste. Doch schweig still, du Heuchelhund! Du kennst deine Art wohl am besten schon!

Gleich dir selber ist der Staat ein Heuchelhund; gleich dir redet er gern mit Rauch und Gebrülle, – dass er glauben mache, gleich dir, er rede aus dem Bauch der Dinge.

Denn er will durchaus das wichtigste Thier auf Erden sein, der Staat; und man glaubt's ihm auch. –

Als ich das gesagt hatte, gebärdete sich der Feuerhund wie unsinnig vor Neid. „Wie? schrie er, das wichtigste Thier auf Erden? Und man glaubt's ihm auch?" Und so viel Dampf und grässliche Stimmen kamen ihm aus dem Schlunde, dass ich meinte, er werde vor Arger und Neid ersticken.

Endlich wurde er stiller, und sein Keuchen liess nach; sobald er aber stille war, sagte ich lachend:

„Du ärgerst dich, Feuerhund: also habe ich über dich Recht!

Und dass ich auch noch Recht behalte, so höre von einem andern Feuerhunde: der spricht wirklich aus dem Herzen der Erde.

Gold haucht sein Athem und goldigen Regen: so will's das Herz ihm. Was ist ihm Asche und Rauch und heisser Schleim noch!

Lachen flattert aus ihm wie ein buntes Gewölke; abgünstig ist er deinem Gurgeln und Speien und Grimmen der Ein- geweide!

Das Gold aber und das Lachen – das nimmt er aus dem Herzen der Erde: denn dass du's nur weisst, – *das Herz der Erde ist von Gold.*"

Als diess der Feuerhund vernahm, hielt er's nicht mehr aus, mir zuzuhören. Beschämt zog er seinen Schwanz ein, sagte auf eine kleinlaute Weise Wau! Wau! und kroch hinab in seine Höhle. –

Also erzählte Zarathustra. Seine Jünger aber hörten ihm kaum zu: so gross war ihre Begierde, ihm von den Schiffsleuten, den Kaninchen und dem fliegenden Manne zu erzählen.

„Was soll ich davon denken! sagte Zarathustra. Bin ich denn ein Gespenst?

Aber es wird mein Schatten gewesen sein. Ihr hörtet wohl schon Einiges vom Wanderer und seinem Schatten?

Sicher aber ist das: ich muss ihn kürzer halten, – er verdirbt mir sonst noch den Ruf."

Und nochmals schüttelte Zarathustra den Kopf und wunderte sich. „Was soll ich davon denken!" sagte er nochmals.

„Warum schrie denn das Gespenst: es ist Zeit! Es ist die höchste Zeit!

Wozu ist es denn – höchste Zeit?" –

Also sprach Zarathustra.

Der Wahrsager

„- und ich sahe eine grosse Traurigkeit über die Menschen kommen. Die Besten wurden ihrer Werke müde.

Eine Lehre ergieng, ein Glauben lief neben ihr: „Alles ist leer, Alles ist gleich, Alles war!"

Und von allen Hügeln klang es wieder: „Alles ist leer, Alles ist gleich, Alles war!"

Wohl haben wir geerntet: aber warum wurden alle Früchte uns faul und braun? Was fiel vom bösen Monde bei der letzten Nacht hernieder?

Umsonst war alle Arbeit, Gift ist unser Wein geworden, böser Blick sengte unsre Felder und Herzen gelb.

Trocken wurden wir Alle; und fällt Feuer auf uns, so stäuben wir der Asche gleich: – ja das Feuer selber machten wir müde.

Alle Brunnen versiegten uns, auch das Meer wich zurück. Aller Grund will reissen, aber die Tiefe will nicht schlingen!

„Ach, wo ist noch ein Meer, in dem man ertrinken könnte“: so klingt unsre Klage – hinweg über flache Sümpfe.

Wahrlich, zum Sterben wurden wir schon zu müde; nun wachen wir noch und leben fort – in Grabkammern!“ –

Also hörte Zarathustra einen Wahrsager reden; und seine Weissagung gieng ihm zu Herzen und verwandelte ihn. Traurig gieng er umher und müde; und er wurde Denen gleich, von welchen der Wahrsager geredet hatte.

Wahrlich, so sagte er zu seinen Jüngern, es ist um ein Kleines, so kommt diese lange Dämmerung. Ach, wie soll ich mein Licht hinüber retten!

Dass es mir nicht ersticke in dieser Traurigkeit! Ferneren Welten soll es ja Licht sein und noch fernsten Nächten!

Dergestalt im Herzen bekümmert gieng Zarathustra umher; und drei Tage lang nahm er nicht Trank und Speise zu sich, hatte keine Ruhe und verlor die Rede. Endlich geschah es, dass er in einen tiefen Schlaf verfiel. Seine jünger aber sassen um ihn in langen Nachtwachen und warteten mit Sorge, ob er wach werde und wieder rede und genesen sei von seiner Trübsal.

Diess aber ist die Rede, welche Zarathustra sprach, als er aufwachte; seine Stimme aber kam zu seinen Jüngern wie aus weiter Ferne.

Hört mir doch den Traum, den ich träumte, ihr Freunde, und helft mir seinen Sinn rathen!

Ein Räthsel ist er mir noch, dieser Traum; sein Sinn ist verborgen in ihm und eingefangen und fliegt noch nicht über ihn hin mit freien Flügeln.

Allem Leben hatte ich abgesagt, so träumte mir. Zum Nacht- und Grabwächter war ich worden, dort auf der einsamen Berg-Burg des Todes.

Droben hütete ich seine Särge: voll standen die dumpfen Gewölbe von solchen Siegeszeichen. Aus gläsernen Särgen blickte mich überwundenes Leben an.

Den Geruch verstaubter Ewigkeiten athmete ich: schwül und verstaubt lag meine Seele. Und wer hätte dort auch seine Seele lüften können!

Helle der Mitternacht war immer um mich, Einsamkeit kauerte neben ihr; und, zudritt, röchelnde Todesstille, die schlimmste meiner Freundinnen.

Schlüssel führte ich, die rostigsten aller Schlüssel; und ich verstand es, damit das knarrendste aller Thore zu öffnen.

Einem bitterbösen Gekrächze gleich lief der Ton durch die langen Gänge, wenn sich des Thores Flügel hoben: unhold schrie dieser Vogel, ungern wollte er geweckt sein.

Aber furchtbarer noch und herzzuschnürender war es, wenn es wieder schwieg und rings stille ward, und ich allein sass in diesem tückischen Schweigen.

So gieng mir und schlich die Zeit, wenn Zeit es noch gab: was weiss ich davon! Aber endlich geschah das, was mich weckte.

Dreimal schlugen Schläge an's Thor, gleich Donnern, es hallten und heulten die Gewölbe dreimal wieder: da gieng ich zum Thore.

Alpa! rief ich, wer trägt seine Asche zu Berge? Alpa! Alpa! Wer trägt seine Asche zu Berge?

Und ich drückte den Schlüssel und hob am Thore und mühte mich. Aber noch keinen Fingerbreit stand es offen:

Da riss ein brausender Wind seine Flügel auseinander: pfeifend, schrillend und schneidend warf er mir einen schwarzen Sarg zu:

Und im Brausen und Pfeifen und Schrillen zerbarst der Sarg und spie tausendfältiges Gelächter aus.

Und aus tausend Fratzen von Kindern, Engeln, Eulen, Narren und kindergrossen Schmetterlingen lachte und höhnte und brauste es wider mich.

Grässlich erschrak ich darob: es warf mich nieder. Und ich schrie vor Grausen, wie nie ich schrie.

Aber der eigne Schrei weckte mich auf: – und ich kam zu mir. –

Also erzählte Zarathustra seinen Traum und schwieg dann: denn er wusste noch nicht die Deutung seines Traumes. Aber der jünger, den er am meisten lieb hatte, erhob sich schnell, fasste die Hand Zarathustra's und sprach:

„Dein Leben selber deutet uns diesen Traum, oh Zarathustra!

Bist du nicht selber der Wind mit schrillem Pfeifen, der den Burgen des Todes die Thore aufreisst?

Bist du nicht selber der Sarg voll bunter Bosheiten und Engelsfratzen des Lebens?

Wahrlich, gleich tausendfältigem Kindsgelächter kommt Zarathustra in alle Todtenkammern, lachend über diese Nacht- und Grabwächter, und wer sonst mit düstern Schlüsseln rasselt.

Schrecken und umwerfen wirst du sie mit deinem Gelächter; Ohnmacht und Wachwerden wird deine Macht über sie beweisen.

Und auch, wenn die lange Dämmerung kommt und die Todesmüdigkeit, wirst du an unserm Himmel, nicht untergehn, du Fürsprecher des Lebens!

Neue Sterne liessest du uns sehen und neue Nachtherrlichkeiten; wahrlich, das Lachen selber spanntest du wie ein buntes Gezelt über uns.

Nun wird immer Kindes-Lachen aus Särgen quellen; nun wird immer siegreich ein starker Wind kommen aller Todesmüdigkeit: dessen bist du uns selber Bürge und Wahrsager!

Wahrlich, *sie selber träumtest du,* deine Feinde: das war dein schwerster Traum!

Aber wie du von ihnen aufwachtest und zu dir kamst, also sollen sie selber von sich aufwachen – und zu dir kommen!" –

So sprach der jünger; und alle Anderen drängten sich nun um Zarathustra und ergriffen ihn bei den Händen und wollten ihn bereden, dass er vom Bette und von der Traurigkeit lasse und zu ihnen zurückkehre. Zarathustra aber sass aufgerichtet auf seinem Lager, und mit fremdem Blicke. Gleichwie Einer, der aus langer Fremde heimkehrt, sah er auf seine Jünger und prüfte ihre Gesichter; und noch erkannte er sie nicht. Als sie aber ihn hoben und auf die Füsse stellten, siehe, da verwandelte sich mit Einem Male sein Auge; er begriff Alles, was geschehen war, strich sich den Bart und sagte mit starker Stimme:

„Wohlan! Diess nun hat seine Zeit; sorgt mir aber dafür, meine jünger, dass wir eine gute Mahlzeit machen, und in Kürze! Also gedenke ich Busse zu thun für schlimme Träume!

Der Wahrsager aber soll an meiner Seite essen und trinken: und wahrlich, ich will ihm noch ein Meer zeigen, in dem er ertrinken kann!"

Also sprach Zarathustra. Darauf aber blickte er dem jünger, welcher den Traumdeuter abgegeben hatte, lange in's Gesicht und schüttelte dabei den Kopf. –

Von der Erlösung

Als Zarathustra eines Tags über die grosse Brücke gieng, umringten ihn die Krüppel und Bettler, und ein Bucklichter redete also zu ihm:

„Siehe, Zarathustra! Auch das Volk lernt von dir und gewinnt Glauben an deine Lehre: aber dass es ganz dir glauben soll, dazu bedarf es noch Eines – du musst erst noch uns Krüppel überreden! Hier hast du nun eine schöne Auswahl und wahrlich, eine Gelegenheit mit mehr als Einem Schopfe! Blinde kannst du heilen und Lahme laufen machen; und Dem, der zuviel hinter sich hat, könntest du wohl auch ein Wenig abnehmen: – das, meine ich, wäre die rechte Art, die Krüppel an Zarathustra glauben zu machen!"

Zarathustra aber erwiderte Dem, der da redete, also: „Wenn man dem Bucklichten seinen Buckel nimmt, so nimmt man ihm seinen Geist – also lehrt das Volk. Und wenn man dem Blinden seine Augen giebt, so sieht er zuviel schlimme Dinge auf Erden: also dass er Den verflucht, der ihn heilte. Der aber, welcher den Lahmen laufen macht, der thut ihm den grössten Schaden an: denn kaum kann er laufen, so gehn seine Laster mit ihm durch – also lehrt das Volk über Krüppel. Und warum sollte Zarathustra nicht auch vom Volke lernen, wenn das Volk von Zarathustra lernt?

Das ist mir aber das Geringste, seit ich unter Menschen bin, dass ich sehe: „Diesem fehlt ein Auge und jenem ein Ohr und einem Dritten das Bein, und Andre giebt es, die verloren die Zunge oder die Nase oder den Kopf."

Ich sehe und sah Schlimmeres und mancherlei so Abscheuliches, dass ich nicht von Jeglichem reden und von Einigem nicht einmal schweigen möchte: nämlich Menschen, denen es an Allem fehlt, ausser dass sie Eins zuviel haben – Menschen, welche Nichts weiter sind als ein grosses Auge, oder ein grosses Maul oder ein grosser Bauch oder irgend etwas Grosses, – umgekehrte Krüppel heisse ich Solche.

Und als ich aus meiner Einsamkeit kam und zum ersten Male über diese Brücke gieng: da traute ich meinen Augen nicht und sah hin, und wieder hin, und sagte endlich: „das ist ein Ohr! Ein Ohr, so gross wie ein Mensch!" Ich sah noch besser hin: und wirklich, unter dem Ohre bewegte sich noch Etwas, das zum Erbarmen klein und ärmlich und schmächtig war. Und wahrhaftig, das ungeheure Ohr sass auf einem kleinen dünnen Stiele, – der Stiel aber war ein Mensch! Wer ein Glas vor das Auge nahm, konnte sogar noch ein kleines neidisches Gesichtchen erkennen; auch, dass ein gedunsenes Seelchen am Stiele baumelte. Das Volk sagte mir aber, das grosse Ohr sei nicht nur ein Mensch, sondern ein grosser Mensch, ein Genie. Aber ich glaubte dem Volke niemals, wenn es von grossen Menschen redete – und behielt meinen Glauben bei, dass es ein umgekehrter Krüppel sei, der an Allem zu wenig und an Einem zu viel habe.“

Als Zarathustra so zu dem Bucklichten geredet hatte und zu Denen, welchen er Mundstück und Fürsprecher war, wandte er sich mit tiefem Unmuthe zu seinen Jüngern und sagte:

„Wahrlich, meine Freunde, ich wandle unter den Menschen wie unter den Bruchstücken und Gliedmaassen von Menschen!

Diess ist meinem Auge das Fürchterliche, dass ich den Menschen zertrümmert finde und zerstreuet wie über ein Schlacht- und Schlächterfeld hin.

Und flüchtet mein Auge vom Jetzt zum Ehemals: es findet immer das Gleiche: Bruchstücke und Gliedmaassen und grause Zufälle – aber keine Menschen!

Das jetzt und das Ehemals auf Erden – ach! meine Freunde – das, ist *mein* Unerträglichstes; und ich wüsste nicht zu leben, wenn ich nicht noch ein Seher wäre, dessen, was kommen muss.

Ein Seher, ein Wollender, ein Schaffender, eine Zukunft selber und eine Brücke zur Zukunft – und ach, auch noch gleichsam ein Krüppel an dieser Brücke: das Alles ist Zarathustra.

Und auch ihr fragtet euch oft: „wer ist uns Zarathustra? Wie soll er uns heissen?“ Und gleich mir selber gabt ihr euch Fragen zur Antwort.

Ist er ein Versprechender? Oder ein Erfüller? Ein Erobernder? Oder ein Erbender? Ein Herbst? Oder eine Pflugschar? Ein Arzt? Oder ein Genesener?

Ist er ein Dichter? Oder ein Wahrhaftiger? Ein Befreier? Oder ein Bändiger? Ein Guter? Oder ein Böser?

Ich wandle unter Menschen als den Bruchstücken der Zukunft: jener Zukunft, die ich schaue.

Und das ist all mein Dichten und Trachten, dass ich in Eins dichte und zusammentragen was Bruchstück ist und Räthsel und grauser Zufall.

Und wie ertrüge ich es, Mensch zu sein, wenn der Mensch nicht auch Dichter und Räthselrather und der Erlöser des Zufalls wäre!

Die Vergangnen zu erlösen und alles „Es war" umzuschaffen in ein „So wollte ich es!" – das hiesse mir erst Erlösung!

Wille – so heisst der Befreier und Freudebringer: also lehrte ich euch, meine Freunde! Und nun lernt diess hinzu: der Wille selber ist noch ein Gefangener.

Wollen befreit: aber wie heisst Das, was auch den Befreier noch in Ketten schlägt?

„Es war": also heisst des Willens Zähneknirschen und einsamste Trübsal. Ohnmächtig gegen Das, was gethan ist – ist er allem Vergangenen ein böser Zuschauer.

Nicht zurück kann der Wille wollen; dass er die Zeit nicht brechen kann und der Zeit Begierde, – das ist des Willens einsamste Trübsal.

Wollen befreit: was ersinnt sich das Wollen selber, dass es los seiner Trübsal werde und seines Kerkers spotte?

Ach, ein Narr wird jeder Gefangene! Närrisch erlöst sich auch der gefangene Wille.

Dass die Zeit nicht zurückläuft, das ist sein Ingrimm; „Das, was war" – so heisst der Stein, den er nicht wälzen kann.

Und so wälzt er Steine aus Ingrimm und Unmuth und übt Rache an dem, was nicht gleich ihm Grimm und Unmuth fühlt.

Also wurde der Wille, der Befreier, ein Wehethäter: und an Allem, was leiden kann, nimmt er Rache dafür, dass er nicht zurück kann.

Diess, ja diess allein ist *Rache* selber: des Willens Widerwille gegen die Zeit und ihr „Es war."

Wahrlich, eine grosse Narrheit wohnt in unserm Willen; und zum Fluche wurde es allem Menschlichen, dass diese Narrheit Geist lernte!

Der Geist der Rache: meine Freunde, das war bisher der Menschen bestes Nachdenken; und wo Leid war, da sollte immer Strafe sein.

„Strafe" nämlich, so heisst sich die Rache selber: mit einem Lügenwort heuchelt sie sich ein gutes Gewissen.

Und weil im Wollenden selber Leid ist, darob dass es nicht zurück wollen kann, – also sollte Wollen selber und alles Leben – Strafe sein!

Und nun wälzte sich Wolke auf Wolke über den Geist: bis endlich der Wahnsinn predigte: „Alles vergeht, darum ist Alles werth zu vergehn!"

„Und diess ist selber Gerechtigkeit, jenes Gesetz der Zeit, dass sie ihre Kinder fressen muss": also predigte der Wahnsinn.

„Sittlich sind die Dinge geordnet nach Recht und Strafe. Oh wo ist die Erlösung vom Fluss der Dinge und der Strafe Dasein"? Also predigte der Wahnsinn.

„Kann es Erlösung geben, wenn es ein ewiges Recht giebt? Ach, unwälzbar ist der Stein „Es war": ewig müssen auch alle Strafen sein!" Also predigte der Wahnsinn.

„Keine That kann vernichtet werden: wie könnte sie durch die Strafe ungethan werden! Diess, diess ist das Ewige an der Strafe „Dasein", dass das Dasein auch ewig wieder That und Schuld sein muss!

„Es sei denn, dass der Wille endlich sich selber erlöste und Wollen zu Nicht-Wollen würde –": doch ihr kennt, meine Brüder, diess Fabellied des Wahnsinns!

Weg führte ich euch von diesen Fabelliedern, als ich euch lehrte: „der Wille ist ein Schaffender."

Alles „Es war" ist ein Bruchstück, ein Räthsel, ein grauser Zufall – bis der schaffende Wille dazu sagt: aber so wollte ich es!"

Bis der schaffende Wille dazu sagt: „Aber so will ich es! So werde ich's wollen!"

Aber sprach er schon so? Und wann geschieht diess? Ist der Wille schon abgeschirrt von seiner eignen Thorheit?

Wurde der Wille sich selber schon Erlöser und Freudebringer? Verlernte er den Geist der Rache und alles Zähneknirschen?

Und wer lehrte ihn Versöhnung mit der Zeit, und Höheres als alle Versöhnung ist?

Höheres als alle Versöhnung muss der Wille wollen, welcher der Wille zur Macht ist –: doch wie geschieht ihm das? Wer lehrte ihn auch noch das Zurückwollen?"

– Aber an dieser Stelle seiner Rede geschah es, dass Zarathustra plötzlich innehielt und ganz einem Solchen gleich sah, der auf das Äusserste erschrickt. Mit erschrecktem Auge blickte er auf seine Jünger; sein Auge durchbohrte wie mit Pfeilen ihre Gedanken und Hintergedanken. Aber nach einer kleinen Weile lachte er schon wieder und sagte begütigt:

„Es ist schwer, mit Menschen zu leben, weil Schweigen so schwer ist. Sonderlich für einen Geschwätzigen.“ –

Also sprach Zarathustra. Der Bucklichte aber hatte dem Gespräche zugehört und sein Gesicht dabei bedeckt; als er aber Zarathustra lachen hörte, blickte er neugierig auf und sagte langsam:

„Aber warum redet Zarathustra anders zu uns als zu seinen Jüngern?“

Zarathustra antwortete: „Was ist da zum Verwundern! Mit Bucklichten darf man schon bucklicht reden!“

„Gut, sagte der Bucklichte; und mit Schülern darf man schon aus der Schule schwätzen.

Aber warum redet Zarathustra anders zu seinen Schülern – als zu sich selber?“ –

Von der Menschen-Klugheit

Nicht die Höhe: der Abhang ist das Furchtbare!

Der Abhang, wo der Blick *hinunter* stürzt und die Hand *hinauf* greift. Da schwindelt dem Herzen vor seinem doppelten Willen.

Ach, Freunde, errathet ihr wohl auch meines Herzens doppelten Willen?

Das, Das ist *mein* Abhang und meine Gefahr, dass mein Blick in die Höhe stürzt, und dass meine Hand sich halten und stützen möchte – an der Tiefe!

An den Menschen klammert sich mein Wille, mit Ketten binde ich mich an den Menschen, weil es mich hinauf reisst zum Obermenschen: denn dahin will mein andrer Wille.

Und *dazu* lebe ich blind unter den Menschen; gleich als ob ich sie nicht kennte: dass meine Hand ihren Glauben an Festes nicht ganz verliere.

Ich kenne euch Menschen nicht: diese Finsterniss und Tröstung ist oft um mich gebreitet.

Ich sitze am Thorwege für jeden Schelm und frage: wer will mich betrügen?

Das ist meine erste Menschen-Klugheit, dass ich mich betrügen lasse, um nicht auf der Hut zu sein vor Betrügern.

Ach, wenn ich auf der Hut wäre vor dem Menschen: wie könnte meinem Balle der Mensch ein Anker sein! Zu leicht risse es mich hinauf und hinweg!

Diese Vorsehung ist über meinem Schicksal, dass ich ohne Vorsicht sein muss.

Und wer unter Menschen nicht verschmachten will, muss lernen, aus allen Gläsern zu trinken; und wer unter Menschen rein bleiben will, muss verstehn, sich auch mit schmutzigem Wasser zu waschen.

Und also sprach ich oft mir zum Troste: „Wohlan! Wohlauf! Altes Herz! Ein Unglück missrieth dir: geniesse diess als dein – Glück!"

Diess aber ist meine andre Menschen-Klugheit: ich schone die *Eitlen* mehr als die Stolzen.

Ist nicht verletzte Eitelkeit die Mutter aller Trauerspiele? Wo aber Stolz verletzt wird, da wächst wohl etwas Besseres noch, als Stolz ist.

Damit das Leben gut anzuschaun sei, muss sein Spiel gut gespielt werden: dazu aber bedarf es guter Schauspieler.

Gute Schauspieler fand ich alle Eitlen: sie spielen und wollen, dass ihnen gern zugeschaut werde, – all ihr Geist ist bei diesem Willen.

Sie führen sich auf, sie erfinden sich; in ihrer Nähe liebe ich's, dem Leben zuzuschaun, – es heilt von der Schwermuth.

Darum schone ich die Eitlen, weil sie mir Arzte sind meiner Schwermuth und mich am Menschen fest halten als an einem Schauspiele.

Und dann: wer ermisst am Eitlen die ganze Tiefe seiner Bescheidenheit! Ich bin ihm gut und mitleidig ob seiner Bescheidenheit.

Von euch will er seinen Glauben an sich lernen; er nährt sich an euren Blicken, er frisst das Lob aus euren Händen.

Euren Lügen glaubt er noch, wenn ihr gut über ihn lügt: denn im Tiefsten seufzt sein Herz: was bin *ich*!"

Und wenn das die rechte Tugend ist, die nicht um sich selber weiss: nun, der Eitle weiss nicht um seine Bescheidenheit! –

Das ist aber meine dritte Menschen-Klugheit, dass ich mir den Anblick der Bösen nicht verleiden lasse durch eure Furchtsamkeit.

Ich bin selig, die Wunder zu sehn, welche heisse Sonne ausbrütet: Tiger und Palmen und Klapperschlangen.

Auch unter Menschen giebt es schöne Brut heisser Sonne und viel Wunderwürdiges an den Bösen.

Zwar, wie eure Weisesten mir nicht gar so weise erschienen: so fand ich auch der Menschen Bosheit unter ihrem Rufe.

Und oft fragte ich mit Kopfschütteln: Warum noch klappern, ihr Klapperschlangen?

Wahrlich, es giebt auch für das Böse noch eine Zukunft! Und der heisseste Süden ist noch nicht entdeckt für den Menschen.

Wie Manches heisst jetzt schon ärgste Bosheit, was doch nur zwölf Schuhe breit und drei Monate lang ist! Einst aber werden grössere Drachen zur Welt kommen.

Denn dass dem Übermenschen sein Drache nicht fehle, der Über-Drache, der seiner würdig ist: dazu muss viel heisse Sonne noch auf feuchten Urwald glühen!

Aus euren Wildkatzen müssen erst Tiger geworden sein und aus euren Giftkröten Krokodile: denn der gute Jäger soll eine gute Jagd haben!

Und wahrlich, ihr Guten und Gerechten! An euch ist Viel zum Lachen und zumal eure Furcht vor dem, was bisher „Teufel" hiess!

So fremd seid ihr dem Grossen mit eurer Seele, dass euch der Übermensch *furchtbar* sein würde in seiner Güte!

Und ihr Weisen und Wissenden, ihr würdet vor dem Sonnenbrande der Weisheit flüchten, in dem der Übermensch mit Lust seine Nacktheit badet!

Ihr höchsten Menschen, denen mein Auge begegnete! das ist mein Zweifel an euch und mein heimliches Lachen: ich rathe, ihr würdet meinen Übermenschen – Teufel heissen!

Ach, ich ward dieser Höchsten und Besten müde: aus ihrer „Höhe" verlangte mich hinauf, hinaus, hinweg zu dem Übermenschen!

Ein Grausen überfiel mich, als ich diese Besten nackend sah: da wuchsen mir die Flügel, fortzuschweben in ferne Zukünfte.

In fernere Zukünfte, in südlichere Süden, als je ein Bildner träumte: dorthin, wo Götter sich aller Kleider schämen!

Aber verkleidet will ich *euch* sehn, ihr Nächsten und Mitmenschen, und gut geputzt, und eitel, und würdig, als „die Guten und Gerechten," –

Und verkleidet will ich selber unter euch sitzen, – dass ich euch und mich *verkenne*: das ist nämlich meine letzte Menschen-Klugheit.

Also sprach Zarathustra.

Die stillste Stunde

Was geschah mir, meine Freunde? Ihr seht mich verstört, fortgetrieben, unwillig-folgsam, bereit zu gehen – ach, von *euch* fortzugehen!

Ja, noch Ein Mal muss Zarathustra in seine Einsamkeit: aber unlustig geht diessmal der Bär zurück in seine Höhle!

Was geschah mir? Wer gebeut diess? – Ach, meine zornige Herrin will es so, sie sprach zu mir: nannte ich je euch schon ihren Namen?

Gestern gen Abend sprach zu mir *meine stillste Stunde*: das ist der Name meiner furchtbaren Herrin.

Und so geschah's, – denn Alles muss ich euch sagen, dass euer Herz sich nicht verhärte gegen den plötzlich Scheidenden!

Kennt ihr den Schrecken des Einschlafenden? –

Bis in die Zehen hinein erschrickt er, darob, dass ihm der Boden weicht und der Traum beginnt.

Dieses sage ich euch zum Gleichniss. Gestern, zur stillsten Stunde, wich mir der Boden: der Traum begann.

Der Zeiger rückte, die Uhr meines Lebens holte Athem – nie hörte ich solche Stille um mich: also dass mein Herz erschrak.

Dann sprach es ohne Stimme zu mir: „Du weisst es, Zarathustra?" –

Und ich schrie vor Schrecken bei diesem Flüstern, und das Blut wich aus meinem Gesichte: aber ich schwieg.

Da sprach es abermals ohne Stimme zu mir: „Du weisst es, Zarathustra, aber du redest es nicht!" –

Und ich antwortete endlich gleich einem Trotzigen: „Ja, ich weiss es, aber ich will es nicht reden!"

Da sprach es wieder ohne Stimme zu mir: „Du *willst* nicht, Zarathustra? Ist diess auch wahr? Verstecke dich nicht in deinen Trotz!“ –

Und ich weinte und zitterte wie ein Kind und sprach: „Ach, ich wollte schon, aber wie kann ich es! Erlass mir diess nur! Es ist über meine Kraft!“

Da sprach es wieder ohne Stimme zu mir: „Was liegt an dir, Zarathustra! Sprich dein Wort und zerbrich!“ –

Und ich antwortete: „Ach, ist es *mein* Wort? Wer bin ich? Ich warte des Würdigeren; ich bin nicht werth, an ihm auch nur zu zerbrechen.“

Da sprach es wieder ohne Stimme zu mir: „Was liegt an dir? Du bist mir noch nicht demüthig genug. Die Demuth hat das härteste Fell.“ –

Und ich antwortete: „Was trug nicht schon das Fell meiner Demuth! Am Fusse wohne ich meiner Höhe: wie hoch meine Gipfel sind? Niemand sagte es mir noch. Aber gut kenne ich meine Thäler.“

Da sprach es wieder ohne Stimme zu mir: „Oh Zarathustra, wer Berge zu versetzen hat, der versetzt auch Thäler und Niederungen.“ –

Und ich antwortete: „Noch versetzte mein Wort keine Berge, und was ich redete, erreichte die Menschen nicht. Ich gieng wohl zu den Menschen, aber noch langte ich nicht bei ihnen an.“

Da sprach es wieder ohne Stimme zu mir: „Was weisst du *davon*! Der Thau fällt auf das Gras, wenn die Nacht am verschwiegensten ist.“ –

Und ich antwortete: „sie verspotteten mich, als ich meinen eigenen Weg fand und gieng; und in Wahrheit zitterten damals meine Füsse.

Und so sprachen sie zu mir: du verlerntest den Weg, nun verlernst du auch das Gehen!“

Da sprach es wieder ohne Stimme zu mir: „Was liegt an ihrem Spotte! Du bist Einer, der das Gehorchen verlernt hat: nun sollst du befehlen!

Weisst du nicht, *wer* Allen am nöthigsten thut? Der Grosses befiehlt.

Grosses vollführen ist schwer: aber das Schwerere ist, Grosses befehlen.

Das ist dein Unverzeihlichstes: du hast die Macht, und du willst nicht herrschen.“ –

Und ich antwortete: „Mir fehlt des Löwen Stimme zu allem Befehlen.“

Da sprach es wieder wie ein Flüstern zu mir: „Die stillsten Worte sind es, welche den Sturm bringen. Gedanken, die mit Taubenfüssen kommen, lenken die Welt.

Oh Zarathustra, du sollst gehen als ein Schatten dessen, was kommen muss: so wirst du befehlen und befehlend vorangehen." –

Und ich antwortete: „Ich schäme mich."

Da sprach es wieder ohne Stimme zu mir: „Du musst noch Kind werden und ohne Scham.

Der Stolz der Jugend ist noch auf dir, spät bist du jung geworden: aber wer zum Kinde werden will, muss auch noch seine Jugend überwinden." –

Und ich besann mich lange und zitterte. Endlich aber sagte ich, was ich zuerst sagte: „Ich will nicht."

Da geschah ein Lachen um mich. Wehe, wie diess Lachen mir die Eingeweide zerriss und das Herz aufschlitzte!

Und es sprach zum letzten Male zu mir: „Oh Zarathustra, deine Früchte sind reif, aber du bist nicht reif für deine Früchte!

So musst du wieder in die Einsamkeit: denn du sollst noch mürbe werden." –

Und wieder lachte es und floh: dann wurde es stille um mich wie mit einer zwiefachen Stille. Ich aber lag am Boden, und der Schweiss floss mir von den Gliedern.

– Nun hörtet ihr Alles, und warum ich in meine Einsamkeit zurück muss. Nichts verschwieg ich euch, meine Freunde.

Aber auch diess hörtet ihr von mir, *wer* immer noch aller Menschen Verschwiegenster ist – und es sein will!

Ach meine Freunde! Ich hätte euch noch Etwas zu sagen, ich hätte euch noch Etwas zu geben! Warum gebe ich es nicht? Bin ich denn geizig?" –

Als Zarathustra aber diese Worte gesprochen hatte, überfiel ihn die Gewalt des Schmerzes und die Nähe des Abschieds von seinen Freunden, also dass er laut weinte; und Niemand wusste ihn zu trösten. Des Nachts aber gieng er allein fort und verliess seine Freunde.

Dritter Theil

„Ihr seht nach Oben, wenn ihr nach Erhebung verlangt. Und ich sehe hinab, weil ich erhoben bin.

Wer von euch kann zugleich lachen und erhoben sein?

Wer auf den höchsten Bergen steigt, der lacht über alle Trauer-Spiele und Trauer-Ernste."

Der Wanderer

Um Mitternacht war es, da nahm Zarathustra seinen Weg über den Rücken der Insel, dass er mit dem frühen Morgen an das andre Gestade käme: denn dort wollte er zu Schiff steigen. Es gab nämlich allda eine gute Rhede, an der auch fremde Schiffe gern vor Anker giengen; die nahmen Manchen mit sich, der von den glückseligen Inseln über das Meer wollte. Als nun Zarathustra so den Berg hinanstieg, gedachte er unterwegs des vielen einsamen Wanderns von Jugend an, und wie viele Berge und Rücken und Gipfel er schon gestiegen sei.

Ich bin ein Wanderer und ein Bergsteiger, sagte er zu seinem Herzen, ich liebe die Ebenen nicht und es scheint, ich kann nicht lange still sitzen.

Und was mir nun auch noch als Schicksal und Erlebniss komme, – ein Wandern wird darin sein und ein Bergsteigen: man erlebt endlich nur noch sich selber.

Die Zeit ist abgeflossen, wo mir noch Zufälle begegnen durften; und was *könnte* jetzt noch zu mir fallen, was nicht schon mein Eigen wäre!

Es kehrt nur zurück, es kommt mir endlich heim – mein eigen Selbst, und was von ihm lange in der Fremde war und zerstreut unter alle Dinge und Zufälle.

Und noch Eins weiss ich: ich stehe jetzt vor meinem letzten Gipfel und vor dem, was mir am längsten aufgespart war. Ach, meinen härtesten Weg muss ich hinan! Ach, ich begann meine einsamste Wanderung!

Wer aber meiner Art ist, der entgeht einer solchen Stunde nicht: der Stunde, die zu ihm redet: „Jetzo erst gehst du deinen Weg der Grösse! Gipfel und Abgrund – das ist jetzt in Eins beschlossen!

Du gehst deinen Weg der Grösse: nun ist deine letzte Zuflucht worden, was bisher deine letzte Gefahr hiess!

Du gehst deinen Weg der Grösse: das muss nun dein bester Muth sein, dass es hinter dir keinen Weg mehr giebt!

Du gehst deinen Weg der Grösse; hier soll dir Keiner nachschleichen! Dein Fuss selber löschte hinter dir den Weg aus, und über ihm steht geschrieben: Unmöglichkeit.

Und wenn dir nunmehr alle Leitern fehlen, so musst du verstehen, noch auf deinen eigenen Kopf zu steigen: wie wolltest du anders aufwärts steigen?

Auf deinen eigenen Kopf und hinweg über dein eigenes Herz! Jetzt muss das Mildeste an dir noch zum Härtesten werden.

Wer sich stets viel geschont hat, der kränkelt zuletzt an seiner vielen Schonung. Gelobt sei, was hart macht! Ich lobe das Land nicht, wo Butter und Honig – fliesst!

Von sich *absehn* lernen ist nöthig, um *Viel* zu sehn: – diese Härte thut jedem Berge-Steigenden Noth.

Wer aber mit den Augen zudringlich ist als Erkennender, wie sollte der von allen Dingen mehr als ihre vorderen Gründe sehn!

Du aber, oh Zarathustra, wolltest aller Dinge Grund schaun und Hintergrund: so musst du schon über dich selber steigen, – hinan, hinauf, bis du auch deine Sterne noch *unter* dir hast!

Ja! Hinab auf mich selber sehn und noch auf meine Sterne: das erst hiesse mir mein *Gipfel*, das blieb mir noch zurück als mein *letzter* Gipfel! –

Also sprach Zarathustra im Steigen zu sich, mit harten Sprüchlein sein Herz tröstend: denn er war wund am Herzen wie noch niemals zuvor. Und als er auf die Höhe des Bergrückens kam, siehe, da lag das andere Meer vor ihm ausgebreitet: und er stand still und schwieg lange. Die Nacht aber war kalt in dieser Höhe und klar und hellgestirnt.

Ich erkenne mein Loos, sagte er endlich mit Trauer. Wohlan! Ich bin bereit. Eben begann meine letzte Einsamkeit.

Ach, diese schwarze traurige See unter mir! Ach, diese schwangere nächtliche Verdrossenheit! Ach, Schicksal und See! Zu euch muss ich nun *hinab* steigen!

Vor meinem höchsten Berge stehe ich und vor meiner längsten Wanderung: darum muss ich erst tiefer hinab als ich jemals stieg:

– tiefer hinab in den Schmerz als ich jemals stieg, bis hinein in seine schwärzeste Fluth! So will es mein Schicksal: Wohlan! Ich bin bereit.

Woher kommen die höchsten Berge? so fragte ich einst. Da lernte ich, dass sie aus dem Meere kommen.

Diess Zeugniss ist in ihr Gestein geschrieben und in die Wände ihrer Gipfel. Aus dem Tiefsten muss das Höchste zu seiner Höhe kommen. –

Also sprach Zarathustra auf der Spitze des Berges, wo es kalt war; als er aber in die Nähe des Meeres kam und zuletzt allein unter den Klippen stand, da war er unterwegs müde geworden und sehnsüchtiger als noch zuvor.

Es schläft jetzt Alles noch, sprach er; auch das Meer schläft. Schlaftrunken und fremd blickt sein Auge nach mir.

Aber es athmet warm, das fühle ich. Und ich fühle auch, dass es träumt. Es windet sieh träumend auf harten Kissen.

Horch! Horch! Wie es stöhnt von bösen Erinnerungen! Oder bösen Erwartungen?

Ach, ich bin traurig mit dir, du dunkles Ungeheuer, und mir selber noch gram um deinetwillen.

Ach, dass meine Hand nicht Stärke genug hat! Gerne, wahrlich, möchte ich dich von bösen Träumen erlösen! –

Und indem Zarathustra so sprach, lachte er mit Schwermuth und Bitterkeit über sich selber. „Wie! Zarathustra! sagte er, willst du noch dem Meere Trost singen?

Ach, du liebreicher Narr Zarathustra, du Vertrauens-Überseliger! Aber so warst du immer: immer kamst du vertraulich zu allem Furchtbaren.

Jedes Ungethüm wolltest du noch streicheln. Ein Hauch warmen Athems, ein Wenig weiches Gezottel an der Tatze –: und gleich warst du bereit, es zu lieben und zu locken.

Die *Liebe* ist die Gefahr des Einsamsten, die Liebe zu Allem, *wenn es nur lebt*! Zum Lachen ist wahrlich meine Narrheit und meine Bescheidenheit in der Liebe!“ –

Also sprach Zarathustra und lachte dabei zum andern Male: da aber gedachte er seiner verlassenen Freunde –, und wie als ob er sich mit seinen Gedanken an ihnen vergangen habe, zürnte er sich ob seiner Gedanken. Und alsbald geschah es, dass der Lachende weinte: – vor Zorn und Sehnsucht weinte Zarathustra bitterlich.

Vom Gesicht und Räthsel

1

Als es unter den Schiffsleuten ruchbar wurde, dass Zarathustra auf dem Schiffe sei, – denn es war ein Mann zugleich mit ihm an Bord gegangen, der von den glückseligen Inseln kam – da entstand eine grosse Neugierde und Erwartung. Aber Zarathustra schwieg zwei Tage und war kalt und taub vor Traurigkeit, also, dass er weder auf Blicke noch auf Fragen antwortete. Am Abende aber des zweiten Tages that er seine Ohren wieder auf, ob er gleich noch schwieg: denn es gab viel Seltsames und Gefährliches auf diesem Schiffe anzuhören, welches weither kam und noch weiterhin wollte. Zarathustra aber war ein Freund aller Solchen, die weite Reisen thun und nicht ohne Gefahr leben mögen. Und siehe! zuletzt wurde ihm im Zuhören die eigne Zunge gelöst, und das Eis seines Herzens brach: – da begann er also zu reden:

Euch, den kühnen Suchern, Versuchern, und wer je sich mit listigen Segeln auf furchtbare Meere einschiffte, –

euch, den Räthsel-Trunkenen, den Zwielicht-Frohen, deren Seele mit Flöten zu jedem Irr-Schlunde gelockt wird:

– denn nicht wollt ihr mit feiger Hand einem Faden nachtasten; und, wo ihr *errathen* könnt, da hasst ihr es, zu *erschliessen* –

euch allein erzähle ich das Räthsel, das ich *sah*, – das Gesicht des Einsamsten. –

Düster gieng ich jüngst durch leichenfarbne Dämmerung, – düster und hart, mit gepressten Lippen. Nicht nur Eine Sonne war mir untergegangen.

Ein Pfad, der trotzig durch Geröll stieg, ein boshafter, einsamer, dem nicht Kraut, nicht Strauch mehr zusprach: ein Bergpfad knirschte unter dem Trotz meines Fusses.

Stumm über höhnischem Geklirr von Kieseln schreitend, den Stein zertretend, der ihn gleiten liess: also zwang mein Fuss sich aufwärts.

Aufwärts: – dem Geiste zum Trotz, der ihn abwärts zog, abgrundwärts zog, dem Geiste der Schwere, meinem Teufel und Erzfeinde.

Aufwärts: – obwohl er auf mir sass, halb Zwerg, halb Maulwurf; lahm; lähmend; Blei durch mein Ohr, Bleitropfen-Gedanken in mein Hirn träufelnd.

„Oh Zarathustra, raunte er höhnisch Silb' um Silbe, du Stein der Weisheit! Du warfst dich hoch, aber jeder geworfene Stein muss – fallen!

Oh Zarathustra, du Stein der Weisheit, du Schleuderstein, du Stern-Zertrümmerer! Dich selber warfst du so hoch, – aber jeder geworfene Stein – muss fallen!

Verurtheilt zu dir selber und zur eignen Steinigung: oh Zarathustra, weit warfst du ja den Stein, – aber auf *dich* wird er zurückfallen!"

Drauf schwieg der Zwerg; und das währte lange. Sein Schweigen aber drückte mich; und solchermaassen zu Zwein ist man wahrlich einsamer als zu Einem!

Ich stieg, ich stieg, ich träumte, ich dachte, – aber Alles drückte mich. Einem Kranken glich ich, den seine schlimme Marter müde macht, und den wieder ein schlimmerer Traum aus dem Einschlafen weckt. –

Aber es giebt Etwas in mir, das ich Muth heisse: das schlug bisher mir jeden Unmuth todt. Dieser Muth hiess mich endlich stille stehn und sprechen: „Zwerg! Du! Oder ich!" –

Muth nämlich ist der beste Todtschläger, – Muth, welcher *angreift* : denn in jedem Angriffe ist klingendes Spiel.

Der Mensch aber ist das muthigste Thier: damit überwand er jedes Thier. Mit klingendem Spiele überwand er noch jeden Schmerz; Menschen-Schmerz aber ist der tiefste Schmerz.

Der Muth schlägt auch den Schwindel todt an Abgründen: und wo stünde der Mensch nicht an Abgründen! Ist Sehen nicht selber – Abgründe sehen?

Muth ist der beste Todtschläger: der Muth schlägt auch das Mitleiden todt. Mitleiden aber ist der tiefste Abgrund: so tief der Mensch in das Leben sieht, so tief sieht er auch in das Leiden.

Muth aber ist der beste Todtschläger, Muth, der angreift: der schlägt noch den Tod todt, denn er spricht: „War *das* das Leben? Wohlan! Noch Ein Mal!"

In solchem Spruche aber ist viel klingendes Spiel. Wer Ohren hat, der höre. –

2

„Halt! Zwerg! sprach ich. Ich! Oder du! Ich aber bin der Stärkere von uns Beiden –: du kennst meinen abgründlichen Gedanken nicht! *Den* – könntest du nicht tragen!“ –

Da geschah, was mich leichter machte: denn der Zwerg sprang mir von der Schulter, der Neugierige! Und er hockte sich auf einen Stein vor mich hin. Es war aber gerade da ein Thorweg, wo wir hielten.

„Siehe diesen Thorweg! Zwerg! sprach ich weiter: der hat zwei Gesichter. Zwei Wege kommen hier zusammen: die gieng noch Niemand zu Ende.

Diese lange Gasse zurück: die währt eine Ewigkeit. Und jene lange Gasse hinaus – das ist eine andre Ewigkeit.

Sie widersprechen sich, diese Wege; sie stossen sich gerade vor den Kopf: – und hier, an diesem Thorwege, ist es, wo sie zusammen kommen. Der Name des Thorwegs steht oben geschrieben: „Augenblick“.

Aber wer Einen von ihnen weiter gienge – und immer weiter und immer ferner: glaubst du, Zwerg, dass diese Wege sich ewig widersprechen?“ –

„Alles Gerade lügt, murmelte verächtlich der Zwerg. Alle Wahrheit ist krumm, die Zeit selber ist ein Kreis.“

„Du Geist der Schwere! sprach ich zürnend, mache dir es nicht zu leicht! Oder ich lasse dich hocken, wo du hockst, Lahmfuss, – und ich trug dich *hoch*!

Siehe, sprach ich weiter, diesen Augenblick! Von diesem Thorwege Augenblick läuft eine lange ewige Gasse *rückwärts* hinter uns liegt eine Ewigkeit.

Muss nicht, was laufen *kann* von allen Dingen, schon einmal diese Gasse gelaufen sein? Muss nicht, was geschehn *kann* von allen Dingen, schon einmal geschehn, gethan, vorübergelaufen sein?

Und wenn Alles schon dagewesen ist: was hältst du Zwerg von diesem Augenblick? Muss auch dieser Thorweg nicht schon – dagewesen sein?

Und sind nicht solchermaassen fest alle Dinge verknotet, dass dieser Augenblick *alle* kommenden Dinge nach sich zieht? *Also* – – sich selber noch?

Denn, was laufen *kann* von allen Dingen: auch in dieser langen Gasse *hinaus* – *muss* es einmal noch laufen! –

Und diese langsame Spinne, die im Mondscheine kriecht, und dieser Mondschein selber, und ich und du im Thorwege, zusammen flüsternd, von ewigen Dingen flüsternd – müssen wir nicht Alle schon dagewesen sein?

– und wiederkommen und in jener anderen Gasse laufen, hinaus, vor uns, in dieser langen schaurigen Gasse – müssen wir nicht ewig wiederkommen? –“

Also redete ich, und immer leiser: denn ich fürchtete mich vor meinen eignen Gedanken und Hintergedanken. Da, plötzlich, hörte ich einen Hund nahe *heulen*.

Hörte ich jemals einen Hund so heulen? Mein Gedanke lief zurück. Ja! Als ich Kind war, in fernster Kindheit:

– da hörte ich einen Hund so heulen. Und sah ihn auch, gesträubt, den Kopf nach Oben, zitternd, in stillster Mitternacht, wo auch Hunde an Gespenster glauben:

– also dass es mich erbarmte. Eben nämlich gieng der volle Mond, todtschweigsam, über das Haus, eben stand er still, eine runde Gluth, – still auf flachem Dache, gleich als auf fremdem Eigenthume: –

darob entsetzte sich damals der Hund: denn Hunde glauben an Diebe und Gespenster. Und als ich wieder so heulen hörte, da erbarmte es mich abermals.

Wohin war jetzt Zwerg? und Thorweg? Und Spinne? Und alles Flüstern? Träumte ich denn? Wachte ich auf? Zwischen wilden Klippen stand ich mit Einem Male, allein, öde, im ödesten Mondscheine.

Aber da lag ein Mensch! Und da! Der Hund, springend, gesträubt, winselnd, – jetzt sah er mich kommen – da heulte er wieder, da *schrie* er: – hörte ich je einen Hund so Hülfe schrein?

Und, wahrlich, was ich sah, desgleichen sah ich nie. Einen jungen Hirten sah ich, sich windend, würgend, zuckend, verzerrten Antlitzes, dem eine schwarze schwere Schlange aus dem Munde hieng.

Sah ich je so viel Ekel und bleiches Grauen auf Einem Antlitze? Er hatte wohl geschlafen? Da kroch ihm die Schlange in den Schlund – da biss sie sich fest.

Meine Hand riss die Schlange und riss: – umsonst! sie riss die Schlange nicht aus dem Schlunde. Da schrie es aus mir: „Beiss zu! Beiss zu!

Den Kopf ab! Beiss zu!" – so schrie es aus mir, mein Grauen, mein Hass, mein Ekel, mein Erbarmen, all mein Gutes und Schlimmes schrie mit Einem Schrei aus mir. –

Ihr Kühnen um mich! Ihr Sucher, Versucher, und wer von euch mit listigen Segeln sich in unerforschte Meere einschiffte! Ihr Räthsel-Frohen!

So rathet mir doch das Räthsel, das ich damals schaute, so deutet mir doch das Gesicht des Einsamsten!

Denn ein Gesicht war's und ein Vorhersehn: – *was* sah ich damals im Gleichnisse? Und *wer* ist, der einst noch kommen muss?

Wer ist der Hirt, dem also die Schlange in den Schlund kroch? *Wer* ist der Mensch, dem also alles Schwerste, Schwärzeste in den Schlund kriechen wird?

– Der Hirt aber biss, wie mein Schrei ihm rieth; er biss mit gutem Bisse! Weit weg spie er den Kopf der Schlange –: und sprang empor. –

Nicht mehr Hirt, nicht mehr Mensch, – ein Verwandelter, ein Umleuchteter, welcher *lachte* ! Niemals noch auf Erden lachte je ein Mensch, wie *er* lachte!

Oh meine Brüder, ich hörte ein Lachen, das keines Menschen Lachen war, – – und nun frisst ein Durst an mir, eine Sehnsucht, die nimmer stille wird.

Meine Sehnsucht nach diesem Lachen frisst an mir: oh wie ertrage ich noch zu leben! Und wie ertrüge ich's, jetzt zu sterben! –

Also sprach Zarathustra.

Von der Seligkeit wider Willen

Mit solchen Räthseln und Bitternissen im Herzen fuhr Zarathustra über das Meer. Als er aber vier Tagereisen fern war von den glückseligen Inseln und von seinen Freunden, da hatte er allen seinen Schmerz überwunden –: siegreich und mit festen Füssen stand er wieder auf seinem Schicksal. Und damals redete Zarathustra also zu seinem frohlockenden Gewissen:

Allein bin ich wieder und will es sein, allein mit reinem Himmel und freiem Meere; und wieder ist Nachmittag um mich.

Des Nachmittags fand ich zum ersten Male einst meine Freunde, des Nachmittags auch zum anderen Male: – zur Stunde, da alles Licht stiller wird.

Denn was von Glück noch unterwegs ist zwischen Himmel und Erde, das sucht sich nun zur Herberge noch eine lichte Seele: *vor Glück* ist alles Licht jetzt stiller worden.

Oh Nachmittag meines Lebens! Einst stieg auch *mein* Glück zu Thale, dass es sich eine Herberge suche: da fand es diese offnen gastfreundlichen Seelen.

Oh Nachmittag meines Lebens! Was gab ich nicht hin, dass ich Eins hätte: diese lebendige Pflanzung meiner Gedanken und diess Morgenlicht meiner höchsten Hoffnung!

Gefährten suchte einst der Schaffende und Kinder *seiner* Hoffnung: und siehe, es fand sich, dass er sie nicht finden könne, es sei denn, er schaffe sie selber erst.

Also bin ich mitten in meinem Werke, zu meinen Kindern gehend und von ihnen kehrend: um seiner Kinder willen muss Zarathustra sich selbst vollenden.

Denn von Grund aus liebt man nur sein Kind und Werk; und wo grosse Liebe zu sich selber ist, da ist sie der Schwangerschaft Wahrzeichen: so fand ich's.

Noch grünen mir meine Kinder in ihrem ersten Frühlinge, nahe bei einander stehend und gemeinsam von Winden geschüttelt, die Bäume meines Gartens und besten Erdreichs.

„Und wahrlich! Wo solche Bäume bei einander stehn, da *sind* glückselige Inseln!

Aber einstmals will ich sie ausheben und einen jeden für sich allein stellen: dass er Einsamkeit lerne und Trotz und Vorsicht.

Knorrig und gekrümmt und mit biegsamer Härte soll er mir dann am Meere dastehn, ein lebendiger Leuchtthurm unbesiegbaren Lebens.

Dort, wo die Stürme hinab in's Meer stürzen, und des Gebirgs Rüssel Wasser trinkt, da soll ein jeder einmal seine Tag- und Nachtwachen haben, zu *seiner* Prüfung und Erkenntniss.

Erkannt und geprüft soll er werden, darauf, ob er meiner Art und Abkunft ist, – ob er eines langen Willens Herr sei, schweigsam, auch wenn er redet, und nachgebend also, dass er im Geben *nimmt*: –

– dass er einst mein Gefährte werde und ein Mitschaffender und Mitfeiernder Zarathustra's –: ein Solcher, der mir meinen Willen auf meine Tafeln schreibt: zu aller Dinge vollerer Vollendung.

Und um seinetwillen und seines Gleichen muss ich selber *mich* vollenden: darum weiche ich jetzt meinem Glücke aus und biete mich allem Unglücke an – zu *meiner* letzten Prüfung und Erkenntniss.

Und wahrlich, Zeit war's, dass ich gieng; und des Wanderers Schatten und die längste Weile und die stillste Stunde – alle redeten mir zu: „es ist höchste Zeit!"

Der Wind blies mir durch's Schlüsselloch und sagte „Komm!" Die Thür sprang mir listig auf und sagte „Geh!"

Aber ich lag angekettet an die Liebe zu meinen Kindern: das Begehren legte mir diese Schlinge, das Begehren nach Liebe, dass ich meiner Kinder Beute würde und mich an sie verlöre.

Begehren – das heisst mir schon: mich verloren haben. *Ich habe euch, meine Kinder*! In diesem Haben soll Alles Sicherheit und Nichts Begehren sein.

Aber brütend lag die Sonne meiner Liebe auf mir, im eignen Safte kochte Zarathustra, – da flogen Schatten und Zweifel über mich weg.

Nach Frost und Winter gelüstete mich schon: „oh dass Frost und Winter mich wieder knacken und knirschen machten!" seufzte ich: – da stiegen eisige Nebel aus mir auf.

Meine Vergangenheit brach ihm Gräber, manch lebendig begrabner Schmerz wachte auf –: ausgeschlafen hatte er sich nur, versteckt in Leichen-Gewänder.

Also rief mir Alles in Zeichen zu: „es ist Zeit!" – Aber ich – hörte nicht: bis endlich mein Abgrund sich rührte und mein Gedanke mich biss.

Ach, abgründlicher Gedanke, der du *mein* Gedanke bist! Wann finde ich die Stärke, dich graben zu hören und nicht mehr zu zittern?

Bis zur Kehle hinauf klopft mir das Herz, wenn ich dich graben höre! Dein Schweigen noch will mich würgen, du abgründlich Schweigender!

Noch wagte ich niemals, dich *herauf* zu rufen: genug schon, dass ich dich mit mir – trug! Noch war ich nicht stark genug zum letzten Löwen-Übermuthe und – Muthwillen.

Genug des Furchtbaren war mir immer schon deine Schwere: aber einst soll ich noch die Stärke finden und die Löwen-Stimme, die dich herauf ruft!

Wenn ich mich dessen erst überwunden habe, dann will ich mich auch des Grösseren noch überwinden; und ein *Sieg* soll meiner Vollendung Siegel sein! –

Inzwischen treibe ich noch auf ungewissen Meeren; der Zufall schmeichelt mir, der glattzüngige; vorwärts und rückwärts schaue ich –, noch schaue ich kein Ende.

Noch kam mir die Stunde meines letzten Kampfes nicht, – oder kommt sie wohl mir eben? Wahrlich, mit tückischer Schönheit schaut mich rings Meer und Leben an!

Oh Nachmittag meines Lebens! Oh Glück vor Abend! Oh Hafen auf hoher See! Oh Friede im Ungewissen! Wie misstraue ich euch Allen!

Wahrlich, misstrauisch bin ich gegen eure tückische Schönheit! Dem Liebenden gleiche ich, der allzusammtenem Lächeln misstraut.

Wie er die Geliebteste vor sich her stösst, zärtlich noch in seiner Härte, der Eifersüchtige –, also stosse ich diese selige Stunde vor mir her.

Hinweg mit dir, du selige Stunde! Mit dir kam mir eine Seligkeit wider Willen! Willig zu meinem tiefsten Schmerze stehe ich hier: – zur Unzeit kamst du!

Hinweg mit dir, du selige Stunde! Lieber nimm Herberge dort – bei meinen Kindern! Eile! und segne sie vor Abend noch mit *meinem* Glücke!

Da naht schon der Abend: die Sonne sinkt. Dahin – mein Glück! –

Also sprach Zarathustra. Und er wartete auf sein Unglück die ganze Nacht: aber er wartete umsonst. Die Nacht blieb hell und still, und das Glück selber kam ihm immer näher und näher. Gegen Morgen aber lachte Zarathustra zu seinem Herzen und sagte spöttisch: „das Glück läuft mir nach. Das kommt davon, dass ich nicht den Weibern nachlaufe. Das Glück aber ist ein Weib."

Vor Sonnen-Aufgang

Oh Himmel über mir, du Reiner! Tiefer! Du Licht-Abgrund! Dich schauend schaudere ich vor göttlichen Begierden.

In deine Höhe mich zu werfen – das ist *meine* Tiefe! In deine Reinheit mich zu bergen – das ist *meine* Unschuld!

Den Gott verhüllt seine Schönheit: so verbirgst du deine Sterne. Du redest nicht: *so* kündest du mir deine Weisheit.

Stumm über brausendem Meere bist du heut mir aufgegangen, deine Liebe und deine Scham redet Offenbarung zu meiner brausenden Seele.

Dass du schön zu mir kamst, verhüllt in deine Schönheit, dass du stumm zu mir sprichst, offenbar in deiner Weisheit:

Oh wie erriethe ich nicht alles Schamhafte deiner Seele! *Vor* der Sonne kamst du zu mir, dem Einsamsten.

Wir sind Freunde von Anbeginn: uns ist Gram und Grauen und Grund gemeinsam; noch die Sonne ist uns gemeinsam.

Wir reden nicht zu einander, weil wir zu Vieles wissen –: wir schweigen uns an, wir lächeln uns unser Wissen zu.

Bist du nicht das Licht zu meinem Feuer? Hast du nicht die Schwester-Seele zu meiner Einsicht?

Zusammen lernten wir Alles; zusammen lernten wir über uns zu uns selber aufsteigen und wolkenlos lächeln: –

– wolkenlos hinab lächeln aus lichten Augen und aus meilenweiter Ferne, wenn unter uns Zwang und Zweck und Schuld wie Regen dampfen.

Und wanderte ich allein: *wes* hungerte meine Seele in Nächten und Irr-Pfaden? Und stieg ich Berge, *wen* suchte ich je, wenn nicht dich, auf Bergen?

Und all mein Wandern und Bergsteigen: eine Noth war's nur und ein Behelf des Unbeholfenen: – *fliegen* allein will mein ganzer Wille, in *dich* hinein fliegen!

Und wen hasste ich mehr, als ziehende Wolken und Alles, was dich befleckt? Und meinen eignen Hass hasste ich noch, weil er dich befleckte!

Den ziehenden Wolken bin ich gram, diesen schleichenden Raub-Katzen: sie nehmen dir und mir, was uns gemein ist, – das ungeheure unbegrenzte Ja- und Amen-sagen.

Diesen Mittlern und Mischern sind wir gram, den ziehenden Wolken: diesen Halb- und Halben, welche weder segnen lernten, noch von Grund aus fluchen.

Lieber will ich noch unter verschlossnem Himmel in der Tonne sitzen, lieber ohne Himmel im Abgrund sitzen, als dich, Licht-Himmel, mit Zieh-Wolken befleckt sehn!

Und oft gelüstete mich, sie mit zackichten Blitz-Golddrähten festzuheften, dass ich, gleich dem Donner, auf ihrem Kessel-Bauche die Pauke schlüge: –

– ein zorniger Paukenschläger, weil sie mir dein Ja! und Amen! rauben, du Himmel über mir, du Reiner! Lichter! Du Licht-Abgrund! – weil sie dir *mein* Ja! und Amen! rauben.

Denn lieber noch will ich Lärm und Donner und Wetter-Flüche, als diese bedächtige zweifelnde Katzen-Ruhe; und auch unter Menschen hasse ich am besten alle Leisetreter und Halb- und Halben und zweifelnde, zögernde Zieh-Wolken.

Und „wer nicht segnen kann, der soll fluchen *lernen*!“ – diese helle Lehre fiel mir aus hellem Himmel, dieser Stern steht auch noch in schwarzen Nächten an meinem Himmel.

Ich aber bin ein Segnender und ein Ja-sager, wenn du nur um mich bist, du Reiner! Lichter! Du Licht-Abgrund! – in alle Abgründe trage ich da noch mein segnendes Ja-sagen.

Zum Segnenden bin ich worden und zum Ja-sagenden: und dazu rang ich lange und war ein Ringer, dass ich einst die Hände frei bekäme zum Segnen.

Das aber ist mein Segnen: über jedwedem Ding als sein eigener Himmel stehn, als sein rundes Dach, seine azurne Glocke und ewige Sicherheit: und selig ist, wer also segnet!

Denn alle Dinge sind getauft am Borne der Ewigkeit und jenseits von Gut und Böse; Gut und Böse selber aber sind nur Zwischenschatten und feuchte Trübsale und Zieh-Wolken.

Wahrlich, ein Segnen ist es und kein Lästern, wenn ich lehre: „über allen Dingen steht der Himmel Zufall, der Himmel Unschuld, der Himmel Ohngefähr, der Himmel Übermuth.“

„Von Ohngefähr“ – das ist der älteste Adel der Welt, den gab ich allen Dingen zurück, ich erlöste sie von der Knechtschaft unter dem Zwecke.

Diese Freiheit und Himmels-Heiterkeit stellte ich gleich azurner Glocke über alle Dinge, als ich lehrte, dass über ihnen und durch sie kein „ewiger Wille“ – will.

Diesen Übermuth und diese Narrheit stellte ich an die Stelle jenes Willens, als ich lehrte: „bei Allem ist Eins unmöglich – Vernünftigkeit!“

Ein *Wenig* Vernunft zwar, ein Same der Weisheit zerstreut von Stern zu Stern, – dieser Sauerteig ist allen Dingen eingemischt: um der Narrheit willen ist Weisheit allen Dingen eingemischt!

Ein Wenig Weisheit ist schon möglich; aber diese selige Sicherheit fand ich an allen Dingen: dass sie lieber noch auf den Füssen des Zufalls – *tanzen*.

Oh Himmel über mir, du Reiner! Hoher! Das ist mir nun deine Reinheit, dass es keine ewige Vernunft-Spinne und –Spinnennetze giebt: –

– dass du mir ein Tanzboden bist für göttliche Zufälle, dass du mir ein Göttertisch bist für göttliche Würfel und Würfelspieler! –

Doch du erröthest? Sprach ich Unaussprechbares? Lästerte ich, indem ich dich segnen wollte?

Oder ist es die Scham zu Zweien, welche dich erröthen machte? – Heissest du mich gehn und schweigen, weil nun – der *Tag* kommt?

Die Welt ist tief –: und tiefer als je der Tag gedacht hat. Nicht Alles darf vor dem Tage Worte haben. Aber der Tag kommt: so scheiden wir nun!

Oh Himmel über mir, du Schamhafter! Glühender! Oh du mein Glück vor Sonnen-Aufgang! Der Tag kommt: so scheiden wir nun! –

Also sprach Zarathustra.

Von der verkleinernden Tugend

1

Als Zarathustra wieder auf dem festen Lande war, gieng er nicht stracks auf sein Gebirge und seine Höhle los, sondern that viele Wege und Fragen und erkundete diess und das, also, dass er von sich selber im Scherze sagte: „siehe einen Fluss, der in vielen Windungen zurück zur Quelle fliesst!" Denn er wollte in Erfahrung bringen, was sich inzwischen *mit dem Menschen* zugetragen habe: ob er grösser oder kleiner geworden sei. Und ein Mal sah er eine Reihe neuer Häuser; da wunderte er sich und sagte:

Was bedeuten diese Häuser? Wahrlich, keine grosse Seele stellte sie hin, sich zum Gleichnisse!

Nahm wohl ein blödes Kind sie aus seiner Spielschachtel? Dass doch ein anderes Kind sie wieder in seine Schachtel thäte!

Und diese Stuben und Kammern: können *Männer* da aus- und eingehen? Gemacht dünken sie mich für Seiden-Puppen; oder für Naschkatzen, die auch wohl an sich naschen lassen.

Und Zarathustra blieb stehn und dachte nach. Endlich sagte er betrübt: „Es ist *Alles* kleiner geworden!"

Überall sehe ich niedrigere Thore: wer *meiner* Art ist, geht da wohl noch hindurch, aber – er muss sich bücken!

Oh wann komme ich wieder in meine Heimat, wo ich mich nicht mehr bücken muss – nicht mehr bücken muss *vor den Kleinen*!" – Und Zarathustra seufzte und blickte in die Ferne. –

Desselbigen Tages aber redete er seine Rede über die verkleinernde Tugend.

2

Ich gehe durch diess Volk und halte meine Augen offen: sie vergeben mir es nicht, dass ich auf ihre Tugenden nicht neidisch bin.

Sie beissen nach mir, weil ich zu ihnen sage: für kleine Leute sind kleine Tugenden nöthig – und weil es mir hart eingeht, dass kleine Leute *nöthig* sind!

Noch gleiche ich dem Hahn hier auf fremdem Gehöfte, nach dem auch die Hennen beissen; doch darob bin ich diesen Hennen nicht ungut.

Ich bin höflich gegen sie wie gegen alles kleine Aergerniss; gegen das Kleine stachlicht zu sein dünkt mich eine Weisheit für Igel.

Sie reden Alle von mir, wenn sie Abends um's Feuer sitzen, – sie reden von mir, aber Niemand denkt – an mich!

Diess ist die neue Stille, die ich lernte: ihr Lärm um mich breitet einen Mantel über meine Gedanken.

Sie lärmen unter einander: „was will uns diese düstere Wolke? sehen wir zu, dass sie uns nicht eine Seuche bringe!"

Und jüngst riss ein Weib sein Kind an sich, das zu mir wollte: „nehmt die Kinder weg! schrie es; solche Augen versengen Kinder-Seelen."

Sie husten, wenn ich rede: sie meinen, Husten sei ein Einwand gegen starke Winde, – sie errathen Nichts vom Brausen meines Glückes!

„Wir haben noch keine Zeit für Zarathustra“ – so wenden sie ein; aber was liegt an einer Zeit, die für Zarathustra „keine Zeit hat“?

Und wenn sie gar mich rühmen: wie könnte ich wohl auf *ihrem* Ruhme einschlafen? Ein Stachel-Gürtel ist mir ihr Lob: es kratzt mich noch, wenn ich es von mir thue.

Und auch das lernte ich unter ihnen: der Lobende stellt sich, als gäbe er zurück, in Wahrheit aber will er mehr beschenkt sein!

Fragt meinen Fuss, ob ihm ihre Lob- und Lock-Weise gefällt! Wahrlich, nach solchem Takt und Tiktak mag er weder tanzen, noch stille stehn.

Zur kleinen Tugend möchten sie mich locken und loben; zum Tiktak des kleinen Glücks möchten sie meinen Fuss überreden.

Ich gehe durch diess Volk und halte die Augen offen: sie sind *kleiner* geworden und werden immer kleiner: – *das aber macht ihre Lehre von Glück und Tugend.*

Sie sind nämlich auch in der Tugend bescheiden – denn sie wollen Behagen. Mit Behagen aber verträgt sich nur die bescheidene Tugend.

Wohl lernen auch sie auf ihre Art Schreiten und Vorwärts-Schreiten: das heisse ich ihr *Humpeln* –. Damit werden sie jedem zum Anstosse, der Eile hat.

Und Mancher von ihnen geht vorwärts und blickt dabei zurück, mit versteiftem Nacken: dem renne ich gern wider den Leib.

Fuss und Augen sollen nicht lügen, noch sich einander Lügen strafen. Aber es ist viel Lügnerei bei den kleinen Leuten.

Einige von ihnen wollen, aber die Meisten werden nur gewollt. Einige von ihnen sind ächt, aber die Meisten sind schlechte Schauspieler.

Es giebt Schauspieler wider Wissen unter ihnen und Schauspieler wider Willen –, die Ächten sind immer selten, sonderlich die ächten Schauspieler.

Des Mannes ist hier wenig: darum vermännlichen sich ihre Weiber. Denn nur wer Mannes genug ist, wird im Weibe *das Weib* – erlösen.

Und diese Heuchelei fand ich unter ihnen am schlimmsten: dass auch Die, welche befehlen, die Tugenden Derer heucheln, welche dienen.

„Ich diene, du dienst, wir dienen“ – so betet hier auch die Heuchelei der Herrschenden, – und wehe, wenn der erste Herr *nur* der erste Diener ist!

Ach, auch in ihre Heucheleien verflog sich wohl meines Auges Neugier; und gut errieth ich all ihr Fliegen-Glück und ihr Summen um besonnte Fensterscheiben.

Soviel Güte, soviel Schwäche sehe ich. Soviel Gerechtigkeit und Mitleiden, soviel Schwäche.

Rund, rechtlich und gütig sind sie mit einander, wie Sandkörnchen rund, rechtlich und gütig mit Sandkörnchen sind.

Bescheiden ein kleines Glück umarmen – das heissen sie „Ergebung"! und dabei schielen sie bescheiden schon nach einem neuen kleinen Glücke aus.

Sie wollen im Grunde einfältiglich Eins am meisten: dass ihnen Niemand wehe thue. So kommen sie jedermann zuvor und thun ihm wohl.

Diess aber ist *Feigheit* : ob es schon „Tugend" heisst. –

Und wenn sie einmal rauh reden, diese kleinen Leute: *ich* höre darin nur ihre Heiserkeit, – jeder Windzug nämlich macht sie heiser.

Klug sind sie, ihre Tugenden haben kluge Finger. Aber ihnen fehlen die Fäuste, ihre Finger wissen nicht, sich hinter Fäuste zu verkriechen.

Tugend ist ihnen das, was bescheiden und zahm macht: damit machten sie den Wolf zum Hunde und den Menschen selber zu des Menschen bestem Hausthiere.

„Wir setzten unsern Stuhl in die *Mitte* – das sagt mir ihr Schmunzeln – und ebenso weit weg von sterbenden Fechtern wie von vergnügten Säuen."

Diess aber ist – *Mittelmässigkeit*: ob es schon Mässigkeit heisst. –

3

Ich gehe durch diess Volk und lasse manches Wort fallen: aber sie wissen weder zu nehmen noch zu behalten.

Sie wundern sich, dass ich nicht kam, auf Lüste und Laster zu lästern; und wahrlich, ich kam auch nicht, dass ich vor Taschendieben warnte!

Sie wundern sich, dass ich nicht bereit bin, ihre Klugheit noch zu witzigen und zu spitzigen: als ob sie noch nicht genug der Klüglinge hätten, deren Stimme mir gleich Schieferstiften kritzelt!

Und wenn ich rufe: „Flucht allen feigen Teufeln in euch, die gerne winseln und Hände falten und anbeten möchten": so rufen sie: „Zarathustra ist gottlos".

Und sonderlich rufen es ihre Lehrer der Ergebung –; aber gerade ihnen liebe ich's, in das Ohr zu schrein: Ja! Ich *bin* Zarathustra, der Gottlose!

Diese Lehrer der Ergebung! Überall hin, wo es klein und krank und grindig ist, kriechen sie, gleich Läusen; und nur mein Ekel hindert mich, sie zu knacken.

Wohlan! Diess ist meine Predigt für *ihre* Ohren: ich bin Zarathustra, der Gottlose, der da spricht „wer ist gottloser denn ich, dass ich mich seiner Unterweisung freue?"

Ich bin Zarathustra, der Gottlose: wo finde ich Meines-Gleichen? Und alle Die sind Meines-Gleichen, die sich selber ihren Willen geben und alle Ergebung von sich abthun.

Ich bin Zarathustra, der Gottlose: ich koche mir noch jeden Zufall in *meinem* Topfe. Und erst, wenn er da gar gekocht ist, heisse ich ihn willkommen, als *meine* Speise.

Und wahrlich, mancher Zufall kam herrisch zu mir: aber herrischer noch sprach zu ihm mein *Wille*, – da lag er schon bittend auf den Knieen –

– bittend, dass er Herberge finde und Herz bei mir, und schmeichlerisch zuredend: „sieh doch; oh Zarathustra, wie nur Freund zu Freunde kommt!" –

Doch was rede ich, wo Niemand *meine* Ohren hat! Und so will ich es hinaus in alle Winde rufen:

Ihr werdet immer kleiner, ihr kleinen Leute! Ihr bröckelt ab, ihr Behaglichen! Ihr geht mir noch zu Grunde –

– an euren vielen kleinen Tugenden, an eurem vielen kleinen Unterlassen, an eurer vielen kleinen Ergebung!

Zu viel schonend, zu viel nachgebend: so ist euer Erdreich! Aber dass ein Baum *gross* werde, dazu will er um harte Felsen harte Wurzeln schlagen!

Auch was ihr unterlasse, webt am Gewebe aller Menschen-Zukunft; auch euer Nichts ist ein Spinnennetz und eine Spinne, die von der Zukunft Blute lebt.

Und wenn ihr nehmt, so ist es wie stehlen, ihr kleinen Tugendhaften; aber noch unter Schelmen spricht die *Ehre* : „man soll nur stehlen, wo man nicht rauben kann."

„Es giebt sich" – das ist auch eine Lehre der Ergebung. Aber ich sage euch, ihr Behaglichen: *es nimmt sich* und wird immer mehr noch von euch nehmen!

Ach, dass ihr alles *halbe* Wollen von euch abthätet und entschlossen würdet zur Trägheit wie zur That!

Ach, dass ihr mein Wort verstündet: „thut immerhin, was ihr wollt, – aber seid erst Solche, die *wollen können*!"

„Liebt immerhin euren Nächsten gleich euch, – aber seid mir erst solche, die *sich selber lieben* –

– mit der grossen Liebe lieben, mit der grossen Verachtung lieben!" Also spricht Zarathustra, der Gottlose. –

Doch was rede ich, wo Niemand *meine* Ohren hat! Es ist hier noch eine Stunde zu früh für mich.

Mein eigner Vorläufer bin ich unter diesem Volke, mein eigner Hahnen-Ruf durch dunkle Gassen.

Aber *ihre* Stunde kommt! Und es kommt auch die meine! Stündlich werden sie kleiner, ärmer, unfruchtbarer, – armes Kraut! armes Erdreich!

Und *bald* sollen sie mir dastehn wie dürres Gras und Steppe, und wahrlich! ihrer selber müde – und mehr, als nach Wasser, nach *Feuer* lechzend!

Oh gesegnete Stunde des Blitzes! Oh Geheimniss vor Mittag! – Laufende Feuer will ich einst noch aus ihnen machen und Verkünder mit Flammen-Zungen: –

– verkünden sollen sie einst noch mit Flammen-Zungen: Er kommt, er ist nahe, *der grosse Mittag*!

Also sprach Zarathustra.

Auf dem Oelberge

Der Winter, ein schlimmer Gast, sitzt bei mir zu Hause; blau sind meine Hände von seiner Freundschaft Händedruck.

Ich ehre ihn, diesen schlimmen Gast, aber lasse gerne ihn allein sitzen. Gerne laufe ich ihm davon; und, läuft man *gut*, so entläuft man ihm!

Mit warmen Füssen und warmen Gedanken laufe ich dorthin, wo der Wind stille steht, – zum Sonnen-Winkel meines Oelbergs.

Da lache ich meines gestrengen Gastes und bin ihm noch gut, dass er zu Hause mir die Fliegen wegfängt und vielen kleinen Lärm stille macht.

Er leidet es nämlich nicht, wenn eine Mücke singen will, oder gar zwei; noch die Gasse macht er einsam, dass der Mondschein drin Nachts sich fürchtet.

Ein harter Gast ist er, – aber ich ehre ihn, und nicht bete ich, gleich den Zärtlingen, zum dickbäuchichten Feuer-Götzen.

Lieber noch ein Wenig zähneklappern als Götzen anbeten! – so will's meine Art. Und sonderlich bin ich allen brünstigen dampfenden dumpfigen Feuer-Götzen gram.

Wen ich liebe, den liebe ich Winters besser als Sommers; besser spotte ich jetzt meiner Feinde und herzhafter, seit der Winter mir im Hause sitzt.

Herzhaft wahrlich, selbst dann noch, wenn ich zu Bett *krieche* –: da lacht und muthwillt noch mein verkrochenes Glück; es lacht noch mein Lügen-Traum.

Ich – ein Kriecher? Niemals kroch ich im Leben vor Mächtigen; und log ich je, so log ich aus Liebe. Desshalb bin ich froh auch im Winter-Bette.

Ein geringes Bett wärmt mich mehr als ein reiches, denn ich bin eifersüchtig auf meine Armuth. Und im Winter ist sie mir am treuesten.

Mit einer Bosheit beginne ich jeden Tag, ich spotte des Winters mit einem kalten Bade: darob brummt mein gestrenger Hausfreund.

Auch kitzle ich ihn gerne mit einem Wachskerzlein: dass er mir endlich den Himmel herauslasse aus aschgrauer Dämmerung.

Sonderlich boshaft bin ich nämlich des Morgens: zur frühen Stunde, da der Eimer am Brunnen klirrt und die Rosse warm durch graue Gassen wiehern: –

Ungeduldig warte ich da, dass mir endlich der lichte Himmel aufgehe, der schneebärtige Winter-Himmel, der Greis und Weisskopf, –

– der Winter-Himmel, der schweigsame, der oft noch seine Sonne verschweigt!

Lernte ich wohl von ihm das lange lichte Schweigen? Oder lernte er's von mir? Oder hat ein jeder von uns es selbst erfunden?

Aller guten Dinge Ursprung ist tausendfältig, – alle guten muthwilligen Dinge springen vor Lust in's Dasein: wie sollten sie das immer nur – Ein Mal thun!

Ein gutes muthwilliges Ding ist auch das lange Schweigen und gleich dem Winter-Himmel blicken aus lichtem rundäugichten Antlitze: –

– gleich ihm seine Sonne verschweigen und seinen unbeugsamen Sonnen-Willen: wahrlich, diese Kunst und diesen Winter-Muthwillen lernte ich *gut*!

Meine liebste Bosheit und Kunst ist es, dass mein Schweigen lernte, sich nicht durch Schweigen zu verrathen.

Mit Worten und Würfeln klappernd überliste ich mir die feierlichen Warter: allen diesen gestrengen Aufpassern soll mein Wille und Zweck entschlüpfen.

Dass mir Niemand in meinen Grund und letzten Willen hinab sehe, – dazu erfand ich mir das lange lichte Schweigen.

So manchen Klugen fand ich: der verschleierte sein Antlitz und trübte sein Wasser, dass Niemand ihm hindurch und hinunter sehe.

Aber zu ihm gerade kamen die klügeren Misstrauer und Nussknacker: ihm gerade fischte man seinen verborgensten Fisch heraus!

Sondern die Hellen, die Wackern, die Durchsichtigen – das sind mir die klügsten Schweiger: denen so *tief* ihr Grund ist, dass auch das hellste Wasser ihn nicht – verräth. –

Du schneebärtiger schweigender Winter-Himmel, du rundäugichter Weisskopf über mir! Oh du himmlisches Gleichniss meiner Seele und ihres Muthwillens!

Und *muss* ich mich nicht verbergen, gleich Einem, der Gold verschluckt hat, – dass man mir nicht die Seele aufschlitze?

Muss ich nicht Stelzen tragen, dass sie meine langen Beine *übersehen*, – alle diese Neidbolde und Leidholde, die um mich sind?

Diese räucherigen, stubenwarmen, verbrauchten, vergrünten, vergrämelten Seelen – wie *könnte* ihr Neid mein Glück ertragen!

So zeige ich ihnen nur das Eis und den Winter auf meinen Gipfeln – und *nicht*, dass mein Berg noch alle Sonnengürtel um sich schlingt!

Sie hören nur meine Winter-Stürme pfeifen: und *nicht*, dass ich auch über warme Meere fahre, gleich sehnsüchtigen, schweren, heissen Südwinden.

Sie erbarmen sich noch meiner Unfälle und Zufälle: – aber *mein* Wort heisst: „lasst den Zufall zu mir kommen: unschuldig ist er, wie ein Kindlein!“

Wie *könnten* sie mein Glück ertragen, wenn ich nicht Unfälle und Winter-Nöthe und Eisbären-Mützen und Schneehimmel-Hüllen um mein Glück legte!

– wenn ich mich nicht selbst ihres *Mitleids* erbarmte – des Mitleids dieser Neidbolde und Leidholde!

– wenn ich nicht selber vor ihnen seufzte und frostklapperte und mich geduldsam in ihr Mitleid wickeln *liesse*!

Diess ist der weise Muthwille und Wohlwille meiner Seele, dass sie ihren Winter und ihre Froststürme *nicht verbirgt*; sie verbirgt auch ihre Frostbeulen nicht.

Des Einen Einsamkeit ist die Flucht des Kranken; des Andern Einsamkeit die Flucht *vor* den Kranken.

Mögen sie mich klappern und seufzen *hören* vor Winterkälte, alle diese armen scheelen Schelme um mich! Mit solchem Geseufz und Geklapper flüchte ich noch vor ihren geheizten Stuben.

Mögen sie mich bemitleiden und bemitseufzen ob meiner Frostbeulen: „am Eis der Erkenntniss *erfriert* er uns noch!" – so klagen sie.

Inzwischen laufe ich mit warmen Füssen kreuz und quer auf meinem Oelberge: im Sonnen-Winkel meines Oelberges singe und spotte ich alles Mitleids. –

Also sang Zarathustra.

Vom Vorübergehen

Also, durch viel Volk und vielerlei Städte langsam hindurchschreitend, gieng Zarathustra auf Umwegen zurück zu seinem Gebirge und seiner Höhle. Und siehe, dabei kam er unversehens auch an das Stadtthor der *grossen Stadt* : hier aber sprang ein schäumender Narr mit ausgebreiteten Händen auf ihn zu und trat ihm in den Weg. Diess aber war der selbige Narr, welchen das Volk „den Affen Zarathustra's" hiess: denn er hatte ihm Etwas vom Satz und Fall der Rede abgemerkt und borgte wohl auch gerne vom Schatze seiner Weisheit. Der Narr aber redete also zu Zarathustra:

„Oh Zarathustra, hier ist die grosse Stadt: hier hast du Nichts zu suchen und Alles zu verlieren.

Warum wolltest du durch diesen Schlamm waten? Habe doch Mitleiden mit deinem Fusse! Speie lieber auf das Stadtthor und – kehre um!

Hier ist die Hölle für Einsiedler-Gedanken: hier werden grosse Gedanken lebendig gesotten und klein gekocht.

Hier verwesen alle grossen Gefühle: hier dürfen nur klapperdürre Gefühlchen klappern!

Riechst du nicht schon die Schlachthäuser und Garküchen des Geistes? Dampft nicht diese Stadt vom Dunst geschlachteten Geistes?

Siehst du nicht die Seelen hängen wie schlaffe schmutzige Lumpen? – Und sie machen noch Zeitungen aus diesen Lumpen!

Hörst du nicht, wie der Geist hier zum Wortspiel wurde? Widriges Wort-Spülicht bricht er heraus! – Und sie machen noch Zeitungen aus diesem Wort-Spülicht.

Sie hetzen einander und wissen nicht, wohin? Sie erhitzen einander und wissen nicht, warum? Sie klimpern mit ihrem Bleche, sie klingeln mit ihrem Golde.

Sie sind kalt und suchen sich Wärme bei gebrannten Wassern; sie sind erhitzt und suchen Kühle bei gefrorenen Geistern; sie sind Alle siech und süchtig an öffentlichen Meinungen.

Alle Lüste und Laster sind hier zu Hause; aber es giebt hier auch Tugendhafte, es giebt viel anstellige angestellte Tugend: –

Viel anstellige Tugend mit Schreibfingern und hartem Sitz- und Warte-Fleische, gesegnet mit kleinen Bruststernen und ausgestopften steisslosen Töchtern.

Es giebt hier auch viel Frömmigkeit und viel gläubige Speichel-Leckerei, Schmeichel-Bäckerei vor dem Gott der Heerschaaren.

„Von Oben" her träufelt ja der Stern und der gnädige Speichel; nach Oben hin sehnt sich jeder sternenlose Busen.

Der Mond hat seinen Hof, und der Hof hat seine Mondkälber: zu Allem aber, was vom Hofe kommt, betet das Bettel-Volk und alle anstellige Bettel-Tugend.

„Ich diene, du dienst, wir dienen" – so betet alle anstellige Tugend hinauf zum Fürsten: dass der verdiente Stern sich endlich an den schmalen Busen hefte!

Aber der Mond dreht sich noch um alles Irdische: so dreht sich auch der Fürst noch um das Aller-Irdischste –: das aber ist das Gold der Krämer.

Der Gott der Heerschaaren ist kein Gott der Goldbarren; der Fürst denkt, aber der Krämer – lenkt!

Bei Allem, was licht und stark und gut in dir ist, oh Zarathustra! Speie auf diese Stadt der Krämer und kehre um!

Hier fliesst alles Blut faulicht und lauicht und schaumicht durch alle Adern: speie auf die grosse Stadt, welche der grosse Abraum ist, wo aller Abschaum zusammenschäumt!

Speie auf die Stadt der eingedrückten Seelen und schmalen Brüste, der spitzen Augen, der klebrigen Finger –

– auf die Stadt der Aufdringlinge, der Unverschämten, der Schreib- und Schreihälse, der überheizten Ehrgeizigen: –

– wo alles Anbrüchige, Anrüchige, Lüsterne, Düsterne, Übermürbe, Geschwürige, Verschwörerische zusammenschwärt: –

– speie auf die grosse Stadt und kehre um!“ – –

Hier aber unterbrach Zarathustra den schäumenden Narren und hielt ihm den Mund zu.

„Höre endlich auf! rief Zarathustra, mich ekelt lange schon deiner Rede und deiner Art!

Warum wohntest du so lange am Sumpfe, dass du selber zum Frosch und zur Kröte werden musstest?

Fliesst dir nicht selber nun ein faulichtes schaumichtes Sumpf-Blut durch die Adern, dass du also quaken und lästern lerntest?

Warum giengst du nicht in den Wald? Oder pflügtest die Erde? Ist das Meer nicht voll von grünen Eilanden?

Ich verachte dein Verachten; und wenn du mich warntest, – warum warntest du dich nicht selber?

Aus der Liebe allein soll mir mein Verachten und mein warnender Vogel auffliegen: aber nicht aus dem Sumpfe! –

Man heisst dich meinen Affen, du schäumender Narr: aber ich heisse dich mein Grunze-Schwein, – durch Grunzen verdirbst du mir noch mein Lob der Narrheit.

Was war es denn, was dich zuerst grunzen machte? Dass Niemand dir genug *geschmeichelt* hat: – darum setztest du dich hin zu diesem Unrathe, dass du Grund hättest viel zu grunzen, –

– dass du Grund hättest zu vieler *Rache*! Rache nämlich, du eitler Narr, ist all dein Schäumen, ich errieth dich wohl!

Aber dein Narren-Wort thut *mir* Schaden, selbst, wo du Recht hast! Und wenn Zarathustra's Wort sogar hundert Mal Recht *hätte* : du würdest mit meinem Wort immer – Unrecht *thun*!"

Also sprach Zarathustra; und er blickte die grosse Stadt an, seufzte und schwieg lange. Endlich redete er also:

Mich ekelt auch dieser grossen Stadt und nicht nur dieses Narren. Hier und dort ist Nichts zu bessern, Nichts zu bösern.

Wehe dieser grossen Stadt! – Und ich wollte, ich sähe schon die Feuersäule, in der sie verbrannt wird!

Denn solche Feuersäulen müssen dem grossen Mittage vorangehn. Doch diess hat seine Zeit und sein eigenes Schicksal. –

Diese Lehre aber gebe ich dir, du Narr, zum Abschiede: wo man nicht mehr lieben kann, da soll man – *vorübergehn*! –

Also sprach Zarathustra und gieng an dem Narren und der grossen Stadt vorüber.

Von den Abtrünnigen

1

Ach, liegt Alles schon welk und grau, was noch jüngst auf dieser Wiese grün und bunt stand? Und wie vielen Honig der Hoffnung trug ich von hier in meine Bienenkörbe!

Diese jungen Herzen sind alle schon alt geworden, – und nicht alt einmal! nur müde, gemein, bequem: – sie heissen es „Wir sind wieder fromm geworden."

Noch jüngst sah ich sie in der Frühe auf tapferen Füssen hinauslaufen: aber ihre Füsse der Erkenntniss wurden müde, und nun verleumden sie auch noch ihre Morgen-Tapferkeit!

Wahrlich, Mancher von ihnen hob einst die Beine wie ein Tänzer, ihm winkte das Lachen in meiner Weisheit: – da besann er sich. Eben sah ich ihn krumm – zum Kreuze kriechen.

Um Licht und Freiheit flatterten sie einst gleich Mücken und jungen Dichtern. Ein Wenig älter, ein Wenig kälter: und schon sind sie Dunkler und Munkler und Ofenhocker.

Verzagte ihnen wohl das Herz darob, dass mich die Einsamkeit verschlang gleich einem Wallfische? Lauschte ihr Ohr wohl sehnsüchtig-lange *umsonst* nach mir und meinen Trompeten- und Herolds-Rufen?

– Ach! Immer sind ihrer nur Wenige, deren Herz einen langen Muth und Übermuth hat; und solchen bleibt auch der Geist geduldsam. Der Rest aber ist *feige*.

Der Rest: das sind immer die Allermeisten, der Alltag, der Überfluss, die Viel-zu-Vielen – diese alle sind feige! –

Wer meiner Art ist, dem werden auch die Erlebnisse meiner Art über den Weg laufen: also, dass seine ersten Gesellen Leichname und Possenreisser sein müssen.

Seine zweiten Gesellen aber – die werden sich seine *Gläubigen* heissen: ein lebendiger Schwarm, viel Liebe, viel Thorheit, viel unbärtige Verehrung.

An diese Gläubigen soll Der nicht sein Herz binden, wer meiner Art unter Menschen ist; an diese Lenze und bunte Wiesen soll Der nicht glauben, wer die flüchtig-feige Menschenart kennt!

Könnten sie anders, so würden sie auch anders *wollen*. Halb- und Halbe verderben alles Ganze. Dass Blätter welk werden, – was ist da zu klagen!

Lass sie fahren und fallen, oh Zarathustra, und klage nicht! Lieber noch blase mit raschelnden Winden unter sie, –

– blase unter diese Blätter, oh Zarathustra: dass alles *Welke* schneller noch von dir davonlaufen! –

2

„Wir sind wieder fromm geworden" – so bekennen diese Abtrünnigen; und Manche von ihnen sind noch zu feige, also zu bekennen.

Denen sehe ich in's Auge, – denen sage ich es in's Gesicht und in die Röthe ihrer Wangen: ihr seid Solche, welche wieder *beten*!

Es ist aber eine Schmach, zu beten! Nicht für Alle, aber für dich und mich und wer auch im Kopfe sein Gewissen hat. Für *dich* ist es eine Schmach, zu beten!

Du weisst es wohl: dein feiger Teufel in dir, der gerne Hände-falten und Hände-in-den-Schooss-legen und es bequemer haben möchte: – dieser feige Teufel redet dir zu „es *giebt* einen Gott!"

Damit aber gehörst du zur lichtscheuen Art, denen Licht nimmer Ruhe lässt; nun musst du täglich deinen Kopf tiefer in Nacht und Dunst stecken!

Und wahrlich, du wähltest die Stunde gut: denn eben wieder fliegen die Nachtvögel aus. Die Stunde kam allem lichtscheuen Volke, die Abend- und Feierstunde, wo es nicht – „feiert."

Ich höre und rieche es: es kam ihre Stunde für Jagd und Umzug, nicht zwar für eine wilde Jagd, sondern für eine zahme lahme schnüffelnde Leisetreter- und Leisebeter-Jagd, –

– für eine Jagd auf seelenvolle Duckmäuser: alle Herzens- Mausefallen sind jetzt wieder aufgestellt! Und wo ich einen Vorhang aufhebe, da kommt ein Nachtfalterchen herausgestürzt.

Hockte es da wohl zusammen mit einem andern Nachtfalterchen? Denn überall rieche ich kleine verkrochne Gemeinden; und wo es Kämmerlein giebt, da giebt es neue Bet-Brüder drin und den Dunst von Bet-Brüdern.

Sie sitzen lange Abende bei einander und sprechen: lasset uns wieder werden wie die Kindlein und „lieber Gott" sagen!" – an Mund und Magen verdorben durch die frommen Zuckerbäcker.

Oder sie sehen lange Abende einer listigen lauernden Kreuzspinne zu, welche den Spinnen selber Klugheit predigt und also lehrt: „unter Kreuzen ist gut spinnen!"

Oder sie sitzen Tags über mit Angelruthen an Sümpfen und glauben sich *tief* damit; aber wer dort fischt, wo es keine Fische giebt, den heisse ich noch nicht einmal oberflächlich!

Oder sie lernen fromm-froh die Harfe schlagen bei einem Lieder-Dichter, der sich gern jungen Weibchen in's Herz harfnen möchte: – denn er wurde der alten Weibchen müde und ihres Lobpreisens.

Oder sie lernen gruseln bei einem gelehrten Halb-Tollen, der in dunklen Zimmern wartet, dass ihm die Geister kommen – und der Geist ganz davonläuft!

Oder sie horchen einem alten umgetriebnen Schnurr- und Knurrpfeifer zu, der trüben Winden die Trübsal der Töne ablernte; nun pfeift er nach dem Winde und predigt in trüben Tönen Trübsal.

Und Einige von ihnen sind sogar Nachtwächter geworden: die verstehen jetzt in Hörner zu blasen und Nachts umherzugehn und alte Sachen aufzuwecken, die lange schon eingeschlafen sind.

Fünf Worte von alten Sachen hörte ich gestern Nachts an der Garten-Mauer: die kamen von solchen alten betrübten trocknen Nachtwächtern.

„Für einen Vater sorgt er nicht genug um seine Kinder: Menschen-Väter thun diess besser!“ –

„Er ist zu alt! Er sorgt schon gar nicht mehr um seine Kinder“ – also antwortete der andere Nachtwächter.

„*Hat* er denn Kinder? Niemand kann's beweisen, wenn er's selber nicht beweist! Ich wollte längst, er bewiese es einmal gründlich.“

„Beweisen? Als ob *Der* je Etwas bewiesen hätte! Beweisen fällt ihm schwer; er hält grosse Stücke darauf, dass man ihm glaubt.“

„Ja! Ja! Der Glaube macht ihn selig, der Glaube an ihn. Das ist so die Art alter Leute! So geht's uns auch!“ –

– Also sprachen zu einander die zwei alten Nachtwächter und Lichtscheuchen, und tuteten darauf betrübt in ihre Hörner: so geschah's gestern Nachts an der Garten-Mauer.

Mir aber wand sich das Herz vor Lachen und wollte brechen und wusste nicht, wohin? und sank in's Zwerchfell.

Wahrlich, das wird noch mein Tod sein, dass ich vor Lachen ersticke, wenn ich Esel betrunken sehe und Nachtwächter also an Gott zweifeln höre.

Ist es denn nicht *lange* vorbei auch für alle solche Zweifel? Wer darf noch solche alte eingeschlafne lichtscheue Sachen aufwecken!

Mit den alten Göttern gieng es ja lange schon zu Ende: – und wahrlich, ein gutes fröhliches Götter-Ende hatten sie!

Sie „dämmerten" sich nicht zu Tode, – das lügt man wohl! Vielmehr: sie haben sich selber einmal zu Tode – *gelacht* !

Das geschah, als das gottloseste Wort von einem Gotte selber ausgieng, – das Wort: „Es ist Ein Gott! Du sollst keinen andern Gott haben neben mir!" –

– ein alter Grimm-Bart von Gott, ein eifersüchtiger vergass sich also:

Und alle Götter lachten damals und wackelten auf ihren Stühlen und riefen: „Ist das nicht eben Göttlichkeit, dass es Götter, aber keinen Gott giebt?"

Wer Ohren hat, der höre. –

Also redete Zarathustra in der Stadt, die er liebte und welche zubenannt ist die bunte Kuh.' Von hier nämlich hatte er nur noch zwei Tage zu gehen, dass er wieder in seine Höhle käme und zu seinen Thieren; seine Seele aber frohlockte beständig ob der Nähe seiner Heimkehr. –

Die Heimkehr

Oh Einsamkeit! Du meine *Heimat* Einsamkeit! Zu lange lebte ich wild in wilder Fremde, als dass ich nicht mit Thränen zu dir heimkehrte!

Nun drohe mir nur mit dem Finger, wie Mütter drohn, nein lächle mir zu, wie Mütter lächeln, nun sprich nur: „Und wer war das, der wie ein Sturmwind einst von mir davonstürmte? –

„- der scheidend rief: zu lange sass ich bei der Einsamkeit, da verlernte ich das Schweigen! D a s – lerntest du nun wohl?

„Oh Zarathustra, Alles weiss ich: und dass du unter den Vielen *verlassener* warst, du Einer, als je bei mir!

„Ein Anderes ist Verlassenheit, ein Anderes Einsamkeit: *Das* – lerntest du nun! Und dass du unter Menschen immer wild und fremd sein wirst:

„-Wild und fremd auch noch, wenn sie dich lieben: denn zuerst von Allem wollen sie *geschont* sein!

„Hier aber bist du bei dir zu Heim und Hause; hier kannst du Alles hinausreden und alle Gründe ausschütten, Nichts schämt sich hier versteckter, verstockter Gefühle.

„Hier kommen alle Dinge liebkosend zu deiner Rede und schmeicheln dir: denn sie wollen auf deinem Rücken reiten. Auf jedem Gleichniss reitest du hier zu jeder Wahrheit.

„Aufrecht und aufrichtig darfst du hier zu allen Dingen reden: und wahrlich, wie Lob klingt es ihren Ohren, dass Einer mit allen Dingen – gerade redet!

„Ein Anderes aber ist Verlassensein. Denn, weisst du noch, oh Zarathustra? Als damals dein Vogel über dir schrie, als du im Walde standest, unschlüssig, wohin? unkundig, einem Leichnam nahe: –

„- als du sprachst: mögen mich meine Thiere führen! Gefährlicher fand ich's unter Menschen, als unter Thieren: – *Das* war Verlassenheit!

„Und weisst du noch, oh Zarathustra? Als du auf deiner Insel sassest, unter leeren Eimern ein Brunnen Weins, gebend und ausgebend, unter Durstigen schenkend und ausschenkend:

„- bis du endlich durstig allein unter Trunkenen sassest und nächtlich klagtest „ist Nehmen nicht seliger als Geben? Und Stehlen noch seliger als Nehmen?" – *Das* war Verlassenheit!

„Und weisst du noch, oh Zarathustra? Als deine stillste Stunde kam und dich von dir selber forttrieb, als sie mit bösem Flüstern sprach: Sprich und zerbrich!" –

„- als sie dir all dein Warten und Schweigen leid machte und deinen demüthigen Muth entmuthigte: *Das* war Verlassenheit!" –

Oh Einsamkeit! Du meine Heimat Einsamkeit! Wie selig und zärtlich redet deine Stimme zu mir!

Wir fragen einander nicht, wir klagen einander nicht, wir gehen offen mit einander durch offne Thüren.

Denn offen ist es bei dir und hell; und auch die Stunden laufen hier auf leichteren Füssen. Im Dunklen nämlich trägt man schwerer an der Zeit, als im Lichte.

Hier springen mir alles Seins Worte und Wort-Schreine auf: alles Sein will hier Wort werden, alles Werden will hier von mir reden lernen.

Da unten aber – da ist alles Reden umsonst! Da ist Vergessen und Vorübergehn die beste Weisheit: *Das* – lernte ich nun!

Wer Alles bei den Menschen begreifen wollte, der müsste Alles angreifen. Aber dazu habe ich zu reinliche Hände.

Ich mag schon ihren Athem nicht einathmen; ach, dass ich so lange unter ihrem Lärm und üblem Athem lebte!

Oh selige Stille um mich! Oh reine Gerüche um mich! Oh wie aus tiefer Brust diese Stille reinen Athem holt! Oh wie sie horcht, diese selige Stille!

Aber da unten – da redet Alles, da wird Alles überhört. Man mag seine Weisheit mit Glocken einläuten: die Krämer auf dem Markte werden sie mit Pfennigen überklingeln!

Alles bei ihnen redet, Niemand weiss mehr zu verstehn. Alles fällt in's Wasser, Nichts fällt mehr in tiefe Brunnen.

Alles bei ihnen redet, Nichts geräth mehr und kommt zu Ende. Alles gackert, aber wer will noch still auf dem Neste sitzen und Eier brüten?

Alles bei ihnen redet, Alles wird zerredet. Und was gestern noch zu hart war für die Zeit selber und ihren Zahn: heute hängt es zerschabt und zernagt aus den Mäulern der Heutigen.

Alles bei ihnen redet, Alles wird verrathen. Und was einst Geheimniss hiess und Heimlichkeit tiefer Seelen, heute gehört es den Gassen-Trompetern und andern Schmetterlingen.

Oh Menschenwesen, du wunderliches! Du Lärm auf dunklen Gassen! Nun liegst du wieder hinter mir: – meine grösste Gefahr liegt hinter mir!

Im Schonen und Mitleiden lag immer meine grösste Gefahr; und alles Menschenwesen will geschont und gelitten sein.

Mit verhaltenen Wahrheiten, mit Narrenhand und vernarrtem Herzen und reich an kleinen Lügen des Mitleidens: – also lebte ich immer unter Menschen.

Verkleidet sass ich unter ihnen, bereit, *mich* zu verkennen, dass ich *sie* ertrüge, und gern mir zuredend „du Narr, du kennst die Menschen nicht!“

Man verlernt die Menschen, wenn man unter Menschen lebt: zu viel Vordergrund ist an allen Menschen, – was sollen da weitsichtige, weit-süchtige Augen!

Und wenn sie mich verkannten: ich Narr schonte sie darob mehr, als mich: gewohnt zur Härte gegen mich und oft noch an mir selber mich rächend für diese Schonung.

Zerstochen von giftigen Fliegen und ausgehöhlt, dem Steine gleich, von vielen Tropfen Bosheit, so sass ich unter ihnen und redete mir noch zu: „unschuldig ist alles Kleine an seiner Kleinheit!“

Sonderlich Die, welche sich „die Guten“ heissen, fand ich als die giftigsten Fliegen: sie stechen in aller Unschuld, sie lügen in aller Unschuld; wie *vermöchten* sie, gegen mich – gerecht zu sein!

Wer unter den Guten lebt, den lehrt Mitleid lügen. Mitleid macht dumpfe Luft allen freien Seelen. Die Dummheit der Guten nämlich ist unergründlich.

Mich selber verbergen und meinen Reichthum – *das* lernte ich da unten: denn jeden fand ich noch arm am Geiste. Das war der Lug meines Mitleidens, dass ich bei jedem wusste,

– dass ich jedem es ansah und anroch, was ihm Geistes *genug* und was ihm schon Geistes *zuviel* war!

Ihre steifen Weisen: ich hiess sie weise, nicht steif, – so lernte ich Worte verschlucken. Ihre Todtengräber: ich hiess sie Forscher und Prüfer, – so lernte ich Worte vertauschen.

Die Todtengräber graben sich Krankheiten an. Unter altem Schutte ruhn schlimme Dünste. Man soll den Morast nicht aufrühren. Man soll auf Bergen leben.

Mit seligen Nüstern athme ich wieder Berges-Freiheit! Erlöst ist endlich meine Nase vom Geruch alles Menschenwesens!

Von scharfen Lüften gekitzelt, wie von schäumenden Weinen, *niest* meine Seele, – niest und jubelt sich zu: Gesundheit!

Also sprach Zarathustra.

Von den drei Bösen

1

Im Traum, im letzten Morgentraume stand ich heut auf einem Vorgebirge, – jenseits der Welt, hielt eine Wage und *wog* die Welt.

Oh dass zu früh mir die Morgenröthe kam: die glühte mich wach, die Eifersüchtige! Eifersüchtig ist sie immer auf meine Morgentraum-Gluthen.

Messbar für Den, der Zeit hat, wägbar für einen guten Wäger, erfliegbar für starke Fittige, errathbar für göttliche Nüsseknacker: also fand mein Traum die Welt: –

Mein Traum, ein kühner Segler, halb Schiff, halb Windsbraut, gleich Schmetterlingen schweigsam, ungeduldig gleich Edelfalken: wie hatte er doch zum Welt-Wägen heute Geduld und Weile!

Sprach ihm heimlich wohl meine Weisheit zu, meine lachende wache Tags-Weisheit, welche über alle „unendliche Welten" spottet? Denn sie spricht: „wo Kraft ist, wird auch die *Zahl* Meisterin: die hat mehr Kraft."

Wie sicher schaute mein Traum auf diese endliche Welt, nicht neugierig, nicht altgierig, nicht fürchtend, nicht bittend: –

– als ob ein voller Apfel sich meiner Hand böte, ein reifer Goldapfel, mit kühl-sanfter sammtener Haut: – so bot sich mir die Welt: –

– als ob ein Baum mir winke, ein breitästiger, starkwilliger, gekrümmt zur Lehne und noch zum Fussbrett für den Wegmüden: so stand die Welt auf meinem Vorgebirge: –

– als ob zierliche Hände mir einen Schrein entgegentrügen, – einen Schrein offen für das Entzücken schamhafter verehrender Augen: also bot sich mir heute die Welt entgegen: –

– nicht Räthsel genug, um Menschen-Liebe davon zu scheuchen, nicht Lösung genug, um Menschen-Weisheit einzuschläfern: – ein menschlich gutes Ding war mir heut die Welt, der man so Böses nachredet!

Wie danke ich es meinem Morgentraum, dass ich also in der Frühe heut die Welt wog! Als ein menschlich gutes Ding kam er zu mir, dieser Traum und Herzenströster!

Und dass ich's ihm gleich thue am Tage und sein Bestes ihm nach- und ablerne: will ich jetzt die drei bösesten Dinge auf die Wage thun und menschlich gut abwägen. –

Wer da segnen lehrte, der lehrte auch fluchen: welches sind in der Welt die drei bestverfluchten Dinge? Diese will ich auf die Wage thun.

Wollust, Herrschsucht, Selbstsucht: diese Drei wurden bisher am besten verflucht und am schlimmsten beleu- und belügenmundet, – diese Drei will ich menschlich gut abwägen.

Wohlauf! Hier ist mein Vorgebirg und da das Meer: *das* wälzt sich zu mir heran, zottelig, schmeichlerisch, das getreue alte hundertköpfige Hunds-Ungethüm, das ich liebe.

Wohlauf! Hier will ich die Wage halten über gewälztem Meere: und auch einen Zeugen wähle ich, dass er zusehe, – dich, du Einsiedler-Baum, dich starkduftigen, breitgewölbten, den ich liebe! –

Auf welcher Brücke geht zum Dereinst das Jetzt? Nach welchem Zwange zwingt das Hohe sich zum Niederen? Und was heisst auch das Höchste noch – hinaufwachsen? –

Nun steht die Wage gleich und still: drei schwere Fragen warf ich hinein, drei schwere Antworten trägt die andre Wagschale.

2

Wollust: allen busshemdigen Leib-Verächtern ihr Stachel und Pfahl, und als „Welt" verflucht bei allen Hinterweltlern: denn sie höhnt und narrt alle Wirr- und Irr-Lehrer.

Wollust: dem Gesindel das langsame Feuer, auf dem es verbrannt wird; allem wurmichten Holze, allen stinkenden Lumpen der bereite Brunst- und Brodel-Ofen.

Wollust: für die freien Herzen unschuldig und frei, das Garten-Glück der Erde, aller Zukunft Dankes-Überschwang an das Jetzt.

Wollust: nur dem Welken ein süsslich Gift, für die Löwen-Willigen aber die grosse Herzstärkung, und der ehrfürchtig geschonte Wein der Weine.

Wollust: das grosse Gleichniss-Glück für höheres Glück und höchste Hoffnung. Vielem nämlich ist Ehe verheissen und mehr als Ehe, –

– Vielem, das fremder sich ist, als Mann und Weib: – und wer begriff es ganz, *wie fremd* sich Mann und Weib sind!

Wollust: – doch ich will Zäune um meine Gedanken haben und auch noch um meine Worte: dass mir nicht in meine Gärten die Schweine und Schwärmer brechen! –

Herrschsucht: die Glüh-Geissel der härtesten Herzensharten; die grause Marter, die sich dem Grausamsten selber aufspart; die düstre Flamme lebendiger Scheiterhaufen.

Herrschsucht: die boshafte Bremse, die den eitelsten Völkern aufgesetzt wird; die Verhöhnerin aller ungewissen Tugend; die auf jedem Rosse und jedem Stolze reitet.

Herrschsucht: das Erdbeben, das alles Morsche und Höhlichte bricht und aufbricht; die rollende grollende strafende Zerbrecherin übertünchter Gräber; das blitzende Fragezeichen neben vorzeitigen Antworten.

Herrschsucht: vor deren Blick der Mensch kriecht und duckt und fröhnt und niedriger wird als Schlange und Schwein: – bis endlich die grosse Verachtung aus ihm aufschreie –,

Herrschsucht: die furchtbare Lehrerin der grossen Verachtung, welche Städten und Reichen in's Antlitz predigt „hinweg mit dir!“ – bis es aus ihnen selber aufschreie „hinweg mit *mir*!“

Herrschsucht: die aber lockend auch zu Reinen und Einsamen und hinauf zu selbstgenugsamen Höhen steigt, glühend gleich einer Liebe, welche purpurne Seligkeiten lockend an Erdenhimmel malt.

Herrschsucht: doch wer hiesse es *Sucht*, wenn das Hohe hinab nach Macht gelüstet! Wahrlich, nichts Sieches und Süchtiges ist an solchem Gelüsten und Niedersteigen!

Dass die einsame Höhe sich nicht ewig vereinsame und selbst begnüge; dass der Berg zu Thale komme und die Winde der Höhe zu den Niederungen: –

Oh wer fände den rechten Tauf- und Tugendnamen für solche Sehnsucht! „Schenkende Tugend“ – so nannte das Unnennbare einst Zarathustra.

Und damals geschah es auch, – und wahrlich, es geschah zum ersten Male! – dass sein Wort die *Selbstsucht* selig pries, die heile, gesunde Selbstsucht, die aus mächtiger Seele quillt: –

– aus mächtiger Seele, zu welcher der hohe Leib gehört, der schöne, sieghafte, erquickliche, um den herum jedwedes Ding Spiegel wird:

– der geschmeidige überredende Leib, der Tänzer, dessen Gleichniss und Auszug die selbst-lustige Seele ist. Solcher Leiber und Seelen Selbst-Lust heisst sich selber: „Tugend."

Mit ihren Worten von Gut und Schlecht schirmt sich solche Selbst-Lust wie mit heiligen Hainen; mit den Namen ihres Glücks bannt sie von sich alles Verächtliche.

Von sich weg bannt sie alles Feige; sie spricht: Schlecht – *das ist feige*! Verächtlich dünkt ihr der immer Sorgende, Seufzende, Klägliche und wer auch die kleinsten Vortheile aufliest.

Sie verachtet auch alle wehselige Weisheit: denn, wahrlich, es giebt auch Weisheit, die im Dunklen blüht, eine Nachtschatten-Weisheit: als welche immer seufzt: „Alles ist eitel!"

Das scheue Misstrauen gilt ihr gering, und Jeder, wer Schwüre statt Blicke und Hände will: auch alle allzu misstrauische Weisheit, – denn solche ist feiger Seelen Art.

Geringer noch gilt ihr der Schnell-Gefällige, der Hündische, der gleich auf dem Rücken liegt, der Demüthige; und auch Weisheit giebt es, die demüthig und hündisch und fromm und schnellgefällig ist.

Verhasst ist ihr gar und ein Ekel, wer nie sich wehren will, wer giftigen Speichel und böse Blicke hinunterschluckt, der All-zu-Geduldige, Alles-Dulder, Allgenügsame: das nämlich ist die knechtische Art.

Ob Einer vor Göttern und göttlichen Fusstritten knechtisch ist, ob vor Menschen und blöden Menschen-Meinungen: *alle* Knechts-Art speit sie an, diese selige Selbstsucht!

Schlecht: so heisst sie Alles, was geknickt und knickerisch-knechtisch ist, unfreie Zwinker-Augen, gedruckte Herzen, und jene falsche nachgebende Art, welche mit breiten feigen Lippen küsst.

Und After-Weisheit: so heisst sie Alles, was Knechte und Greise und Müde witzeln; und sonderlich die ganze schlimme aberwitzige, überwitzige Priester-Narrheit!

Die After-Weisen aber, alle die Priester, Weltmüden und wessen Seele von Weibs- und Knechtsart ist, – oh wie hat ihr Spiel von jeher der Selbstsucht übel mitgespielt!

Und Das gerade sollte Tugend sein und Tugend heissen, *dass* man der Selbstsucht übel mitspiele! Und „selbstlos" – so wünschten sich selber mit gutem Grunde alle diese weltmüden Feiglinge und Kreuzspinnen!

Aber denen Allen kommt nun der Tag, die Wandlung, das Richtschwert, *der grosse Mittag* : da soll Vieles offenbar werden!

Und wer das Ich heil und heilig spricht und die Selbstsucht selig, wahrlich, der spricht auch, was er weiss, ein Weissager: „ *Siehe, er kommt, er ist nahe, der grosse Mittag*!"

Also sprach Zarathustra.

Vom Geist der Schwere

1

Mein Mundwerk – ist des Volks: zu grob und herzlich rede ich für die Seidenhasen. Und noch fremder klingt mein Wort allen Tinten-Fischen und Feder-Füchsen.

Meine Hand – ist eine Narrenhand: wehe allen Tischen und Wänden, und was noch Platz hat für Narren-Zierath, Narren-Schmierath!

Mein Fuss – ist ein Pferdefuss; damit trapple und trabe ich über Stock und Stein, kreuz- und querfeld-ein und bin des Teufels vor Lust bei allem schnellen Laufen.

Mein Magen – ist wohl eines Adlers Magen? Denn er liebt am liebsten Lammfleisch. Gewisslich aber ist er eines Vogels Magen.

Von unschuldigen Dingen genährt und von Wenigem, bereit und ungeduldig zu fliegen, davonzufliegen – das ist nun meine Art: wie sollte nicht Etwas daran von Vogel-Art sein!

Und zumal, dass ich dem Geist der Schwere feind bin, das ist Vogel-Art: und wahrlich, todfeind, erzfeind, urfeind! Oh wohin flog und verflog sich nicht schon meine Feindschaft!

Davon könnte ich schon ein Lied singen – – und *will* es singen: ob ich gleich allein in leerem Hause bin und es meinen eignen Ohren singen muss.

Andre Sänger giebt es freilich, denen macht das volle Haus erst ihre Kehle weide, ihre Hand gesprächig, ihr Auge ausdrücklich, ihr Herz wach: – Denen gleiche ich nicht. –

2

Wer die Menschen einst fliegen lehrt, der hat alle Grenzsteine verrückt; alle Grenzsteine selber werden ihm in die Luft fliegen, die Erde wird er neu taufen – als „die Leichte."

Der Vogel Strauss läuft schneller als das schnellste Pferd, aber auch er steckt noch den Kopf schwer in schwere Erde: also der Mensch, der noch nicht fliegen kann.

Schwer heisst ihm Erde und Leben; und so *will* es der Geist der Schwere! Wer aber leicht werden will und ein Vogel, der muss sich selber lieben: – also lehre *ich*.

Nicht freilich mit der Liebe der Siechen und Süchtigen: denn bei denen stinkt auch die Eigenliebe!

Man muss sich selber lieben lernen – also lehre ich – mit einer heilen und gesunden Liebe: dass man es bei sich selber aushalte und nicht umherschweife.

Solches Umherschweifen tauft sich „Nächstenliebe": mit diesem Worte ist bisher am besten gelogen und geheuchelt worden, und sonderlich von Solchen, die aller Welt schwer fielen.

Und wahrlich, das ist kein Gebot für Heute und Morgen, sich lieben *lernen*. Vielmehr ist von allen Künsten diese die feinste, listigste, letzte und geduldsamste.

Für seinen Eigener ist nämlich alles Eigene gut versteckt; und von allen Schatzgruben wird die eigne am spätesten ausgegraben, – also schafft es der Geist der Schwere.

Fast in der Wiege giebt man uns schon schwere Worte und Werthe mit: „gut" und „böse" – so heisst sich diese Mitgift. Um derentwillen vergiebt man uns, dass wir leben.

Und dazu lässt man die Kindlein zu sich kommen, dass man ihnen bei Zeiten wehre, sich selber zu lieben: also schafft es der Geist der Schwere.

Und wir – wir schleppen treulich, was man uns mitgiebt, auf harten Schultern und über rauhe Berge! Und schwitzen wir, so sagt man uns: „Ja, das Leben ist schwer zu tragen!"

Aber der Mensch nur ist sich schwer zu tragen! Das macht, er schleppt zu vieles Fremde auf seinen Schultern. Dem Kameele gleich kniet er nieder und lässt sich gut aufladen.

Sonderlich der starke, tragsame Mensch, dem Ehrfurcht innewohnt: zu viele *fremde* schwere Worte und Werthe lädt er auf sich, – nun dünkt das Leben ihm eine Wüste!

Und wahrlich! Auch manches *Eigene* ist schwer zu tragen! Und viel Inwendiges am Menschen ist der Auster gleich, nämlich ekel und schlüpfrig und schwer erfasslich –,

– also dass eine edle Schale mit edler Zierath fürbitten muss. Aber auch diese Kunst muss man lernen: Schale *haben* und schönen Schein und kluge Blindheit!

Abermals trügt über Manches am Menschen, dass manche Schale gering und traurig und zu sehr Schale ist. Viel verborgene Güte und Kraft wird nie errathen; die köstlichsten Leckerbissen finden keine Schmecker!

Die Frauen wissen das, die köstlichsten: ein Wenig fetter, ein Wenig magerer – oh wie viel Schicksal liegt in so Wenigem!

Der Mensch ist schwer zu entdecken und sich selber noch am schwersten; oft lügt der Geist über die Seele. Also schafft es der Geist der Schwere.

Der aber hat sich selber entdeckt, welcher spricht: Das ist *mein* Gutes und Böses: damit hat er den Maulwurf und Zwerg stumm gemacht, welcher spricht „Allen gut, Allen bös."

Wahrlich, ich mag auch Solche nicht, denen jegliches Ding gut und diese Welt gar die beste heisst. Solche nenne ich die Allgenügsamen.

Allgenügsamkeit, die Alles zu schmecken weiss: das ist nicht der beste Geschmack! Ich ehre die widerspänstigen wählerischen Zungen und Mägen, welche „Ich" und „Ja" und „Nein" sagen lernten.

Alles aber kauen und verdauen – das ist eine rechte Schweine-Art! Immer I-a sagen – das lernte allein der Esel, und wer seines Geistes ist! –

Das tiefe Gelb und das heisse Roth: so will es *mein* Geschmack, – der mischt Blut zu allen Farben. Wer aber sein Haus weiss tüncht, der verräth mir eine weissgetünchte Seele.

In Mumien verliebt die Einen, die Andern in Gespenster; und Beide gleich feind allem Fleisch und Blute – oh wie gehen Beide mir wider den Geschmack! Denn ich liebe Blut.

Und dort will ich nicht wohnen und weilen, wo Jedermann spuckt und speit: das ist nun *mein* Geschmack, – lieber noch lebte ich unter Dieben und Meineidigen. Niemand trägt Gold im Munde.

Widriger aber sind mir noch alle Speichellecker; und das widrigste Thier von Mensch, das ich fand, das taufte ich Schmarotzer: das wollte nicht lieben und doch von Liebe leben.

Unselig heisse ich Alle, die nur Eine Wahl haben: böse Thiere zu werden oder böse Thierbändiger: bei Solchen würde ich mir keine Hütten bauen.

Unselig heisse ich auch Die, welche immer *warten* müssen, – die gehen mir wider den Geschmack: alle die Zöllner und Krämer und Könige und andren Länder- und Ladenhüter.

Wahrlich, ich lernte das Warten auch und von Grund aus,

– aber nur das Warten auf *mich*. Und über Allem lernte ich stehn und gehn und laufen und springen und klettern und tanzen.

Das ist aber meine Lehre: wer einst fliegen lernen will, der muss erst stehn und gehn und laufen und klettern und tanzen lernen: – man erfliegt das Fliegen nicht!

Mit Strickleitern lernte ich manches Fenster erklettern, mit hurtigen Beinen klomm ich auf hohe Masten: auf hohen Masten der Erkenntniss sitzen dünkte mich keine geringe Seligkeit, –

– gleich kleinen Flammen flackern auf hohen Masten: ein kleines Licht zwar, aber doch ein grosser Trost für verschlagene Schiffer und Schiffbrüchige! –

Auf vielerlei Weg und Weise kam ich zu meiner Wahrheit; nicht auf Einer Leiter stieg ich zur Höhe, wo mein Auge in meine Ferne schweift.

Und ungern nur fragte ich stets nach Wegen, – das gieng mir immer wider den Geschmack! Lieber fragte und versuchte ich die Wege selber.

Ein Versuchen und Fragen war all mein Gehen: – und wahrlich, auch antworten muss man *lernen* auf solches Fragen! Das aber – ist mein Geschmack:

– kein guter, kein schlechter, aber *mein* Geschmack, dessen ich weder Scham noch Hehl mehr habe.

„Das – ist nun *mein* Weg, – wo ist der eure?" so antwortete ich Denen, welche mich „nach dem Wege" fragten. *Den* Weg nämlich – den giebt es nicht!

Also sprach Zarathustra.

Von alten und neuen Tafeln

1

Hier sitze ich und warte, alte zerbrochene Tafeln um mich und auch neue halb beschriebene Tafeln. Wann kommt meine Stunde?

– die Stunde meines Niederganges, Unterganges: denn noch Ein Mal will ich zu den Menschen gehn.

Dess warte ich nun: denn erst müssen mir die Zeichen kommen, dass es *meine* Stunde sei, – nämlich der lachende Löwe mit dem Taubenschwarme.

Inzwischen rede ich als Einer, der Zeit hat, zu mir selber. Niemand erzählt mir Neues: so erzähle ich mir mich selber. –

2

Als ich zu den Menschen kam, da fand ich sie sitzen auf einem alten Dünkel: Alle dünkten sich lange schon zu wissen, was dem Menschen gut und böse sei.

Eine alte müde Sache dünkte ihnen alles Reden von Tugend; und wer gut schlafen wollte, der sprach vor Schlafengehen noch von „Gut" und „Böse".

Diese Schläferei störte ich auf, als ich lehrte: was gut und böse ist, *das weiss noch Niemand*: – es sei denn der Schaffende!

– Das aber ist Der, welcher des Menschen Ziel schafft und der Erde ihren Sinn giebt und ihre Zukunft: Dieser erst *schafft* es, *dass* Etwas gut und böse ist.

Und ich hiess sie ihre alten Lehr-Stühle umwerfen, und wo nur jener alte Dünkel gesessen hatte; ich hiess sie lachen über ihre grossen Tugend-Meister und Heiligen und Dichter und Welt-Erlöser.

Über ihre düsteren Weisen hiess ich sie lachen, und wer je als schwarze Vogelscheuche warnend auf dem Baume des Lebens gesessen hatte.

An ihre grosse Gräberstrasse setzte ich mich und selber zu Aas und Geiern – und ich lachte über all ihr Einst und seine mürbe verfallende Herrlichkeit.

Wahrlich, gleich Busspredigern und Narrn schrie ich Zorn und Zeter über all ihr Grosses und Kleines –, dass ihr Bestes so gar klein ist! Dass ihr Bösestes so gar klein ist! – also lachte ich.

Meine weise Sehnsucht schrie und lachte also aus mir, die auf Bergen geboren ist, eine wilde Weisheit wahrlich! – meine grosse flügelbrausende Sehnsucht.

Und oft riss sie mich fort und hinauf und hinweg und mitten im Lachen: da flog ich wohl schaudernd, ein Pfeil, durch sonnentrunkenes Entzücken:

– hinaus in ferne Zukünfte, die kein Traum noch sah, in heissere Süden, als je sich Bildner träumten: dorthin, wo Götter tanzend sich aller Kleider schämen: –

– dass ich nämlich in Gleichnissen rede und gleich Dichtern hinke und stammle: und wahrlich, ich schäme mich, dass ich noch Dichter sein muss! –

Wo alles Werden mich Götter-Tanz und Götter-Muthwillen dünkte, und die Welt los- und ausgelassen und zu sich selber zurückfliehend: –

– als ein ewiges Sich-fliehn und –Wiedersuchen vieler Götter, als das selige Sich-Widersprechen, Sich-Wieder-hören, Sich-Wieder-Zugehören vieler Götter: –

Wo alle Zeit mich ein seliger Hohn auf Augenblicke dünkte, wo die Nothwendigkeit die Freiheit selber war, die selig mit dem Stachel der Freiheit spielte: –

Wo ich auch meinen alten Teufel und Erzfeind wiederfand, den Geist der Schwere und Alles, was er schuf: Zwang, Satzung, Noth und Folge und Zweck und Wille und Gut und Böse: –

Denn muss nicht dasein, *über* das getanzt, hinweggetanzt werde? Müssen nicht um der Leichten, Leichtesten willen – Maulwürfe und schwere Zwerge dasein? – –

3

Dort war's auch, wo ich das Wort „Übermensch" vom Wege auflas, und dass der Mensch Etwas sei, das überwunden werden müsse,

– dass der Mensch eine Brücke sei und kein Zweck: sich selig preisend ob seines Mittags und Abends, als Weg zu neuen Morgenröthen:

– das Zarathustra-Wort vom grossen Mittage, und was sonst ich über den Menschen aufhängte, gleich purpurnen zweiten Abendröthen.

Wahrlich, auch neue Sterne liess ich sie sehn sammt neuen Nächten; und über Wolken und Tag und Nacht spannte ich noch das Lachen aus wie ein buntes Gezelt.

Ich lehrte sie all *mein* Dichten und Trachten: in Eins zu dichten und zusammen zu tragen, was Bruchstück ist am Menschen und Räthsel und grauser Zufall, –

– als Dichter, Räthselrather und Erlöser des Zufalls lehrte ich sie an der Zukunft schaffen, und Alles, das *war* –, schaffend zu erlösen.

Das Vergangne am Menschen zu erlösen und alles „Es war" umzuschauen, bis der Wille spricht: „Aber so wollte ich es! So werde ich's wollen –"

– Diess hiess ich ihnen Erlösung, Diess allein lehrte ich sie Erlösung heissen. – –

Nun warte ich *meiner* Erlösung –, dass ich zum letzten Male zu ihnen gehe.

Denn noch Ein Mal will ich zu den Menschen: *unter* ihnen will ich untergehen, sterbend will ich ihnen meine reichste Gabe geben!

Der Sonne lernte ich Das ab, wenn sie hinabgeht, die Überreiche: Gold schüttet sie da in's Meer aus unerschöpflichem Reichthume, –

– also, dass der ärmste Fischer noch mit *goldenem* Ruder rudert! Diess nämlich sah ich einst und wurde der Thränen nicht satt im Zuschauen. – –

Der Sonne gleich will auch Zarathustra untergehn: nun sitzt er hier und wartet, alte zerbrochne Tafeln um sich und auch neue Tafeln, – halbbeschriebene.

4

Siehe, hier ist eine neue Tafel: aber wo sind meine Brüder, die sie mit mir zu Thale und in fleischerne Herzen tragen? –

Also heischt es meine grosse Liebe zu den Fernsten: *schone deinen Nächsten nicht*! Der Mensch ist Etwas, das überwunden werden muss.

Es giebt vielerlei Weg und Weise der Überwindung.- da siehe *du* zu! Aber nur ein Possenreisser denkt: „der Mensch kann auch *übersprungen* werden."

Überwinde dich selber noch in deinem Nächsten: und ein Recht, das du dir rauben kannst, sollst du dir nicht geben lassen!

Was du thust, das kann dir Keiner wieder thun. Siehe, es giebt keine Vergeltung.

Wer sich nicht befehlen kann, der soll gehorchen. Und Mancher *kann* sich befehlen, aber da fehlt noch Viel, dass er sich auch gehorche!

5

Also will es die Art edler Seelen: sie wollen Nichts *umsonst* haben, am wenigsten das Leben.

Wer vom Pöbel ist, der will umsonst leben; wir Anderen aber, denen das Leben sich gab, – wir sinnen immer darüber, *was* wir am besten *dagegen* geben!

Und wahrlich, diess ist eine vornehme Rede, welche spricht: „was *uns* das Leben verspricht, das wollen *wir* – dem Leben halten!"

Man soll nicht geniessen wollen, wo man nicht zu geniessen giebt. Und – man soll nicht geniessen *wollen*!

Genuss und Unschuld nämlich sind die schamhaftesten Dinge: Beide wollen nicht gesucht sein. Man soll sie *haben* –, aber man soll eher noch nach Schuld und Schmerzen *suchen*! –

6

Oh meine Brüder, wer ein Erstling ist, der wird immer geopfert. Nun aber sind wir Erstlinge.

Wir bluten Alle an geheimen Opfertischen, wir brennen und braten Alle zu Ehren alter Götzenbilder.

Unser Bestes ist noch jung: das reizt alte Gaumen. Unser Fleisch ist zart, unser Fell ist nur ein Lamm-Fell: – wie sollten wir nicht alte Götzenpriester reizen!

In uns selber wohnt er noch, der alte Götzenpriester, der unser Bestes sich zum Schmause brät. Ach, meine Brüder, wie sollten Erstlinge nicht Opfer sein!

Aber so will es unsre Art; und ich liebe Die, welche sich nicht bewahren wollen. Die Untergehenden liebe ich mit meiner ganzen Liebe: denn sie gehn hinüber. –

7

Wahr sein – das *können* Wenige! Und wer es kann, der will es noch nicht! Am wenigsten aber können es die Guten.

Oh diese Guten! – *Gute Menschen reden nie die Wahrheit*; für den Geist ist solchermaassen gut sein eine Krankheit.

Sie geben nach, diese Guten, sie ergeben sich, ihr Herz spricht nach, ihr Grund gehorcht; wer aber gehorcht, *der hört sich selber nicht*!

Alles, was den Guten böse heisst, muss zusammen kommen, dass Eine Wahrheit geboren werde: oh meine Brüder, seid ihr auch böse genug zu *dieser* Wahrheit?

Das verwegene Wagen, das lange Misstrauen, das grausame Nein, der Überdruss, das Schneiden in's Lebendige – wie selten kommt *das* zusammen! Aus solchem Samen aber wird Wahrheit gezeugt!

Neben dem bösen Gewissen wuchs bisher alles *Wissen*! Zerbrecht, zerbrecht mir, ihr Erkennenden, die alten Tafeln!

8

Wenn das Wasser Balken hat, wenn Stege und Geländer über den Fluss springen: wahrlich, da findet Keiner Glauben, der da spricht: „Alles ist im Fluss."

Sondern selber die Tölpel widersprechen ihm. „Wie? sagen die Tölpel, Alles wäre im Flusse? Balken und Geländer sind doch *über* dem Flusse!"

„*Über* dem Flusse ist Alles fest, alle die Werthe der Dinge, die Brücken, Begriffe, alles „Gut" und „Böse": das ist Alles fest!" –

Kommt gar der harte Winter, der Fluss-Thierbändiger: dann lernen auch die Witzigsten Misstrauen; und, wahrlich, nicht nur die Tölpel sprechen dann: „Sollte nicht Alles – *stille stehn*?"

„Im Grunde steht Alles stille" –, das ist eine rechte Winter-Lehre, ein gut Ding für unfruchtbare Zeit, ein guter Trost für Winterschläfer und Ofenhocker.

„Im Grund steht Alles still" –: *dagegen* aber predigt der Thauwind!

Der Thauwind, ein Stier, der kein pflügender Stier ist, – ein wüthender Stier, ein Zerstörer, der mit zornigen Hörnern Eis bricht! Eis aber – – *bricht Stege*!

Oh meine Brüder, ist *jetzt* nicht Alles *im Flusse*? Sind nicht alle Geländer und Stege in's Wasser gefallen? Wer *hielte* sich noch an „Gut" und „Böse"?

„Wehe uns! Heil uns! Der Thauwind weht!" – Also predigt mir, oh meine Brüder, durch alle Gassen!

9

Es giebt einen alten Wahn, der heisst Gut und Böse. Um Wahrsager und Sterndeuter drehte sich bisher das Rad dieses Wahns.

Einst glaubte man an Wahrsager und Sterndeuter: und darum glaubte man „Alles ist Schicksal: du sollst, denn du musst!"

Dann wieder misstraute man allen Wahrsagern und Sterndeutern: und *darum* glaubte man „Alles ist Freiheit: du kannst, denn du willst!"

Oh meine Brüder, über Sterne und Zukunft ist bisher nur gewähnt, nicht gewusst worden: und *darum* ist über Gut und Böse bisher nur gewähnt, nicht gewusst worden!

10

„Du sollst nicht rauben! Du sollst nicht todtschlagen!" – solche Worte hiess man einst heilig; vor ihnen beugte man Knie und Köpfe und zog die Schuhe aus.

Aber ich frage euch: wo gab es je bessere Räuber und Todtschläger in der Welt, als es solche heilige Worte waren?

Ist in allem Leben selber nicht – Rauben und Todtschlagen? Und dass solche Worte heilig hiessen, wurde damit die *Wahrheit* selber nicht – todtgeschlagen?

Oder war es eine Predigt des Todes, dass heilig hiess, was allem Leben widersprach und widerrieth? – Oh meine Brüder, zerbrecht, zerbrecht mir die alten tafeln!

11

Diess ist mein Mitleid mit allem Vergangenen, dass ich sehe: es ist preisgegeben, –

– der Gnade, dem Geiste, dem Wahnsinne jedes Geschlechtes preisgegeben, das kommt und Alles, was war, zu seiner Brücke umdeutet!

Ein grosser Gewalt-Herr könnte kommen, ein gewitzter Unhold, der mit seiner Gnade und Ungnade alles Vergangene zwänge und zwängte: bis es ihm Brücke würde und Vorzeichen und Herold und Hahnenschrei.

Diess aber ist die andre Gefahr und mein andres Mitleiden: – wer vom Pöbel ist, dessen Gedenken geht zurück bis zum Grossvater, – mit dem Grossvater aber hört die Zeit auf.

Also ist alles Vergangene preisgegeben: denn es könnte einmal kommen, dass der Pöbel Herr würde und in seichten Gewässern alle Zeit ertränke.

Darum, oh meine Brüder, bedarf es eines *neuen Adels*, der allem Pöbel und allem Gewalt-Herrischen Widersacher ist und auf neue Tafeln neu das Wort schreibt „edel".

Vieler Edlen nämlich bedarf es und vielerlei Edlen, *dass es Adel gebe*! Oder, wie ich einst im Gleichniss sprach: „Das eben ist Göttlichkeit, dass es Götter, aber keinen Gott giebt!"

12

Oh meine Brüder, ich weihe und weise euch zu einem neuen Adel: ihr sollt mir Zeuger und Züchter werden und Säemänner der Zukunft, –

– wahrlich, nicht zu einem Adel, den ihr kaufen könntet gleich den Krämern und mit Krämer-Golde: denn wenig Werth hat Alles, was seinen Preis hat.

Nicht, woher ihr kommt, mache euch fürderhin eure Ehre, sondern wohin ihr geht! Euer Wille und euer Fuss, der über euch selber hinaus will, – das mache eure neue Ehre!

Wahrlich nicht, dass ihr einem Fürsten gedient habt – was liegt noch an Fürsten! – oder dem, was steht, zum Bollwerk wurdet, dass es fester stünde!

Nicht, dass euer Geschlecht an Höfen höfisch wurde, und ihr lerntet, bunt, einem Flamingo ähnlich, lange Stunden in flachen Teichen stehn.

– Denn Stehen-*können* ist ein Verdienst bei Höflingen; und alle Höflinge glauben, zur Seligkeit nach dem Tode gehöre – Sitzen-*dürfen*! –

Nicht auch, dass ein Geist, den sie heilig nennen, eure Vorfahren in gelobte Länder führte, die *ich* nicht lobe: denn wo der schlimmste aller Bäume wuchs, das Kreuz, – an dem Lande ist Nichts zu loben! –

– und wahrlich, wohin dieser „heilige Geist" auch seine Ritter führte, immer liefen bei solchen Zügen – Ziegen und Gänse und Kreuz- und Querköpfe *voran*! –

Oh meine Brüder, nicht zurück soll euer Adel schauen, sondern *hinaus*! Vertriebene sollt ihr sein aus allen Vater- und Urväterländern!

Eurer Kinder Land sollt ihr lieben: diese Liebe sei euer neuer Adel, – das unentdeckte, im feinsten Meere! Nach ihm heisse ich eure Segel suchen und suchen!

An euren Kindern sollt ihr *gutmachen*, dass ihr eurer Väter Kinder seid: alles Vergangene sollt ihr *so* erlösen! Diese neue Tafel stelle ich über euch!

13

„Wozu leben? Alles ist eitel! Leben – das ist Stroh dreschen; Leben – das ist sich verbrennen und doch nicht warm werden." –

Solch alterthümliches Geschwätz gilt immer noch als „Weisheit"; dass es aber alt ist und dumpfig riecht, *darum* wird es besser geehrt. Auch der Moder adelt. –

Kinder durften so reden: die *scheuen* das Feuer, weil es sie brannte! Es ist viel Kinderei in den alten Büchern der Weisheit.

Und wer immer „Stroh drischt", wie sollte der auf das Dreschen lästern dürfen! Solchem Narren müsste man doch das Maul verbinden!

Solche setzen sich zu Tisch und bringen Nichts mit, selbst den guten Hunger nicht: – und nun lästern sie „Alles ist eitel!"

Aber gut essen und trinken, oh meine Brüder, ist wahrlich keine eitle Kunst! Zerbrecht, zerbrecht mir die Tafeln der Nimmer-Frohen!

14

„Dem Reinen ist Alles rein" – so spricht das Volk. Ich aber sage euch: den Schweinen wird Alles Schwein!

Darum predigen die Schwärmer und Kopfhänger, denen auch das Herz niederhängt: „die Welt selber ist ein kothiges Ungeheuer."

Denn diese Alle sind unsäuberlichen Geistes; sonderlich aber Jene, welche nicht Ruhe, noch Rast haben, es sei denn, sie sehen die Welt *von hinten*, – die Hinterweltler!

Denen sage ich in's Gesicht, ob es gleich nicht lieblich klingt: die Welt gleicht darin dem Menschen, dass sie einen Hintern hat, – *so Viel* ist wahr!

Es giebt in der Welt viel Koth: *so Viel* ist wahr! Aber darum ist die Welt selber noch kein kothiges Ungeheuer!

Es ist Weisheit darin, dass Vieles in der Welt übel riecht: der Ekel selber schafft Flügel und quellenahnende Kräfte!

An dem Besten ist noch Etwas zum Ekeln; und der Beste ist noch Etwas, das überwunden werden muss! –

Oh meine Brüder, es ist viel Weisheit darin, dass viel Koth in der Welt ist! –

15

Solche Sprüche hörte ich fromme Hinterweltler zu ihrem Gewissen reden; und wahrlich, ohne Arg und Falsch, – ob es Schon nichts Falscheres in der Welt giebt, noch Ärgeres.

„Lass doch die Welt der Welt sein! Hebe dawider auch nicht Einen Finger auf!“

„Lass, wer da wolle, die Leute würgen und stechen und schneiden und schaben: hebe dawider auch nicht Einen Finger auf! Darob lernen sie noch der Welt absagen.“

„Und deine eigne Vernunft – die sollst du selber görgeln und würgen; denn es ist eine Vernunft von dieser Welt, – darob lernst du selber der Welt absagen.“ –

– Zerbrecht, zerbrecht mir, oh meine Brüder, diese alten Tafeln der Frommen! Zersprecht mir die Sprüche der Welt-Verleumder!

16

„Wer viel lernt, der verlernt alles heftige Begehren“ – das flüstert man heute sich zu auf allen dunklen Gassen.

„Weisheit macht müde, es lohnt sich – Nichts; du sollst nicht begehren!“ – diese neue Tafel fand ich hängen selbst auf offnen Märkten.

Zerbrecht mir, oh meine Brüder, zerbrecht mir auch diese *neue* Tafel! Die Welt-Müden hängten sie hin und die Prediger des Todes, und auch die Stockmeister: denn seht, es ist auch eine Predigt zur Knechtschaft! –

Dass sie schlecht lernten und das Beste nicht, und Alles zu früh und Alles zu geschwind: dass sie schlecht *assen*, daher kam ihnen jener verdorbene Magen, –

– ein verdorbener Magen ist nämlich ihr Geist: *der* räth zum Tode! Denn wahrlich, meine Brüder, der Geist *ist* ein Magen!

Das Leben ist ein Born der Lust: aber aus wem der verdorbene Magen redet, der Vater der Trübsal, dem sind alle Quellen vergiftet.

Erkennen: das ist *Lust* dem Löwen-willigen! Aber wer müde wurde, der wird selber nur „gewollt", mit dem spielen alle Wellen.

Und so ist es immer schwacher Menschen Art: sie verlieren sich auf ihren Wegen. Und zuletzt fragt noch ihre Müdigkeit: „wozu giengen wir jemals Wege! Es ist Alles gleich!"

Denen klingt es lieblich zu Ohren, dass gepredigt wird: „Es verlohnt sich Nichts! Ihr sollt nicht wollen!" Diess aber ist eine Predigt zur Knechtschaft.

Oh meine Brüder, ein frischer Brause-Wind kommt Zarathustra allen Weg-Müden; viele Nasen wird er noch niesen machen!

Auch durch Mauern bläst mein freier Athem, und hinein in Gefängnisse und eingefangne Geister!

Wollen befreit: denn Wollen ist Schaffen: so lehre ich. Und *nur* zum Schaffen sollt ihr lernen!

Und auch das Lernen sollt ihr erst von mir *lernen*, das Gut-Lernen! – Wer Ohren hat, der höre!

17

Da steht der Nachen, – dort hinüber geht es vielleicht in's grosse Nichts. – Aber wer will in diess „Vielleicht" einsteigen?

Niemand von euch will in den Todes-Nachen einsteigen! Wieso wollt ihr dann *Welt-Müde* sein!

Weltmüde! Und noch nicht einmal Erd-Entrückte wurdet ihr! Lüstern fand ich euch immer noch nach Erde, verliebt noch in die eigne Erd-Müdigkeit!

Nicht umsonst hängt euch die Lippe herab: – ein kleiner Erden-Wunsch sitzt noch darauf! Und im Auge – schwimmt da nicht ein Wölkchen unvergessner Erden-Lust?

Es giebt auf Erden viel gute Erfindungen, die einen nützlich, die andern angenehm: derentwegen ist die Erde zu lieben.

Und mancherlei so gut Erfundenes giebt es da, dass es ist wie des Weibes Busen: nützlich zugleich und angenehm.

Ihr Welt-Müden aber! Ihr Erden-Faulen! Euch soll man mit Ruthen streichen! Mit Ruthenstreichen soll man euch wieder muntre Beine machen.

Denn: seid ihr nicht Kranke und verlebte Wichte, deren die Erde müde ist, so seid ihr schlaue Faulthiere oder naschhafte verkrochene Lust-Katzen. Und wollt ihr nicht wieder lustig *laufen*, so sollt ihr – dahinfahren!

An Unheilbaren soll man nicht Arzt sein wollen: also lehrt es Zarathustra: – so sollt ihr dahinfahren!

Aber es gehört mehr *Muth* dazu, ein Ende zu machen, als einen neuen Vers: das wissen alle Ärzte und Dichter. –

18

Oh meine Brüder, es giebt Tafeln, welche die Ermüdung, und Tafeln, welche die Faulheit schuf, die faulige: ob sie schon gleich reden, so wollen sie doch ungleich gehört sein. –

Seht hier diesen Verschmachtenden! Nur eine Spanne weit ist er noch von seinem Ziele, aber vor Müdigkeit hat er sich trotzig hier in den Staub gelegt: dieser Tapfere!

Vor Müdigkeit gähnt er Weg und Erde und Ziel und sich selber an: keinen Schritt will er noch weiter thun, – dieser Tapfere!

Nun glüht die Sonne auf ihn, und die Hunde lecken nach seinem Schweisse: aber er liegt da in seinem Trotze und will lieber verschmachten: –

– eine Spanne weit von seinem Ziele verschmachten! Wahrlich, ihr werdet ihn noch an den Haaren in seinen Himmel ziehen müssen, – diesen Helden!

Besser noch, ihr lasst ihn liegen, wohin er sich gelegt hat, dass der Schlaf ihm komme, der Tröster, mit kühlendem Rausche-Regen:

Lasst ihn liegen, bis er von selber wach wird, bis er von selber alle Müdigkeit widerruft und was Müdigkeit aus ihm lehrte!

Nur, meine Brüder, dass ihr die Hunde von ihm scheucht, die faulen Schleicher, und all das schwärmende Geschmeiss: –

– all das schwärmende Geschmeiss der „Gebildeten“, das sich am Schweisse jedes Helden – gütlich thut! –

19

Ich schliesse Kreise um mich und heilige Grenzen; immer Wenigere steigen mit mir auf immer höhere Berge, – ich baue ein Gebirge aus immer heiligeren Bergen. –

Wohin ihr aber auch mit mir steigen mögt, oh meine Brüder: seht zu, dass nicht ein *Schmarotzer* mit euch steige!

Schmarotzer: das ist ein Gewürm, ein kriechendes, geschmiegtes, das fett werden will an euren kranken wunden Winkeln.

Und *das* ist seine Kunst, dass er steigende Seelen erräth, wo sie müde sind: in euren Gram und Unmuth, in eure zarte Scham baut er sein ekles Nest.

Wo der Starke schwach, der Edle allzumild ist, – dahinein baut er sein ekles Nest: der Schmarotzer wohnt, wo der Grosse kleine wunde Winkel hat.

Was ist die höchste Art alles Seienden und was die geringste? Der Schmarotzer ist die geringste Art; wer aber höchster Art ist, der ernährt die meisten Schmarotzer.

Die Seele nämlich, welche die längste Leiter hat und am tiefsten hinunter kann: wie sollten nicht an der die meisten Schmarotzer sitzen? –

– die umfänglichste Seele, welche am weitesten in sich laufen und irren und schweifen kann; die nothwendigste, welche sich aus Lust in den Zufall stürzt: –

– die seiende Seele, welche in's Werden taucht; die habende, welche in's Wollen und Verlangen *will*: –

– die sich selber fliehende, die sich selber im weitesten Kreise einholt; die weiseste Seele, welcher die Narrheit am süssesten zuredet: –

– die sich selber liebendste, in der alle Dinge ihr Strömen und Wiederströmen und Ebbe und Fluth haben: – oh wie sollte *die höchste Seele* nicht die schlimmsten Schmarotzer haben?

20

Oh meine Brüder, bin ich denn grausam? Aber ich sage: was fällt, das soll man auch noch stossen!

Das Alles von Heute – das fällt, das verfällt: wer wollte es halten! Aber ich – ich *will* es noch stossen!

Kennt ihr die Wollust, die Steine in steile Tiefen rollt? – Diese Menschen von heute: seht sie doch, wie sie in meine Tiefen rollen!

Ein Vorspiel bin ich besserer Spieler, oh meine Brüder! Ein Beispiel! *Thut* nach meinem Beispiele!

Und wen ihr nicht fliegen lehrt, den lehrt mir – *schneller fallen*! –

21

Ich liebe die Tapferen: aber es ist nicht genug, Hau-Degen sein, – man muss auch wissen Hau-schau- *Wen* !

Und oft ist mehr Tapferkeit darin, dass Einer an sich hält und vorübergeht: *damit* er sich dem würdigeren Feinde aufspare!

Ich sollt nur Feinde haben, die zu hassen sind, aber nicht Feinde zum Verachten: ihr müsst stolz auf euren Feind sein: also lehrte ich schon Ein Mal.

Dem würdigeren Feinde, oh meine Freunde, sollt ihr euch aufsparen: darum müsst ihr an Vielem vorübergehn, –

– sonderlich an vielem Gesindel, das euch in die Ohren lärmt von Volk und Völkern.

Haltet euer Auge rein von ihrem Für und Wider! Da giebt es viel Recht, viel Unrecht: wer da zusieht, wird zornig.

Dreinschaun, dreinhaun – das ist da Eins: darum geht weg in die Wälder und legt euer Schwert schlafen!

Geht *eure* Wege! Und lasst Volk und Völker die ihren gehn! – dunkle Wege wahrlich, auf denen auch nicht Eine Hoffnung mehr wetterleuchtet!

Mag da der Krämer herrschen, wo Alles, was noch glänzt – Krämer-Gold ist! Es ist die Zeit der Könige nicht mehr: was sich heute Volk heisst, verdient keine Könige.

Seht doch, wie diese Völker jetzt selber den Krämern gleich thun: sie lesen sich die kleinsten Vortheile noch aus jedem Kehricht!

Sie lauern einander auf, sie lauern einander Etwas ab, – das heissen sie „gute Nachbarschaft." Oh selige ferne Zeit, wo ein Volk sich sagte: „ich will über Völker – *Herr* sein!"

Denn, meine Brüder: das Beste soll herrschen, das Beste will auch herrschen! Und wo die Lehre anders lautet, da – *fehlt* es am Besten.

22

Wenn *Die* – Brod umsonst hätten, wehe! Wonach würden *Die* schrein! Ihr Unterhalt – das ist ihre rechte Unterhaltung; und sie sollen es schwer haben!

Raubthiere sind es.- in ihrem „Arbeiten" – da ist auch noch Rauben, in ihrem „Verdienen" – da ist auch noch Überlisten! Darum sollen sie es schwer haben!

Bessere Raubthiere sollen sie also werden, feinere, klügere, *menschenähnlichere*: der Mensch nämlich ist das beste Raubthier.

Allen Thieren hat der Mensch schon ihre Tugenden abgeraubt: das macht, von allen Thieren hat es der Mensch am schwersten gehabt.

Nur noch die Vögel sind über ihm. Und wenn der Mensch noch fliegen lernte, wehe! *wohinauf* – würde seine Raublust fliegen!

23

So will ich Mann und Weib: kriegstüchtig den Einen, gebärtüchtig das Andre, beide aber tanztüchtig mit Kopf und Beinen.

Und verloren sei uns der Tag, wo nicht Ein Mal getanzt wurde! Und falsch heisse uns jede Wahrheit, bei der es nicht Ein Gelächter gab!

24

Euer Eheschliessen: seht zu, dass es nicht ein schlechtes *Schliessen* sei! Ihr schlosset zu schnell: so *folgt* daraus – Ehebrechen!

Und besser noch Ehebrechen als Ehe-biegen, Ehelügen! – So sprach mir ein Weib: „wohl brach ich die Ehe, aber zuerst brach die Ehe – mich!“

Schlimm-Gepaarte fand ich immer als die schlimmsten Rachsüchtigen: sie lassen es aller Welt entgelten, dass sie nicht mehr einzeln laufen.

Desswillen will ich, dass Redliche zu einander reden: „wir lieben uns: lasst uns *zusehn*, dass wir uns lieb behalten! Oder soll unser Versprechen ein Versehen sein?“

– „Gebt uns eine Frist und kleine Ehe, dass wir zusehn, ob wir zur grossen Ehe taugen! Es ist ein grosses Ding, immer zu Zwein sein!“

Also rathe ich allen Redlichen; und was wäre denn meine Liebe zum Übermenschen und zu Allem, was kommen soll, wenn ich anders riethe und redete!

Nicht nur fort euch zu pflanzen, sondern *hinauf* – dazu, oh meine Brüder, helfe euch der Garten der Ehe!

25

Wer über alte Ursprünge weise wurde, siehe, der wird zuletzt nach Quellen der Zukunft suchen und nach neuen Ursprüngen. –

Oh meine Brüder, es ist nicht über lange, da werden *neue Völker* entspringen und neue Quellen hinab in neue Tiefen rauschen.

Das Erdbeben nämlich – das verschüttet viel Brunnen, das schafft viel Verschmachten: das hebt auch innre Kräfte und Heimlichkeiten an's Licht.

Das Erdbeben macht neue Quellen offenbar. Im Erdbeben alter Völker brechen neue Quellen aus.

Und wer da ruft: „Siehe hier ein Brunnen für viele Durstige, Ein Herz für viele Sehnsüchtige, Ein Wille für viele Werkzeuge“: – um den sammelt sich ein *Volk*, das ist: viel Versuchende.

Wer befehlen kann, wer gehorchen muss – *Das wird da versucht*! Ach, mit welch langem Suchen und Rathen und Missrathen und Lernen und Neu-Versuchen!

Die Menschen-Gesellschaft: die ist ein Versuch, so lehre ich's, – ein langes Suchen: sie sucht aber den Befehlenden! –

– ein Versuch, oh meine Brüder! Und *kein* "Vertrag"! Zerbrecht, zerbrecht mir solch Wort der Weich-Herzen und Halb- und Halben!

26

Oh meine Brüder! Bei Welchen liegt doch die grösste Gefahr aller Menschen-Zukunft? Ist es nicht bei den Guten und Gerechten? –

– als bei Denen, die sprechen und im Herzen fühlen: „wir wissen schon, was gut ist und gerecht, wir haben es auch; wehe Denen, die hier noch suchen!" –

Und was für Schaden auch die Bösen thun mögen: der Schaden der Guten ist der schädlichste Schaden!

Und was für Schaden auch die Welt-Verleumder thun mögen: der Schaden der Guten ist der schädlichste Schaden.

Oh meine Brüder, den Guten und Gerechten sah Einer einmal in's Herz, der da sprach: „es sind die Pharisäer." Aber man verstand ihn nicht.

Die Guten und Gerechten selber durften ihn nicht verstehen: ihr Geist ist eingefangen in ihr gutes Gewissen. Die Dummheit der Guten ist unergründlich klug.

Das aber ist die Wahrheit: die Guten *müssen* Pharisäer sein, – sie haben keine Wahl!

Die Guten *müssen* Den kreuzigen, der sich seine eigne Tugend erfindet! Das *ist* die Wahrheit!

Der Zweite aber, der ihr Land entdeckte, Land, Herz und Erdreich der Guten und Gerechten: das war, der da fragte: „wen hassen sie am meisten?"

Den *Schaffenden* hassen sie am meisten: den, der Tafeln bricht und alte Werthe, den Brecher – den heissen sie Verbrecher.

Die Guten nämlich – die *können* nicht schaffen: die sind immer der Anfang vom Ende:-

– sie kreuzigen Den, der neue Werthe auf neue Tafeln schreibt, sie opfern *sich* die Zukunft, – sie kreuzigen alle Menschen-Zukunft!

Die Guten – die waren immer der Anfang vom Ende. –

27

Oh meine Brüder, verstandet ihr auch diess Wort? Und was ich einst sagte vom „letzten Menschen"? – –

Bei Welchen liegt die grösste Gefahr aller Menschen-Zukunft? Ist es nicht bei den Guten und Gerechten?

Zerbrecht, zerbrecht mir die Guten und Gerechten! – Oh meine Brüder, verstandet ihr auch diess Wort?

28

Ihr flieht von mir? Ihr seid erschreckt? Ihr zittert vor diesem Worte?

Oh meine Brüder, als ich euch die Guten zerbrechen hiess und die Tafeln der Guten: da erst schiffte ich den Menschen ein auf seine hohe See.

Und nun erst kommt ihm der grosse Schrecken, das grosse Um-sich-sehn, die grosse Krankheit, der grosse Ekel, die grosse See-Krankheit.

Falsche Küsten und falsche Sicherheiten lehrten euch die Guten; in Lügen der Guten wart ihr geboren und geborgen. Alles ist in den Grund hinein verlogen und verbogen durch die Guten.

Aber wer das Land „Mensch" entdeckte, entdeckte auch das Land „Menschen-Zukunft". Nun sollt ihr mir Seefahrer sein, wackere, geduldsame!

Aufrecht geht mir bei Zeiten, oh meine Brüder, lernt aufrecht gehn! Das Meer stürmt: Viele wollen an euch sich wieder aufrichten.

Das Meer stürmt: Alles ist im Meere. Wohlan! Wohlauf! Ihr alten Seemanns-Herzen!

Was Vaterland! *Dorthin* will unser Steuer, wo unser *Kinder-Land* ist! Dorthinaus, stürmischer als das Meer, stürmt unsre grosse Sehnsucht! –

29

„Warum so hart! – sprach zum Diamanten einst die Küchen-Kohle; sind wir denn nicht Nah-Verwandte?" –

Warum so weich? Oh meine Brüder, also frage *ich* euch: seid ihr denn nicht – meine Brüder?

Warum so weich, so weichend und nachgebend? Warum ist so viel Leugnung, Verleugnung in eurem Herzen? So wenig Schicksal in eurem Blicke?

Und wollt ihr nicht Schicksale sein und Unerbittliche: wie könntet ihr mit mir – siegen?

Und wenn eure Härte nicht blitzen und scheiden und zerschneiden will: wie könntet ihr einst mit mir – schaffen?

Die Schaffenden nämlich sind hart. Und Seligkeit muss es euch dünken, eure Hand auf Jahrtausende zu drücken wie auf Wachs, –

– Seligkeit, auf dem Willen von Jahrtausenden zu schreiben wie auf Erz, – härter als Erz, edler als Erz. Ganz hart ist allein das Edelste.

Diese neue Tafel, oh meine Brüder, stelle ich über euch: *werdet hart*! –

30

Oh du mein Wille! Du Wende aller Noth du *meine* Nothwendigkeit! Bewahre mich vor allen kleinen Siegen!

Du Schickung meiner Seele, die ich Schicksal heisse! Du-In-mir! Über-mir! Bewahre und spare mich auf zu Einem grossen Schicksale!

Und deine letzte Grösse, mein Wille, spare dir für dein Letztes auf, – dass du unerbittlich bist *in* deinem Siege! Ach, wer unterlag nicht seinem Siege!

Ach, wessen Auge dunkelte nicht in dieser trunkenen Dämmerung! Ach, wessen Fuss taumelte nicht und verlernte im Siege – stehen! –

– Dass ich einst bereit und reif sei im grossen Mittage: bereit und reif gleich glühendem Erze, blitzschwangrer Wolke und schwellendem Milch-Euter: –

– bereit zu mir selber und zu meinem verborgensten Willen: ein Bogen brünstig nach seinem Pfeile, ein Pfeil brünstig nach seinem Sterne: –

– ein Stern bereit und reif in seinem Mittage, glühend, durchbohrt, selig vor vernichtenden Sonnen-Pfeilen: –

– eine Sonne selber und ein unerbittlicher Sonnen-Wille, zum Vernichten bereit im Siegen!

Oh Wille, Wende aller Noth, du *meine* Nothwendigkeit! Spare mich auf zu Einem grossen Siege! – –

Also sprach Zarathustra.

Der Genesende

1

Eines Morgens, nicht lange nach seiner Rückkehr zur Höhle, sprang Zarathustra von seinem Lager auf wie ein Toller, schrie mit furchtbarer Stimme und gebärdete sich, als ob noch Einer auf dem Lager läge, der nicht davon aufstehn wolle; und also tönte Zarathustra's Stimme, dass seine Thiere erschreckt hinzukamen, und dass aus allen Höhlen und Schlupfwinkeln, die Zarathustra's Höhle benachbart waren, alles Gethier davon huschte, – fliegend, flatternd, kriechend, springend, wie ihm nur die Art von Fuss und Flügel gegeben war. Zarathustra aber redete diese Worte:

Herauf, abgründlicher Gedanke, aus meiner Tiefe! Ich bin dein Hahn und Morgen-Grauen, verschlafener Wurm: auf! auf! Meine Stimme soll dich schon wach krähen!

Knüpfe die Fessel deiner Ohren los: horche! Denn ich will dich hören! Auf! Auf! Hier ist Donners genug, dass auch Gräber horchen lernen!

Und wische den Schlaf und alles Blöde, Blinde aus deinen Augen! Höre mich auch mit deinen Augen: meine Stimme ist ein Heilmittel noch für Blindgeborne.

Und bist du erst wach, sollst du mir ewig wach bleiben. Nicht ist das *meine* Art, Urgrossmütter aus dem Schlafe wecken, dass ich sie heisse – weiterschlafen!

Du regst dich, dehnst dich, röchelst? Auf! Auf! Nicht röcheln – reden sollst du mir! Zarathustra ruft dich, der Gottlose!

Ich, Zarathustra, der Fürsprecher des Lebens, der Fürsprecher des Leidens, der Fürsprecher des Kreises – dich rufe ich, meinen abgründlichsten Gedanken!

Heil mir! Du kommst – ich höre dich! Mein Abgrund *redet*, meine letzte Tiefe habe ich an's Licht gestülpt!

Heil mir! Heran! Gieb die Hand – – ha! lass! Haha! – – Ekel, Ekel, Ekel – – – wehe mir!

2

Kaum aber hatte Zarathustra diese Worte gesprochen, da stürzte er nieder gleich einem Todten und blieb lange wie ein Todter. Als er aber wieder zu sich kam, da war er bleich und zitterte und blieb liegen und wollte lange nicht essen noch trinken. Solches Wesen dauerte an ihm sieben Tage; seine Thiere verliessen ihn aber nicht bei Tag und Nacht, es sei denn, dass der Adler ausflog, Speise zu holen. Und was er holte und zusammenraubte, das legte er auf Zarathustra's Lager: also dass Zarathustra endlich unter gelben und rothen Beeren, Trauben, Rosenäpfeln, wohlriechendem Krautwerke und Pinien-Zapfen lag. Zu seinen Füssen aber waren zwei Lämmer gebreitet, welche der Adler mit Mühe ihren Hirten abgeraubt hatte.

Endlich, nach sieben Tagen, richtete sich Zarathustra auf seinem Lager auf, nahm einen Rosenapfel in die Hand, roch daran und fand seinen Geruch lieblich. Da glaubten seine Thiere, die Zeit sei gekommen, mit ihm zu reden.

„Oh Zarathustra, sagten sie, nun liegst du schon sieben Tage so, mit schweren Augen: willst du dich nicht endlich wieder auf deine Füsse stellen?

Tritt hinaus aus deiner Höhle: die Welt wartet dein wie ein Garten. Der Wind spielt mit schweren Wohlgerüchen, die zu dir wollen; und alle Bäche möchten dir nachlaufen.

Alle Dinge sehnen sich nach dir, dieweil du sieben Tage allein bliebst, – tritt hinaus aus deiner Höhle! Alle Dinge wollen deine Ärzte sein!

Kam wohl eine neue Erkenntniss zu dir, eine saure, schwere? Gleich angesäuertem Teige lagst du, deine Seele gieng auf und schwoll über alle ihre Ränder. –“

– Oh meine Thiere, antwortete Zarathustra, schwätzt also weiter und lasst mich zuhören! Es erquickt mich so, dass ihr schwätzt: wo geschwätzt wird, da liegt mir schon die Welt wie ein Garten.

Wie lieblich ist es, dass Worte und Töne da sind: sind nicht Worte und Töne Regenbogen und Schein-Brücken zwischen Ewig-Geschiedenem?

Zu jeder Seele gehört eine andre Welt; für jede Seele ist jede andre Seele eine Hinterwelt.

Zwischen dem Ähnlichsten gerade lügt der Schein am schönsten; denn die kleinste Kluft ist am schwersten zu überbrücken.

Für mich – wie gäbe es ein Ausser-mir? Es giebt kein Aussen! Aber das vergessen wir bei allen Tönen; wie lieblich ist es, dass wir vergessen!

Sind nicht den Dingen Namen und Töne geschenkt, dass der Mensch sich an den Dingen erquicke? Es ist eine schöne Narrethei, das Sprechen: damit tanzt der Mensch über alle Dinge.

Wie lieblich ist alles Reden und alle Lüge der Töne! Mit Tönen tanzt unsre Liebe auf bunten Regenbögen. –

– „Oh Zarathustra, sagten darauf die Thiere, Solchen, die denken wie wir, tanzen alle Dinge selber: das kommt und reicht sich die Hand und lacht und flieht – und kommt zurück.

Alles geht, Alles kommt zurück; ewig rollt das Rad des Seins. Alles stirbt, Alles blüht wieder auf, ewig läuft das Jahr des Seins.

Alles bricht, Alles wird neu gefügt; ewig baut sich das gleiche Haus des Seins. Alles scheidet, Alles grüsst sich wieder; ewig bleibt sich treu der Ring des Seins.

In jedem Nu beginnt das Sein; um jedes Hier rollt sich die Kugel Dort. Die Mitte ist überall. Krumm ist der Pfad der Ewigkeit.“ –

– Oh ihr Schalks-Narren und Drehorgeln! antwortete Zarathustra und lächelte wieder, wie gut wisst ihr, was sich in sieben Tagen erfüllen musste: –

– und wie jenes Unthier mir in den Schlund kroch und mich würgte! Aber ich biss ihm den Kopf ab und spie ihn weg von mir.

Und ihr, – ihr machtet schon ein Leier-Lied daraus? Nun aber liege ich da, müde noch von diesem Beissen und Wegspein, krank noch von der eigenen Erlösung.

Und ihr schautet dem Allen zu? Oh meine Thiere, seid auch ihr grausam? Habt ihr meinem grossen Schmerze zuschaun wollen, wie Menschen thun? Der Mensch nämlich ist das grausamste Thier.

Bei Trauerspielen, Stierkämpfen und Kreuzigungen ist es ihm bisher am wohlsten geworden auf Erden; und als er sich die Hölle erfand, siehe, da war das sein Himmel auf Erden.

Wenn der grosse Mensch schreit –: flugs läuft der kleine hinzu; und die Zunge hängt ihm aus dem Halse vor Lüsternheit. Er aber heisst es sein „Mitleiden.“

Der kleine Mensch, sonderlich der Dichter – wie eifrig klagt er das Leben in Worten an! Hört hin, aber überhört mir die Lust nicht, die in allem Anklagen ist!

Solche Ankläger des Lebens: die überwindet das Leben mit einem Augenblinzeln. „Du liebst mich? sagt die Freche; warte noch ein Wenig, noch habe ich für dich nicht Zeit."

Der Mensch ist gegen sich selber das grausamste Thier; und bei Allem, was sich „Sünder" und „Kreuzträger" und „Büsser" heisst, überhört mir die Wollust nicht, die in diesem Klagen und Anklagen ist!

Und ich selber – will ich damit des Menschen Ankläger sein? Ach, meine Thiere, Das allein lernte ich bisher, dass dem Menschen sein Bösestes nöthig ist zu seinem Besten, –

– dass alles Böseste seine beste *Kraft* ist und der härteste Stein dem höchsten Schaffenden; und dass der Mensch besser *und* böser werden muss: –

Nicht an *diess* Marterholz war ich geheftet, dass ich weiss: der Mensch ist böse, – sondern ich schrie, wie noch Niemand geschrien hat:

„Ach dass sein Bösestes so gar klein ist! Ach dass sein Bestes so gar klein ist!"

Der grosse Überdruss am Menschen – *der* würgte mich und war mir in den Schlund gekrochen: und was der Wahrsager wahrsagte: „Alles ist gleich, es lohnt sich Nichts, Wissen würgt."

Eine lange Dämmerung hinkte vor mir her, eine todesmüde, todestrunkene Traurigkeit, welche mit gähnendem Munde redete.

„Ewig kehrt er wieder, der Mensch, dess du müde bist, der kleine Mensch" – so gähnte meine Traurigkeit und schleppte den Fuss und konnte nicht einschlafen.

Zur Höhle wandelte sich mir die Menschen-Erde, ihre Brust sank hinein, alles Lebendige ward mir Menschen-Moder und Knochen und morsche Vergangenheit.

Mein Seufzen sass auf allen Menschen-Gräbern und konnte nicht mehr aufstehn; mein Seufzen und Fragen unkte und würgte und nagte und klagte bei Tag und Nacht:

– „ach, der Mensch kehrt ewig wieder! Der kleine Mensch kehrt ewig wieder!" –

Nackt hatte ich einst Beide gesehn, den grössten Menschen und den kleinsten Menschen: allzuähnlich einander, – allzumenschlich auch den Grössten noch!

Allzuklein der Grösste! – Das war mein Überdruss am Menschen! Und ewige Wiederkunft auch des Kleinsten! – Das war mein Überdruss an allem Dasein!

Ach, Ekel! Ekel! Ekel! – – Also sprach Zarathustra und seufzte und schauderte; denn er erinnerte sich seiner Krankheit. Da liessen ihn aber seine Thiere nicht weiter reden.

„Sprich nicht weiter, du Genesender! – so antworteten ihm seine Thiere, sondern geh hinaus, wo die Welt auf dich wartet gleich einem Garten.

Geh hinaus zu den Rosen und Bienen und Taubenschwärmen! Sonderlich aber zu den Singe-Vögeln: dass du ihnen das *Singen* ablernst!

Singen nämlich ist für Genesende; der Gesunde mag reden. Und wenn auch der Gesunde Lieder will, will er andre Lieder doch als der Genesende.“

– „Oh ihr Schalks-Narren und Drehorgeln, so schweigt doch! – antwortete Zarathustra und lächelte über seine Thiere. Wie gut ihr wisst, welchen Trost ich mir selber in sieben Tagen erfand!

Dass ich wieder singen müsse, – *den* Trost erfand ich mir und *diese* Genesung: wollt ihr auch daraus gleich wieder ein Leier-Lied machen?“

– „Sprich nicht weiter, antworteten ihm abermals seine Thiere; lieber noch, du Genesender, mache dir erst eine Leier zurecht, eine neue Leier!

Denn siehe doch, oh Zarathustra! Zu deinen neuen Liedern bedarf es neuer Leiern.

Singe und brause über, oh Zarathustra, heile mit neuen Liedern deine Seele: dass du dein grosses Schicksal tragest, das noch keines Menschen Schicksal war!

Denn deine Thiere wissen es wohl, oh Zarathustra, wer du bist und werden musst: siehe, *du bist der Lehrer der ewigen Wiederkunft* –, das ist nun *dein* Schicksal!

Dass du als der Erste diese Lehre lehren musst, – wie sollte diess grosse Schicksal nicht auch deine grösste Gefahr und Krankheit sein!

Siehe, wir wissen, was du lehrst: dass alle Dinge ewig wiederkehren und wir selber mit, und dass wir schon ewige Male dagewesen sind, und alle Dinge mit uns.

Du lehrst, dass es ein grosses Jahr des Werdens giebt, ein Ungeheuer von grossem Jahre: das muss sich, einer Sanduhr gleich, immer wieder von Neuem umdrehn, damit es von Neuem ablaufe und auslaufe: –

– so dass alle diese Jahre sich selber gleich sind, im Grössten und auch im Kleinsten, – so dass wir selber in jedem grossen Jahre uns selber gleich sind, im Grössten und auch im Kleinsten.

Und wenn du jetzt sterben wolltest, oh Zarathustra: siehe, wir wissen auch, wie du da zu dir sprechen würdest: – aber deine Thiere bitten dich, dass du noch nicht sterbest!

Du würdest sprechen und ohne Zittern, vielmehr aufathmend vor Seligkeit: denn eine grosse Schwere und Schwüle wäre von dir genommen, du Geduldigster! –

„Nun sterbe und schwinde ich, würdest du sprechen, und im Nu bin ich ein Nichts. Die Seelen sind so sterblich wie die Leiber.

Aber der Knoten von Ursachen kehrt wieder, in den ich verschlungen bin, – der wird mich wieder schaffen! Ich selber gehöre zu den Ursachen der ewigen Wiederkunft.

Ich komme wieder, mit dieser Sonne, mit dieser Erde, mit diesem Adler, mit dieser Schlange – *nicht* zu einem neuen Leben oder besseren Leben oder ähnlichen Leben:

– ich komme ewig wieder zu diesem gleichen und selbigen Leben, im Grössten und auch im Kleinsten, dass ich wieder aller Dinge ewige Wiederkunft lehre, –

– dass ich wieder das Wort spreche vom grossen Erden- und Menschen-Mittage, dass -ich wieder den Menschen den Übermenschen künde.

Ich sprach mein Wort, ich zerbreche an meinem Wort: so will es mein ewiges Loos –, als Verkündiger gehe ich zu Grunde!

Die Stunde kam nun, dass der Untergehende sich selber segnet. Also- *endet* Zarathustra's Untergang.“ – –

Als die Thiere diese Worte gesprochen hatten, schwiegen sie und warteten, dass Zarathustra Etwas zu ihnen sagen werde: aber Zarathustra hörte nicht, dass sie schwiegen. Vielmehr lag er still, mit geschlossenen Augen, einem Schlafenden ähnlich, ob er schon nicht schlief: denn er unterredete sich eben mit seiner Seele. Die Schlange aber und der Adler, als sie ihn solchermaassen schweigsam fanden, ehrten die grosse Stille um ihn und machten sich behutsam davon.

Von der grossen Sehnsucht

Oh meine Seele, ich lehrte dich „Heute" sagen wie „Einst" und „Ehemals" und über alles Hier und Da und Dort deinen Reigen hinweg tanzen.

Oh meine Seele, ich erlöste dich von allen Winkeln, ich kehrte Staub, Spinnen und Zwielicht von dir ab.

Oh meine Seele, ich wusch die kleine Scham und die Winkel-Tugend von dir ab und überredete dich, nackt vor den Augen der Sonne zu stehn.

Mit dem Sturme, welcher „Geist" heisst, blies ich über deine wogende See; alle Wolken blies ich davon, ich erwürgte selbst die Würgerin, die „Sünde" heisst.

Oh meine Seele, ich gab dir das Recht, Nein zu sagen wie der Sturm und Ja zu sagen wie offner Himmel Ja sagt: still wie Licht stehst du und gehst du nun durch verneinende Stürme.

Oh meine Seele, ich gab dir die Freiheit zurück über Erschaffnes und Unerschaffnes: und wer kennt, wie du sie kennst, die Wollust des Zukünftigen?

Oh meine Seele, ich lehrte dich das Verachten, das nicht wie ein Wurmfrass kommt, das grosse, das liebende Verachten, welches am meisten liebt, wo es am meisten verachtet.

Oh meine Seele, ich lehrte dich so überreden, dass du zu dir die Gründe selber überredest: der Sonne gleich, die das Meer noch zu seiner Höhe überredet.

Oh meine Seele, ich nahm von dir alles Gehorchen Kniebeugen und Herr-Sagen; ich gab dir selber den Namen „Wende der Noth" und „Schicksal".

Oh meine Seele, ich gab dir neue Namen und bunte Spielwerke, ich hiess dich „Schicksal" und „Umfang der Umfänge" und „Nabelschnur der Zeit" und „azurne Glocke".

Oh meine Seele, deinem Erdreich gab ich alle Weisheit zu trinken, alle neuen Weine und auch alle unvordenklich alten starken Weine der Weisheit.

Oh meine Seele, jede Sonne goss ich auf dich und jede Nacht und jedes Schweigen und jede Sehnsucht: – da wuchsest du mir auf wie ein Weinstock.

Oh meine Seele, überreich und schwer stehst du nun da, ein Weinstock mit schwellenden Eutern und gedrängten braunen Gold-Weintrauben: –

– gedrängt und gedrückt von deinem Glücke, wartend vor Überflusse und schamhaft noch ob deines Wartens.

Oh meine Seele, es giebt nun nirgends eine Seele, die liebender wäre und umfangender und umfänglicher! Wo wäre Zukunft und Vergangnes näher beisammen als bei dir?

Oh meine Seele, ich gab dir Alles, und alle meine Hände sind an dich leer geworden: – und nun! Nun sagst du mir lächelnd und voll Schwermuth: „Wer von uns hat zu danken? –

– hat der Geber nicht zu danken, dass der Nehmende nahm? Ist Schenken nicht eine Nothdurft? Ist Nehmen nicht – Erbarmen?“ –

Oh meine Seele, ich verstehe das Lächeln deiner Schwermuth: dein Über-Reichthum selber streckt nun sehnende Hände aus!

Deine Fülle blickt über brausende Meere hin und sucht und wartet; die Sehnsucht der Über-Fülle blickt aus deinem lächelnden Augen-Himmel!

Und wahrlich, oh meine Seele! Wer sähe dein Lächeln und schmelze nicht vor Thränen? Die Engel selber schmelzen vor Thränen ob der Über-Güte deines Lächelns.

Deine Güte und Über-Güte ist es, die nicht klagen und weinen will: und doch sehnt sich, oh meine Seele, dein Lächeln nach Thränen und dein zitternder Mund nach Schluchzen.

„Ist alles Weinen nicht ein Klagen? Und alles Klagen nicht ein Anklagen?“ Also redest du zu dir selber, und darum willst du, oh meine Seele, lieber lächeln, als dein Leid ausschütten.

– in stürzende Thränen ausschütten all dein Leid über deine Fülle und über all die Drängniss des Weinstocks nach Winzer und Winzermesser!

Aber willst du nicht weinen, nicht ausweinen deine purpurne Schwermuth, so wirst du *singen* müssen, oh meine Seele! – Siehe, ich lächle selber, der ich dir solches vorhersage:

– singen, mit brausendem Gesange, bis alle Meere still werden, dass sie deiner Sehnsucht zuhorchen, –

– bis über stille sehnsüchtige Meere der Nachen schwebt, das güldene Wunder, um dessen Gold alle guten schlimmen wunderlichen Dinge hüpfen: –

– auch vieles grosse und kleine Gethier und Alles, was leichte wunderliche Füsse hat, dass es auf veilchenblauen Pfaden laufen kann, –

– hin zu dem güldenen Wunder, dem freiwilligen Nachen und zu seinem Herrn: das aber ist der Winzer, der mit diamantenem Winzermesser wartet, –

– dein grosser Löser, oh meine Seele, der Namenlose – – dem zukünftige Gesänge erst Namen finden! Und wahrlich, schon duftet dein Athem nach zukünftigen Gesängen, –

– schon glühst du und träumst, schon trinkst du durstig an allen tiefen klingenden Trost-Brunnen, schon ruht deine Schwermuth in der Seligkeit zukünftiger Gesänge! – –

Oh meine Seele, nun gab ich dir Alles und auch mein Letztes, und alle meine Hände sind an dich leer geworden: – *dass ich dich singen hiess*, siehe, das war mein Letztes!

Dass ich dich singen hiess, sprich nun, sprich: *wer* von uns hat jetzt – zu danken? – Besser aber noch: singe mir, singe, oh meine Seele! Und mich lass danken! –

Also sprach Zarathustra.

Das andere Tanzlied

1

„In dein Auge schaute ich jüngst, oh Leben: Gold sah ich in deinem Nacht-Auge blinken, – mein Herz stand still vor dieser Wollust:

– einen goldenen Kahn sah ich blinken auf mächtigen Gewässern, einen sinkenden, trinkenden, wieder winkenden goldenen Schaukel-Kahn!

Nach meinem Fusse, dem tanzwüthigen, warfst du einen Blick, einen lachenden fragenden schmelzenden Schaukel-Blick:

Zwei Mal nur regtest du deine Klapper mit kleinen Händen – da schaukelte schon mein Fuss vor Tanz-Wuth. –

Meine Fersen bäumten sich, meine Zehen horchten, dich zu verstehen: trägt doch der Tänzer sein Ohr – in seinen Zehen!

Zu dir hin sprang ich: da flohst du zurück vor meinem Sprunge; und gegen mich züngelte deines fliehenden fliegenden Haars Zunge!

Von dir weg sprang ich und von deinen Schlangen: da standst du schon, halbgewandt, das Auge voll Verlangen.

Mit krummen Blicken – lehrst du mich krumme Bahnen; auf krummen Bahnen lernt mein Fuss – Tücken!

Ich fürchte dich Nahe, ich liebe dich Ferne; deine Flucht lockt mich, dein Suchen stockt mich: – ich leide, aber was litt ich um dich nicht gerne!

Deren Kälte zündet, deren Hass verführt, deren Flucht bindet, deren Spott – rührt:

– wer hasste dich nicht, dich grosse Binderin, Umwinderin, Versucherin, Sucherin, Finderin! Wer liebte dich nicht, dich unschuldige, ungeduldige, windseilige, kindsäugige Sünderin!

Wohin ziehst du mich jetzt, du Ausbund und Unband? Und jetzt fliehst du mich wieder, du süsser Wildfang und Undank!

Ich tanze dir nach, ich folge dir auch auf geringer Spur. Wo bist du? Gieb mir die Hand! Oder einen Finger nur!

Hier sind Höhlen und Dickichte: wir werden uns verirren! – Halt! Steh still! Siehst du nicht Eulen und Fledermäuse schwirren?

Du Eule! Du Fledermaus! Du willst mich äffen? Wo sind wir? Von den Hunden lerntest du diess Heulen und Kläffen.

Du fletschest mich lieblich an mit weissen Zähnlein, deine bösen Augen springen gegen mich aus lockichtem Mähnlein!

Das ist ein Tanz über Stock und Stein: ich bin der Jäger, – willst du mein Hund oder meine Gemse sein?

Jetzt neben mir! Und geschwind, du boshafte Springerin! Jetzt hinauf! Und hinüber! – Wehe! Da fiel ich selber im Springen hin!

Oh sieh mich liegen, du Übermuth, und um Gnade flehn! Gerne möchte ich mit dir – lieblichere Pfade gehn!

– der Liebe Pfade durch stille bunte Büsche! Oder dort den See entlang: da schwimmen und tanzen Goldfische!

Du bist jetzt müde? Da drüben sind Schafe und Abendröthen: ist es nicht schön, zu schlafen, wenn Schäfer flöten?

Du bist so arg müde? Ich trage dich hin, lass nur die Arme sinken! Und hast du Durst, – ich hätte wohl Etwas, aber dein Mund will es nicht trinken! –

– Oh diese verfluchte flinke gelenke Schlange und Schlupf-Hexe! Wo bist du hin? Aber im Gesicht fühle ich von deiner Hand zwei Tupfen und rothe Klexe!

Ich bin es wahrlich müde, immer dein schafichter Schäfer zu sein! Du Hexe, habe ich dir bisher gesungen, nun sollst *du* mir – schrein!

Nach dem Takt meiner Peitsche sollst du mir tanzen und schrein! Ich vergass doch die Peitsche nicht? – Nein!“ –

2

Da antwortete mir das Leben also und hielt sich dabei die zierlichen Ohren zu:

„Oh Zarathustra! Klatsche doch nicht so fürchterlich mit deiner Peitsche! Du weisst es ja: Lärm mordet Gedanken, – und eben kommen mir so zärtliche Gedanken.

Wir sind Beide zwei rechte Thunichtgute und Thunichtböse. Jenseits von Gut und Böse fanden wir unser Eiland und unsre grüne Wiese – wir Zwei allein! Darum müssen wir schon einander gut sein!

Und lieben wir uns auch nicht von Grund aus –, muss man sich denn gram sein, wenn man sich nicht von Grund aus liebt?

Und dass ich dir gut bin und oft zu gut, Das weisst du: und der Grund ist, dass ich auf deine Weisheit eifersüchtig bin. Ah, diese tolle alte Närrin von Weisheit!

Wenn dir deine Weisheit einmal davonliefe, ach! da liefe dir schnell auch meine Liebe noch davon.“ –

Darauf blickte das Leben nachdenklich hinter sich und um sich und sagte leise: „Oh Zarathustra, du bist mir nicht treu genug!

Du liebst mich lange nicht so sehr wie du redest; ich weiss, du denkst daran, dass du mich bald verlassen willst.

Es giebt eine alte schwere schwere Brumm-Glocke: die brummt Nachts bis zu deiner Höhle hinauf: –

– hörst du diese Glocke Mitternachts die Stunde schlagen, so denkst du zwischen Eins und Zwölf daran –

– du denkst daran, oh Zarathustra, ich weiss es, dass du mich bald verlassen willst!" –

„Ja, antwortete ich zögernd, aber du weisst es auch –" Und ich sagte ihr Etwas in's Ohr, mitten hinein zwischen ihre verwirrten gelben thörichten Haar-Zotteln.

Du *weisst* Das, oh Zarathustra? Das weiss Niemand. – –

Und wir sahen uns an und blickten auf die grüne Wiese, über welche eben der kühle Abend lief, und weinten mit einander. – Damals aber war mir das Leben lieber, als je alle meine Weisheit. –

Also sprach Zarathustra.

3

Eins!

Oh Mensch! Gieb Acht!

Zwei!

Was spricht die tiefe Mitternacht?

Drei!

„Ich schlief, ich schlief –,

Vier!

„Auf tiefen Traum bin ich erwacht:-

Fünf!

„Die Welt ist tief,

Sechs!

„Und tiefer als der Tag gedacht.

Sieben!

„Tief ist ihr Weh –,

Acht!

„Lust – tiefer noch als Herzeleid:

Neun!

„Weh spricht: Vergeh!

Zehn!

„Doch alle Lust will Ewigkeit –,

Elf!

„- will tiefe, tiefe Ewigkeit!

Zwölf!

Die sieben Siegel
(Oder: das Ja- und Amen-Lied)

1

Wenn ich ein Wahrsager bin und voll jenes wahrsagerischen Geistes, der auf hohem Joche zwischen zwei Meeren wandelt, –

zwischen Vergangenem und Zukünftigem als schwere Wolke wandelt, – schwülen Niederungen feind und Allem, was müde ist und nicht sterben, noch leben kann.-

zum Blitze bereit im dunklen Busen und zum erlösenden Lichtstrahle, schwanger von Blitzen, die Ja! sagen, Ja! lachen, zu wahrsagerischen Blitzstrahlen: –

– selig aber ist der also Schwangere! Und wahrlich, lange muss als schweres Wetter am Berge hängen, wer einst das Licht der Zukunft zünden soll! –

Oh wie sollte ich nicht nach der Ewigkeit brünstig sein und nach dem hochzeitlichen Ring der Ringe, – dem Ring de Wiederkunft!

Nie noch fand ich das Weib, von dem ich Kinder mochte, sei denn dieses Weib, das ich lieb: denn ich liebe dich, oh Ewigkeit!

Denn ich liebe dich, oh Ewigkeit!

2

Wenn mein Zorn je Gräber brach, Grenzsteine rückte und alte Tafeln zerbrochen in steile Tiefen rollte:

Wenn mein Hohn je vermoderte Worte zerblies, und ich wie ein Besen kam den Kreuzspinnen und als Fegewind alten verdumpften Grabkammern:

Wenn ich je frohlockend sass, wo alte Götter begraben liegen, weltsegnend, weltliebend neben den Denkmalen alter Welt-Verleumder: –

– denn selbst Kirchen und Gottes-Gräber liebe ich, wenn der Himmel erst reinen Auges durch ihre zerbrochenen Decken blickt; gern sitze ich gleich Gras und rothem Mohne auf zerbrochnen Kirchen –

Oh wie sollte ich nicht nach der Ewigkeit brünstig sein und nach dem hochzeitlichen Ring der Ringe, – dem Ring de Wiederkunft!

Nie noch fand ich das Weib, von dem ich Kinder mochte, sei denn dieses Weib, das ich lieb: denn ich liebe dich, oh Ewigkeit!

Denn ich liebe dich, oh Ewigkeit!

3

Wenn je ein Hauch zu mir kam vom schöpferischen Hauche und von jener himmlischen Noth, die noch Zufälle zwingt, Sternen-Reigen zu tanzen:

Wenn ich je mit dem Lachen des schöpferischen Blitzes lachte, dem der lange Donner der That grollend, aber gehorsam nachfolgt:

Wenn ich je am Göttertisch der Erde mit Göttern Würfel spielte, dass die Erde bebte und brach und Feuerflüsse heraufschnob: –

– denn ein Göttertisch ist die Erde, und zitternd von schöpferischen neuen Worten und Götter-Würfen: –

Oh wie sollte ich nicht nach der Ewigkeit brünstig sein und nach dem hochzeitlichen Ring der Ringe, – dem Ring de Wiederkunft!

Nie noch fand ich das Weib, von dem ich Kinder mochte, sei denn dieses Weib, das ich lieb: denn ich liebe dich, oh Ewigkeit!

Denn ich liebe dich, oh Ewigkeit!

4

Wenn ich je vollen Zuges trank aus jenem schäumenden Würz- und Mischkruge, in dem alle Dinge gut gemischt sind:

Wenn meine Hand je Fernstes zum Nächsten goss und Feuer zu Geist und Lust zu Leid und Schlimmstes zum Gütigsten:

Wenn ich selber ein Korn bin von jenem erlösenden Salze, welches macht, dass alle Dinge im Mischkruge gut sich mischen: –

– denn es giebt ein Salz, das Gutes mit Bösem bindet; und auch das Böseste ist zum Würzen würdig und zum letzten Überschäumen: –

Oh wie sollte ich nicht nach der Ewigkeit brünstig sein und nach dem hochzeitlichen Ring der Ringe, – dem Ring de Wiederkunft!

Nie noch fand ich das Weib, von dem ich Kinder mochte, sei denn dieses Weib, das ich lieb: denn ich liebe dich, oh Ewigkeit!

Denn ich liebe dich, oh Ewigkeit!

5

Wenn ich dem Meere hold bin und Allem, was Meeres-Art ist, und am holdesten noch, wenn es mir zornig widerspricht:

Wenn jene suchende Lust in mir ist, die nach Unentdecktem die Segel treibt, wenn eine Seefahrer-Lust in meiner Lust ist:

Wenn je mein Frohlocken rief: „die Küste schwand, – nun fiel mir die letzte Kette ab –

– das Grenzenlose braust um mich, weit hinaus glänzt mir Raum und Zeit, wohlan! wohlauf! altes Herz!“ –

Oh wie sollte ich nicht nach der Ewigkeit brünstig sein und nach dem hochzeitlichen Ring der Ringe, – dem Ring de Wiederkunft!

Nie noch fand ich das Weib, von dem ich Kinder mochte, sei denn dieses Weib, das ich lieb: denn ich liebe dich, oh Ewigkeit!

Denn ich liebe dich, oh Ewigkeit!

6

Wenn meine Tugend eines Tänzers Tugend ist, und ich oft mit beiden Füssen in gold-smaragdenes Entzücken sprang:

Wenn meine Bosheit eine lachende Bosheit ist, heimisch unter Rosenhängen und Lilien-Hecken:

– im Lachen nämlich ist alles Böse bei einander, aber heilig- und losgesprochen durch seine eigne Seligkeit: –

Und wenn Das mein A und O ist, dass alles Schwere leicht, aller Leib Tänzer, aller Geist Vogel werde: und wahrlich, Das ist mein A und O! –

Oh wie sollte ich nicht nach der Ewigkeit brünstig sein und nach dem hochzeitlichen Ring der Ringe, – dem Ring de Wiederkunft!

Nie noch fand ich das Weib, von dem ich Kinder mochte, sei denn dieses Weib, das ich lieb: denn ich liebe dich, oh Ewigkeit!

Denn ich liebe dich, oh Ewigkeit!

7

Wenn ich je stille Himmel über mir ausspannte und mit eignen Flügeln in eigne Himmel flog:

Wenn ich spielend in tiefen Licht-Fernen schwamm, und meiner Freiheit Vogel-Weisheit kam: –

– so aber spricht Vogel-Weisheit: „Siehe, es giebt kein Oben, kein Unten! Wirf dich umher, hinaus, zurück, du Leichter! Singe! sprich nicht mehr!

– „sind alle Worte nicht für die Schweren gemacht? Lügen dem Leichten nicht alle Worte! Singe! sprich nicht mehr!“ –

Oh wie sollte ich nicht nach der Ewigkeit brünstig sein und nach dem hochzeitlichen Ring der Ringe, – dem Ring de Wiederkunft!

Nie noch fand ich das Weib, von dem ich Kinder mochte, sei denn dieses Weib, das ich lieb: denn ich liebe dich, oh Ewigkeit!

Denn ich liebe dich, oh Ewigkeit!

Vierter und letzter Theil

Ach, wo in der Welt geschahen grössere Thorheiten, als bei den Mitleidigen? Und was in der Welt stiftete mehr Leid, als die Thorheiten der Mitleidigen?

Wehe allen Liebenden, die nicht noch eine Höhe haben, welche über ihrem Mitleiden ist!

Also sprach der Teufel einst zu mir: „auch Gott hat seine Hölle: das ist seine Liebe zu den Menschen."

Und jüngst hörte ich ihn diess Wort sagen: „Gott ist todt; an seinem Mitleiden mit den Menschen ist Gott gestorben."

Das Honig-Opfer

– Und wieder liefen Monde und Jahre über Zarathustra's Seele, und er achtete dessen nicht; sein Haar aber wurde weiss. Eines Tages, als er auf einem Steine vor seiner Höhle sass und still hinausschaute, – man schaut aber dort auf das Meer hinaus, und hinweg über gewundene Abgründe – da giengen seine Thiere nachdenklich um ihn herum und stellten sich endlich vor ihn hin.

„Oh Zarathustra, sagten sie, schaust du wohl aus nach deinem Glücke?" – „Was liegt am Glücke! antwortete er, ich trachte lange nicht mehr nach Glücke, ich trachte nach meinem Werke." – „Oh Zarathustra, redeten die Thiere abermals, Das sagst du als Einer, der des Guten übergenug hat. Liegst du nicht in einem himmelblauen See von Glück?" – Ihr Schalks-Narren, antwortete Zarathustra und lächelte, wie gut wähltet ihr das Gleichniss! Aber ihr wisst auch, dass mein Glück schwer ist und nicht wie eine flüssige Wasserwelle: es drängt mich und will nicht von mir und thut gleich geschmolzenem Peche." –

Da giengen die Thiere wieder nachdenklich um ihn herum und stellten sich dann abermals vor ihn hin. „Oh Zarathustra, sagten sie, *daher* also kommt es, dass du selber immer gelber und dunkler wirst, obschon dein Haar weiss und flächsern aussehen will? Siehe doch, du sitzest in deinem Peche!" – Was sagt ihr da, meine Thiere, sagte Zarathustra und lachte dazu, wahrlich, ich lästerte als ich von Peche sprach. Wie mir geschieht, so geht es allen Früchten, die reif werden. Es ist der *Honig* in meinen Adern, der mein Blut dicker und auch meine Seele stiller macht." – „So wird es sein, oh Zarathustra, antworteten die Thiere und drängten sich an ihn; willst du aber nicht heute auf einen hohen Berg steigen? Die Luft ist rein, und man sieht heute mehr von der Welt als jemals." –

„Ja, meine Thiere, antwortete er, ihr rathet trefflich und mir nach dem Herzen: ich will heute auf einen hohen Berg steigen! Aber sorgt, dass dort Honig mir zur Hand sei, gelber, weisser, guter, eisfrischer Waben-Goldhonig. Denn wisset, ich will droben das Honig-Opfer bringen." –

Als Zarathustra aber oben auf der Höhe war, sandte er die Thiere heim, die ihn geleitet hatten, und fand, dass er nunmehr allein sei: – da lachte er aus ganzem Herzen, sah sich um und sprach also:

Dass ich von Opfern sprach und Honig-Opfern, eine List war's nur meiner Rede und, wahrlich, eine nützliche Thorheit! Hier oben darf ich schon freier reden, als vor Einsiedler-Höhlen und Einsiedler-Hausthieren.

Was opfern! Ich verschwende, was mir geschenkt wird, ich Verschwender mit tausend Händen: wie dürfte ich Das noch – Opfern heissen!

Und als ich nach Honig begehrte, begehrte ich nur nach Köder und süssem Seime und Schleime, nach dem auch Brummbären und wunderliche mürrische böse Vögel die Zunge lecken:

– nach dem besten Köder, wie er Jägern und Fischfängern noththut. Denn wenn die Welt wie ein dunkler Thierwald ist und aller wilden Jäger Lustgarten, so dünkt sie mich noch mehr und lieber ein abgründliches reiches Meer,

– ein Meer voll bunter Fische und Krebse, nach dem es auch Götter gelüsten möchte, dass sie an ihm zu Fischern würden und zu Netz-Auswerfern: so reich ist die Welt an Wunderlichem, grossem und kleinem!

Sonderlich die Menschen-Welt, das Menschen-Meer: – nach *dem* werfe ich nun meine goldene Angelruthe aus und spreche: thue dich auf, du Menschen-Abgrund!

Thue dich auf und wirf mir deine Fische und Glitzer-Krebse zu! Mit meinem besten Köder ködere ich mir heute die wunderlichsten Menschen-Fische!

– mein Glück selber werfe ich hinaus in alle Weiten und Fernen, zwischen Aufgang, Mittag und Niedergang, ob nicht an meinem Glücke viele Menschen-Fische zerrn und zappeln lernen.

Bis sie, anbeissend an meine spitzen verborgenen Haken, hinauf müssen in *meine* Höhe, die buntesten Abgrund-Gründlinge zu dem boshaftigsten aller Menschen- Fischfänger.

Der nämlich bin ich von Grund und Anbeginn, ziehend, heranziehend, hinaufziehend, aufziehend, ein Zieher, Züchter und Zuchtmeister, der sich nicht umsonst einstmals zusprach: „Werde, der du bist!"

Also mögen nunmehr die Menschen zu mir *hinauf* kommen: denn noch warte ich der Zeichen, dass es Zeit sei zu meinem Niedergange, noch gehe ich selber nicht unter, wie ich muss, unter Menschen.

Dazu warte ich hier, listig und spöttisch auf hohen Bergen, kein Ungeduldiger, kein Geduldiger, vielmehr Einer, der auch die Geduld verlernt hat, – weil er nicht mehr „duldet."

Mein Schicksal nämlich lässt mir Zeit: es vergass mich wohl? Oder sitzt es hinter einem grossen Steine im Schatten und fängt Fliegen?

Und wahrlich, ich bin ihm gut darob, meinem ewigen Schicksale, dass es mich nicht hetzt und drängt und mir Zeit zu Possen lässt und Bosheiten: also dass ich heute zu einem Fischfange auf diesen hohen Berg stieg.

Fieng wohl je ein Mensch auf hohen Bergen Fische? Und wenn es auch eine Thorheit ist, was ich hier oben will und treibe: besser noch Diess, als dass ich da unten feierlich würde vor Warten und grün und gelb –

– ein gespreitzter Zornschnauber vor Warten, ein heiliger Heule-Sturm aus Bergen, ein Ungeduldiger, der in die Thäler hinabruft: „Hört, oder ich peitsche euch mit der Geissel Gottes!"

Nicht dass ich solchen Zürnern darob gram würde: zum Lachen sind sie mir gut genung! Ungeduldig müssen sie schon sein, diese grossen Lärmtrommeln, welche heute oder niemals zu Worte kommen!

Ich aber und mein Schicksal – wir reden nicht zum Heute, wir reden auch nicht zum Niemals: wir haben zum Reden schon Geduld und Zeit und Überzeit. Denn einst muss er doch kommen und darf nicht vorübergehn.

Wer muss einst kommen und darf nicht vorübergehn? Unser grosser Hazar, das ist unser grosses fernes Menschen-Reich, das Zarathustra-Reich von tausend Jahren – –

Wie ferne mag solches „Ferne" sein? was geht's mich an! Aber darum steht es mir doch nicht minder fest –, mit beiden Füssen stehe ich sicher auf diesem Grunde,

– auf einem ewigen Grunde, auf hartem Urgesteine, auf diesem höchsten härtesten Urgebirge, zu dem alle Winde kommen als zur Wetterscheide, fragend nach Wo? und Woher? und Wohinaus?

Hier lache, lache meine helle heile Bosheit! Von hohen Bergen wirf hinab dein glitzerndes Spott-Gelächter! Ködere mit deinem Glitzern mir die schönsten Menschen-Fische!

Und was in allen Meeren *mir* zugehört, mein An-und-für-mich in allen Dingen – *Das* fische mir heraus, *Das* führe zu mir herauf: dess warte ich, der boshaftigste aller Fischfänger.

Hinaus, hinaus, meine Angel! Hinein, hinab, Köder meines Glücks! Träufle deinen süssesten Thau, mein Herzens-Honig! Beisse, meine Angel, in den Bauch aller schwarzen Trübsal!

Hinaus, hinaus, mein Auge! Oh welche vielen Meere rings um mich, welch dämmernde Menschen-Zukünfte! Und über mir – welch rosenrothe Stille! Welch entwölktes Schweigen!

Der Nothschrei

Des nächsten Tages sass Zarathustra wieder auf seinem Steine vor der Höhle, während die Thiere draussen in der Welt herumschweiften, dass sie neue Nahrung heimbrächten, – auch neuen Honig: denn Zarathustra hatte den alten Honig bis auf das letzte Korn verthan und verschwendet. Als er aber dermaassen dasass, mit einem Stecken in der Hand, und den Schatten seiner Gestalt auf der Erde abzeichnete, nachdenkend und, wahrlich! nicht über sich und seinen Schatten – da erschrak er mit Einem Male und fuhr zusammen: denn er sahe neben seinem Schatten noch einen andern Schatten. Und wie er schnell um sich blickte und aufstand, siehe, da stand der Wahrsager neben ihm, der selbe, den er einstmals an seinem Tische gespeist und getränkt hatte, der Verkündiger der grossen Müdigkeit, welcher lehrte: „Alles ist gleich, es lohnt sich Nichts, Welt ist ohne Sinn, Wissen würgt.“ Aber sein Antlitz hatte sich inzwischen verwandelt; und als ihm Zarathustra in die Augen blickte, wurde sein Herz abermals erschreckt: so viel schlimme Verkündigungen und aschgraue Blitze liefen über diess Gesicht.

Der Wahrsager, der es wahrgenommen, was sich in Zarathustra's Seele zutrug, wischte mit der Hand über sein Antlitz hin, wie als ob er dasselbe wegwischen wollte; desgleichen that auch Zarathustra. Und als Beide dergestalt sich schweigend gefasst und gekräftigt hatten, gaben sie sich die Hände, zum Zeichen, dass sie sich wiedererkennen wollten.

„Sei mir willkommen, sagte Zarathustra, du Wahrsager der grossen Müdigkeit, du sollst nicht umsonst einstmals mein Tisch- und Gastfreund gewesen sein. Iss und trink auch heute bei mir und vergieb es, dass ein vergnügter alter Mann mit dir zu Tische sitzt!" – „Ein vergnügter alter Mann? antwortete der Wahrsager, den Kopf schüttelnd: wer du aber auch bist oder sein willst, oh Zarathustra, du bist es zum Längsten hier Oben gewesen, – dein Nachen soll über Kurzem nicht mehr im Trocknen sitzen!" – „Sitze ich denn im Trocknen?" fragte Zarathustra lachend. – „Die Wellen um deinen Berg, antwortete der Wahrsager, steigen und steigen, die Wellen grosser Noth und Trübsal: die werden bald auch deinen Nachen heben und dich davontragen." – Zarathustra schwieg hierauf und wunderte sich. – „Hörst du noch Nichts? fuhr der Wahrsager fort: rauscht und braust es nicht herauf aus der Tiefe?" – Zarathustra schwieg abermals und horchte: da hörte er einen langen, langen Schrei, welchen die Abgründe sich zuwarfen und weitergaben, denn keiner wollte ihn behalten: so böse klang er.

„Du schlimmer Verkündiger, sprach endlich Zarathustra, das ist ein Nothschrei und der Schrei eines Menschen, der mag wohl aus einem schwarzen Meere kommen. Aber was geht mich Menschen-Noth an! Meine letzte Sünde, die mir aufgespart blieb, – weisst du wohl, wie sie heisst?"

– „ *Mitleiden*! antwortete der Wahrsager aus einem überströmenden Herzen und hob beide Hände empor – oh Zarathustra, ich komme, dass ich dich zu deiner letzten Sünde verführe!" –

Und kaum waren diese Worte gesprochen, da erscholl der Schrei abermals, und länger und ängstlicher als vorher, auch schon viel näher. „Hörst du? Hörst du, oh Zarathustra? rief der Wahrsager, dir gilt der Schrei, dich ruft er: komm, komm, komm, es ist Zeit, es ist höchste Zeit!" –

Zarathustra schwieg hierauf, verwirrt und erschüttert; endlich fragte er, wie Einer, der bei sich selber zögert: „Und wer ist das, der dort mich ruft?"

„Aber du weisst es ja, antwortete der Wahrsager heftig, was verbirgst du dich? *Der höhere Mensch* ist es, der nach dir schreit!"

„Der höhere Mensch? schrie Zarathustra von Grausen erfasst: was will *der*? Was will *der*? Der höhere Mensch! Was will der hier?" – und seine Haut bedeckte sich mit Schweiss.

Der Wahrsager aber antwortete nicht auf die Angst Zarathustra's, sondern horchte und horchte nach der Tiefe zu. Als es jedoch lange Zeit dort stille blieb, wandte er seinen Blick zurück und sahe Zarathustra stehn und zittern.

„Oh Zarathustra, hob er mit trauriger Stimme an, du stehst nicht da wie Einer, den sein Glück drehend macht: du wirst tanzen müssen, dass du mir nicht umfällst!

Aber wenn du auch vor mir tanzen wolltest und alle deine Seitensprünge springen: Niemand soll mir doch sagen dürfen: „Siehe, hier tanzt der letzte frohe Mensch!"

Umsonst käme Einer auf diese Höhe, der den hier suchte: Höhlen fände er wohl und Hinter-Höhlen, Verstecke für Versteckte, aber nicht Glücks-Schachte und Schatzkammern und neue Glücks-Goldadern.

Glück – wie fände man wohl das Glück bei solchen Vergrabenen und Einsiedlern! Muss ich das letzte Glück noch auf glückseligen Inseln suchen und ferne zwischen vergessenen Meeren?

Aber Alles ist gleich, es lohnt sich Nichts, es hilft kein Suchen, es giebt auch keine glückseligen Inseln mehr!" – –

Also seufzte der Wahrsager; bei seinem letzten Seufzer aber wurde Zarathustra wieder hell und sicher, gleich Einem, der aus einem tiefen Schlunde an's Licht kommt. „Nein! Nein! Drei Mal Nein! rief er mit starker Stimme und strich sich den Bart – *Das* weiss ich besser! Es giebt noch glückselige Inseln! Stille *davon*, du seufzender Trauersack!

Höre *davon* auf zu plätschern, du Regenwolke am Vormittag! Stehe ich denn nicht schon da, nass von deiner Trübsal und begossen wie ein Hund?

Nun schüttle ich mich und laufe dir davon, dass ich wieder trocken werde: dess darfst du nicht Wunder haben! Dünke ich dir unhöflich? Aber hier ist *mein* Hof.

Was aber deinen höheren Menschen angeht: wohlan! ich suche ihn flugs in jenen Wäldern: *daher* kam sein Schrei. Vielleicht bedrängt ihn da ein böses Thier.

Er ist in *meinem* Bereiche: darin soll er mir nicht zu Schaden kommen! Und wahrlich, es giebt viele böse Thiere bei mir." –

Mit diesen Worten wandte sich Zarathustra zum Gehen. Da sprach der Wahrsager: „Oh Zarathustra, du bist ein Schelm!

Ich weiss es schon: du willst mich los sein! Lieber noch läufst du in die Wälder und stellst bösen Thieren nach!

Aber was hilft es dir? Des Abends wirst du doch mich wiederhaben, in deiner eignen Höhle werde ich dasitzen, geduldig und schwer wie ein Klotz – und auf dich warten!"

„So sei's! rief Zarathustra zurück im Fortgehn: und was mein ist in meiner Höhle, gehört auch dir, meinem Gastfreunde!

Solltest du aber drin noch Honig finden, wohlan! so lecke ihn nur auf, du Brummbär, und versüsse deine Seele! Am Abende nämlich wollen wir Beide guter Dinge sein,

– guter Dinge und froh darob, dass dieser Tag zu Ende gieng! Und du selber sollst zu meinen Liedern als mein Tanzbär tanzen.

Du glaubst nicht daran? Du schüttelst den Kopf? Wohlan! Wohlauf! Alter Bär! Aber auch ich – bin ein Wahrsager."

Also sprach Zarathustra.

Gespräch mit den Königen

1

Zarathustra war noch keine Stunde in seinen Bergen und Wäldern unterwegs, da sahe er mit Einem Male einen seltsamen Aufzug. Gerade auf dem Wege, den er hinabwollte, kamen zwei Könige gegangen, mit Kronen und Purpurgürteln geschmückt und bunt wie Flamingo-Vögel: die trieben einen beladenen Esel vor sich her. „Was wollen diese Könige in meinem Reiche?" sprach Zarathustra erstaunt zu seinem Herzen und versteckte Sich geschwind hinter einem Busche. Als aber die Könige bis zu ihm herankamen, sagte er, halblaut, wie Einer, der zu sich allein redet: „Seltsam! Seltsam! Wie reimt sich Das zusammen? Zwei Könige sehe ich – und nur Einen Esel!"

Da machten die beiden Könige Halt, lächelten, sahen nach der Stelle hin, woher die Stimme kam, und sahen sich nachher selber in's Gesicht. „Solcherlei denkt man wohl auch unter uns, sagte der König zur Rechten, aber man spricht es nicht aus."

Der König zur Linken aber zuckte mit den Achseln und antwortete: „Das mag wohl ein Ziegenhirt sein. Oder ein Einsiedler, der zu lange unter Felsen und Bäumen lebte. Gar keine Gesellschaft nämlich verdirbt auch die guten Sitten."

„Die guten Sitten? entgegnete unwillig und bitter der andre König: wem laufen wir denn aus dem Wege? Ist es nicht den „guten Sitten"? Unsrer „guten Gesellschaft"?

Lieber, wahrlich, unter Einsiedlern und Ziegenhirten als mit unserm vergoldeten falschen überschminkten Pöbel leben, – ob er sich schon „gute Gesellschaft" heisst,

– ob er sich schon „Adel" heisst. Aber da ist Alles falsch und faul, voran das Blut, Dank alten schlechten Krankheiten und schlechteren Heil-Künstlern.

Der Beste und Liebste ist mir heute noch ein gesunder Bauer, grob, listig, hartnäckig, langhaltig: das ist heute die vornehmste Art.

Der Bauer ist heute der Beste; und Bauern-Art sollte Herr sein! Aber es ist das Reich des Pöbels, – ich lasse mir Nichts mehr vormachen. Pöbel aber, das heisst: Mischmasch.

Pöbel-Mischmasch: darin ist Alles in Allem durcheinander, Heiliger und Hallunke und Junker und Jude und jeglich Vieh aus der Arche Noäh.

Gute Sitten! Alles ist bei uns falsch und faul. Niemand weiss mehr zu verehren: *dem* gerade laufen wir davon. Es sind süssliche zudringliche Hunde, sie vergolden Palmenblätter.

Dieser Ekel würgt mich, dass wir Könige selber falsch wurden, überhängt und verkleidet durch alten vergilbten Grossväter-Prunk, Schaumünzen für die Dümmsten und die Schlauesten, und wer heute Alles mit der Macht Schacher treibt!

Wir *sind* nicht die Ersten – und müssen es doch *bedeuten*: dieser Betrügerei sind wir endlich satt und ekel geworden.

Dem Gesindel giengen wir aus dem Wege, allen diesen Schreihälsen und Schreib-Schmeissfliegen, dem Krämer-Gestank, dem Ehrgeiz-Gezappel, dem üblen Athem –: pfui, unter dem Gesindel leben,

– pfui, unter dem Gesindel die Ersten zu bedeuten! Ach, Ekel! Ekel! Ekel! Was liegt noch an uns Königen!" –

„Deine alte Krankheit fällt dich an, sagte hier der König zur Linken, der Ekel fällt dich an, mein armer Bruder. Aber du weisst es doch, es hört uns Einer zu."

Sofort erhob sich Zarathustra, der zu diesen Reden Ohren und Augen aufgesperrt hatte, aus seinem Schlupfwinkel, trat auf die Könige zu und begann:

„Der Euch zuhört, der Euch gerne zuhört, ihr Könige, der heisst Zarathustra.

Ich bin Zarathustra, der einst sprach: „Was liegt noch an Königen!" Vergebt mir, ich freute mich, als Ihr zu einander sagtet: „Was liegt an uns Königen!"

Hier aber ist *mein* Reich und meine Herrschaft: was mögt Ihr wohl in meinem Reiche suchen? Vielleicht aber *fandet* Ihr unterwegs, was *ich* suche: nämlich den höheren Menschen."

Als Diess die Könige hörten, schlugen sie sich an die Brust und sprachen mit Einem Munde: „Wir sind erkannt!

Mit dem Schwerte dieses Wortes zerhaust du unsres Herzens dickste Finsterniss. Du entdecktest unsre Noth, denn siehe! Wir sind unterwegs, dass wir den höheren Menschen fänden –

– den Menschen, der höher ist als wir: ob wir gleich Könige sind. Ihm führen wir diesen Esel zu. Der höchste Mensch nämlich soll auf Erden auch der höchste Herr sein.

Es giebt kein härteres Unglück in allem Menschen-Schicksale, als wenn die Mächtigen der Erde nicht auch die ersten Menschen sind. Da wird Alles falsch und schief und ungeheuer.

Und wenn sie gar die letzten sind und mehr Vieh als Mensch: da steigt und steigt der Pöbel im Preise, und endlich spricht gar die Pöbel-Tugend: „siehe, ich allein bin Tugend!" –

Was hörte ich eben? antwortete Zarathustra; welche Weisheit bei Königen! Ich bin entzückt, und, wahrlich, schon gelüstet's mich, einen Reim darauf zu machen: –

– mag es auch ein Reim werden, der nicht für Jedermanns Ohren taugt. Ich verlernte seit langem schon die Rücksicht auf lange Ohren. Wohlan! Wohlauf!

(Hier aber geschah es, dass auch der Esel zu Worte kam: er sagte aber deutlich und mit bösem Willen I-A.)

Einstmals – ich glaub', im Jahr des Heiles Eins –
Sprach die Sibylle, trunken sonder Weins:
„Weh, nun geht's schief!
„Verfall! Verfall! Nie sank die Welt so tief!
„Rom sank zur Hure und zur Huren-Bude,
„Rom's Caesar sank zum Vieh, Gott selbst – ward Jude!"

2

An diesen Reimen Zarathustra's weideten sich die Könige; der König zur Rechten aber sprach: „oh Zarathustra, wie gut thaten wir, dass wir auszogen, dich zu sehn!

Deine Feinde nämlich zeigten uns dein Bild in ihrem Spiegel: da blicktest du mit der Fratze eines Teufels und hohnlachend: also dass wir uns vor dir fürchteten.

Aber was half's! Immer wieder stachst du uns in Ohr und Herz mit deinen Sprüchen. Da sprachen wir endlich: was liegt daran, wie er aussieht!

Wir müssen ihn *hören*, ihn, der lehrt „ihr sollt den Frieden lieben als Mittel zu neuen Kriegen, und den kurzen Frieden mehr als den langen!"

Niemand sprach je so kriegerische Worte: „Was ist gut? Tapfer sein ist gut. Der gute Krieg ist's, der jede Sache heiligt."

Oh Zarathustra, unsrer Väter Blut rührte sich bei solchen Worten in unserm Leibe: das war wie die Rede des Frühlings zu alten Weinfässern.

Wenn die Schwerter durcheinander liefen gleich rothgefleckten Schlangen, da wurden unsre Väter dem Leben gut; alles Friedens Sonne dünkte sie flau und lau, der lange Frieden aber machte Scham.

Wie sie seufzten, unsre Väter, wenn sie an der Wand blitzblanke ausgedorrte Schwerter sahen! Denen gleich dürsteten sie nach Krieg. Ein Schwert nämlich will Blut trinken und funkelt vor Begierde." – –

– Als die Könige dergestalt mit Eifer von dem Glück ihrer Väter redeten und schwätzten, überkam Zarathustra keine kleine Lust, ihres Eifers zu spotten: denn ersichtlich waren es sehr friedfertige Könige, welche er vor sich sah, solche mit alten und feinen Gesichtern. Aber er bezwang sich. „Wohlan! sprach er, dorthin führt der Weg, da liegt die Höhle Zarathustra's; und dieser Tag soll einen langen Abend haben! Jetzt aber ruft mich eilig ein Nothschrei fort von Euch.

Es ehrt meine Höhle, wenn Könige in ihr sitzen und warten wollen: aber, freilich, Ihr werdet lange warten müssen!

Je nun! Was thut's! Wo lernt man heute besser warten als an Höfen? Und der Könige ganze Tugend, die ihnen übrig blieb, – heisst sie heute nicht: Warten- *können* ?"

Also sprach Zarathustra.

Der Blutegel

Und Zarathustra gieng nachdenklich weiter und tiefer, durch Wälder und vorbei an moorigen Gründen; wie es aber Jedem ergeht, der über schwere Dinge nachdenkt, so trat er unversehens dabei auf einen Menschen. Und siehe, da sprützten ihm mit Einem Male ein Weheschrei und zwei Flüche und zwanzig schlimme Schimpfworte in's Gesicht: also dass er in seinem Schrecken den Stock erhob und auch auf den Getretenen noch zuschlug. Gleich darauf aber kam ihm die Besinnung; und sein Herz lachte über die Thorheit, die er eben gethan hatte.

„Vergieb, sagte er zu dem Getretenen, der sich grimmig erhoben und gesetzt hatte, vergieb und vernimm vor Allem erst ein Gleichniss.

Wie ein Wanderer, der von fernen Dingen träumt, unversehens auf einsamer Strasse einen schlafenden Hund anstösst, einen Hund, der in der Sonne liegt:

– wie da Beide auffahren, sich anfahren, Todfeinden gleich, diese zwei zu Tod Erschrockenen: also ergieng es uns.

Und doch! Und doch – wie wenig hat gefehlt, dass sie einander liebkosten, dieser Hund und dieser Einsame! Sind sie doch Beide – Einsame!"

– „Wer du auch sein magst, sagte immer noch grimmig der Getretene, du trittst mir auch mit deinem Gleichniss zu nahe, und nicht nur mit deinem Fusse!

Siehe doch, bin ich denn ein Hund?" – und dabei erhob sich der Sitzende und zog seinen nackten Arm aus dem Sumpfe. Zuerst nämlich hatte er ausgestreckt am Boden gelegen, verborgen und unkenntlich gleich Solchen, die einem Sumpf-Wilde auflauern.

„Aber was treibst du doch!" rief Zarathustra erschreckt, denn er sahe, dass über den nackten Arm weg viel Blut floss, – was ist dir zugestossen? Biss dich, du Unseliger, ein schlimmes Thier?

Der Blutende lachte, immer noch erzürnt. „Was geht's dich an! sagte er und wollte weitergehn. Hier bin ich heim und in meinem Bereiche. Mag mich fragen, wer da will: einem Tölpel aber werde ich schwerlich antworten."

„Du irrst, sagte Zarathustra mitleidig und hielt ihn fest, du irrst: hier bist du nicht bei dir, sondern in meinem Reiche, und darin soll mir Keiner zu Schaden kommen.

Nenne mich aber immerhin, wie du willst, – ich bin, der ich sein muss. Ich selber heisse mich Zarathustra.

Wohlan! Dort hinauf geht der Weg zu Zarathustra's Höhle: die ist nicht fern, – willst du nicht bei mir deiner Wunden warten?

Es gieng dir schlimm, du Unseliger, in diesem Leben: erst biss dich das Thier, und dann – trat dich der Mensch!" – –

Als aber der Getretene den Namen Zarathustra's hörte, verwandelte er sich. „Was geschieht mir doch! rief er aus, *wer* kümmert mich denn noch in diesem Leben, als dieser Eine Mensch, nämlich Zarathustra, und jenes Eine Thier, das vom Blute lebt, der Blutegel?

Des Blutegels halber lag ich hier an diesem Sumpfe wie ein Fischer, und schon war mein ausgehängter Arm zehn Mal angebissen, da beisst noch ein schönerer Igel nach meinem Blute, Zarathustra selber!

Oh Glück! Oh Wunder! Gelobt sei dieser Tag, der mich in diesen Sumpf lockte! Gelobt sei der beste lebendigste Schröpfkopf, der heut lebt, gelobt sei der grosse Gewissens-Blutegel Zarathustra!" –

Also sprach der Getretene; und Zarathustra freute sich über seine Worte und ihre feine ehrfürchtige Art. „Wer bist du? fragte er und reichte ihm die Hand, zwischen uns bleibt Viel aufzuklären und aufzuheitern: aber schon, dünkt mich, wird es reiner heller Tag."

„Ich bin *der Gewissenhafte des Geistes*, antwortete der Gefragte, und in Dingen des Geistes nimmt es nicht leicht Einer strenger, enger und härter als ich, ausgenommen der, von dem ich's lernte, Zarathustra selber.

Lieber Nichts wissen, als Vieles halb wissen! Lieber ein Narr sein auf eigne Faust, als ein Weiser nach fremdem Gutdünken! Ich – gehe auf den Grund:

– was liegt daran, ob er gross oder klein ist? Ob er Sumpf oder Himmel heisst? Eine Hand breit Grund ist mir genung: wenn er nur wirklich Grund und Boden ist!

– eine Hand breit Grund: darauf kann man stehn. In der rechten Wissen-Gewissenschaft giebt es nichts Grosses und nichts Kleines."

„So bist du vielleicht der Erkenner des Blutegels? fragte Zarathustra; und du gehst dem Blutegel nach bis auf die letzten Gründe, du Gewissenhafter?"

„Oh Zarathustra, antwortete der Getretene, das wäre ein Ungeheures, wie dürfte ich mich dessen unterfangen!

Wess ich aber Meister und Kenner bin, das ist des Blutegels *Hirn*: – das ist *meine* Welt!

Und es ist auch eine Welt! Vergieb aber, dass hier mein Stolz zu Worte kommt, denn ich habe hier nicht meines Gleichen. Darum sprach ich „hier bin ich heim."

Wie lange gehe ich schon diesem Einen nach, dem Hirn des Blutegels, dass die schlüpfrige Wahrheit mir hier nicht mehr entschlüpfe! Hier ist *mein* Reich!

– darob warf ich alles Andere fort, darob wurde mir alles. Andre gleich; und dicht neben meinem Wissen lagert mein schwarzes Unwissen.

Mein Gewissen des Geistes will es so von mir, dass ich Eins weiss und sonst Alles nicht weiss: es ekelt mich aller Halben des Geistes, aller Dunstigen, Schwebenden, Schwärmerischen.

Wo meine Redlichkeit aufhört, bin ich blind und will auch blind sein. Wo ich aber wissen will, will ich auch redlich sein, nämlich hart, streng, eng, grausam, unerbittlich.

Dass *du* einst sprachst, oh Zarathustra: „Geist ist das Leben, das selber in's Leben schneidet," das führte und verführte mich zu deiner Lehre. Und, wahrlich, mit eignem Blute mehrte ich mir das eigne Wissen!"

– Wie der Augenschein lehrt," fiel Zarathustra ein; denn immer noch floss das Blut an dem nackten Arme des Gewissenhaften herab. Es hatten nämlich zehn Blutegel sich in denselben eingebissen.

„Oh du wunderlicher Gesell, wie Viel lehrt mich dieser Augenschein da, nämlich du selber! Und nicht Alles dürfte ich vielleicht in deine strengen Ohren giessen!

Wohlan! So scheiden wir hier! Doch möchte ich gerne dich wiederfinden. Dort hinauf führt der Weg zu meiner Höhle: heute Nacht sollst du dort mein lieber Gast sein!

Gerne möchte ich's auch an deinem Leibe wieder gut machen, dass Zarathustra dich mit Füssen trat: darüber denke ich nach. Jetzt aber ruft mich ein Nothschrei eilig fort von dir."

Also sprach Zarathustra.

Der Zauberer

1

Als aber Zarathustra um einen Felsen herumbog, da sahe er, nicht weit unter sich, auf dem gleichen Wege, einen Menschen, der die Glieder warf wie ein Tobsüchtiger und endlich bäuchlings zur Erde niederstürzte. „Halt! sprach da Zarathustra zu seinem Herzen, Der dort muss wohl der höhere Mensch sein, von ihm kam jener schlimme Nothschrei, – ich will sehn, ob da zu helfen ist." Als er aber hinzulief, an die Stelle, wo der Mensch auf dem Boden lag, fand er einen zitternden alten Mann mit stieren Augen; und wie sehr sich Zarathustra mühte, dass er ihn aufrichte und wieder auf seine Beine stelle, es war umsonst. Auch schien der Unglückliche nicht zu merken, dass jemand um ihn sei; vielmehr sah er sich immer mit rührenden Gebärden um, wie ein von aller Welt Verlassener und Vereinsamter. Zuletzt aber, nach vielem Zittern, Zucken und Sich-zusammen-Krümmen, begann er also zu jammern:

Wer wärmt mich, wer liebt mich noch?
Gebt heisse Hände!
Gebt Herzens-Kohlenbecken!
Hingestreckt, schaudernd,
Halbtodtem gleich, dem man die Füsse wärmt –
Geschüttelt, ach! von unbekannten Fiebern,
Zitternd vor spitzen eisigen Frost-Pfeilen,
Von dir gejagt, Gedanke!
Unnennbarer! Verhüllter! Entsetzlicher!
Du Jäger hinter Wolken!
Darniedergeblitzt von dir,
Du höhnisch Auge, das mich aus Dunklem anblickt:

– so liege ich,
Biege mich, winde mich, gequält
Von allen ewigen Martern,
Getroffen
Von Dir, grausamster Jäger,
Du unbekannter – Gott!

Triff tiefer,
Triff Ein Mal noch!
Zerstich, zerbrich diess Herz!
Was soll diess Martern
Mit zähnestumpfen Pfeilen?
Was blickst du wieder,
Der Menschen-Qual nicht müde,
Mit schadenfrohen Götter-Blitz-Augen?
Nicht tödten willst du,
Nur martern, martern?
Wozu – *mich* martern,
Du schadenfroher unbekannter Gott? –

Haha! Du schleichst heran?
Bei solcher Mitternacht
Was willst du? Sprich!
Du drängst mich, drückst mich –
Ha! schon viel zu nahe!
Weg! Weg!
Du hörst mich athmen,
Du behorchst mein Herz,
Du Eifersüchtiger –
Worauf doch eifersüchtig?
Weg! Weg! Wozu die Leiter?
Willst *du hinein*,
In's Herz,
Einsteigen, in meine heimlichsten
Gedanken einsteigen?
Schamloser! Unbekannter – Dieb!
Was willst du dir erstehlen,

Was willst du dir erhorchen,
Was willst du dir erfoltern,
Du Folterer!
Du – Henker-Gott!
Oder soll ich, dem Hunde gleich,
Vor dir mich wälzen?
Hingebend, begeistert-ausser-mir,
Dir – Liebe zuwedeln?

Umsonst! Stich weiter,
Grausamster Stachel! Nein,
Kein Hund – dein Wild nur bin ich,
Grausamster Jäger!
Dein stolzester Gefangner,
Du Räuber hinter Wolken!
Sprich endlich,
Was willst du, Wegelagerer, von *mir*?
Du Blitz-Verhüllter! Unbekannter! Sprich,
Was *willst* du, unbekannter Gott? – –

Wie? Lösegeld?
Was willst du Lösegelds?
Verlange Viel – das räth mein Stolz!
Und rede kurz – das räth mein andrer Stolz!
Haha!

Mich – willst du? Mich?
Mich – ganz?

Haha!
Und marterst mich, Narr, der du bist,
Zermarterst meinen Stolz?
Gieb *Liebe* mir – wer wärmt mich noch?
Wer liebt mich noch? – gieb heisse Hände,
Gieb Herzens-Kohlenbecken,
Gieb mir, dem Einsamsten,
Den Eis, ach! siebenfaches Eis

Nach Feinden selber,
Nach Feinden schmachten lehrt,
Gieb, ja ergieb,
Grausamster Feind,
Mir – *dich*! – –

Davon!
Da floh er selber,
Mein letzter einziger Genoss,
Mein grosser Feind,
Mein Unbekannter,
Mein Henker-Gott! –

– Nein! Komm zurück,
Mit allen deinen Martern!
Zum Letzten aller Einsamen
Oh komm zurück!
All meine Thränen-Bäche laufen
Zu dir den Lauf!

Und meine letzte Herzens-Flamme –
Dir glüht sie auf!
Oh komm zurück,
Mein unbekannter Gott! Mein Schmerz! Mein letztes –
Glück!

2

– Hier aber konnte sich Zarathustra nicht länger halten, nahm seinen Stock und schlug mit allen Kräften auf den jammernden los. „Halt ein! schrie er ihm zu, mit ingrimmigem Lachen, halt ein, du Schauspieler! Du Falschmünzer! Du Lügner aus dem Grunde! Ich erkenne dich wohl!

Ich will dir schon warme Beine machen, du schlimmer Zauberer, ich verstehe mich gut darauf, Solchen wie du bist – einzuheizen!“

– „Lass ab, sagte der alte Mann und sprang vom Boden auf, schlage nicht mehr, oh Zarathustra! Ich trieb's also nur zum Spiele!

Solcherlei gehört zu meiner Kunst; dich selber wollte ich auf die Probe stellen, als ich dir diese Probe gab! Und, wahrlich, du hast mich gut durchschaut!

Aber auch du – gabst mir von dir keine kleine Probe: du bist *hart*, du weiser Zarathustra! Hart schlägst du zu mit deinen „Wahrheiten," dein Knüttel erzwingt von mir – *diese* Wahrheit!"

– „Schmeichle nicht, antwortete Zarathustra, immer noch erregt und finsterblickend, du Schauspieler aus dem Grunde! Du bist falsch: was redest du – von Wahrheit!

Du Pfau der Pfauen, du Meer der Eitelkeit, *was* spieltest du vor mir, du schlimmer Zauberer, an *wen* sollte ich glauben, als du in solcher Gestalt jammertest?"

„*Den Büsser des Geistes*, sagte der alte Mann, *den* – spielte ich: du selber erfandest einst diess Wort –

– den Dichter und Zauberer, der gegen sich selber endlich seinen Geist wendet, den Verwandelten, der an seinem bösen Wissen und Gewissen erfriert.

Und gesteh es nur ein: es währte lange, oh Zarathustra, bis du hinter meine Kunst und Lüge kamst! *Du glaubtest* an meine Noth, als du mir den Kopf mit beiden Händen hieltest, –

– ich hörte dich jammern „man hat ihn zu wenig geliebt, zu wenig geliebt!" Dass ich dich soweit betrog, darüber frohlockte inwendig meine Bosheit."

„Du magst Feinere betrogen haben als mich, sagte Zarathustra hart. Ich bin nicht auf der Hut vor Betrügern, ich *muss* ohne Vorsicht sein: so will es mein Loos.

Du aber – *musst* betrügen: so weit kenne ich dich! Du musst immer zwei- drei- vier- und fünfdeutig sein! Auch was du jetzt bekanntest, war mir lange nicht wahr und nicht falsch genung!

Du schlimmer Falschmünzer, wie könntest du anders! Deine Krankheit würdest du noch schminken, wenn du dich deinem Arzte nackt zeigtest.

So schminktest du eben vor mir deine Lüge, als du sprachst: „ich trieb's also *nur* zum Spiele!" Es war auch *Ernst* darin, du *bist* Etwas von einem Büsser des Geistes!

Ich errathe dich wohl: du wurdest der Bezauberer Aller, aber gegen dich hast du keine Lüge und List mehr übrig, – du selber bist dir entzaubert!

Du erntetest den Ekel ein, als deine Eine Wahrheit. Kein Wort ist mehr an dir ächt, aber dein Mund: nämlich der Ekel, der an deinem Munde klebt." – –

– „Wer bist du doch! schrie hier der alte Zauberer mit einer trotzigen Stimme, wer darf also zu m i r reden, dem Grössten, der heute lebt?" – und ein grüner Blitz schoss aus seinem Auge nach Zarathustra. Aber gleich darauf verwandelte er sich und sagte traurig:

„Oh Zarathustra, ich bin's müde, es ekelt mich meiner Künste, ich bin nicht *gross*, was verstelle ich mich! Aber, du weisst es wohl – ich suchte nach Grösse!

Einen grossen Menschen wollte ich vorstellen und überredete Viele: aber diese Lüge gieng über meine Kraft. An ihr zerbreche ich.

Oh Zarathustra, Alles ist Lüge an mir; aber dass ich zerbreche – diess mein Zerbrechen ist *ächt*!" –

„Es ehrt dich, sprach Zarathustra düster und zur Seite niederblickend, es ehrt dich, dass du nach Grösse suchtest, aber es verräth dich auch. Du bist nicht gross.

Du schlimmer alter Zauberer, *das* ist dein Bestes und Redlichstes, was ich an dir ehre, dass du deiner müde wurdest und es aussprachst: „ich bin nicht gross."

Darin ehre ich dich als einen Büsser des Geistes: und wenn auch nur für einen Hauch und Husch, diesen Einen Augenblick warst du – ächt.

Aber sprich, was suchst du hier in *meinen* Wäldern und Felsen? Und wenn du *mir* dich in den Weg legtest, welche Probe wolltest du von mir? –

– wess versuchtest du *mich*?" –

Also sprach Zarathustra, und seine Augen funkelten. Der alte Zauberer schwieg eine Weile, dann sagte er: „Versuchte ich dich? Ich – suche nur.

Oh Zarathustra, ich suche einen Ächten, Rechten, Einfachen, Eindeutigen, einen Menschen aller Redlichkeit, ein Gefäss der Weisheit, einen Heiligen der Erkenntniss, einen grossen Menschen!

Weisst du es denn nicht, oh Zarathustra? *Ich suche Zarathustra*."

– Und hier entstand ein langes Stillschweigen zwischen Beiden; Zarathustra aber versank tief hinein in sich selber, also dass er die Augen schloss. Dann aber, zu seinem Unterredner zurückkehrend, ergriff er die Hand des Zauberers und sprach, voller Artigkeit und Arglist:

„Wohlan! Dort hinauf führt der Weg, da liegt die Höhle Zarathustra's. In ihr darfst du suchen, wen du finden möchtest.

Und frage meine Thiere um Rath, meinen Adler und meine Schlange: die sollen dir suchen helfen. Meine Höhle aber ist gross.

Ich selber freilich – ich sah noch keinen grossen Menschen. Was gross ist, dafür ist das Auge der Feinsten heute grob. Es ist das Reich des Pöbels.

So Manchen fand ich schon, der streckte und blähte sich, und das Volk schrie: „Seht da, einen grossen Menschen!“ Aber was helfen alle Blasebälge! Zuletzt fährt der Wind heraus.

Zuletzt platzt ein Frosch, der sich zu lange aufblies: da fährt der Wind heraus. Einem Geschwollnen in den Bauch stechen, das heisse ich eine brave Kurzweil. Hört das, ihr Knaben!

Diess Heute ist des Pöbels: wer *weiss* da noch, was gross, was klein ist! Wer suchte da mit Glück nach Grösse! Ein Narr allein: den Narren glückt's.

Du suchst nach grossen Menschen, du wunderlicher Narr? Wer *lehrte's* dich? Ist heute dazu die Zeit? Oh du schlimmer Sucher, was – versuchst du mich?“ – –

Also sprach Zarathustra, getrösteten Herzens, und gieng lachend seines Wegs fürbass.

Ausser Dienst

Nicht lange aber, nachdem Zarathustra sich von dem Zauberer losgemacht hatte, sahe er wiederum Jemanden am Wege sitzen, den er gieng, nämlich einen schwarzen langen Mann mit einem hageren Bleichgesicht: *der* verdross ihn gewaltig. „Wehe, sprach er zu seinem Herzen, da, sitzt vermummte Trübsal, das dünkt mich von der Art der Priester: was wollen *die* in meinem Reiche?

Wie! Kaum bin ich jenem Zauberer entronnen: muss mir da wieder ein anderer Schwarzkünstler über den Weg laufen, –

– irgend ein Hexenmeister mit Handauflegen, ein dunkler Wunderthäter von Gottes Gnaden, ein gesalbter Welt-Verleumder, den der Teufel holen möge!

Aber der Teufel ist nie am Platze, wo er am Platze wäre: immer kommt er zu spät, dieser vermaledeite Zwerg und Klumpfuss!“ –

Also fluchte Zarathustra ungeduldig in seinem Herzen und gedachte, wie er abgewandten Blicks an dem schwarzen Manne vorüberschlüpfe: aber siehe, es kam anders. Im gleichen Augenblicke nämlich hatte ihn schon der Sitzende erblickt; und nicht unähnlich einem Solchen, dem ein unvermuthetes Glück zustösst, sprang er auf und gieng auf Zarathustra los.

„Wer du auch bist, du Wandersmann, sprach er, hilf einem Verirrten, einem Suchenden, einem alten Manne, der hier leicht zu Schaden kommt!

Diese Welt hier ist mir fremd und fern, auch hörte ich wilde Thiere heulen; und Der, welcher mir hätte Schutz bieten können, der ist selber nicht mehr.

Ich suchte den letzten frommen Menschen, einen Heiligen und Einsiedler, der allein in seinem Walde noch Nichts davon gehört hatte, was alle Welt heute weiss."

„ *Was* weiss heute alle Welt? fragte Zarathustra. Etwa diess, dass der alte Gott nicht mehr lebt, an den alle Welt einst geglaubt hat?"

„Du sagst es, antwortete der alte Mann betrübt. Und ich diente diesem alten Gotte bis zu seiner letzten Stunde.

Nun aber bin ich ausser Dienst, ohne Herrn, und doch nicht frei, auch keine Stunde mehr lustig, es sei denn in Erinnerungen.

Dazu stieg ich in diese Berge, dass ich endlich wieder ein Fest mir machte, wie es einem alten Papste und Kirchen-Vater zukommt: denn wisse, ich bin der letzte Papst! – ein Fest frommer Erinnerungen und Gottesdienste.

Nun aber ist er selber todt, der frömmste Mensch, jener Heilige im Walde, der seinen Gott beständig mit Singen und Brummen lobte.

Ihn selber fand ich nicht mehr, als ich seine Hütte fand, – wohl aber zwei Wölfe darin, welche um seinen Tod heulten – denn alle Thiere liebten ihn. Da lief ich davon.

Kam ich also umsonst in diese Wälder und Berge? Da entschloss sich mein Herz, dass ich einen Anderen suchte, den Frömmsten aller Derer, die nicht an Gott glauben –, dass ich Zarathustra suchte!"

Also sprach der Greis und blickte scharfen Auges Den an, welcher vor ihm stand; Zarathustra aber ergriff die Hand des alten Papstes und betrachtete sie lange mit Bewunderung.

„Siehe da, du Ehrwürdiger, sagte er dann, welche schöne und lange Hand! Das ist die Hand eines Solchen, der immer Segen ausgetheilt hat. Nun aber hält sie Den fest, welchen du suchst, mich, Zarathustra.

Ich bin's, der gottlose Zarathustra, der da spricht: wer ist gottloser als ich, dass ich mich seiner Unterweisung freue?" –

Also sprach Zarathustra und durchbohrte mit seinen Blicken die Gedanken und Hintergedanken des alten Papstes. Endlich begann dieser:

„Wer ihn am meisten liebte und besass, der hat ihn nun am meisten auch verloren –:

– siehe, ich selber bin wohl von uns Beiden jetzt der Gottlosere? Aber wer könnte daran sich freuen!" –

„Du dientest ihm bis zuletzt, fragte Zarathustra nachdenklich, nach einem tiefen Schweigen, du weisst, *wie* er starb? Ist es wahr, was man spricht, dass ihn das Mitleiden erwürgte,

– dass er es sah, wie *der Mensch* am Kreuze hieng, und es nicht ertrug, dass die Liebe zum Menschen seine Hölle und zuletzt sein Tod wurde?" – –

Der alte Papst aber antwortete nicht, sondern blickte scheu und mit einem schmerzlichen und düsteren Ausdrucke zur Seite.

„Lass ihn fahren, sagte Zarathustra nach einem langen Nachdenken, indem er immer noch dem alten Manne gerade in's Auge blickte.

Lass ihn fahren, er ist dahin. Und ob es dich auch ehrt, dass du diesem Todten nur Gutes nachredest, so weisst du so gut als ich, *wer* er war; und dass er wunderliche Wege gieng."

„Unter drei Augen gesprochen, sagte erheitert der alte Papst (denn er war auf Einem Auge blind), in Dingen Gottes bin ich aufgeklärter als Zarathustra selber – und darf es sein.

Meine Liebe diente ihm lange Jahre, mein Wille gieng allem seinen Willen nach. Ein guter Diener aber weiss Alles, und Mancherlei auch, was sein Herr sich selbst verbirgt.

Es war ein verborgener Gott, voller Heimlichkeit. Wahrlich zu einem Sohne sogar kam er nicht anders als auf Schleichwegen. An der Thür seines Glaubens steht der Ehebruch.

Wer ihn als einen Gott der Liebe preist, denkt nicht hoch genug von der Liebe selber. Wollte dieser Gott nicht auch Richter sein? Aber der Liebende liebt jenseits von Lohn und Vergeltung.

Als er jung war, dieser Gott aus dem Morgenlande, da war er hart und rachsüchtig und erbaute sich eine Hölle zum Ergötzen seiner Lieblinge.

Endlich aber wurde er alt und weich und mürbe und mitleidig, einem Grossvater ähnlicher als einem Vater, am ähnlichsten aber einer wackeligen alten Grossmutter.

Da sass er, welk, in seinem Ofenwinkel, härmte sich ob seiner schwachen Beine, weltmüde, willensmüde, und erstickte eines Tags an seinem allzugrossen Mitleiden." – –

„Du alter Papst, sagte hier Zarathustra dazwischen, hast du *Das* mit Augen angesehn? Es könnte wohl so abgegangen sein: so, *und* auch anders. Wenn Götter sterben, sterben sie immer viele Arten Todes.

Aber wohlan! So oder so, so und so – er ist dahin! Er gieng meinen Ohren und Augen wider den Geschmack, Schlimmeres möchte ich ihm nicht nachsagen.

Ich liebe Alles, was hell blickt und redlich redet. Aber er – du weisst es ja, du alter Priester, es war Etwas von deiner Art an ihm, von Priester-Art – er war vieldeutig.

Er war auch undeutlich. Was hat er uns darob gezürnt, dieser Zornschnauber, dass wir ihn schlecht verstanden Aber warum sprach er nicht reinlicher?

Und lag es an unsern Ohren, warum gab er uns Ohren, die ihn schlecht hörten? War Schlamm in unsern Ohren, wohlan! wer legte ihn hinein?

Zu Vieles missrieth ihm, diesem Töpfer, der nicht ausgelernt hatte! Dass er aber Rache an seinen Töpfen und Geschöpfen nahm, dafür dass sie ihm schlecht geriethen, – das war eine Sünde wider den *guten Geschmack*.

Es giebt auch in der Frömmigkeit guten Geschmack: der sprach endlich „Fort mit einem *solchen* Gotte! Lieber keinen Gott, lieber auf eigne Faust Schicksal machen, lieber Narr sein, lieber selber Gott sein!"

– „Was höre ich! sprach hier der alte Papst mit gespitzten Ohren; oh Zarathustra, du bist frömmer als du glaubst, mit einem solchen Unglauben! Irgend ein Gott in dir bekehrte dich zu deiner Gottlosigkeit.

Ist es nicht deine Frömmigkeit selber, die dich nicht mehr an einen Gott glauben lässt? Und deine übergrosse Redlichkeit wird dich auch noch jenseits von Gut und Böse wegfuhren!

Siehe, doch, was blieb dir aufgespart? Du hast Augen und Hand und Mund, die sind zum Segnen vorher bestimmt seit Ewigkeit. Man segnet nicht mit der Hand allein.

In deiner Nähe, ob du schon der Gottloseste sein willst, wittere ich einen heimlichen Weih- und Wohlgeruch von langen Segnungen: mir wird wohl und wehe dabei.

Lass mich deinen Gast sein, oh Zarathustra, für eine einzige Nacht! Nirgends auf Erden wird es mir jetzt wohler als bei dir!" –

„Amen! So soll es sein! sprach Zarathustra mit grosser Verwunderung, dort hinauf führt der Weg, da liegt die Höhle Zarathustra's.

Gerne, fürwahr, würde ich dich selber dahin geleiten, du Ehrwürdiger, denn ich liebe alle frommen Menschen. Aber jetzt ruft mich eilig ein Nothschrei weg von dir.

In meinem Bereiche soll mir Niemand zu Schaden kommen; meine Höhle ist ein guter Hafen. Und am liebsten möchte ich jedweden Traurigen wieder auf festes Land und feste Beine stellen.

Wer aber nähme dir *deine* Schwermuth von der Schulter? Dazu bin ich zu schwach. Lange, wahrlich, möchten wir warten, bis dir Einer deinen Gott wieder aufweckt.

Dieser alte Gott nämlich lebt nicht mehr: der ist gründlich todt." –

Also sprach Zarathustra.

Der hässlichste Mensch

– Und wieder liefen Zarathustra's Füsse durch Berge und Wälder, und seine Augen suchten und suchten, aber nirgends war Der zu sehen, welchen sie sehn wollten, der grosse Nothleidende und Nothschreiende. Auf dem ganzen Wege aber frohlockte er in seinem Herzen und war dankbar. „Welche guten Dinge, sprach er, schenkte mir doch dieser Tag, zum Entgelt, dass er schlimm begann! Welche seltsamen Unterredner fand ich!

An deren Worten will ich lange nun kauen gleich als an guten Körnern; klein soll mein Zahn sie mahlen und malmen, bis sie mir wie Milch in die Seele fliessen!" – –

Als aber der Weg wieder um einen Felsen bog, veränderte sich mit Einem Male die Landschaft, und Zarathustra trat in ein Reich des Todes. Hier starrten schwarze und rothe Klippen empor: kein Gras, kein Baum, keine Vogelstimme. Es war nämlich ein Thal, welches alle Thiere mieden, auch die Raubthiere-, nur dass eine Art hässlicher, dicker, grüner Schlangen, wenn sie alt wurden, hierher kamen, um zu sterben. Darum nannten diess Thal die Hirten: Schlangen-Tod.

Zarathustra aber versank in eine schwarze Erinnerung, denn ihm war, als habe er schon ein Mal in diesem Thal gestanden. Und vieles Schwere legte sich ihm über den Sinn: also, dass er langsam gieng und immer langsamer und endlich still stand. Da aber sahe er, als er die Augen aufthat, Etwas, das am Wege sass, gestaltet wie ein Mensch und kaum wie ein Mensch, etwas Unaussprechliches. Und mit Einem Schlage überfiel Zarathustra die grosse Scham darob, dass er so Etwas mit den Augen angesehn habe: erröthend bis hinauf an sein weisses Haar, wandte er den Blick ab und hob den Fuss, dass er diese schlimme Stelle verlasse. Da aber wurde die todte Öde laut: vom Boden auf nämlich quoll es gurgelnd und röchelnd, wie Wasser Nachts durch verstopfte Wasser-Röhren gurgelt und röchelt; und zuletzt wurde daraus eine Menschen-Stimme und Menschen-Rede: – die lautete also.

„Zarathustra! Zarathustra! Rathe mein Räthsel! Sprich, sprich! Was ist *die Rache am Zeugen*?

Ich locke dich zurück, hier ist glattes Eis! Sieh zu, sieh zu, ob dein Stolz sich hier nicht die Beine bricht!

Du dünkst dich weise, du stolzer Zarathustra! So rathe doch das Räthsel, du harter Nüsseknacker, – das Räthsel, das ich bin! So sprich doch – wer bin *ich*! „

– Als aber Zarathustra diese Worte gehört hatte, – was glaubt ihr wohl, dass sich da mit seiner Seele zutrug? *Das Mitleiden fiel ihn an*; und er sank mit Einem Male nieder, wie ein Eichbaum, der lange vielen Holzschlägern widerstanden hat, – schwer, plötzlich, zum Schrecken selber für Die, welche ihn fällen wollten. Aber schon stand er wieder vom Boden auf, und sein Antlitz wurde hart.

„Ich erkenne dich wohl, sprach er mit einer erzenen Stimme: *du bist der Mörder Gottes*! Lass mich gehn.

Du *ertrugst* Den nicht, der *dich* sah, – der dich immer und durch und durch sah, du hässlichster Mensch! Du nahmst Rache an diesem Zeugen!“

Also sprach Zarathustra und wollte davon; aber der Unaussprechliche fasste nach einem Zipfel seines Gewandes und begann von Neuem zu gurgeln und nach Worten zu suchen. „Bleib!“ sagte er endlich –

– bleib! Geh nicht vorüber! Ich errieth, welche Axt dich zu Boden schlug: Heil dir, oh Zarathustra, dass du wieder stehst!

Du erriethest, ich weiss es gut, wie Dem zu Muthe ist, der ihn tödtete, – dem Mörder Gottes. Bleib! Setze dich her zu mir, es ist nicht umsonst.

Zu wem wollte ich, wenn nicht zu dir? Bleib, setze dich! Blicke mich aber nicht an! Ehre also – meine Hässlichkeit!

Sie verfolgen mich: nun bist *du* meine letzte Zuflucht. *Nicht* mit ihrem Hasse, *nicht* mit ihren Häschern: – oh solcher Verfolgung würde ich spotten und stolz und froh sein!

War nicht aller Erfolg bisher bei den Gut-Verfolgten? Und wer gut verfolgt, lernt leicht *folgen*: – ist er doch einmal – hinterher! Aber ihr *Mitleid* ist's –

– ihr Mitleid ist's, vor dem ich flüchte und dir zuflüchte. Oh Zarathustra, schütze mich, du meine letzte Zuflucht, du Einziger, der mich errieth:

– du erriethest, wie Dem zu Muthe ist, welcher *ihn* tödtete. Bleib! Und willst du gehn, du Ungeduldiger: geh nicht den Weg, den ich kam. *Der* Weg ist schlecht.

Zürnst du mir, dass ich zu lange schon rede-rade-breche? Dass ich schon dir rathe? Aber wisse, ich bin's, der hässlichste Mensch,

– der auch die grössten schwersten Füsse hat. Wo *ich* gieng, ist der Weg schlecht. Ich trete alle Wege todt und zu Schanden.

Dass du aber an mir vorübergiengst, schweigend; dass du erröthetest, ich sah es wohl: daran erkannte ich dich als Zarathustra.

Jedweder Andere hätte mir sein Almosen zugeworfen, sein Mitleiden, mit Blick und Rede. Aber dazu – bin ich nicht Bettler genug, das erriethest du –

– dazu bin ich zu *reich* , reich an Grossem, an Furchtbarem, am Hässlichsten, am Unaussprechlichsten! Deine Scham, oh Zarathustra, *ehrte* mich!

Mit Noth kam ich heraus aus dem Gedräng der Mitleidigen, – dass ich den Einzigen fände, der heute lehrt „Mitleiden ist zudringlich“ – dich, oh Zarathustra!

– sei es eines Gottes, sei es der Menschen Mitleiden: Mitleiden geht gegen die Scham. Und nicht-helfen-wollen kann vornehmer sein als jene Tugend, die zuspringt.

Das aber heisst heute Tugend selber bei allen kleinen Leuten, das Mitleiden: – die haben keine Ehrfurcht vor grossem Unglück, vor grosser Hässlichkeit, vor grossem Missrathen.

Über diese Alle blicke ich hinweg, wie ein Hund über die Rücken wimmelnder Schafheerden wegblickt. Es sind kleine wohlwollige wohlwillige graue Leute.

Wie ein Reiher verachtend über flache Teiche wegblickt, mit zurückgelegtem Kopfe: so blicke ich über das Gewimmel grauer kleiner Wellen und Willen und Seelen weg.

Zu lange hat man ihnen Recht gegeben, diesen kleinen Leuten: *so* gab man ihnen endlich auch die Macht – nun lehren sie: „gut ist nur, was kleine Leute gut heissen.“

Und „Wahrheit“ heisst heute, was der Prediger sprach, der selber aus ihnen herkam, jener wunderliche Heilige und Fürsprecher der kleinen Leute, welcher von sich zeugte „ich – bin die Wahrheit.“

Dieser Unbescheidne macht nun lange schon den kleinen Leuten den Kamm hoch schwellen – er, der keinen kleinen Irrthum lehrte, als er lehrte „ich – bin die Wahrheit.“

Ward einem Unbescheidnen jemals höflicher geantwortet? – Du aber, oh Zarathustra, giengst an ihm vorüber und sprachst: „Nein! Nein! Drei Mal Nein!“

Du warntest vor seinem Irrthum, du warntest als der Erste vor dem Mitleiden – nicht Alle, nicht Keinen, sondern dich und deine Art.

Du schämst dich an der Scham des grossen Leidenden; und wahrlich, wenn du sprichst „von dem Mitleiden her kommt eine grosse Wolke, habt Acht, ihr Menschen!“

– wenn du lehrst „alle Schaffenden sind hart, alle grosse Liebe ist über ihrem Mitleiden“: oh Zarathustra, wie gut dünkst du mich eingelernt auf Wetter-Zeichen!

Du selber aber – warne dich selber auch vor *deinem* Mitleiden! Denn Viele sind zu dir unterwegs, viele Leidende, Zweifelnde, Verzweifelnde, Ertrinkende, Frierende –

Ich warne dich auch vor mir. Du erriethest mein bestes, schlimmstes Räthsel, mich selber und was ich that. Ich kenne die Axt, die dich fällt.

Aber er – *musste* sterben: er sah mit Augen, welche *Alles* sahn, – er sah des Menschen Tiefen und Gründe, alle seine verhehlte Schmach und Hässlichkeit.

Sein Mitleiden kannte keine Scham: er kroch in meine schmutzigsten Winkel. Dieser Neugierigste, Über-Zudringliche, Über-Mitleidige musste sterben.

Er sah immer *mich*: an einem solchen Zeugen wollte ich Rache haben – oder selber nicht leben.

Der Gott, der Alles sah, *auch den Menschen* dieser Gott musste sterben! Der Mensch *erträgt* es nicht, dass solch ein Zeuge lebt."

Also, sprach der hässlichste Mensch. Zarathustra aber erhob sich und schickte sich an fortzugehn: denn ihn fröstelte bis in seine Eingeweide.

„Du Unaussprechlicher, sagte er, du warntest mich vor deinem Wege. Zum Danke dafür lobe ich dir den meinen. Siehe, dort hinauf liegt die Höhle Zarathustra's.

Meine Höhle ist gross und tief und hat viele Winkel; da findet der Versteckteste sein Versteck. Und dicht bei ihr sind hundert Schlüpfe und Schliche für kriechendes, flatterndes und springendes Gethier.

Du Ausgestossener, der du dich selber ausstiessest, du willst nicht unter Menschen und Menschen-Mitleid wohnen? Wohlan, so thu's mir gleich! So lernst du auch von mir; nur der Thäter lernt.

Und rede zuerst und -nächst mit meinen Thieren! Das stolzeste Thier und das klügste Thier – die möchten uns Beiden wohl die rechten Rathgeber sein!" – –

Also sprach Zarathustra und gieng seiner Wege, nachdenklicher und langsamer noch als zuvor: denn er fragte sich Vieles und wusste sich nicht leicht zu antworten.

„Wie arm ist doch der Mensch! dachte er in seinem Herzen, wie hässlich, wie röchelnd, wie voll verborgener Scham!

Man sagt mir, dass der Mensch sich selber liebe: ach, wie gross muss diese Selber-Liebe sein! Wie viel Verachtung hat sie wider sich!

Auch dieser da liebte sich, wie er sich verachtete, – ein grosser Liebender ist er mir und ein grosser Verächter.

Keinen fand ich noch, der sich tiefer verachtet hätte: auch *Das* ist Höhe. Wehe, war *Der* vielleicht der höhere Mensch, dessen Schrei ich hörte?

Ich liebe die grossen Verachtenden. Der Mensch aber ist Etwas, das überwunden werden muss." – –

Der freiwillige Bettler

Als Zarathustra den hässlichsten Menschen verlassen hatte, fror ihn, und er fühlte sich einsam: es gieng ihm nämlich vieles Kalte und Einsame durch die Sinne, also, dass darob auch seine Glieder kälter wurden. Indem er aber weiter und weiter stieg, hinauf, hinab, bald an grünen Weiden vorbei, aber auch über wilde steinichte Lager, wo ehedem wohl ein ungeduldiger Bach sich zu Bett gelegt hatte.- da wurde ihm mit Einem Male wieder wärmer und herzlicher zu Sinne.

„Was geschah mir doch? fragte er sich, etwas Warmes und Lebendiges erquickt mich, das muss in meiner Nähe sein.

Schon bin ich weniger allein; unbewusste Gefährten und Brüder schweifen um mich, ihr warmer Athem rührt an meine Seele."

Als er aber um sich spähete und nach den Tröstern seiner Einsamkeit suchte: siehe, da waren es Kühe, welche auf einer Anhöhe bei einander standen; deren Nähe und Geruch hatten sein Herz erwärmt. Diese Kühe aber schienen mit Eifer einem Redenden zuzuhören und gaben nicht auf Den Acht, der herankam. Wie aber Zarathustra ganz in ihrer Nähe war, hörte er deutlich, dass eine Menschen-Stimme aus der Mitte der Kühe heraus redete; und ersichtlich hatten sie allesammt ihre Köpfe dem Redenden zugedreht.

Da sprang Zarathustra mit Eifer hinauf und drängte die Thiere auseinander, denn er fürchtete, dass hier jemandem ein Leids geschehn sei, welchem schwerlich das Mitleid von Kühen abhelfen mochte. Aber darin hatte er sich getäuscht; denn siehe, da sass ein Mensch auf der Erde und schien den Thieren zuzureden, dass sie keine Scheu vor ihm haben sollten, ein friedfertiger Mensch und Berg-Prediger, aus dessen Augen die Güte selber predigte. „Was suchst du hier?“ rief Zarathustra mit Befremden.

„Was ich hier suche? antwortete er: das Selbe, was du suchst, du Störenfried! nämlich das Glück auf Erden.

Dazu aber möchte ich von diesen Kühen lernen. Denn, weisst du wohl, einen halben Morgen schon rede ich ihnen zu, und eben wollten sie mir Bescheid geben. Warum doch störst du sie?

So wir nicht umkehren und werden wie die Kühe, so kommen wir nicht in das Himmelreich. Wir sollten ihnen nämlich Eins ablernen: das Wiederkäuen.

Und wahrlich, wenn der Mensch auch die ganze Welt gewönne und lernte das Eine nicht, das Wiederkäuen: was hülfe es! Er würde nicht seine Trübsal los

– seine grosse Trübsal: die aber heisst heute *Ekel*. Wer hat heute von Ekel nicht Herz, Mund und Augen voll? Auch du! Auch du! Aber siehe doch diese Kühe an!“ –

Also sprach der Berg-Prediger und wandte dann seinen eignen Blick Zarathustra zu, – denn bisher hieng er mit Liebe an den Kühen –: da aber verwandelte er sich. „Wer ist das, mit dem ich rede? rief er erschreckt und sprang vom Boden empor.

Diess ist der Mensch ohne Ekel, diess ist Zarathustra selber, der Überwinder des grossen Ekels, diess ist das Auge, diess ist der Mund, diess ist das Herz Zarathustra's selber.“

Und indem er also sprach, küsste er Dem, zu welchem er redete, die Hände, mit überströmenden Augen, und gebärdete sich ganz als Einer, dem ein kostbares Geschenk und Kleinod unversehens vom Himmel fällt. Die Kühe aber schauten dem Allen zu und wunderten sich.

„Sprich nicht von mir, du Wunderlicher! Lieblicher! sagte Zarathustra und wehrte seiner Zärtlichkeit, sprich mir erst von dir! Bist du nicht der freiwillige Bettler, der einst einen grossen Reichthum von sich warf, –

– der sich seines Reichthums schämte und der Reichen, und zu den Ärmsten floh, dass er ihnen seine Fülle und sein Herz schenke? Aber sie nahmen ihn nicht an.“

„Aber sie nahmen mich nicht an, sagte der freiwillige Bettler, du weisst es ja. So gieng ich endlich zu den Thieren und zu diesen Kühen.“

„Da lerntest du, unterbrach Zarathustra den Redenden, wie es schwerer ist, recht geben als recht nehmen, und dass gut schenken eine *Kunst* ist und die letzte listigste Meister-Kunst der Güte."

„Sonderlich heutzutage, antwortete der freiwillige Bettler: heute nämlich, wo alles Niedrige aufständisch ward und scheu und auf seine Art hoffährtig: nämlich auf Pöbel-Art.

Denn es kam die Stunde, du weisst es ja, für den grossen schlimmen langen langsamen Pöbel- und Sklaven-Aufstand: der wächst und wächst!

Nun empört die Niedrigen alles Wohlthun und kleine Weggeben; und die Überreichen mögen auf der Hut sein!

Wer heute gleich bauchichten Flaschen tröpfelt aus allzuschmalen Hälsen: – solchen Flaschen bricht man heute gern den Hals.

Lüsterne Gier, gallichter Neid, vergrämte Rachsucht, Pöbel-Stolz: das sprang mir Alles in's Gesicht. Es ist nicht mehr wahr, dass die Armen selig sind. Das Himmelreich aber ist bei den Kühen."

Und warum ist es nicht bei den Reichen? fragte Zarathustra versuchend, während er den Kühen wehrte, die den Friedfertigen zutraulich anschnauften.

„Was versuchst du mich? antwortete dieser. Du weisst es selber besser noch als ich. Was trieb mich doch zu den Ärmsten, oh Zarathustra? War es nicht der Ekel vor unsern Reichsten?

– vor den Sträflingen des Reichthums, welche sich ihren Vortheil aus jedem Kehricht auflesen, mit kalten Augen, geilen Gedanken, vor diesem Gesindel, das gen Himmel stinkt,

– vor diesem vergüldeten verfälschten Pöbel, dessen Väter Langfinger oder Aasvögel oder Lumpensammler waren, mit Weibern willfährig, lüstern, vergesslich: – sie haben's nämlich alle nicht weit zur Hure –

Pöbel oben, Pöbel unten! Was ist heute noch „Arm" und „Reich"! Diesen Unterschied verlernte ich, – da floh ich davon, weiter, immer weiter, bis ich zu diesen Kühen kam."

Also sprach der Friedfertige und schnaufte selber und schwitzte bei seinen Worten: also dass die Kühe sich von Neuem wunderten. Zarathustra aber sah ihm immer mit Lächeln in's Gesicht, als er so hart redete, und schüttelte dazu schweigend den Kopf.

„Du thust dir Gewalt an, du Berg-Prediger, wenn du solche harte Worte brauchst. Für solche Härte wuchs dir nicht der Mund, nicht das Auge.

Auch, wie mich dünkt, dein Magen selber nicht: *dem* widersteht all solches Zürnen und Hassen und Überschäumen. Dein Magen will sanftere Dinge: du bist kein Fleischer.

Vielmehr dünkst du mich ein Pflanzler und Wurzelmann. Vielleicht malmst du Körner. Sicherlich aber bist du fleischlichen Freuden abhold und liebst den Honig."

„Du erriethst mich gut, antwortete der freiwillige Bettler, mit erleichtertem Herzen. Ich liebe den Honig, ich malme auch Körner, denn ich suchte, was lieblich mundet und reinen Athem macht:

– auch was lange Zeit braucht, ein Tag- und Maul-Werk für sanfte Müssiggänger und Tagediebe.

Am weitesten freilich brachten es diese Kühe: die erfanden sich das Wiederkäuen und In-der-Sonne-Liegen. Auch enthalten sie sich aller schweren Gedanken, welche das Herz blähn."

– Wohlan! sagte Zarathustra: du solltest auch *meine* Thiere sehn, meinen Adler und meine Schlange, – ihres Gleichen giebt es heute nicht auf Erden.

Siehe, dorthin führt der Weg zu meiner Höhle: sei diese Nacht ihr Gast. Und rede mit meinen Thieren vom Glück der Thiere, –

– bis ich selber heimkomme. Denn jetzt ruft ein Nothschrei Mich eilig weg von dir. Auch findest du neuen Honig bei mir, eisfrischen Waben-Goldhonig: den iss!

Jetzt aber nimm flugs Abschied von deinen Kühen, du Wunderlicher! Lieblicher! ob es dir schon schwer werden mag. Denn es sind deine wärmsten Freunde und Lehrmeister!" –

„- Einen ausgenommen, den ich noch lieber habe, antwortete der freiwillige Bettler. Du selber bist gut und besser noch als eine Kuh, oh Zarathustra!"

„Fort, fort mit dir! du arger Schmeichler! schrie Zarathustra mit Bosheit, was verdirbst du mich mit solchem Lob und Schmeichel-Honig?"

„Fort, fort von mir!" schrie er noch Ein Mal und schwang seinen Stock nach dem zärtlichen Bettler: der aber lief hurtig davon.

Der Schatten

Kaum aber war der freiwillige Bettler davongelaufen und Zarathustra wieder mit sich allein, da hörte er hinter sich eine neue Stimme: die rief „Halt! Zarathustra! So warte doch! Ich bin's ja, oh Zarathustra, ich, dein Schatten!“ Aber Zarathustra wartete nicht, denn ein plötzlicher Verdruss überkam ihn ob des vielen Zudrangs und Gedrängs in seinen Bergen. „Wo ist meine Einsamkeit hin? sprach er.

Es wird mir wahrlich zu viel; diess Gebirge wimmelt, mein Reich ist nicht mehr von *dieser* Welt, ich brauche neue Berge.

Mein Schatten ruft mich? Was liegt an meinem Schatten! Mag er mir nachlaufen! ich – laufe ihm davon. –

Also sprach Zarathustra zu seinem Herzen und lief davon. Aber Der, welcher hinter ihm war, folgte ihm nach: so dass alsbald drei Laufende hinter einander her waren, nämlich voran der freiwillige Bettler, dann Zarathustra und zudritt und -hinterst sein Schatten. Nicht lange liefen sie so, da kam Zarathustra zur Besinnung über seine Thorheit und schüttelte mit Einem Rucke allen Verdruss und Überdruss von sich.

„Wie! sprach er, geschahen nicht von je die lächerlichsten Dinge bei uns alten Einsiedlern und Heiligen?

Wahrlich, meine Thorheit wuchs hoch in den Bergen! Nun höre ich sechs alte Narren-Beine hinter einander her klappern!

Darf aber Zarathustra sich wohl vor einem Schatten fürchten? Auch dünkt mich zu guterletzt, dass er längere Beine hat als ich.“

Also sprach Zarathustra, lachend mit Augen und Eingeweiden, blieb stehen und drehte sich schnell herum – und siehe, fast warf er dabei seinen Nachfolger und Schatten zu Boden: so dicht schon folgte ihm derselbe auf den Fersen, und so schwach war er auch. Als er ihn nämlich mit Augen prüfte, erschrak er wie vor einem plötzlichen Gespenste: so dünn, schwärzlich, hohl und überlebt sah dieser Nachfolger aus.

„Wer bist du? fragte Zarathustra heftig, was treibst du hier? Und wesshalb heissest du dich meinen Schatten? Du gefällst mir nicht.“

„Vergieb mir, antwortete der Schatten, dass ich's bin; und wenn ich dir nicht gefalle, wohlan, oh Zarathustra! darin lobe ich dich und deinen guten Geschmack.

Ein Wanderer bin ich, der viel schon hinter deinen Fersen her gieng: immer unterwegs, aber ohne Ziel, auch ohne Heim: also dass mir wahrlich wenig zum ewigen Juden fehlt, es sei denn, dass ich nicht ewig, und auch nicht Jude bin.

Wie? Muss ich immerdar unterwegs sein? Von jedem Winde gewirbelt, unstät, fortgetrieben? Oh Erde, du wardst mir zu rund!

Auf jeder Oberfläche sass ich schon, gleich müdem Staube schlief ich ein auf Spiegeln und Fensterscheiben: Alles nimmt von mir, Nichts giebt, ich werde dünn, – fast gleiche ich einem Schatten.

Dir aber, oh Zarathustra, flog und zog ich am längsten nach, und, verbarg ich mich schon vor dir, so war ich doch dein bester Schatten: wo du nur gesessen hast, sass ich auch.

Mit dir bin ich in fernsten, kältesten Welten umgegangen, einem Gespenste gleich, das freiwillig über Winterdächer und Schnee läuft.

Mit dir strebte ich in jedes Verbotene, Schlimmste, Fernste: und wenn irgend Etwas an mir Tugend ist, so ist es, dass ich vor keinem Verbote Furcht hatte.

Mit dir zerbrach ich, was je mein Herz verehrte, alle Grenzsteine und Bilder warf ich um, den gefährlichsten Wünschen lief ich nach, – wahrlich, über jedwedes Verbrechen lief ich einmal hinweg.

Mit dir verlernte ich den Glauben an Worte und Werthe und grosse Namen. Wenn der Teufel sich häutet, fällt da nicht auch sein Name ab? der ist nämlich auch Haut. Der Teufel selber ist vielleicht – Haut.

„Nichts ist wahr, Alles ist erlaubt“: so sprach ich mir zu. In die kältesten Wasser stürzte ich mich, mit Kopf und Herzen. Ach, wie oft stand ich darob nackt als rother Krebs da!

Ach, wohin kam mir alles Gute und alle Scham und aller Glaube an die Guten! Ach, wohin ist jene verlogne Unschuld, die ich einst besass, die Unschuld der Guten und ihrer edlen Lügen!

Zu oft, wahrlich, folgte ich der Wahrheit dicht auf dem Fusse: da trat sie mir vor den Kopf. Manchmal meinte ich zu lügen, und siehe! da erst traf ich – die Wahrheit.

Zu Viel klärte sich mir auf: nun geht es mich Nichts mehr an. Nichts lebt mehr, das ich liebe, – wie sollte ich noch mich selber lieben?

„Leben, wie ich Lust habe, oder gar nicht leben“: so will ich's, so will's auch der Heiligste. Aber, wehe! wie habe *ich* noch – Lust?

Habe *ich* – noch ein Ziel? Einen Hafen, nach dem *mein* Segel läuft?

Einen guten Wind? Ach, nur wer weiss, *wohin* er fährt, weiss auch, welcher Wind gut und sein Fahrwind ist.

Was blieb mir noch zurück? Ein Herz müde und frech; ein unstäter Wille; Flatter-Flügel; ein zerbrochnes Rückgrat.

Diess Suchen nach *meinem* Heim: oh Zarathustra, weisst du wohl, diess Suchen war *meine* Heimsuchung, es frisst mich auf.

„Wo ist – *mein* Heim?“ Darnach frage und suche und suchte ich, das fand ich nicht. Oh ewiges Überall, oh ewiges Nirgendwo, oh ewiges – Umsonst!“

Also sprach der Schatten, und Zarathustra's Gesicht verlängerte sich bei seinen Worten. „Du bist mein Schatten! sagte er endlich, mit Traurigkeit.

Deine Gefahr ist keine kleine, du freier Geist und Wanderer! Du hast einen schlimmen Tag gehabt: sieh zu, dass dir nicht noch ein schlimmerer Abend kommt!

Solchen Unstäten, wie du, dünkt zuletzt auch ein Gefängniss selig. Sahst du je, wie eingefangne Verbrecher schlafen? Sie schlafen ruhig, sie gemessen ihre neue Sicherheit.

Hüte dich, dass dich nicht am Ende noch ein enger Glaube einfängt, ein harter, strenger Wahn! Dich nämlich verführt und versucht nunmehr Jegliches, das eng und fest ist.

Du hast das Ziel verloren: wehe, wie wirst du diesen Verlust verscherzen und verschmerzen? Damit – hast du auch den Weg verloren!

Du armer Schweifender, Schwärmender, du müder Schmetterling! willst du diesen Abend eine Rast und Heimstätte haben? So gehe hinauf zu meiner Höhle!

Dorthin führt der Weg zu meiner Höhle. Und jetzo will ich Schnell wieder von dir davonlaufen. Schon liegt es wie ein Schatten auf mir.

Ich will allein laufen, dass es wieder hell um mich werde. Dazu muss ich noch lange lustig auf den Beinen sein. Des Abends aber wird bei mir – getanzt!“ – –

Also sprach Zarathustra.

Mittags

– Und Zarathustra lief und lief und fand Niemanden mehr und war allein und fand immer wieder sich und genoss und schlürfte seine Einsamkeit und dachte an gute Dinge, – stundenlang. Um die Stunde des Mittags aber, als die Sonne gerade über Zarathustra's Haupte stand, kam er an einem alten krummen und knorrichten Baume vorbei, der von der reichen Liebe eines Weinstocks rings umarmt und vor sich selber verborgen war: von dem hiengen gelbe Trauben in Fülle dem Wandernden entgegen. Da gelüstete ihn, einen kleinen Durst zu löschen und sich eine Traube abzubrechen; als er aber schon den Arm dazu ausstreckte, da gelüstete ihn etwas Anderes noch mehr: nämlich sich neben den Baum niederzulegen, um die Stunde des vollkommnen Mittags, und zu schlafen.

Diess that Zarathustra; und sobald er auf dem Boden lag, in der Stille und Heimlichkeit des bunten Grases, hatte er auch schon seinen kleinen Durst vergessen und schlief ein. Denn, wie das Sprichwort Zarathustra's sagt: Eins ist nothwendiger als das Andre. Nur dass seine Augen offen blieben: – sie wurden nämlich nicht satt, den Baum und die Liebe des Weinstocks zu sehn und zu preisen. Im Einschlafen aber sprach Zarathustra also zu seinem Herzen:

Still! Still! Ward die Welt nicht eben vollkommen? Was geschieht mir doch?

Wie ein zierlicher Wind, ungesehn, auf getäfeltem Meere tanzt, leicht, federleicht: so – tanzt der Schlaf auf mir,

Kein Auge drückt er mir zu, die Seele lässt er mir wach. Leicht ist er, wahrlich! federleicht.

Er überredet mich, ich weiss nicht wie?, er betupft mich innewendig mit schmeichelnder Hand, er zwingt mich. Ja, er zwingt mich, dass meine Seele sich ausstreckt: –

– wie sie mir lang und müde wird, meine wunderliche Seele! Kam ihr eines siebenten Tages Abend gerade am Mittage? Wandelte sie zu lange schon selig zwischen guten und reifen Dingen?

Sie streckt sich lang aus, lang, – länger! sie liegt stille, meine wunderliche Seele. Zu viel Gutes hat sie schon geschmeckt, diese. goldene Traurigkeit drückt sie, sie verzieht den Mund.

– Wie ein Schiff, das in seine stillste Bucht einlief: – nun lehnt es sich an die Erde, der langen Reisen müde und der ungewissen Meere. Ist die Erde nicht treuer?

Wie solch ein Schiff sich dem Lande anlegt, anschmiegt: – da genügt's, dass eine Spinne vom Lande her zu ihm ihren Faden spinnt. Keiner stärkeren Taue bedarf es da.

Wie solch ein müdes Schiff in der stillsten Bucht: so ruhe auch ich nun der Erde nahe, treu, zutrauend, wartend, mit den leisesten Fäden ihr angebunden.

Oh Glück! Oh Glück! Willst du wohl singen, oh meine Seele? Du liegst im Grase. Aber das ist die heimliche feierliche Stunde, wo kein Hirt seine Flöte bläst.

Scheue dich! Heisser Mittag schläft auf den Fluren. Singe. nicht! Still! Die Welt ist vollkommen.

Singe nicht, du Gras-Geflügel, oh meine Seele! Flüstere nicht einmal! Sieh doch – still! der alte Mittag schläft, er bewegt den Mund: trinkt er nicht eben einen Tropfen Glücks –

– einen alten braunen Tropfen goldenen Glücks, goldenen Weins? Es huscht über ihn hin, sein Glück lacht. So – lacht ein Gott. Still! –

– „Zum Glück, wie wenig genügt schon zum Glücke!" So sprach ich einst, und dünkte mich klug. Aber es war eine Lästerung: *das* lernte ich nun. Kluge Narrn reden besser.

Das Wenigste gerade, das Leiseste, Leichteste, einer Eidechse Rascheln, ein Hauch, ein Husch, ein Augen-Blidk – *Wenig* macht die Art des *besten* Glücks. Still!

– Was geschah mir: Horch! Flog die Zeit wohl davon? Falle ich nicht? Fiel ich nicht – horch! in den Brunnen der Ewigkeit?

– Was geschieht mir? Still! Es sticht mich – wehe – in's Herz? In's Herz! Oh zerbrich, zerbrich, Herz, nach solchem Glücke, nach solchem Stiche!

– Wie? Ward die Welt nicht eben vollkommen? Rund und reif? Oh des goldenen runden Reifs – wohin fliegt er wohl? Laufe ich ihm nach! Husch!

Still – – (und hier dehnte sich Zarathustra und fühlte, dass er schlafe.) –

Auf! sprach er zu sich selber, du Schläfer! Du Mittagsschläfer! Wohlan, wohlauf, ihr alten Beine! Zeit ist's und Überzeit, manch gut Stück Wegs blieb euch noch zurück –

Nun schlieft ihr euch aus, wie lange doch? Eine halbe Ewigkeit! Wohlan, wohlauf nun, mein altes Herz! Wie lange erst darfst du nach solchem Schlaf – dich auswachen?

(Aber da schlief er schon von Neuem ein, und seine Seele sprach gegen ihn und wehrte sich und legte sich wieder hin) – „Lass mich doch! Still! Ward nicht die Welt eben vollkommen? Oh des goldnen runden Balls!" –

„Steh auf, sprach Zarathustra, du kleine Diebin, du Tagediebin! Wie? Immer noch sich strecken, gähnen, seufzen, hinunterfallen in tiefe Brunnen?

Wer bist du doch! Oh meine Seele!" (und hier erschrak er, denn ein Sonnenstrahl fiel vom Himmel herunter auf sein Gesicht)

„Oh Himmel über mir, sprach er seufzend und setzte sich aufrecht, du schaust mir zu? Du horchst meiner wunderlichen Seele zu?

Wann trinkst du diesen Tropfen Thau's, der auf alle Erden-Dinge niederfiel, – wann trinkst du diese wunderliche Seele –

– wann, Brunnen der Ewigkeit! du heiterer schauerlicher Mittags-Abgrund! wann trinkst du meine Seele in dich zurück?"

Also sprach Zarathustra und erhob sich von seinem Lager am Baume wie aus einer fremden Trunkenheit: und siehe, da stand die Sonne immer noch gerade über seinem Haupte. Es möchte aber Einer daraus mit Recht abnehmen, dass Zarathustra damals nicht lange geschlafen habe.

Die Begrüssung

Am späten Nachmittage war es erst, dass Zarathustra, nach langem umsonstigen Suchen und Umherstreifen, wieder zu seiner Höhle heimkam. Als er aber derselben gegenüberstand, nicht zwanzig Schritt mehr von ihr ferne, da geschah das, was er jetzt am wenigsten erwartete: von Neuem hörte er den grossen *Nothschrei*. Und, erstaunlich! diess Mal kam derselbige aus seiner eignen Höhle. Es war aber ein langer vielfältiger seltsamer Schrei, und Zarathustra unterschied deutlich, dass er sich aus vielen Stimmen zusammensetze: mochte er schon, aus der Ferne gehört, gleich dem Schrei aus einem einzigen Munde klingen.

Da sprang Zarathustra auf seine Höhle zu, und siehe! welches Schauspiel erwartete ihn erst nach diesem Hörspiele! Denn da sassen sie allesammt bei einander, an denen er des Tags vorübergegangen war: der König zur Rechten und der König zur Linken, der alte Zauberer, der Papst, der freiwillige Bettler, der Schatten, der Gewissenhafte des Geistes, der traurige Wahrsager und der Esel; der hässlichste Mensch aber hatte sich eine Krone aufgesetzt und zwei Purpurgürtel umgeschlungen, – denn er liebte es, gleich allen Hässlichen, sich zu verkleiden und schön zu thun. Inmitten aber dieser betrübten Gesellschaft stand der Adler Zarathustra's, gesträubt und unruhig, denn er sollte auf zu Vieles antworten, wofür sein Stolz keine Antwort hatte; die kluge Schlange aber hieng um seinen Hals.

Diess Alles schaute Zarathustra mit grosser Verwunderung; dann prüfte er jeden Einzelnen seiner Gäste mit leutseliger Neugierde, las ihre Seelen ab und wunderte sich von Neuem. Inzwischen hatten sich die Versammelten von ihren Sitzen erhoben und warteten mit Ehrfurcht, dass Zarathustra reden werde. Zarathustra aber sprach also:

„Ihr Verzweifelnden! Ihr Wunderlichen! Ich hörte also *euren* Nothschrei? Und nun weiss ich auch, wo Der zu suchen ist, den ich umsonst heute suchte: *der höhere Mensch* – :

– in meiner eignen Höhle sitzt er, der höhere Mensch! Aber was wundere ich mich! Habe ich ihn nicht selber zu mir gelockt durch Honig-Opfer und listige Lockrufe meines Glücks?

Doch dünkt mir, ihr taugt euch schlecht zur Gesellschaft, ihr macht einander das Herz unwirsch, ihr Nothschreienden, wenn ihr hier beisammen sitzt? Es muss erst Einer kommen,

– Einer, der euch wieder lachen macht, ein guter fröhlicher Hanswurst, ein Tänzer und Wind und Wildfang, irgend ein alter Narr: – was dünket euch?

Vergebt mir doch, ihr Verzweifelnden, dass ich vor euch mit solch kleinen Worten rede, unwürdig, wahrlich!, solcher Gäste! Aber ihr errathet nicht, *was* mein Herz muthwillig macht: –

– ihr selber thut es und euer Anblick, vergebt es mir! Jeder nämlich wird muthig, der einem Verzweifelnden zuschaut. Einem Verzweifelnden zuzusprechen – dazu dünkt sich jeder stark genug.

Mir selber gabt ihr diese Kraft, – eine gute Gabe, meine hohen Gäste! Ein rechtschaffnes Gastgeschenk! Wohlan, so zürnt nun nicht, dass ich euch auch vom Meinigen anbiete.

Diess hier ist mein Reich und meine Herrschaft: was aber mein ist, für diesen Abend und diese Nacht soll es euer sein. Meine Thiere sollen euch dienen: meine Höhle sei eure Ruhestatt!

Bei mir zu Heim-und-Hause soll Keiner verzweifeln, in meinem Reviere schütze ich jeden vor seinen wilden Thieren. Und das ist das Erste, was ich euch anbiete: Sicherheit!

Das Zweite aber ist: mein kleiner Finger. Und habt ihr *den* erst, so nehmt nur noch die ganze Hand, wohlan! und das Herz dazu! Willkommen hier, willkommen, meine Gastfreunde!"

Also sprach Zarathustra und lachte vor Liebe und Bosheit. Nach dieser Begrüssung verneigten sich seine Gäste abermals und schwiegen ehrfürchtig; der König zur Rechten aber antwortete ihm in ihrem Namen.

„Daran, oh Zarathustra, wie du uns Hand und Gruss botest, erkennen wir dich als Zarathustra. Du erniedrigtest dich vor uns; fast thatest du unserer Ehrfurcht wehe –:

– wer aber vermochte gleich dir sich mit solchem Stolze zu erniedrigen? *Das* richtet uns selber auf, ein Labsal ist es unsern Augen und Herzen.

Diess allein nur zu schaun, stiegen gern wir auf höhere Berge, als dieser Berg ist. Als Schaulustige nämlich kamen wir, wir wollten sehn, was trübe Augen hell macht.

Und siehe, schon ist es vorbei mit allem unsern Nothschrein. Schon steht Sinn und Herz uns offen und ist entzückt. Wenig fehlt: und unser Muth wird muthwillig.

Nichts, oh Zarathustra, wächst Erfreulicheres auf Erden, als ein hoher starker Wille: der ist ihr schönstes Gewächs. Eine ganze Landschaft erquickt sich an Einem solchen Baume.

Der Pinie vergleiche ich, wer gleich dir, oh Zarathustra, aufwächst: lang, schweigend, hart, allein, besten biegsamsten Holzes, herrlich, –

– zuletzt aber hinausgreifend mit starken grünen Ästen nach *seiner* Herrschaft, starke Fragen fragend vor Winden und Wettern und was immer auf Höhen heimisch ist,

– stärker antwortend, ein Befehlender, ein Siegreicher: oh wer sollte nicht, solche Gewächse zu schaun, auf hohe Berge steigen?

Deines Baumes hier, oh Zarathustra, erlabt sich auch der Düstere, der Missrathene, an deinem Anblicke wird auch der Unstäte sicher und heilt sein Herz.

Und wahrlich, zu deinem Berge und Baume richten sich heute viele Augen; eine grosse Sehnsucht hat sich aufgemacht, und Manche lernten fragen: wer ist Zarathustra?

Und wem du jemals dein Lied und deinen Honig in's Ohr geträufelt: alle die Versteckten, die Einsiedler, die Zweisiedler sprachen mit Einem Male zu ihrem Herzen:

„Lebt Zarathustra noch? Es lohnt sich nicht mehr zu leben, Alles ist gleich, Alles ist umsonst: oder – wir müssen mit Zarathustra leben!"

„Warum kommt er nicht, der sich so lange ankündigte? also fragen Viele; verschlang ihn die Einsamkeit? Oder sollen wir wohl zu ihm kommen?"

Nun geschieht's, dass die Einsamkeit selber mürbe wird und zerbricht, einem Grabe gleich, das zerbricht und seine Todten nicht mehr halten kann. Überall sieht man Auferstandene.

Nun steigen und steigen die Wellen um deinen Berg, oh Zarathustra. Und wie hoch auch deine Höhe ist, Viele müssen zu dir hinauf; dein Nachen soll nicht lange mehr im Trocknen sitzen.

Und dass wir Verzweifelnde jetzt in deine Höhle kamen und schon nicht mehr verzweifeln: ein Wahr- und Vorzeichen ist es nur, davon, dass Bessere zu dir unterwegs sind, –

– denn er selber ist zu dir unterwegs, der letzte Rest Gottes unter Menschen, das ist: alle die Menschen der grossen Sehnsucht, des grossen Ekels, des grossen Überdrusses,

– Alle, die nicht leben wollen, oder sie lernen wieder *hoffen* – oder sie lernen von dir, oh Zarathustra, die *grosse* Hoffnung!"

Also sprach der König zur Rechten und ergriff die Hand Zarathustra's, um sie zu küssen; aber Zarathustra wehrte seiner Verehrung und trat erschreckt zurück, schweigend und plötzlich wie in weite Fernen entfliehend. Nach einer kleinen Weile aber war er schon wieder bei seinen Gästen, blickte sie mit hellen, prüfenden Augen an und sprach:

Meine Gäste, ihr höheren Menschen, ich will deutsch und deutlich mit euch reden. Nicht auf *euch* wartete ich hier in diesen Bergen.

(„Deutsch und deutlich? Dass Gott erbarm! sagte hier der König zur Linken, bei Seite; man merkt, er kennt die lieben Deutschen nicht, dieser Weise aus dem Morgenlande!

Aber er meint „deutsch und derb“ – wohlan! Das ist heutzutage noch nicht der schlimmste Geschmack!“)

„Ihr mögt wahrlich insgesammt höhere Menschen sein, fuhr Zarathustra fort: aber für mich – seid ihr nicht hoch und stark genug.

Für mich, das heisst: für das Unerbittliche, das in mir schweigt, aber nicht immer schweigen wird. Und gehört ihr zu mir, so doch nicht als mein rechter Arm.

Wer nämlich selber auf kranken und zarten Beinen steht, gleich euch, der will vor Allem, ob er's weiss oder sich verbirgt: dass er *geschont* werde.

Meine Arme und meine Beine aber schone ich nicht, *ich schone meine Krieger nicht*: wieso könntet ihr zu *meinem* Kriege taugen?

Mit euch verdürbe ich mir jeden Sieg noch. Und Mancher von euch fiele schon um, wenn er nur den lauten Schall meiner Trommeln hörte.

Auch seid ihr mir nicht schön genug und wohlgeboren. Ich brauche reine glatte Spiegel für meine Lehren; auf eurer Oberfläche verzerrt sich noch mein eignes Bildniss.

Eure Schultern drückt manche Last, manche Erinnerung; manch schlimmer Zwerg hockt in euren Winkeln. Es giebt verborgenen Pöbel auch in euch.

Und seid ihr auch hoch und höherer Art: Vieles an euch ist krumm und missgestalt. Da ist kein Schmied in der Welt, der euch mir zurecht und gerade schlüge.

Ihr seid nur Brücken: mögen Höhere auf euch hinüber schreiten! Ihr bedeutet Stufen: so zürnt Dem nicht, der über euch hinweg in *seine* Höhe steigt!

Aus eurem Samen mag auch mir einst ein ächter Sohn und vollkommener Erbe wachsen: aber das ist ferne. Ihr selber seid Die nicht, welchen mein Erbgut und Name zugehört.

Nicht auf euch warte ich hier in diesen Bergen, nicht mit euch darf ich zum letzten Male niedersteigen. Als Vorzeichen kamt ihr mir nur, dass schon Höhere zu mir unterwegs sind, –

– *nicht* die Menschen der grossen Sehnsucht, des grossen Ekels, des grossen Überdrusses und Das, was ihr den Überrest Gottes nanntet.

– Nein! Nein! Drei Mal Nein! Auf *Andere* warte ich hier in diesen Bergen und will meinen Fuss nicht ohne sie von dannen heben,

– auf Höhere, Stärkere, Sieghaftere, Wohlgemuthere, Solche, die rechtwinklig gebaut sind an Leib und Seele: *lachende Löwen* müssen kommen!

Oh, meine Gastfreunde, ihr Wunderlichen, – hörtet ihr noch Nichts von meinen Kindern? Und dass sie zu mir unterwegs sind?

Sprecht mir doch von meinen Gärten, von meinen glückseligen Inseln, von meiner neuen schönen Art, – warum sprecht ihr mir nicht davon?

Diess Gastgeschenk erbitte ich mir von eurer Liebe, dass ihr mir von meinen Kindern sprecht. Hierzu bin ich reich, hierzu ward ich arm: was gab ich nicht hin,

– was gäbe ich nicht hin, dass ich Eins hätte: *diese* Kinder, *diese* lebendige Pflanzung, *diese* Lebensbäume meines Willens und meiner höchsten Hoffnung!“

Also sprach Zarathustra und hielt plötzlich inne in seiner Rede: denn ihn überfiel seine Sehnsucht, und er schloss Augen und Mund vor der Bewegung seines Herzens. Und auch alle seine Gäste schwiegen und standen still und bestürzt: nur dass der alte Wahrsager mit Händen und Gebärden Zeichen gab.

Das Abendmahl

An dieser Stelle nämlich unterbrach der Wahrsager die Begrüssung Zarathustra's und seiner Gäste: er drängte sich vor, wie Einer, der keine Zeit zu verlieren hat, fasste die Hand Zarathustra's und rief: „Aber Zarathustra!

Eins ist nothwendiger als das Andre, so redest du selber: wohlan, Eins ist *mir* jetzt nothwendiger als alles Andere.

Ein Wort zur rechten Zeit: hast du mich nicht zum *Mahle* eingeladen? Und hier sind viele, die lange Wege machten. Du willst uns doch nicht mit Reden abspeisen?

Auch gedachtet ihr Alle mir schon zu viel des Erfrierens, Ertrinkens, Erstickens und andrer Leibes-Nothstände: Keiner aber gedachte *meines* Nothstandes, nämlich des Verhungerns –"

(Also sprach der Wahrsager; wie die Thiere Zarathustra's aber diese Worte hörten, liefen sie vor Schrecken davon. Denn sie sahen, dass was sie auch am Tage heimgebracht hatten, nicht genug sein werde, den Einen Wahrsager zu stopfen.)

„Eingerechnet das Verdursten, fuhr der Wahrsager fort. Und ob ich schon Wasser hier plätschern höre, gleich Reden der Weisheit, nämlich reichlich und unermüdlich: ich – will *Wein*!

Nicht jeder ist gleich Zarathustra ein geborner Wassertrinker. Wasser taugt auch nicht für Müde und Verwelkte: *uns* gebührt Wein, – *der* erst giebt plötzliches Genesen und stegreife Gesundheit!"

Bei dieser Gelegenheit, da der Wahrsager nach Wein begehrte, geschah es, dass auch der König zur Linken, der Schweigsame, einmal zu Worte kam. „Für Wein, sprach er, trugen *wir* Sorge, ich sammt meinem Bruder, dem Könige zur Rechten: wir haben Weins genug, – einen ganzen Esel voll. So fehlt Nichts als Brod."

„Brod? entgegnete Zarathustra und lachte dazu. Nur gerade Brod haben Einsiedler nicht. Aber der Mensch lebt nicht vom Brod allein, sondern auch vom Fleische guter Lämmer, deren ich zwei habe:

– *Die* soll man geschwinde schlachten und würzig, mit Salbei, zubereiten: so liebe ich's. Und auch an Wurzeln und Früchten fehlt es nicht, gut genug selbst für Lecker- und Schmeckerlinge; noch an Nüssen und andern Räthseln zum Knacken.

Also wollen wir in Kürze eine gute Mahlzeit machen. Wer aber mit essen will, muss auch mit Hand anlegen, auch die Könige. Bei Zarathustra nämlich darf auch ein König Koch sein."

Mit diesem Vorschlage war Allen nach dem Herzen geredet: nur dass der freiwillige Bettler sich gegen Fleisch und Wein und Würzen sträubte.

„Nun hört mir doch diesen Schlemmer Zarathustra! sagte er scherzhaft: geht man dazu in Höhlen und Hoch-Gebirge, dass man solche Mahlzeiten macht?

Nun freilich verstehe ich, was er einst uns lehrte: „Gelobt sei die kleine Armuth!" Und warum er die Bettler abschaffen will."

„Sei guter Dinge, antwortete ihm Zarathustra, wie ich es bin. Bleibe bei deiner Sitte, du Trefflicher, malme deine Körner, trink dein Wasser, lobe deine Küche: wenn sie dich nur fröhlich macht!

Ich bin ein Gesetz nur für die Meinen, ich bin kein Gesetz für Alle. Wer aber zu mir gehört, der muss von starken Knochen sein, auch von leichten Füssen, –

– lustig zu Kriegen und Festen, kein Düsterling, kein Traum-Hans, bereit zum Schwersten wie zu seinem Feste, gesund und heil.

Das Beste gehört den Meinen und mir; und giebt man's uns nicht, so nehmen wir's: – die beste Nahrung, den reinsten Himmel, die stärksten Gedanken, die schönsten Fraun!" –

Also sprach Zarathustra; der König zur Rechten aber entgegnete: „Seltsam! Vernahm man je solche kluge Dinge aus dem Munde eines Weisen?

Und wahrlich, das ist das Seltsamste an einem Weisen, wenn er zu alledem auch noch klug und kein Esel ist."

Also sprach der König zur Rechten und wunderte sich; der Esel aber sagte zu seiner Rede mit bösem Willen I-A. Diess aber war der Anfang von jener langen Mahlzeit, welche „das Abendmahl" in den Historien-Büchern genannt wird. Bei derselben aber wurde von nichts Anderem geredet als *vom höheren Menschen*.

Vom höheren Menschen

1

Als ich zum ersten Male zu den Menschen kam, da that ich die Einsiedler-Thorheit, die grosse Thorheit: ich stellte mich auf den Markt.

Und als ich zu Allen redete, redete ich zu Keinem. Des Abends aber waren Seiltänzer meine Genossen, und Leichname; und ich selber fast ein Leichnam.

Mit dem neuen Morgen aber kam mir eine neue Wahrheit: da lernte ich sprechen „Was geht mich Markt und Pöbel und Pöbel-Lärm und lange Pöbel-Ohren an!“

Ihr höheren Menschen, Diess lernt von mir: auf dem Markt glaubt Niemand an höhere Menschen. Und wollt ihr dort reden, wohlan! Der Pöbel aber blinzelt „wir sind Alle gleich.“

„Ihr höheren Menschen, – so blinzelt der Pöbel – es giebt keine höheren Menschen, wir sind Alle gleich, Mensch ist Mensch, vor Gott – sind wir Alle gleich!“

Vor Gott! – Nun aber starb dieser Gott. Vor dem Pöbel aber wollen wir nicht gleich sein. Ihr höheren Menschen, geht weg vom Markt!

2

Vor Gott! – Nun aber starb dieser Gott! Ihr höheren Menschen, dieser Gott war eure grösste Gefahr.

Seit er im Grabe liegt, seid ihr erst wieder auferstanden. Nun erst kommt der grosse Mittag, nun erst wird der höhere Mensch – Herr!

Verstandet ihr diess Wort, oh meine Brüder? Ihr seid erschreckt: wird euren Herzen schwindlig? Klafft euch hier der Abgrund? Kläfft euch hier der Höllenhund?

Wohlan! Wohlauf! Ihr höheren Menschen! Nun erst kreisst der Berg der Menschen-Zukunft. Gott starb: nun wollen *wir*, – dass der Übermensch lebe.

3

Die Sorglichsten fragen heute: „wie bleibt der Mensch erhalten?“ Zarathustra aber fragt als der Einzige und Erste: „wie wird der Mensch *überwunden*?“

Der Übermensch liegt mir am Herzen, *der* ist mein Erstes und Einziges, – und *nicht* der Mensch: nicht der Nächste, nicht der Ärmste, nicht der Leidendste, nicht der Beste –

Oh meine Brüder, was ich lieben kann am Menschen, das ist, dass er ein Übergang ist und ein Untergang. Und auch an euch ist vieles, das mich lieben und hoffen macht.

Dass ihr verachtetet, ihr höheren Menschen, das macht mich hoffen. Die grossen Verachtenden nämlich sind die grossen Verehrenden.

Dass ihr verzweifeltet, daran ist Viel zu ehren. Denn ihr lerntet nicht, wie ihr euch ergäbet, ihr lerntet die kleinen Klugheiten nicht.

Heute nämlich wurden die kleinen Leute Herr: die predigen Alle Ergebung und Bescheidung und Klugheit und Fleiss und Rücksicht und das lange Und-so-weiter der kleinen Tugenden.

Was von Weibsart ist, was von Knechtsart stammt und sonderlich der Pöbel-Mischmasch: *Das* will nun Herr werden alles Menschen-Schicksals – oh Ekel! Ekel! Ekel!

Das frägt und frägt und wird nicht müde: „Wie erhält sich der Mensch, am besten, am längsten, am angenehmsten?" Damit – sind sie die Herrn von Heute.

Diese Herrn von Heute überwindet mir, oh meine Brüder, – diese kleinen Leute: *die* sind des Übermenschen grösste Gefahr!

„Überwindet mir, ihr höheren Menschen, die kleinen Tugenden, die kleinen Klugheiten, die Sandkorn-Rücksichten, den Ameisen-Kribbelkram, das erbärmliche Behagen, das „Glück der Meisten" –!

Und lieber verzweifelt, als dass ihr euch ergebt. Und, wahrlich, ich liebe euch dafür, dass ihr heute nicht zu leben wisst, ihr höheren Menschen! So nämlich lebt *ihr* – am Besten!

4

Habt ihr Muth, oh meine Brüder? Seid ihr herzhaft? *Nicht* Muth vor Zeugen, sondern Einsiedler- und Adler-Muth, dem auch kein Gott mehr zusieht?

Kalte Seelen, Maulthiere, Blinde, Trunkene heissen mir nicht herzhaft. Herz hat, wer Furcht kennt, aber Furcht *zwingt*, er den Abgrund sieht, aber mit *Stolz*.

Wer den Abgrund sieht, aber mit Adlers-Augen, wer mit Adlers-Krallen den Abgrund *fasst*: Der hat Muth. – –

5

„Der Mensch ist böse" – so sprachen mir zum Troste alle Weisesten. Ach, wenn es heute nur noch wahr ist! Denn das Böse ist des Menschen beste Kraft.

„Der Mensch muss besser und böser werden“ – so lehre *ich*. Das Böseste ist nöthig zu des Übermenschen Bestem.

Das mochte gut sein für jenen Prediger der kleinen Leute, dass er litt und trug an des Menschen Sünde. Ich aber erfreue mich der grossen Sünde als meines grossen *Trostes*. –

Solches ist aber nicht für lange Ohren gesagt. Jedwedes Wort gehört auch nicht in jedes Maul. Das sind feine ferne Dinge: nach denen sollen nicht Schafs-Klauen greifen!

6

Ihr höheren Menschen, meint ihr, ich sei da, gut zu machen, was ihr schlecht machtet?

Oder ich wollte fürderhin euch Leidende bequemer betten? Oder euch Unstäten, Verirrten, Verkletterten neue leichtere Fusssteige zeigen?

Nein! Nein! Drei Mal Nein! Immer Mehr, immer Bessere eurer Art sollen zu Grunde gehn, – denn ihr sollt es immer schlimmer und härter haben. So allein –

– so allein wächst der Mensch in *die* Höhe, wo der Blitz ihn trifft und zerbricht: hoch genug für den Blitz!

Auf Weniges, auf Langes, auf Fernes geht mein Sinn und meine Sehnsucht: was gienge mich euer kleines, vieles, kurzes Elend an!

Ihr leidet mir noch nicht genug! Denn ihr leidet an euch, ihr littet noch nicht *am Menschen*. Ihr würdet lügen, wenn ihr's anders sagtet! Ihr leidet Alle nicht, woran ich litt. – –

7

Es ist mir nicht genug, dass der Blitz nicht mehr schadet. Nicht ableiten will ich ihn: er soll lernen für *mich* – arbeiten. –

Meine Weisheit sammlet sich lange schon gleich einer Wolke, sie wird stiller und dunkler. So thut jede Weisheit, welche *einst* Blitze gebären soll. –

Diesen Menschen von Heute will ich nicht *Licht* sein, nicht Licht heissen. *Die* – will ich blenden: Blitz meiner Weisheit! Stich ihnen die Augen aus!

8

Wollt Nichts über euer Vermögen: es giebt eine schlimme Falschheit bei Solchen, die über ihr Vermögen wollen.

Sonderlich, wenn sie grosse Dinge wollen! Denn sie wecken Misstrauen gegen grosse Dinge, diese feinen Falschmünzer und Schauspieler: –

– bis sie endlich falsch vor sich selber sind, schieläugig, übertünchter Wurmfrass, bemäntelt durch starke Worte, durch Aushänge-Tugenden, durch glänzende falsche Werke.

Habt da eine gute Vorsicht, ihr höheren Menschen! Nichts nämlich gilt mir heute kostbarer und seltner als Redlichkeit.

Ist diess Heute nicht des Pöbels? Pöbel aber weiss nicht, was gross, was klein, was gerade und redlich ist: der ist unschuldig krumm, der lügt immer.

9

Habt heute ein gutes Misstrauen, ihr höheren Menschen, ihr Beherzten! Ihr Offenherzigen! Und haltet eure Gründe geheim! Diess Heute nämlich ist des Pöbels.

Was der Pöbel ohne Gründe einst glauben lernte, wer könnte ihm durch Gründe Das – umwerfen?

Und auf dem Markte überzeugt man mit Gebärden. Aber Gründe machen den Pöbel misstrauisch.

Und wenn da einmal Wahrheit zum Siege kam, so fragt euch Mit gutem Misstrauen: „welch starker Irrthum hat für sie gekämpft?“

Hütet euch auch vor den Gelehrten! Die hassen euch: denn sie sind unfruchtbar! Sie haben kalte vertrocknete Augen, vor ihnen liegt jeder Vogel entfedert.

Solche brüsten sich damit, dass sie nicht lügen: aber Ohnmacht zur Lüge ist lange noch nicht Liebe zur Wahrheit. Hütet euch!

Freiheit von Fieber ist lange noch nicht Erkenntniss! Ausgekälteten Geistern glaube ich nicht. Wer nicht lügen kann, weiss nicht, was Wahrheit ist.

10

Wollt ihr hoch hinaus, so braucht die eignen Beine! Lasst euch nicht empor *tragen*, setzt euch nicht auf fremde Rükken und Köpfe!

Du aber stiegst zu Pferde? Du reitest nun hurtig hinauf zu deinem Ziele? Wohlan, mein Freund! Aber dein lahmer Fuss sitzt auch mit zu Pferde!

Wenn du an deinem Ziele bist, wenn du von deinem Pferde springst: auf deiner *Höhe* gerade, du höherer Mensch – wirst du stolpern!

11

Ihr Schaffenden, ihr höheren Menschen! Man ist nur für das eigne Kind schwanger.

Lasst euch Nichts vorreden, einreden! Wer ist denn *euer* Nächster? Und handelt ihr auch „für den Nächsten", – ihr schafft doch nicht für ihn!

Verlernt mir doch diess „Für", ihr Schaffenden: eure Tugend gerade will es, dass ihr kein Ding mit „für" und „um" und „weil" thut. Gegen diese falschen kleinen Worte sollt ihr euer Ohr zukleben.

Das „für den Nächsten" ist die Tugend nur der kleinen Leute: da heisst es „gleich und gleich" und „Hand wäscht Hand": – sie haben nicht Recht noch Kraft zu *eurem* Eigennutz!

In eurem Eigennutz, ihr Schaffenden, ist der Schwangeren Vorsicht und Vorsehung! Was Niemand noch mit Augen sah, die Frucht: die schirmt und schont und nährt eure ganze Liebe.

Wo eure ganze Liebe ist, bei eurem Kinde, da ist auch eure ganze Tugend! Euer Werk, euer Wille ist *euer* "Nächster": lasst euch keine falschen Werthe einreden!

12

Fragt die Weiber: man gebiert nicht, weil es Vergnügen macht. Der Schmerz macht Hühner und Dichter gackern.

Ihr Schaffenden, an euch ist viel Unreines. Das macht, ihr musstet Mütter sein.

Ein neues Kind: oh wie viel neuer Schmutz kam auch zur Welt! Geht bei Seite! Und wer geboren hat, soll seine Seele rein waschen!

13

Seid nicht tugendhaft über eure Kräfte! Und wollt Nichts von euch wider die Wahrscheinlichkeit!

Geht in den Fusstapfen, wo schon eurer Väter Tugend gierig! Wie wolltet ihr hoch steigen, wenn nicht eurer Väter Wille mit euch steigt?

Wer aber Erstling sein will, sehe zu, dass er nicht auch Letztling werde! Und wo die Laster eurer Väter sind, darin sollt ihr nicht Heilige bedeuten wollen!

Wessen Väter es mit Weibern hielten und mit starken Weinen und Wildschweinen: was wäre es, wenn Der von sich Keuschheit wollte?

Eine Narrheit wäre es! Viel, wahrlich, dünkt es mich für einen Solchen, wenn er Eines oder zweier oder dreier Weiber Mann ist.

Und stiftete er Klöster und schriebe über die Thür: „der Weg zum Heiligen," – ich spräche doch: wozu! es ist eine neue Narrheit!

Er stiftete sich selber ein Zucht- und Fluchthaus: wohl bekomm's! Aber ich glaube nicht daran.

In der Einsamkeit wächst, was Einer in sie bringt, auch das innere Vieh. Solchergestalt widerräth sich Vielen die Einsamkeit.

Gab es Schmutzigeres bisher auf Erden als Wüsten-Heilige? *Um die* herum war nicht nur der Teufel los, – sondern auch das Schwein.

14

Scheu, beschämt, ungeschickt, einem Tiger gleich, dem der Sprung missrieth: also, ihr höheren Menschen, sah ich oft euch bei Seite schleichen. Ein *Wurf* missrieth euch.

Aber, ihr Würfelspieler, was liegt daran! Ihr lerntet nicht spielen und spotten, wie man spielen und spotten muss! Sitzen wir nicht immer an einem grossen Spott- und Spieltische?

Und wenn euch Grosses missrieth, seid ihr selber darum – missrathen? Und missriethet ihr selber, missrieth darum – der Mensch? Missrieth aber der Mensch: wohlan! wohlauf!

15

Je höher von Art, je seltener geräth ein Ding. Ihr höheren Menschen hier, seid ihr nicht alle – missgerathen?

Seid guten Muths, was liegt daran! Wie Vieles ist noch möglich! Lernt über euch selber lachen, wie man lachen muss!

Was Wunders auch, dass ihr missriethet und halb geriethet, ihr Halb-Zerbrochenen! Drängt und stösst sich nicht in euch – des Menschen *Zukunft*?

Des Menschen Fernstes, Tiefstes, Sternen-Höchstes, seine ungeheure Kraft: schäumt Das nicht alles gegen einander in eurem Topfe?

Was Wunders, dass mancher Topf zerbricht! Lernt über euch lachen, wie man lachen muss! Ihr höheren Menschen, oh wie Vieles ist noch möglich!

Und wahrlich, wie Viel gerieth schon! Wie reich ist diese Erde an kleinen guten vollkommenen Dingen, an Wohlgerathenem!

Stellt kleine gute vollkommne Dinge um euch, ihr höheren Menschen! Deren goldene Reife heilt das Herz. Vollkommnes lehrt hoffen.

16

Welches war hier auf Erden bisher die grösste Sünde? War es nicht das Wort Dessen, der sprach: „Wehe Denen, die hier lachen!"

Fand er zum Lachen auf der Erde selber keine Gründe? So suchte er nur schlecht. Ein Kind findet hier noch Gründe.

Der – liebte nicht genug: sonst hätte er auch uns geliebt, die Lachenden! Aber er hasste und höhnte uns, Heulen und Zähneklappern verhiess er uns.

Muss man denn gleich fluchen, wo man nicht liebt? Das – dünkt mich ein schlechter Geschmack. Aber so that er, dieser Unbedingte. Er kam vom Pöbel.

Und er selber liebte nur nicht genug: sonst hätte er weniger gezürnt, dass man ihn nicht liebe. Alle grosse Liebe *will* nicht Liebe: – die will mehr.

Geht aus dem Wege allen solchen Unbedingten! Das ist eine arme kranke Art, eine Pöbel-Art: sie sehn schlimm diesem Leben zu, sie haben den bösen Blick für diese Erde.

Geht aus dem Wege allen solchen Unbedingten! Sie haben Schwere Füsse und schwüle Herzen: – sie wissen nicht zu tanzen. Wie möchte Solchen wohl die Erde leicht sein!

17

Krumm kommen alle guten Dinge ihrem Ziele nahe. Gleich Katzen machen sie Buckel, sie schnurren innewendig vor ihrem nahen Glücke, – alle guten Dinge lachen.

Der Schritt verräth, ob Einer schon auf *seiner* Bahn schreitet: so seht mich gehn! Wer aber seinem Ziel nahe kommt, der tanzt.

Und, wahrlich, zum Standbild ward ich nicht, noch stehe ich nicht da, starr, stumpf, steinern, eine Säule; ich liebe geschwindes Laufen.

Und wenn es auf Erden auch Moor und dicke Trübsal giebt: wer leichte Füsse hat, läuft über Schlamm noch hinweg und tanzt wie auf gefegtem Eise.

Erhebt eure Herzen, meine Brüder, hoch! höher! Und vergesst mir auch die Beine nicht! Erhebt auch eure Beine, ihr guten Tänzer, und besser noch: ihr steht auch auf dem Kopf!

18

Diese Krone des Lachenden, diese Rosenkranz-Krone: ich selber setzte mir diese Krone auf, ich selber sprach heilig mein Gelächter. Keinen Anderen fand ich heute stark genug dazu.

Zarathustra der Tänzer, Zarathustra der Leichte, der mit den Flügeln winkt, ein Flugbereiter, allen Vögeln zuwinkend, bereit und fertig, ein Selig-Leichtfertiger: –

Zarathustra der Wahrsager, Zarathustra der Wahrlacher, kein Ungeduldiger, kein Unbedingter, Einer, der Sprünge und Seitensprünge liebt; ich selber setzte mir diese Krone auf!

19

Erhebt eure Herzen, meine Brüder, hoch! höher! Und vergesst mir auch die Beine nicht! Erhebt auch eure Beine, ihr guten Tänzer, und besser noch: ihr steht auch auf dem Kopf!

Es giebt auch im Glück schweres Gethier, es giebt Plumpfüssler von Anbeginn. Wunderlich müht sie sich ab, einem Elephanten gleich, der sich müht auf dem Kopf zu stehn.

Besser aber noch närrisch sein vor Glücke als närrisch vor Unglücke, besser plump tanzen als lahm gehn. So lernt mir doch meine Weisheit ab: auch das schlimmste Ding hat zwei gute Kehrseiten, –

– auch das schlimmste Ding hat gute Tanzbeine: so lernt mir doch euch selbst, ihr höheren Menschen, auf eure rechten Beine stellen!

So verlernt mir doch Trübsal-Blasen und alle Pöbel-Traurigkeit! Oh wie traurig dünken mich heute des Pöbels Hanswürste noch! Diess Heute aber ist des Pöbels.

20

Dem Winde thut mir gleich, wenn er aus seinen Berghöhlen stürzt: nach seiner eignen Pfeife will er tanzen, die Meere zittern und hüpfen unter seinen Fusstapfen.

Der den Eseln Flügel giebt, der Löwinnen melkt, gelobt sei dieser gute unbändige Geist, der allem Heute und allem Pöbel wie ein Sturmwind kommt, –

– der Distel- und Tiftelköpfen feind ist und allen welken Blättern und Unkräutern: gelobt sei dieser wilde gute freie Sturmgeist, welcher auf Mooren und Trübsalen wie auf Wiesen tanzt!

Der die Pöbel-Schwindhunde hasst und alles missrathene düstere Gezücht: gelobt sei dieser Geist aller freien Geister, der lachende Sturm, welcher allen Schwarzsichtigen, Schwärsüchtigen Staub in die Augen bläst!

Ihr höheren Menschen, euer Schlimmstes ist: ihr lerntet alle nicht tanzen, wie man tanzen muss – über euch hinweg tanzen! Was liegt daran, dass ihr missriethet!

Wie Vieles ist noch möglich! So *lernt* doch über euch hinweg lachen! Erhebt eure Herzen, ihr guten Tänzer, hoch! höher! Und vergesst mir auch das gute Lachen nicht!

Diese Krone des Lachenden, diese Rosenkranz-Krone: euch, meinen Brüdern, werfe ich diese Krone zu! Das Lachen sprach ich heilig; ihr höheren Menschen, *lernt* mir – lachen!

Das Lied der Schwermuth

1

Als Zarathustra diese Reden sprach, stand er nahe dem Eingange seiner Höhle; mit den letzten Worten aber entschlüpfte er seinen Gästen und floh für eine kurze Weile in's Freie.

„Oh reine Gerüche um mich, rief er aus, oh selige Stille um mich! Aber wo sind meine Thiere? Heran, heran, mein Adler und meine Schlange!

Sagt mir doch, meine Thiere: diese höheren Menschen insgesammt – *riechen* sie vielleicht nicht gut? Oh reine Gerüche um mich! Jetzo weiss und fühle ich erst, wie ich euch, meine Thiere, liebe."

– Und Zarathustra sprach nochmals: „ich liebe euch, meine Thiere!" Der Adler aber und die Schlange drängten sich an ihn, als er diese Worte sprach, und sahen zu ihm hinauf. Solchergestalt waren sie zu drei still beisammen und schnüffelten und schlürften mit einander die gute Luft. Denn die Luft war hier draussen besser als bei den höheren Menschen.

2

Kaum aber hatte Zarathustra seine Höhle verlassen, da erhob sich der alte Zauberer, sah listig umher und sprach: „Er ist hinaus!

Und schon, ihr höheren Menschen – dass ich euch mit diesem Lob- und Schmeichel-Namen kitzle, gleich ihm selber – schon fällt mich mein schlimmer Trug- und Zaubergeist an, mein schwermüthiger Teufel,

– welcher diesem Zarathustra ein Widersacher ist aus dem Grunde: vergebt es ihm! Nun will er vor euch zaubern, er hat gerade *seine* Stunde; umsonst ringe ich mit diesem bösen Geiste.

Euch Allen, welche Ehren ihr euch mit Worten geben mögt, ob ihr euch „die freien Geister" nennt oder „die Wahrhaftigen" oder „die Büsser des Geistes" oder „die Entfesselten" oder „die grossen Sehnsüchtigen" –

– euch Allen, die ihr *am grossen Ekel* leidet gleich mir, denen der alte Gott starb und noch kein neuer Gott in Wiegen und Windeln liegt, – euch Allen ist mein böser Geist und Zauber-Teufel hold.

Ich kenne euch, ihr höheren Menschen, ich kenne ihn, – ich kenne auch diesen Unhold, den ich wider Willen liebe, diesen Zarathustra: er selber dünkt mich öfter gleich einer schönen Heiligen-Larve,

– gleich einem neuen wunderlichen Mummenschanze, in dem sich mein böser Geist, der schwermüthige Teufel, gefällt: – ich liebe Zarathustra, so dünkt mich oft, um meines bösen Geistes Willen. –

Aber schon fällt *der* mich an und zwingt mich, dieser Geist der Schwermuth, dieser Abend-Dämmerungs-Teufel: und, wahrlich, ihr höheren Menschen, es gelüstet ihn –

– macht nur die Augen auf! – es gelüstet ihn, *nackt* zu kommen, ob männlich, ob weiblich, noch weiss ich's nicht: aber er kommt, er zwingt mich, wehe! macht eure Sinne auf!

Der Tag klingt ab, allen Dingen kommt nun der Abend, auch den besten Dingen; hört nun und seht, ihr höheren Menschen, welcher Teufel, ob Mann, ob Weib, dieser Geist der Abend-Schwermuth ist!"

Also sprach der alte Zauberer, sah listig umher und griff dann zu seiner Harfe.

3

Bei abgehellter Luft, Wenn schon des Thau's Tröstung Zur Erde niederquillt, Unsichtbar, auch ungehört: – Denn zartes Schuhwerk trägt Der Tröster Thau gleich allen Trost-Milden –: Gedenkst du da, gedenkst du, heisses Herz, Wie einst du durstetest, Nach himmlischen Thränen und Thau-Geträufel Versengt und müde durstetest, Dieweil auf gelben Gras-Pfaden Boshaft abendliche Sonnenblicke Durch schwarze Bäume um dich liefen, Blendende Sonnen-Gluthblicke, schadenfrohe.

„Der *Wahrheit* Freier? Du? – so höhnten sie – Nein! Nur ein Dichter! Ein Thier, ein listiges, raubendes, schleichendes, Das lügen muss, Das wissentlich, willentlich lügen muss: Nach Beute lüstern, Bunt verlarvt, Sich selber Larve, Sich selbst zur Beute – *Das* – der Wahrheit Freier? Nein! Nur Narr! Nur Dichter! Nur Buntes redend, Aus Narren-Larven bunt herausschreiend, Herumsteigend auf lügnerischen Wort-Brücken, Auf bunten Regenbogen, Zwischen falschen Himmeln Und falschen Erden, Herumschweifend, herumschwebend, – *Nur* Narr! *Nur* Dichter!

Das – der Wahrheit Freier? Nicht still, starr, glatt, kalt, Zum Bilde worden, Zur Gottes-Säule, Nicht aufgestellt vor Tempeln, Eines Gottes Thürwart: Nein! Feindselig solchen Wahrheits-Standbildern, In jeder Wildniss heimischer als vor Tempeln, Voll Katzen-Muthwillens, Durch jedes Fenster springend Husch! in jeden Zufall, Jedem Urwalde zuschnüffelnd, Süchtig-sehnsüchtig zuschnüffelnd, Dass du in Urwäldern Unter buntgefleckten Raubthieren Sündlich-gesund und bunt und schön liefest, Mit lüsternen Lefzen, Selig-höhnisch, selig-höllisch, selig-blutgierig, Raubend, schleichend, lügend liefest: –

Oder, dem Adler gleich, der lange, Lange starr in Abgründe blickt, In *seine* Abgründe: – – Oh wie sie sich hier hinab, Hinunter, hinein, In immer tiefere Tiefen ringeln! – Dann, Plötzlich, geraden Zugs, Gezückten Flugs, Auf Lämmer stossen, Jach hinab, heisshungrig, Nach Lämmern lüstern, Gram allen Lamms-Seelen, Grimmig-gram Allem, was blickt Schafmässig, lammäugig, krauswollig, Grau, mit Lamms-Schafs-Wohlwollen!

Also Adlerhaft, pantherhaft Sind des Dichters Sehnsüchte, Sind *deine* Sehnsüchte unter tausend Larven, Du Narr! Du Dichter!

Der du den Menschen schautest So Gott als Schaf –: Den Gott *zerreissen* im Menschen Wie das Schaf im Menschen, Und zerreisend *lachen* –

Das, Das ist deine Seligkeit! Eines Panthers und Adlers Seligkeit! Eines Dichters und Narren Seligkeit!" – –

Bei abgehellter Luft, Wenn schon des Monds Sichel Grün zwischen Purpurröthen Und neidisch hinschleicht: – dem Tage feind, Mit jedem Schritte heimlich An Rosen-Hängematten Hinsichelnd, bis sie sinken, Nacht-abwärts blass hinabsinken:

So sank ich selber einstmals Aus meinem Wahrheits-Wahnsinne, Aus meinen Tages-Sehnsüchten, Des Tages müde, krank vom Lichte, – sank abwärts, abendwärts, schattenwärts: Von Einer Wahrheit Verbrannt und durstig: – gedenkst du noch, gedenkst du, heisses Herz, Wie da du durstetest? – Dass ich verbannt sei Von *aller* Wahrheit, Nur Narr! Nur Dichter!

Von der Wissenschaft

Also sang der Zauberer; und Alle, die beisammen waren, giengen gleich Vögeln unvermerkt in das Netz seiner listigen und schwermüthigen Wollust. Nur der Gewissenhafte des Geistes war nicht eingefangen: er nahm flugs dem Zauberer die Harfe weg und rief „Luft! Lasst gute Luft herein! Lass Zarathustra herein! Du machst diese Höhle schwül und giftig, du schlimmer alter Zauberer!

Du verfährst, du Falscher, Feiner, zu unbekannten Begierden und Wildnissen. Und wehe, wenn Solche, wie du, von der *Wahrheit* Redens und Wesens machen!

Wehe allen freien Geistern, welche nicht vor *solchen* Zauberern auf der Hut sind! Dahin ist es mit ihrer Freiheit: du lehrst und lockst zurück in Gefängnisse, –

– du alter schwermüthiger Teufel, aus deiner Klage klingt eine Lockpfeife, du gleichst Solchen, welche mit ihrem Lobe der Keuschheit heimlich zu Wollüsten laden!"

Also sprach der Gewissenhafte; der alte Zauberer aber blickte um sich, genoss seines Sieges und verschluckte darüber den Verdruss, welchen ihm der Gewissenhafte machte. „Sei still! sagte er mit bescheidener Stimme, gute Lieder wollen gut wiederhallen; nach guten Liedern soll man lange schweigen.

So thun es diese Alle, die höheren Menschen. Du aber hast wohl Wenig von meinem Lied verstanden? In dir ist Wenig von einem Zaubergeiste."

„Du lobst mich, entgegnete der Gewissenhafte, indem du mich von dir abtrennst, wohlan! Aber ihr Anderen, was sehe ich? Ihr sitzt alle noch mit lüsternen Augen da –:

Ihr freien Seelen, wohin ist eure Freiheit! Fast, dünkt mich's, gleicht ihr Solchen, die lange schlimmen tanzenden nackten Mädchen zusahn: eure Seelen tanzen selber!

In euch, ihr höheren Menschen, muss Mehr von Dem sein, was der Zauberer seinen bösen Zauber- und Truggeist nennt: – wir müssen wohl verschieden sein.

Und wahrlich, wir sprachen und dachten genug mitsammen, ehe Zarathustra heimkam zu seiner Höhle, als dass ich nicht wüsste: wir *sind* verschieden.

Wir *suchen* Verschiednes auch hier oben, ihr und ich. Ich nämlich suche *mehr Sicherheit*, desshalb kam ich zu Zarathustra. Der nämlich ist noch der festeste Thurm und Wille –

– heute, wo Alles wackelt, wo alle Erde bebt. Ihr aber, wenn ich eure Augen sehe, die ihr macht, fast dünkt mich's, ihr sucht mehr *Unsicherheit*,

– mehr Schauder, mehr Gefahr, mehr Erdbeben. Euch gelüstet, fast dünkt mich's so, vergebt meinem Dünkel, ihr höheren Menschen –

– euch gelüstet nach dem schlimmsten gefährlichsten Leben, das *mir* am meisten Furcht macht, nach dem Leben wilder Thiere, nach Wäldern, Höhlen, steilen Bergen und Irr- Schlünden.

Und nicht die Führer *aus* der Gefahr gefallen euch am besten, sondern die euch von allen Wegen abführen, die Verführer. Aber, wenn solch Gelüsten an euch *wirklich* ist, so dünkt es mich trotzdem *unmöglich*.

Furcht nämlich – das ist des Menschen Erb- und Grundgefühl; aus der Furcht erklärt sich jegliches, Erbsünde und Erbtugend. Aus der Furcht wuchs auch *meine* Tugend, die heisst: Wissenschaft.

Die Furcht nämlich vor wildem Gethier – die wurde dem Menschen am längsten angezüchtet, einschliesslich das Thier, das er in sich selber birgt und fürchtet: – Zarathustra heisst es „das innere Vieh."

Solche lange alte Furcht, endlich fein geworden, geistlich, geistig – heute, dünkt mich, heisst sie: Wissenschaft." –

Also sprach der Gewissenhafte; aber Zarathustra, der eben in seine Höhle zurückkam und die letzte Rede gehört und errathen hatte, warf dem Gewissenhaften eine Hand voll Rosen zu und lachte ob seiner „Wahrheiten". „Wie! rief er, was hörte ich da eben? Wahrlich, mich dünkt, du bist ein Narr oder ich selber bin's: und deine „Wahrheit" stelle ich rucks und flugs auf den Kopf.

Furcht nämlich – ist unsre Ausnahme. Muth aber und Abenteuer und Lust am Ungewissen, am Ungewagten, – *Muth* dünkt mich des Menschen ganze Vorgeschichte.

Den wildesten muthigsten Thieren hat er alle ihre Tugenden abgeneidet und abgeraubt: so erst wurde er – zum Menschen.

Dieser Muth, endlich fein geworden, geistlich, geistig, dieser Menschen-Muth mit Adler-Flügeln und Schlangen-Klugheit: *der*, dünkt mich, heisst heute –"

„ *Zarathustra*"! schrien Alle, die beisammen sassen, wie aus Einem Munde und machten dazu ein grosses Gelächter; es hob sich aber von ihnen wie eine schwere Wolke. Auch der Zauberer lachte und sprach mit Klugheit: „Wohlan! Er ist davon, mein böser Geist!

Und habe ich euch nicht selber vor ihm gewarnt, als ich sagte, dass er ein Betrüger sei, ein Lug- und Truggeist?

Sonderlich nämlich, wenn er sich nackend zeigt. Aber was kann *ich* für seine Tücken! Habe *ich* ihn und die Welt geschaffen?

Wohlan! Seien wir wieder gut und guter Dinge! Und ob schon Zarathustra böse blickt – seht ihn doch! er ist mir gram –:

– bevor die Nacht kommt, lernt er wieder, mich lieben und loben, er kann nicht lange leben, ohne solche Thorheiten zu thun.

Der – liebt seine Feinde: diese Kunst versteht er am besten von Allen, die ich sah. Aber er nimmt Rache dafür – an seinen Freunden!"

Also sprach der alte Zauberer, und die höheren Menschen zollten ihm Beifall: so dass Zarathustra herumgieng und mit Bosheit und Liebe seinen Freunden die Hände schüttelte, – gleichsam als Einer, der an Allen Etwas gutzumachen und abzubitten hat. Als er aber dabei an die Thür seiner Höhle kam, siehe, da gelüstete ihn schon wieder nach der guten Luft da draussen und nach seinen Thieren, – und er wollte hinaus schlüpfen.

Unter Töchtern der Wüste

1

„Gehe nicht davon! sagte da der Wanderer, welcher sich den Schatten Zarathustra's nannte, bleibe bei uns, es möchte uns sonst die alte dumpfe Trübsal wieder anfallen.

Schon gab uns jener alte Zauberer von seinem Schlimmsten zum Besten, und siehe doch, der gute fromme Papst da hat Thränen in den Augen und hat sich ganz wieder auf's Meer der Schwermuth eingeschifft.

Diese Könige mögen wohl vor uns noch gute Miene machen: das lernten *Die* nämlich von uns Allen heute am Besten! Hätten sie aber keine Zeugen, ich wette, auch bei ihnen fienge das böse Spiel wieder an –

– das böse Spiel der ziehenden Wolken, der feuchten Schwermuth, der verhängten Himmel, der gestohlenen Sonnen, der heulenden Herbst-Winde,

– das böse Spiel unsres Heulens und Nothschreiens: bleibe bei uns, oh Zarathustra! Hier ist viel verborgenes Elend, das reden will, viel Abend, viel Wolke, viel dumpfe Luft!

Du nährtest uns mit starker Manns-Kost und kräftigen Sprüchen: lass es nicht zu, dass uns zum Nachtisch die weichlichen weiblichen Geister wieder anfallen!

Du allein machst die Luft um dich herum stark und klar! Fand ich je auf Erden so gute Luft als bei dir in deiner Höhle?

Viele Länder sah ich doch, meine Nase lernte vielerlei Luft prüfen und abschätzen: aber bei dir schmecken meine Nüstern ihre grösste Lust!

Es sei denn, – es sei denn – , oh vergieb eine alte Erinnerung! Vergieb mir ein altes Nachtisch-Lied, das ich einst unter Töchtern der Wüste dichtete: –

– bei denen nämlich gab es gleich gute helle morgenländische Luft; dort war ich am fernsten vom wolkigen feuchten schwermüthigen Alt-Europa!

Damals liebte ich solcherlei Morgenland-Mädchen und andres blaues Himmelreich, über dem keine Wolken und keine Gedanken hängen.

Ihr glaubt es nicht, wie artig sie dasassen, wenn sie nicht tanzten, tief, aber ohne Gedanken, wie kleine Geheimnisse, wie bebänderte Räthsel, wie Nachtisch-Nüsse –

bunt und fremd fürwahr! aber ohne Wolken: Räthsel, die sich rathen lassen: solchen Mädchen zu Liebe erdachte ich damals einen Nachtisch-Psalm."

Also sprach der Wanderer und Schatten; und ehe Jemand ihm antwortete, hatte er schon die Harfe des alten Zauberers ergriffen, die Beine gekreuzt und blickte gelassen und weise um sich: – mit den Nüstern aber zog er langsam und fragend die Luft ein, wie Einer, der in neuen Ländern neue fremde Luft kostet. Darauf hob er mit einer Art Gebrüll zu singen an.

2

Die Wüste wächst: weh Dem, der Wüsten birgt!

– Ha! Feierlich!
In der That feierlich!
Ein würdiger Anfang!
Afrikanisch feierlich!
Eines Löwen würdig,
Oder eines moralischen Brüllaffen –
– aber Nichts für euch,
Ihr allerliebsten Freundinnen,
Zu deren Füssen mir
Zum ersten Male,

Einem Europäer, unter Palmen
Zu sitzen vergönnt ist. Sela.

Wunderbar wahrlich!
Da sitze ich nun,
Der Wüste nahe und bereits
So fern wieder der Wüste,
Auch in Nichts noch verwüstet:
Nämlich hinabgeschluckt
Von dieser kleinsten Oasis – :
– sie sperrte gerade gähnend
Ihr liebliches Maul auf.
Das wohlriechendste aller Mäulchen:
Da fiel ich hinein,
Hinab, hindurch – unter euch,
Ihr allerliebsten Freundinnen! Sela.

Heil, Heil jenem Wallfische,
Wenn er also es seinem Gaste
Wohl sein liess! – ihr versteht
Meine gelehrte Anspielung?
Heil seinem Bauche,
Wenn er also
Ein so lieblicher Oasis-Bauch war
Gleich diesem: was ich aber in Zweifel ziehe,
– dafür komme ich aus Europa,
Das zweifelsüchtiger ist als alle
Ältlichen Eheweibchen.
Möge Gott es bessern!
Amen!

Da sitze ich nun,
In dieser kleinsten Oasis,
Einer Dattel gleich,
Braun, durchsüsst, goldschwürig, lüstern
Nach einem runden Mädchenmunde,
Mehr noch aber nach mädchenhaften

Eiskalten schneeweissen schneidigen
Beisszähnen: nach denen nämlich
Lechzt das Herz allen heissen Datteln. Sela.

Den genannten Südfrüchten
Ähnlich, allzuähnlich
Liege ich hier, von kleinen
Flügelkäfern
Umtänzelt und umspielt,
Insgleichen von noch kleineren
Thörichteren boshafteren
Wünschen und Einfällen,
Umlagert von euch,
Ihr stummen, ihr ahnungsvollen
Mädchen-Katzen,
Dudu und Suleika,
– *umsphinxt*, dass ich in Ein Wort
Viel Gefühle stopfe:
(Vergebe mir Gott
Diese Sprach-Sünde!)
– sitze hier, die beste Luft schnüffelnd,
Paradieses-Luft wahrlich,
Lichte leichte Luft, goldgestreifte,
So gute Luft nur je
Vom Monde herabfiel –
Sei es aus Zufall,
Oder geschah es aus Übermuthe?
Wie die alten Dichter erzählen.
Ich Zweifler aber ziehe es
In Zweifel, dafür aber komme ich
Aus Europa,
Das zweifelsüchtiger ist als alle
Ältlichen Eheweibchen.
Möge Gott es bessern!
Amen!

Diese schönste Luft trinkend,
Mit Nüstern geschwellt gleich Bechern,
Ohne Zukunft, ohne Erinnerungen,
So sitze ich hier, ihr
Allerliebsten Freundinnen,
Und sehe der Palme zu,
Wie sie, einer Tänzerin gleich,
Sich biegt und schmiegt und in der Hüfte wiegt,
– man thut es mit, sieht man lange zu!
Einer Tänzerin gleich, die, wie mir scheinen will,
Zu lange schon, gefährlich lange
Immer, immer nur auf Einem Beine stand?
– da vergass sie darob, wie mir scheinen will,
Das andre Bein?
Vergebens wenigstens
Suchte ich das vermisste
Zwillings-Kleinod
– nämlich das andre Bein –
In der heiligen Nähe
Ihres allerliebsten, allerzierlichsten
Fächer- und Flatter- und Flitterröckchens.
ja, wenn ihr mir, ihr schönen Freundinnen,
Ganz glauben wollt:
Sie hat es verloren!
Es ist dahin!
Auf ewig dahin!
Das andre Bein!
Oh schade um dieses liebliche andre Bein!
Wo – mag es wohl weilen und verlassen trauern?
Das einsame Bein?
In Furcht vielleicht vor einem
Grimmen gelben blondgelockten
Löwen-Unthiere? Oder gar schon
Abgenagt, abgeknabbert –
Erbärmlich, wehe! wehe! abgeknabbert! Sela.

Oh weint mir nicht,
Weiche Herzen!
Weint mir nicht, ihr
Dattel-Herzen! Milch-Busen!
Ihr Süssholz-Herz-
Beutelchen!
Weine nicht mehr,
Bleiche Dudu!
Sei ein Mann, Suleika! Muth! Muth!
– Oder sollte vielleicht
Etwas Stärkendes, Herz-Stärkendes,
Hier am Platze sein?
Ein gesalbter Spruch?
Ein feierlicher Zuspruch? –

Ha! Herauf, Würde!
Tugend-Würde! Europäer-Würde!
Blase, blase wieder,
Blasebalg der Tugend!
Ha!
Noch Ein Mal brüllen,
Moralisch brüllen!
Als moralischer Löwe
Vor den Töchtern der Wüste brüllen!
– Denn Tugend-Geheul,
Ihr allerliebsten Mädchen,
Ist mehr als Alles
Europäer-Inbrunst, Europäer-Heisshunger!
Und da stehe ich schon,
Als Europäer,
Ich kann nicht anders, Gott helfe mir!
Amen!

Die Wüste wächst: weh Dem, der Wüsten birgt!

Die Erweckung

1

Nach dem Liede des Wanderers und Schattens wurde die Höhle mit Einem Male voll Lärmens und Lachens; und da die versammelten Gäste alle zugleich redeten, und auch der Esel, bei einer solchen Ermuthigung, nicht mehr still blieb, überkam Zarathustra ein kleiner Widerwille und Spott gegen seinen Besuch: ob er sich gleich ihrer Fröhlichkeit erfreute. Denn sie dünkte ihm ein Zeichen der Genesung. So schlüpfte er hinaus in's Freie und sprach zu seinen Thieren.

„Wo ist nun ihre Noth hin? sprach er, und schon athmete er selber von seinem kleinen Überdrusse auf, – bei mir verlernten sie, wie mich dünkt, das Nothschrein!

– wenn auch, leider, noch nicht das Schrein." Und Zarathustra hielt sich die Ohren zu, denn eben mischte sich das I-A des Esels wunderlich mit dem Jubel-Lärm dieser höheren Menschen.

„Sie sind lustig, begann er wieder, und wer weiss? vielleicht auf ihres Wirthes Unkosten; und lernten sie von mir lachen, so ist es doch nicht *mein* Lachen, das sie lernten.

Aber was liegt daran! Es sind alte Leute: sie genesen auf ihre Art, sie lachen auf ihre Art; meine Ohren haben schon Schlimmeres erduldet und wurden nicht unwirsch.

Dieser Tag ist ein Sieg: er weicht schon, er flieht, *der Geist der Schwere*, mein alter Erzfeind! Wie gut will dieser Tag enden, der so schlimm und schwer begann!

Und enden *will* er. Schon kommt der Abend: über das Meer her reitet er, der gute Reiter! Wie er sich wiegt, der Selige, Heimkehrende, in seinen purpurnen Sätteln!

Der Himmel blickt klar dazu, die Welt liegt tief: oh all ihr Wunderlichen, die ihr zu mir kamt, es lohnt sich schon, bei mir zu leben!"

Also sprach Zarathustra. Und wieder kam da das Geschrei und Gelächter der höheren Menschen aus der Höhle: da begann er von Neuem.

„Sie beissen an, mein Köder wirkt, es weicht auch ihnen ihr Feind, der Geist der Schwere. Schon lernen sie über sich selber lachen: höre ich recht?

Meine Manns-Kost wirkt, mein Saft- und Kraft-Spruch: und wahrlich, ich nährte sie nicht mit Bläh-Gemüsen! Sondern mit Krieger-Kost, mit Eroberer-Kost: neue Begierden weckte ich.

Neue Hoffnungen sind in ihren Armen und Beinen, ihr Herz streckt sich aus. Sie finden neue Worte, bald wird ihr Geist Muthwillen athmen.

Solche Kost mag freilich nicht für Kinder sein, noch auch für sehnsüchtige alte und junge Weibchen. Denen überredet man anders die Eingeweide; deren Arzt und Lehrer bin ich nicht.

Der *Ekel* weicht diesen höheren Menschen: wohlan! das ist mein Sieg. In meinem Reiche werden sie sicher, alle dumme Scham läuft davon, sie schütten sich aus.

Sie schütten ihr Herz aus, gute Stunden kehren ihnen zurück, sie feiern und käuen wieder, – sie werden *dankbar*.

Das nehme ich als das beste Zeichen: sie werden dankbar. Nicht lange noch, und sie denken sich Feste aus und stellen Denksteine ihren alten Freuden auf.

Es sind *Genesende*!" Also sprach Zarathustra fröhlich zu seinem Herzen und schaute hinaus; seine Thiere aber drängten sich an ihn und ehrten sein Glück und sein Stillschweigen.

2

Plötzlich aber erschrak das Ohr Zarathustra's: die Höhle nämlich, welche bisher voller Lärmens und Gelächters war, wurde mit Einem Male todtenstill; – seine Nase aber roch einen wohlriechenden Qualm und Weihrauch, wie von brennenden Pinien-Zapfen.

„Was geschieht? Was treiben sie?" fragte er sich und schlich zum Eingange heran, dass er seinen Gästen, unvermerkt, zusehn könne. Aber, Wunder über Wunder! was musste er da mit seinen eignen Augen sehn!

„Sie sind Alle wieder *fromm* geworden, sie *beten*, sie sind toll!" – sprach er und verwundene sich über die Maassen. Und, fürwahr!, alle diese höheren Menschen, die zwei Könige, der Papst ausser Dienst, der schlimme Zauberer, der freiwillige Bettler, der Wanderer und Schatten, der alte Wahrsager, der Gewissenhafte des

Geistes und der hässlichste Mensch: sie lagen Alle gleich Kindern und gläubigen alten Weibchen auf den Knien und beteten den Esel an. Und eben begann der hässlichste Mensch zu gurgeln und zu schnauben, wie als ob etwas Unaussprechliches aus ihm heraus wolle; als er es aber wirklich bis zu Worten gebracht hatte, siehe, da war es eine fromme seltsame Litanei zur Lobpreisung des angebeteten und angeräucherten Esels. Diese Litanei aber klang also:

Amen! Und Lob und Ehre und Weisheit und Dank und Preis und Stärke sei unserm Gott, von Ewigkeit zu Ewigkeit!

– Der Esel aber schrie dazu I-A.

Er trägt unsre Last, er nahm Knechtsgestalt an, er ist geduldsam von Herzen und redet niemals Nein; und wer seinen Gott liebt, der züchtigt ihn.

– Der Esel aber schrie dazu I-A.

Er redet nicht: es sei denn, dass er zur Welt, die er Schuf, immer Ja sagt: also preist er seine Welt. Seine Schlauheit ist es, die nicht redet: so bekommt er selten Unrecht.

– Der Esel aber schrie dazu I-A.

Unscheinbar geht er durch die Welt. Grau ist die Leib-Farbe, in welche er seine Tugend hüllt. Hat er Geist, so verbirgt er ihn; Jedermann aber glaubt an seine langen Ohren.

– Der Esel aber schrie dazu I-A.

Welche verborgene Weisheit ist das, dass er lange Ohren trägt und allein ja und nimmer Nein sagt! Hat er nicht die Welt erschaffen nach seinem Bilde, nämlich so dumm als möglich?

– Der Esel aber schrie dazu I-A.

Du gehst gerade und krumme Wege; es kümmert dich wenig, was uns Menschen gerade oder krumm dünkt. Jenseits von Gut und Böse ist dein Reich. Es ist deine Unschuld, nicht zu wissen, was Unschuld ist.

– Der Esel aber schrie dazu I-A.

Siehe doch, wie du Niemanden von dir stössest, die Bettler nicht, noch die Könige. Die Kindlein lässest du zu dir kommen, und wenn dich die bösen Buben locken, so sprichst du einfältiglich I-A.

– Der Esel aber schrie dazu I-A.

Du liebst Eselinnen und frische Feigen, du bist kein Kostverächter. Eine Distel kitzelt dir das Herz, wenn du gerade Hunger hast. Darin liegt eines Gottes Weisheit.

– Der Esel aber schrie dazu I-A.

Das Eselsfest

1

An dieser Stelle der Litanei aber konnte Zarathustra sich nicht länger bemeistern, schrie selber I-A, lauter noch als der Esel, und sprang mitten unter seine tollgewordenen Gäste.

„Aber was treibt ihr da, ihr Menschenkinder? rief er, indem er die Betenden vom Boden empor riss. Wehe, wenn euch Jemand Anderes zusähe als Zarathustra:

Jeder würde urtheilen, ihr wäret mit eurem neuen Glauben die ärgsten Gotteslästerer oder die thörichtsten aller alten Weiblein!

Und du selber, du alter Papst, wie stimmt Das mit dir selber zusammen, dass du solchergestalt einen Esel hier als Gott anbetest?“ –

„Oh Zarathustra, antwortete der Papst, vergieb mir, aber in Dingen Gottes bin ich aufgeklärter noch als du. Und so ist's billig.

Lieber Gott also anbeten, in dieser Gestalt, als in gar keiner Gestalt! Denke über diesen Spruch nach, mein hoher Freund: du erräthst geschwind, in solchem Spruch steckt Weisheit.

Der, welcher sprach „Gott ist ein Geist“ – der machte bisher auf Erden den grössten Schritt und Sprung zum Unglauben: solch Wort ist auf Erden nicht leicht wieder gut zu machen!

Mein altes Herz springt und hüpft darob, dass es auf Erden noch Etwas anzubeten giebt. Vergieb das, oh Zarathustra, einem alten frommen Papst-Herzen! –“

– „Und du, sagte Zarathustra zu dem Wanderer und Schatten, du nennst und wähnst dich einen freien Geist? Und treibst hier solchen Götzen- und Pfaffendienst?

Schlimmer, wahrlich, treibst du's hier noch als bei deinen schlimmen braunen Mädchen, du schlimmer neuer Gläubiger!"

„Schlimm genug, antwortete der Wanderer und Schatten, du hast Recht: aber was kann ich dafür! Der alte Gott lebt wieder, Oh Zarathustra, du magst reden, was du willst.

Der hässlichste Mensch ist an Allem schuld: der hat ihn wieder auferweckt. Und wenn er sagt, dass er ihn einst getödtet habe: *Tod* ist bei Göttern immer nur ein Vorurtheil."

– Und du, sprach Zarathustra, du schlimmer alter Zauberer, was thatest du! Wer soll, in dieser freien Zeit, fürderhin an dich glauben, wenn *du* an solche Götter-Eseleien glaubst?

Es war eine Dummheit, was du thatest; wie konntest du, du Kluger, eine solche Dummheit thun!

„Oh Zarathustra, antwortete der kluge Zauberer, du hast Recht, es war eine Dummheit, – es ist mir auch schwer genug geworden."

– „Und du gar, sagte Zarathustra, zu dem Gewissenhaften des Geistes, erwäge doch und lege den Finger an deine Nase! Geht hier denn Nichts wider dein Gewissen? Ist dein Geist nicht zu reinlich für diess Beten und den Dunst dieser Betbrüder?"

„Es ist Etwas daran, antwortete der Gewissenhafte und legte den Finger an die Nase, es ist Etwas an diesem Schauspiele, das meinem Gewissen sogar wohlthut.

Vielleicht, dass ich an Gott nicht glauben darf: gewiss aber ist, dass Gott mir in dieser Gestalt noch am glaubwürdigsten dünkt.

Gott soll ewig sein, nach dem Zeugnisse der Frömmsten: wer so viel Zeit hat, lässt sich Zeit. So langsam und so dumm als möglich: *damit* kann ein Solcher es doch sehr weit bringen.

Und wer des Geistes zu viel hat, der möchte sich wohl in die Dumm- und Narrheit selber vernarren. Denke über dich selber nach, oh Zarathustra!

Du selber – wahrlich! auch du könntest wohl aus Überfluss und Weisheit zu einem Esel werden.

Geht nicht ein vollkommner Weiser gern auf den krümmsten Wegen? Der Augenschein lehrt es, oh Zarathustra, – *dein* Augenschein!"

– „Und du selber zuletzt, sprach Zarathustra und wandte sich gegen den hässlichsten Menschen, der immer noch auf dem Boden lag, den Arm zu dem Esel emporhebend (er gab ihm nämlich Wein zu trinken). Sprich, du Unaussprechlicher, was hast du da gemacht!

Du dünkst mich verwandelt, dein Auge glüht, der Mantel des Erhabenen liegt um deine Hässlichkeit: *was* thatest du?

Ist es denn wahr, was jene sagen, dass du ihn wieder auferwecktest? Und wozu? War er nicht mit Grund abgetödtet und abgethan?

Du selber dünkst mich aufgeweckt: was thatest du? was kehrtest *du* um? Was bekehrtest *du* dich? Sprich, du Unaussprechlicher?"

„Oh Zarathustra, antwortete der hässlichste Mensch, du bist ein Schelm!

Ob *Der* noch lebt oder wieder lebt oder gründlich todt ist, – wer von uns Beiden weiss Das am Besten? Ich frage dich.

Eins aber weiss ich, – von dir selber lernte ich's einst, oh Zarathustra: wer am gründlichsten tödten will, der *lacht*.

„Nicht durch Zorn, sondern durch Lachen tödtet man" – so sprachst du einst. Oh Zarathustra, du Verborgener, du Vernichter ohne Zorn, du gefährlicher Heiliger, – du bist ein Schelm!"

2

Da aber geschah es, dass Zarathustra, verwundert über lauter solche Schelmen-Antworten, zur Thür seiner Höhle zurück sprang und, gegen alle seine Gäste gewendet, mit starker Stimme schrie:

„Oh ihr Schalks-Narren allesammt, ihr Possenreisser! Was verstellt und versteckt ihr euch vor mir!

Wie doch einem jeden von euch das Herz zappelte vor Lust und Bosheit, darob, dass ihr endlich einmal wieder wurdet wie die Kindlein, nämlich fromm, –

– dass ihr endlich wieder thatet wie Kinder thun, nämlich betetet, händefaltetet und „lieber Gott" sagtet!

Aber nun lasst mir *diese* Kinderstube, meine eigne Höhle, wo heute alle Kinderei zu Hause ist. Kühlt hier draussen euren heissen Kinder-Übermuth und Herzenslärm ab!

Freilich: so ihr nicht werdet wie die Kindlein, so kommt ihr nicht in *das* Himmelreich. (Und Zarathustra zeigte mit den Händen nach Oben.)

Aber wir wollen auch gar nicht in's Himmelreich: Männer sind wir worden, – *so wollen wir das Erdenreich*."

3

Und noch einmal hob Zarathustra an zu reden. „Oh meine neuen Freunde, sprach er, – ihr Wunderlichen, ihr höheren Menschen, wie gut gefallt ihr mir nun, –

– seit ihr wieder fröhlich wurdet! Ihr seid wahrlich Alle aufgeblüht: mich dünkt, solchen Blumen, wie ihr seid, thun *neue Feste* noth,

– ein kleiner tapferer Unsinn, irgend ein Gottesdienst und Eselsfest, irgend ein alter fröhlicher Zarathustra-Narr, ein Brausewind, der euch die Seelen hell bläst.

Vergesst die Nacht und diess Eselsfest nicht, ihr höheren Menschen! *Das* erfandet ihr bei mir, Das nehme ich als gutes Wahrzeichen, – Solcherlei erfinden nur Genesende!

Und feiert ihr es abermals, dieses Eselsfest, thut's euch zu Liebe, thut's auch mir zu Liebe! Und zu *meinem* Gedächtniss!"

Also sprach Zarathustra.

Das Nachtwandler-Lied

1

Inzwischen aber war Einer nach dem Andern hinaus getreten, in's Freie und in die kühle nachdenkliche Nacht; Zarathustra selber aber führte den hässlichsten Menschen an der Hand, dass er ihm seine Nacht-Welt und den grossen runden Mond und die silbernen Wasserstürze bei seiner Höhle zeige. Da standen sie endlich still bei einander, lauter alte Leute, aber mit einem getrösteten tapferen Herzen und verwundert bei sich, dass es ihnen auf Erden so wohl war; die Heimlichkeit der Nacht aber kam ihnen näher und näher an's Herz. Und von Neuem dachte Zarathustra bei sich: „oh wie gut sie mir nun gefallen, diese höheren Menschen!" – aber er sprach es nicht aus, denn er ehrte ihr Glück und ihr Stillschweigen. –

Da aber geschah Das, was an jenem erstaunlichen langen Tage das Erstaunlichste war: der hässlichste Mensch begann noch ein Mal und zum letzten Mal zu gurgeln und zu schnauben, und als er es bis zu Worten gebracht hatte, siehe, da sprang eine Frage rund und reinlich aus seinem Munde, eine gute tiefe klare Frage, welche Allen, die ihm zuhörten, das Herz im Leibe bewegte.

„Meine Freunde insgesammt, sprach der hässlichste Mensch, was dünket euch? Um dieses Tags Willen – *ich* bin's zum ersten Male zufrieden, dass ich das ganze Leben lebte.

Und dass ich so viel bezeuge, ist mir noch nicht genug. Es lohnt sich auf der Erde zu leben: Ein Tag, Ein Fest mit Zarathustra lehrte mich die Erde lieben.

„War *Das* – das Leben?" will ich zum Tode sprechen. „Wohlan! Noch Ein Mal!"

Meine Freunde, was dünket euch? Wollt ihr nicht gleich mir zum Tode sprechen: War Das – das Leben? Um Zarathustra's Willen, wohlan! Noch Ein Mal!" – –

Also sprach der hässlichste Mensch; es war aber nicht lange vor Mitternacht. Und was glaubt ihr wohl, dass damals sich zutrug? Sobald die höheren Menschen seine Frage hörten, wurden sie sich mit Einem Male ihrer Verwandlung und Genesung bewusst, und wer ihnen dieselbe gegeben habe: da sprangen sie auf Zarathustra zu, dankend, verehrend, liebkosend, ihm die Hände küssend, so wie es der Art eines Jeden eigen war: also dass Einige lachten, Einige weinten. Der alte Wahrsager aber tanzte vor Vergnügen; und wenn er auch, wie manche Erzähler meinen, damals voll süssen Weines war, so war er gewisslich noch voller des süssen Lebens und hatte aller Müdigkeit abgesagt. Es giebt sogar Solche, die erzählen, dass damals der Esel getanzt habe: nicht umsonst nämlich habe ihm der hässlichste Mensch vorher Wein zu trinken gegeben. Diess mag sich nun so verhalten oder auch anders; und wenn in Wahrheit an jenem Abende der Esel nicht getanzt hat, so geschahen doch damals grössere und seltsamere Wunderdinge als es das Tanzen eines Esels wäre. Kurz, wie das Sprichwort Zarathustra's lautet: „was liegt daran!"

2

Zarathustra aber, als sich diess mit dem hässlichsten Menschen zutrug, stand da, wie ein Trunkener: sein Blick erlosch, seine Zunge lallte, seine Füsse schwankten. Und wer möchte auch errathen, welche Gedanken dabei über Zarathustra's Seele liefen? Ersichtlich aber wich sein Geist zurück und floh voraus und war in weiten Fernen und gleichsam „auf hohem Joche, wie geschrieben steht, zwischen zwei Meeren,

– zwischen Vergangenem und Zukünftigem als schwere Wolke wandelnd.“ Allgemach aber, während ihn die höheren Menschen in den Armen hielten, kam er ein Wenig zu sich selber zurück und wehrte mit den Händen dem Gedränge der Verehrenden und Besorgten; doch sprach er nicht. Mit Einem Male aber wandte er schnell den Kopf, denn er schien Etwas zu hören: da legte er den Finger an den Mund und sprach: „ *Kommt!*“

Und alsbald wurde es rings still und heimlich; aus der Tiefe aber kam langsam der Klang einer Glocke herauf. Zarathustra horchte darnach, gleich den höheren Menschen; dann aber legte er zum andern Male den Finger an den Mund und sprach wiederum: „ *Kommt! Kommt! Es geht gen Mitternacht*!“ – und seine Stimme hatte sich verwandelt. Aber immer noch rührte er sich nicht von der Stelle: da wurde es noch stiller und heimlicher, und Alles horchte, auch der Esel, und Zarathustra's Ehrenthiere, der Adler und die Schlange, insgleichen die Höhle Zarathustra's und der grosse kühle Mond und die Nacht selber. Zarathustra aber legte zum dritten Male die Hand an den Mund und sprach:

Kommt! Kommt! Kommt! Lasst uns jetzo wandeln! Es ist die Stunde: lasst uns in die Nacht wandeln!

3

Ihr höheren Menschen, es geht gen Mitternacht: da will ich euch Etwas in die Ohren sagen, wie jene alte Glocke es mir in's Ohr sagt, –

– so heimlich, so schrecklich, so herzlich, wie jene Mitternachts-Glocke zu mir es redet, die mehr erlebt hat als Ein Mensch:

– welche schon eurer Väter Herzens-Schmerzens-Schläge abzählte – ach! ach! wie sie seufzt! wie sie im Traume lacht! die alte tiefe tiefe Mitternacht!

Still! Still! Da hört sich Manches, das am Tage nicht laut werden darf; nun aber, bei kühler Luft, da auch aller Lärm eurer Herzen stille ward, –

– nun redet es, nun hört es sich, nun schleicht es sich in nächtliche überwache Seelen: ach! ach! wie sie seufzt! wie sie im Traume lacht!

– hörst du's nicht, wie sie heimlich, schrecklich, herzlich zu *dir* redet, die alte tiefe tiefe Mitternacht? *Oh Mensch, gieb Acht!*

4

Wehe mir! Wo ist die Zeit hin? Sank ich nicht in tiefe Brunnen? Die Welt schläft –

Ach! Ach! Der Hund heult, der Mond scheint. Lieber will ich sterben, sterben, als euch sagen, was mein Mitternachts-Herz eben denkt.

Nun starb ich schon. Es ist dahin. Spinne, was spinnst du um mich? Willst du Blut? Ach! Ach! der Thau fällt, die Stunde kommt –

– die Stunde, wo mich fröstelt und friert, die fragt und fragt und fragt: „wer hat Herz genug dazu?

– wer soll der Erde Herr sein? Wer will sagen: *so* sollt ihr laufen, ihr grossen und kleinen Ströme!“

– die Stunde naht: oh Mensch, du höherer Mensch, gieb Acht! diese Rede ist für feine Ohren, für deine Ohren *was spricht die tiefe Mitternacht*?

5

Es trägt mich dahin, meine Seele tanzt. Tagewerk! Tagewerk! Wer soll der Erde Herr sein?

Der Mond ist kühl, der Wind schweigt. Ach! Ach! Flogt ihr schon hoch genug? Ihr tanztet: aber ein Bein ist doch kein Flügel.

Ihr guten Tänzer, nun ist alle Lust vorbei, Wein ward Hefe, jeder Becher ward mürbe, die Gräber stammeln.

Ihr flogt nicht hoch genug: nun stammeln die Gräber „erlöst doch die Todten! Warum ist so lange Nacht? Macht uns nicht der Mond trunken?“

Ihr höheren Menschen, erlöst doch die Gräber, weckt die Leichname auf! Ach, was gräbt noch der Wurm? Es naht, es naht die Stunde, –

– es brummt die Glocke, es schnarrt noch das Herz, es gräbt noch der Holzwurm, der Herzenswurm. Ach! Ach! *Die Welt ist tief*!

6

Süsse Leier! Süsse Leier! Ich liebe deinen Ton, deinen trunkenen Unken-Ton! – wie lang her, wie fern her kommt mir dein Ton, weit her, von den Teichen der Liebe!

Du alte Glocke, du süsse Leier! Jeder Schmerz riss dir in's Herz, Vaterschmerz, Väterschmerz, Urväterschmerz, deine Rede wurde reif,-

– reif gleich goldenem Herbste und Nachmittage, gleich meinem Einsiedlerherzen – nun redest du: die Welt selber ward reif, die Traube bräunt,

– nun will sie sterben, vor Glück sterben. Ihr höheren Menschen, riecht ihr's nicht? Es quillt heimlich ein Geruch herauf,

– ein Duft und Geruch der Ewigkeit, ein rosenseliger, brauner Gold-Wein-Geruch von altem Glücke,

von trunkenem Mitternachts-Sterbeglücke, welches singt: die Welt ist tief *und tiefer als der Tag gedacht*!

7

Lass mich! Lass mich! Ich bin zu rein für dich. Rühre mich nicht an! Ward meine Welt nicht eben vollkommen?

Meine Haut ist zu rein für deine Hände. Lass mich, du dummer tölpischer dumpfer Tag! Ist die Mitternacht nicht heller?

Die Reinsten sollen der Erde Herrn sein, die Unerkanntesten, Stärksten, die Mitternachts-Seelen, die heller und tiefer sind als jeder Tag.

Oh Tag, du tappst nach mir? Du tastest nach meinem Glücke? Ich bin dir reich, einsam, eine Schatzgrube, eine Goldkammer?

Oh Welt, du willst *mich*? Bin ich dir weltlich? Bin ich dir geistlich? Bin ich dir göttlich? Aber Tag und Welt, ihr seid zu plump, –

– habt klügere Hände, greift nach tieferem Glücke, nach tieferem Unglücke, greift nach irgend einem Gotte, greift nicht nach mir:

– mein Unglück, mein Glück ist tief, du wunderlicher Tag, aber doch bin ich kein Gott, keine Gottes-Hölle: *tief ist ihr Weh*.

8

Gottes Weh ist tiefer, du wunderliche Welt! Greife nach Gottes Weh, nicht nach mir! Was bin ich! Eine trunkene süsse Leier, –

eine Mitternachts-Leier, eine Glocken-Unke, die Niemand versteht, aber welche reden *muss*, vor Tauben, ihr höheren Menschen! Denn ihr versteht mich nicht!

Dahin! Dahin! Oh Jugend! Oh Mittag! Oh Nachmittag! Nun kam Abend und Nacht und Mitternacht, – der Hund heult, der Wind:

– ist der Wind nicht ein Hund? Er winselt, er kläfft, er heult. Ach! Ach! wie sie seufzt! wie sie lacht, wie sie röchelt und keucht, die Mitternacht!

Wie sie eben nüchtern spricht, diese trunkene Dichterin! sie übertrat wohl ihre Trunkenheit? sie wurde überwach? sie käut zurück?

– ihr Weh käut sie zurück, im Traume, die alte tiefe Mitternacht, und mehr noch ihre Lust. Lust nämlich, wenn schon Weh tief ist: *Lust ist tiefer noch als Herzeleid.*

9

Du Weinstock! Was preisest du mich? Ich schnitt dich doch! Ich bin grausam, du blutest –: was will dein Lob meiner trunkenen Grausamkeit?

„Was vollkommen ward, alles Reife – will sterben!" so redest du. Gesegnet, gesegnet sei das Winzermesser! Aber alles Unreife will leben: wehe!

Weh spricht: „Vergeh! Weg, du Wehe!" Aber Alles, was leidet, will leben, dass es reif werde und lustig und sehnsüchtig,

– sehnsüchtig nach Fernerem, Höherem, Hellerem. „Ich will Erben, so spricht Alles, was leidet, ich will Kinder, ich will nicht *mich*," –

Lust aber will nicht Erben, nicht Kinder, – Lust will sich selber, will Ewigkeit, will Wiederkunft, will Alles-sich-ewig-gleich.

Weh spricht: „Brich, blute, Herz! Wandle, Bein! Flügel, flieg! Hinan! Hinauf! Schmerz!" Wohlan! Wohlauf! Oh mein altes Herz: *Weh spricht: „vergeh*!"

10

Ihr höheren Menschen, was dünket euch? Bin ich ein Wahrsager? Ein Träumender? Trunkener? Ein Traumdeuter? Eine Mitternachts-Glocke?

Ein Tropfen Thau's? Ein Dunst und Duft der Ewigkeit? Hört ihr's nicht? Riecht ihr's nicht? Eben ward meine Welt vollkommen, Mitternacht ist auch Mittag, –

Schmerz ist auch eine Lust, Fluch ist auch ein Segen, Nacht ist auch eine Sonne, – geht davon oder ihr lernt: ein Weiser ist auch ein Narr.

Sagtet ihr jemals ja zu Einer Lust? Oh, meine Freunde, so sagtet ihr Ja auch zu *allem* Wehe. Alle Dinge sind verkettet, verfädelt, verliebt, –

– wolltet ihr jemals Ein Mal Zwei Mal, spracht ihr jemals „du gefällst mir, Glück! Husch! Augenblick!“ so wolltet ihr *Alles* zurück!

– Alles von neuem, Alles ewig, Alles verkettet, verfädelt, verliebt, oh so *liebtet* ihr die Welt, –

– ihr Ewigen, liebt sie ewig und allezeit: und auch zum Weh sprecht ihr: vergeh, aber komm zurück! *Denn alle Lust will – Ewigkeit!*

11

Alle Lust will aller Dinge Ewigkeit, will Honig, will Hefe, will trunkene Mitternacht, will Gräber, will Gräber-Thränen-Trost, will vergüldetes Abendroth –

– *was* will nicht Lust! sie ist durstiger, herzlicher, hungriger, schrecklicher, heimlicher als alles Weh, sie will *sich*, sie beisst in *sich*, des Ringes Wille ringt in ihr, –

– sie will Liebe, sie will Hass, sie ist überreich, schenkt, wirft weg, bettelt, dass Einer sie nimmt, dankt dem Nehmenden, sie möchte gern gehasst sein, –

– so reich ist Lust, dass sie nach Wehe durstet, nach Hölle, nach Hass, nach Schmach, nach dem Krüppel, nach *Welt*, – denn diese Welt, oh ihr kennt sie ja!

Ihr höheren Menschen, nach euch sehnt sie sich, die Lust, die unbändige, selige, – nach eurem Weh, ihr Missrathenen! Nach Missrathenem sehnt sich alle ewige Lust.

Denn alle Lust will sich selber, drum will sie auch Herzeleid! Oh Glück, oh Schmerz! Oh brich, Herz! Ihr höheren Menschen, lernt es doch, Lust will Ewigkeit,

– Lust will *aller* Dinge Ewigkeit, *will tiefe, tiefe Ewigkeit!*

12

Lerntet ihr nun mein Lied? Erriethet ihr, was es will? Wohlan! Wohlauf! Ihr höheren Menschen, so singt mir nun meinen Rundgesang!

Singt mir nun selber das Lied, dess Name ist „Noch ein Mal“, dess Sinn ist „in alle Ewigkeit!“, singt, ihr höheren Menschen, Zarathustra's Rundgesang!

Oh Mensch! Gieb Acht!
Was spricht die tiefe Mitternacht?
„Ich schlief, ich schlief –,
„Aus tiefem Traum bin ich erwacht: –
„Die Welt ist tief,
„Und tiefer als der Tag gedacht.
„Tief ist ihr Weh –,
„Lust – tiefer noch als Herzeleid:
„Weh spricht: Vergeh!
„Doch alle Lust will Ewigkeit
„will tiefe, tiefe Ewigkeit!“

Das Zeichen

Des Morgens aber nach dieser Nacht sprang Zarathustra von seinem Lager auf, gürtete sich die Lenden und kam heraus aus seiner Höhle, glühend und stark, wie eine Morgensonne, die aus dunklen Bergen kommt.

„Du grosses Gestirn, sprach er, wie er einstmal gesprochen hatte, du tiefes Glücks-Auge, was wäre all dein Glück, wenn du nicht *Die* hättest, welchen du leuchtest!

Und wenn sie in ihren Kammern blieben, während du schon wach bist und kommst und schenkst und austheilst: wie würde darob deine stolze Scham zürnen!

Wohlan! sie schlafen noch, diese höheren Menschen, während *ich* wach bin: *das* sind nicht meine rechten Gefährten! Nicht auf sie warte ich hier in meinen Bergen.

Zu meinem Werke will ich, zu meinem Tage: aber sie verstehen nicht, was die Zeichen meines Morgens sind, mein Schritt – ist für sie kein Weckruf.

Sie schlafen noch in meiner Höhle, ihr Traum käut noch an meinen Mitternächten. Das Ohr, das nach *mir* horcht, – das *gehorchende* Ohr fehlt in ihren Gliedern.“

– Diess hatte Zarathustra zu seinem Herzen gesprochen, als die Sonne aufgieng: da blickte er fragend in die Höhe, denn er hörte über sich den scharfen Ruf seines Adlers. „Wohlan! rief er hinauf, so gefällt und gebührt es mir. Meine Thiere sind wach, denn ich bin wach.

Mein Adler ist wach und ehrt gleich mir die Sonne. Mit Adlers-Klauen greift er nach dem neuen Lichte. Ihr seid meine rechten Thiere; ich liebe euch.

Aber noch fehlen mir meine rechten Menschen!" –

Also sprach Zarathustra; da aber geschah es, dass er sich plötzlich wie von unzähligen Vögeln umschwärmt und umflattert hörte, – das Geschwirr so vieler Flügel aber und das Gedräng um sein Haupt war so gross, dass er die Augen schloss. Und wahrlich, einer Wolke gleich fiel es über ihn her, einer Wolke von Pfeilen gleich, welche sich über einen neuen Feind ausschüttet. Aber siehe, hier war es eine Wolke der Liebe, und über einen neuen Freund.

„Was geschieht mir?" dachte Zarathustra in seinem erstaunten Herzen und liess sich langsam auf dem grossen Steine nieder, der neben dem Ausgange seiner Höhle lag. Aber, indem er mit den Händen um sich und über sich und unter sich griff, und den zärtlichen Vögeln wehrte, siehe, da geschah ihm etwas noch Seltsameres: er griff nämlich dabei unvermerkt in ein dichtes warmes Haar-Gezottel hinein; zugleich aber erscholl vor ihm ein Gebrüll, – ein sanftes langes Löwen-Brüllen.

„*Das Zeichen kommt,*" sprach Zarathustra und sein Herz verwandelte sich. Und in Wahrheit, als es helle vor ihm wurde, da lag ihm ein gelbes mächtiges Gethier zu Füssen und schmiegte das Haupt an seine Knie und wollte nicht von ihm lassen vor Liebe und that einem Hunde gleich, welcher seinen alten Herrn wiederfindet. Die Tauben aber waren mit ihrer Liebe nicht minder eifrig als der Löwe; und jedes Mal, wenn eine Taube über die Nase des Löwen huschte, schüttelte der Löwe das Haupt und wunderte sich und lachte dazu.

Zu dem Allen sprach Zarathustra nur Ein Wort: „*meine Kinder sind nahe, meine Kinder*" –, dann wurde er ganz stumm. Sein Herz aber war gelöst, und aus seinen Augen tropften Thränen herab und fielen auf seine Hände. Und er achtete keines Dings mehr und sass da, unbeweglich und ohne dass er sich noch gegen die Thiere wehrte. Da flogen die Tauben ab und zu und setzten sich ihm auf die Schulter und liebkosten sein weisses Haar und wurden nicht müde mit Zärtlichkeit und Frohlocken. Der starke Löwe aber leckte immer die Thränen, welche auf die Hände Zarathustra's herabfielen und brüllte und brummte schüchtern dazu. Also trieben es diese Thiere. –

Diess Alles dauerte eine lange Zeit, oder eine kurze Zeit: denn, recht gesprochen, giebt es für dergleichen Dinge auf Erden *keine* Zeit –. Inzwischen aber waren die höheren Menschen in der Höhle Zarathustra's wach geworden und ordneten sich mit einander zu einem Zuge an, dass sie Zarathustra entgegen giengen und ihm den Morgengruss böten: denn sie hatten gefunden, als sie erwachten, dass er schon nicht mehr unter ihnen weilte. Als sie aber zur Thür der Höhle gelangten, und das Geräusch ihrer Schritte ihnen voranlief, da stutzte der Löwe gewaltig, kehrte sich mit Einem Male von Zarathustra ab und sprang, wild brüllend, auf die Höhle los; die höheren Menschen aber, als sie ihn brüllen hörten, schrien alle auf, wie mit Einem Munde, und flohen zurück und waren im Nu verschwunden.

Zarathustra selber aber, betäubt und fremd, erhob sich von seinem Sitze, sah um sich, stand staunend da, fragte sein Herz, besann sich und war allein. „Was hörte ich doch? sprach er endlich langsam, was geschah mir eben?“

Und schon kam ihm die Erinnerung, und er begriff mit Einem Blicke Alles, was zwischen Gestern und Heute sich begeben hatte. „Hier ist ja der Stein, sprach er und strich sich den Bart, auf *dem* sass ich gestern am Morgen; und hier trat der Wahrsager zu mir, und hier hörte ich zuerst den Schrei, den ich eben hörte, den grossen Nothschrei.

Oh ihr höheren Menschen, von *eurer* Noth war's ja, dass gestern am Morgen jener alte Wahrsager mir wahrsagte, –

– zu eurer Noth wollte er mich verfuhren und versuchen: oh Zarathustra, sprach er zu mir, ich komme, dass ich dich zu deiner letzten Sünde verführe.

Zu meiner letzten Sünde? rief Zarathustra und lachte zornig über sein eigenes Wort: *was* blieb mir doch aufgespart als meine letzte Sünde?“

– Und noch ein Mal versank Zarathustra in sich und setzte sich wieder auf den grossen Stein nieder und sann nach. Plötzlich sprang er empor, –

„ *Mitleiden! Das Mitleiden mit dem höheren Menschen!* schrie er auf, und sein Antlitz verwandelte sich in Erz. Wohlan! *Das* – hatte seine Zeit!

Mein Leid und mein Mitleiden – was liegt daran! Trachte ich denn nach *Glücke*? Ich trachte nach meinem *Werke*!

Wohlan! Der Löwe kam, meine Kinder sind nahe, Zarathustra ward reif, meine Stunde kam: –

Dies ist *mein* Morgen, *mein* Tag hebt an: *herauf nun, herauf, du grosser Mittag*!“ – –

Also sprach Zarathustra und verliess seine Höhle, glühend und stark, wie eine Morgensonne, die aus dunklen Bergen kommt.